宇野浩二

우노 고지

일본환상문학선집 02

宇野浩二
우노고지

이현정 옮김

손안의책

宇野浩二

우노 고지

Contents

세이지로 꿈꾸는 아이
清二郎 夢見る子

이 작은 이야기 속에 등장하는 사람들과 그날의 어린 세이지로에게,
이 작은 습자지는 일종의 마지막 선물로 저자가 친애를 담아 보내는 것이다.

저자로부터의 서문

나는 부끄러워해야 한다.

그것을 알면서도, 나는 이 작은 습자지를 활자화하고자 한다. 그것에 대해서는 무엇부터 먼저 말해야 할까. 나는 여러 가지를 말하고 싶지만, 순서에 따라 그 과정부터 먼저 이야기하고 싶다.

재작년 가을 무렵이었다고 기억한다. 우리들——나와 내 친구 두 명——이 어느 장소에서 뒹굴며 잡담하고 있었을 때, 갑자기 그중에 누군가가 무슨 이야기를 하다가 다음과 같은 말을 했다.

"추억 같은 것만을 소재로, 소설이라고도 소품이라고도 할 수 없는 글을 열두 편 정도 써 보는 건 어떨까?"

"그 정도가 딱 어울릴지도 모르겠군." M군이 그때 놀리듯, 농담 같은 말투로 대답했다.

M군——그렇다. M군이 그 도련님 같은 귀여운 얼굴로 그렇게 말한 것을, 나는 지금 떠올렸다. M군——일이 년 전에는 그렇게 귀여운 소년이었던 M군은, T씨의 입을 빌어 말하자면 '도도이쓰 [都都逸][1] 구절에 나올 법한' 가정을 꾸리고 지금은 몹시 아저씨 같은 얼굴이 되었음을, 나는 여기에 특별히 덧붙여 두고 싶다.

이야기가 옆길로 샜지만, M군의 말을 떠올리고 나니 그 어느 장소라는 것도 잇따라 떠올릴 수 있었다. 그곳은 내가 그 무렵

---

1) 7·7·7·5조로 이루어진, 주로 남녀 간의 애정에 관한 내용을 노래한 속요.

일 년 정도 혼자서 살고 있던 조시가야의 그 숲 속 집이었다. 그 집의 툇마루에 서면 정원의 망가진 대나무 울타리를 통해 꽤 넓은 차밭을 볼 수 있다. 우리 집과 꽃 하나 없는 그 황폐한 정원, 그리고 그 차밭을 둘러싸고 느티나무 가로수가 심어져 있었다. 그리고 그중 두 그루의 느티나무 사이에 작은 문이 하나 있었다. 그런 꽤 넓은 공간 안에 작은 우리 집이 하나 있다. 등 뒤로는 어린 삼나무 숲이 있었다. 날씨 좋은 가을 오후면 높은 느티나무 가지에서 단풍이 눈처럼 팔랑팔랑 떨어지던 풍경을, 나는 지금도 선명하게 떠올릴 수 있다.

M군, 그리고 다른 한 사람은 T군이다. T군은 작년 겨울에 그의 고향인 우고[羽後]²⁾로 돌아간 후에는 도쿄에 오지 않는 사람이다.

그러나 우리 셋은 그때 추억이라는 이야기를 하면서 약간 센티멘털해져 갔다. T군의 고향은 겨울이면 꽤 오랫동안 집이나 사람들이 깊은 눈 밑에 파묻혀 지내야 할 정도로 눈이 많이 내리는 지방이라고 한다. 그리고 M군의 이야기에 따르면 그의 고향인 무사시[武蔵]³⁾의 넓은 들판은 실로 우수(憂愁)에 차 있다고 한다.

어쨌든 그렇게 세 사람이 서로의 이야기를 모아서 책을 한 권 내 보자는 쪽으로 이야기가 정해졌다. 가장 게으름뱅이라고 불리는 T군도 자기가 꺼낸 말이니 절대로 게으름 부리지 않고 쓰겠다는 것이었다.

---

2) 현재의 아키타 현과 야마가타 현 일부.
3) 현재의 도쿄, 사이타마 현, 가나가와 현 일부를 가리키는 옛 지명.

셋은 거기서 꼭 쓰자고 약속하고 헤어졌다.

그리고 나도 그 무렵, 이제 형태는 바뀌었지만, 여기에 실려 있는 한두 개의 이야기를 썼던 것으로 기억하고 있다.

M군도 같은 시기에, 그러니까 아직 열정이 있었을 때 한 개 반 정도도 썼던 것 같다. 그가 쓴 그 단편 원고 등은 우연한 기회에 어느 여학교의 어린 아가씨들 손에서 손으로 전해지며 한때는 M 씨, M씨 하고 은근히 인기가 있었던 일은 꽤 유명한 일화이다. 그리고 예상대로 T군은 반도 쓰지 않았다. ──그러다가 우리는 겨울을 지나고 봄을 맞이했다.

처음에는 가끔 그 일에 대한 이야기도 나누고는 했지만, 어느샌 가 우리들 사이에서도 잊혀 버린 듯 그 이야기는 하지 않게 되었다. 그리고 여름방학이 되었다. ──그것은 작년의 일이다.

우리들 사이에서 그 일에 대한 이야기가 나오지 않게 되고 나서 물론 나도 잊어버리긴 했지만, 가끔은 생각이 나서 써 보려고 마음 을 다잡으며, 또 하나 정도는 혼자서 써 본 적도 있었다.

작년 여름, 나는 이 년 만에 오사카에 돌아왔다. 나는 철이 든 후로 한 달 이상 오사카를 떠난 기억이 거의 없을 정도였다. 그런데 이 년 만에 이곳에 돌아왔더니, 오사카는 지금까지와는 완전히 다른 오사카가 된 듯 내 눈에는 실로 또렷하고 실로 아름답게 비쳤 다. 그때 나는, 이 오사카에 대한 이야기를 쓰지는 않더라도 꼭 풍류를 이해하는 사람에게 보여주고 싶다고 생각했다.

그때의 나는, 오사카 사람들은 누구 하나 오사카를 제대로 알지 못하며, 다른 지방에서 온 사람들의 시선에는 새롭겠지만 동시에 터무니없는 오해도 많을 것이라는 생각이 들어서, 하여튼 간에 오사카를 알고 있는 사람은 나밖에 없는 것처럼 으스대고 있었다.

그러나 그러기에는 난 지나치게 몽상가였다.

실로 나는 그 세이지로처럼 몽상가다.

머리가 나쁜 나는, 하룻밤에 예닐곱 개에서 열두세 개 정도의 꿈을 꾸고 깨어난 후에도 그것을 또렷하게 기억하거나, 이삼일 밤을 새우고 이튿날 책상 앞에 앉아서 저도 모르게 깜박 조는 그 잠깐 사이에도 줄거리가 지극히 복잡한 꿈을 꾸곤 하는 적이 없으니, 사실 나는 대단한 꿈을 꾸는 사람은 아닌 것이다. 또한, 자고 있는 내 주위에서 일어난 일을 꿈에서 보고, 잠에서 깬 후에도 그 꿈과 현실을 혼동하여 실수하는, 그런 식의 꿈꾸는 사람도 아니다.

나는 내 과거의 작은 생활을 떠올릴 때, 그것이 어디까지가 진실이고 어디에서부터가 내 꿈인지를 구별할 수가 없다.

그러다 보니 나는 모든 사실을 꿈이라고 생각할 수도 있고, 모든 꿈을 사실이라고 생각할 수도 있다는 생각이 든다.

그리고 작년 여름, 나는 이 년 만에 이 오사카의 거리와 수로, 그리고 밤에 켜지는 등불을 보고 나서, 나의 소에몬초[宗右衛門町][4]에

---

4) 오사카의 지명.

옛날부터 내려오던 화려하고 끈적거리는 음악과, 그것이 부자연스럽게 느껴질 정도로 부드럽게 발달한 이 동네의 말을 들을 수 있었다.

그 후에 나는 다시 도쿄로 돌아가, 만나는 모든 사람들에게 오사카 이야기를 했다. 그리고 오사카에 와 본 적이 없는 사람을 몇 명 데리고 왔다. 그들은 내 이야기를 듣고 그들 자신의 마음속에 여러 환상들을 그리면서 이 수로 위에, 이 다리 위에 선다. 그리고 나는 아쉬운 얼굴을 하고 있는 수많은 몽상가들을 보아야만 했다.

그러나 나는 거짓말을 한 기억은 없다. 하지만 그것은 또한 나에게만 진실이고 나에게만 거짓이 아닌, 요컨대 꿈꾸는 사람인 나의 꿈일지도 모르겠다.

나는 물론 자랑하는 의미도, 부끄러워하는 의미도 없이 이런 말을 할 수 있다. ──나는 대낮에 밤을 볼 수 있고, 밤중에 낮을 볼 수 있으며, 남자에게서 여자를 볼 수 있고 여자에게서 남자를 볼 수 있다.

그러나 꿈은 혼자서 꾸어야 한다.

대상을 두게 되면, 꿈꾸는 사람은 크고 괴로운 부담을 느껴야 한다.

나는 입장을 바꾸어서 또 생각한다. 고맙게도 내 친구들은 그들의 총명한 마음속에 꿈꾸는 사람인 내 마음을 받아들여 주고, 그들의 눈으로 나의 도시(나의 도시라고 나는 부르고 싶다)를 보아 주었다. 그들은 그들 나름대로 어떤 만족을 느끼고, 떠날 때 굳은

악수와 함께 물기를 띤 친밀한 그들의 눈으로 작은 내 눈에 입맞추는 것이었다.

그때, 꿈꾸는 사람인 나는 소년 같은 마음으로, 특히 소년 세이지로의 마음이 되어 눈물을 흘리는 것이다.

어쨌든 나는 내 고향이며 내게 친근한 곳으로서 오사카를 알릴 그릇은 아니라는 것을 알았다. ――작년 여름의 일이다.

그러는 동안에도 여름은 자신이 해야 할 일을 하고 있었다. 나는 조금 당황하기 시작했다. 그 무렵 나는 아침에, 문득 나의 오랜 중학 시절의 친구와 이야기를 나누는 꿈을 꾸다가 갑자기 그 친구가 목소리를 높이는 바람에 꿈에서 깨었는데, 실제로 내 아침 베갯맡에 그 친구가 빙그레 웃으며 앉아 있는 것을 보고 놀라, 왠지 모르게 울적하게 자리에서 일어난 적이 종종 있었다. 그리고 하루 종일 계속해서 찾아오는 여러 손님을 상대하고 이야기를 나누는 데 지쳐, 겨우 밤 열두 시가 되어서야 혼자로 돌아와서 이 변변찮은 습자지에 실려 있는 이야기의 대부분을 썼다.

나는 여기에서 재작년 가을에 두 친구와 쓰자고 약속했을 때, 아직 그 열정이 남아 있을 무렵에 쓴 두세 개 글과 그 무렵에 쓴 글과는 매우 다른 형식을 가지고 있다는 것을 잠깐 언급해 두고 싶다. 형태적으로는 지금 보는 것처럼 단편적인 짧은 글도 하나 있다. 따라서 다루는 소재도 바뀌었다. 지금 기억나는 것으로는 '아름다운 바보'에 실려 있는 '장난감 닻'이 재작년에 쓴 글 중에 유일하게 남아 있는 글이 아닐까 싶다. 또한, 작년 여름에 쓴 글도 삼분의 일 남짓은 없어지거나 내 마음속에서 버려지거나 했는데, 모두 그런 식이면 이 습자지를 다 버려야 한다는 것을 나는 알고 있다.

그 무렵, 얼마 전부터 추억소품이라 불리는 것이 문단(文壇) 일부에서 유행하고 있었다. 그리고 불행하게도 비슷한 시기에 나는 아무 이유도 없이 추억소품이라는 것에 점점 싫증을 느끼고 있었다. 물론, 재작년에 우리 사이에서 추억풍의 이야기를 써 보자는 이야기가 나왔을 때에도 그런 글에 존경심을 가지고 있었던 것은 아니었다. 하지만 그렇게 생각하면서도 나는 한때의 열정에 사로잡혀서 나 스스로도 내가 쓰는 글이 그다지 대단한 것도 아니며, 또 추억소품이라 불리기에는 그다지 잘된 글이 아니라는 것을 알면서도, 마치 일본의 젊은이들이 부모에 대해서 짊어지고 있는 부담처럼 질질 끌려가면서 떨어질 수 없는, 악연이라고도 할 수 없지만 역할이라고도 할 수 없는 어떤 것을 느끼면서, 어떨 때는 꽤 열심히, 또 어떨 때는 해이해질 대로 해이한 마음으로 그냥 글을 썼다.

나는 빨리 끝을 내고 싶어서 마음이 급해졌다.

그리고 나는 결국 그 칠 할도 끝내기 전에 가을을 맞이해야 했다. 나는 도쿄로 돌아갔다.

나는 문단 일부에서 여러 젊은이가 추억소품이라고 불리는 수많은 좋은 작품을 내고 있는 것을 보았다. 그리고 물론 추억소품이라는 같은 간판 아래에서 내 글이, 슬프기는 하지만 그다지 잘 쓴 글이 아니라는 것을 나 자신도 알고 있다. 또 그 배경이 되는 이 도시를 안내하는 글조차 될 수 없다는 것도 알고 있다. 그러나 나는 그것을 부끄러워하기 전에, 실로 좁은 내 마음에서 그런 부류의 글을 뒤늦게 발표할 기력이 사라지고 있었다. 나는 비열한 장사꾼들이 '가짜 있음'이라고 써야 하는 것처럼, 나의 친애하는 문단에도 그런 일들을 해야 할 것 같은 경우가 종종 있다고 생각하기 때문이다.

도쿄에 가을이 점차 깊어 갔다. 나는 더 이상 이 소품을 계속해서 쓸 마음이 들지 않았다. 그리고 때때로 그 원고를 꺼내어 지난여름의 헛수고를 보았다. 어쩌면 이미 그 글을 쓰고 있던 작년부터, 나는 나의 이 소소한 일을 부끄러워하고 있다는 것을 그저 무턱대고 드러내고 싶었던 것이다. 마치 빚쟁이의 독촉을 받고 있는 사람이 빚을 갚지 않는 것에 대해 눈을 감으며 그 부담에서 단숨에 도망치려고 하는 것처럼. 그러나 그 대부분을 하지 못했던 나의 작년 여름은, 결국 공든 탑을 한순간에 무너뜨린 것이 되고 말았다.

그 글들을 완성한 작년 여름부터 올해 여름까지, 다시 말해서 지금까지의 일 년간은 나에게도 여러 의미로, 또 여러 방면에서도 매우 다사다난한 나날이었다. 또 어떤 의미에서는 거기에서 처음으로 내 작은 인생의 서곡이 열린 것 같은 날이었다는 생각이 드는, 그런 나날이었다.

(나는 좀 더 계속 쓰고 싶지만 이쯤에서 붓을 놓기로 하겠다.)

가능하면 그런 나날의 일을 나중에 '세이지로, 꿈꾸는 아이'의 제2의 전주(前奏)로 쓰고 싶다는 생각이 든다.

　어쨌든 그 결과가 얼마나 부끄러워해야 하는지를 알면서도 오사카 사람의 미련은 끊을 수 없는 것인지, 나는 나의 이 오래된 원고를 상자 속에서 꺼내게 되었다. 그리고 작년 여름에 칠 할까지 완성되어 있었던 원고를 더 줄여 거기에 겨우 두세 줄을 새로 덧붙이거나, 아니면 매수의 사정에 따라서는 버렸던 원고를 주워 모아 넣거나 하면서, 나는 내가 했던 일을 부끄러워해야 한다.

　나는 글쟁이의 고통을 알았다.

　마지막으로 나는, 내가 여기에 얼마나 꼴사나운 변명 같은 것을 쓴 것에 불과했는지를 생각하면서, 비로소 이 보잘것없는 작은 습자지를 머뭇머뭇 출판하려는 것이다.

　이 작은 문집(文集)을 내는 데 있어서, 여러 가지로 수고해 준 분들에게 여기에서 나의 간단한 감사함을 전하고 싶다.

　이 보잘것없는 습자지를 위해 그림을 그려 주고, 한층 더 늦어질 뻔한 이 책의 출판을, 내 고집을 들어주면서도 서둘러 준, 그 모든 분에게 진심으로 감사를 전하고 싶다.

일천구백십삼년, 봄, 도쿄 우시고메의 집에서

인형이 되어 가는 사람

먼 옛날의 일인지, 아니면 누구에게서 들은 이야기인지, 꿈에서 보았는지 하여간에,

그 인형은 옛날에 사람이었다고 한다.

아주 얼굴이 아름다우며, 자태가 고운 그 인형은 또한 아름다운 옷을 입고 있었다. 하여간에,

그 인형은 옛날에 살아 있는 사람이었다고 한다. 게다가 아름다운 여인이었다고 한다.

젊은 그 사람은 젊은 날 그대로 아름답게, 아름다운 모습 그대로 나이가 들었다고 한다.

그러나 어느 날부터 그 여인은 귀가 들리지 않게 되었다. 그래도 여전히 그 여인은 아름답게, 아름다운 모습이 변치 않은 채 나이 들어 갔다고 한다. 그러나 어느 날부터 뜨고 있는 눈이 보이지 않게 되었다.

입술 색은 예전과 다름없었지만 결국 아무 말도 하지 않게 되었다.

이윽고 손을 쓸 수 없게 되고, 일어설 수 없게 되었을 때, 그날부터 그 여인은 인형이 되었다고 한다.

오타후쿠 찻집[お多福茶屋][5]의 인형은 밤이 되면 운다고 하는데,

그 인형은 끝끝내 운 적이 없다. 부부 단팥죽집의 인형은 밤이 되면 웃는다고 하는데, 그 인형은 끝끝내 웃은 적이 없다.

그때 세이지로는 이미 청년 세이지로였다. 그리고 남들처럼 학문이라는 것을 위해 도쿄에 나와 있었다.

어느 여름, 일 년 반 만에 고향으로 돌아가서 젊은 세이지로가 나이에 비해 변치 않는 외모의 어머니를 만났을 때, 그는 귀가 들리지 않게 된 그녀를 떠올렸다.

가지런하고 아름다운 이를 가진 세이지로는 생각한다. 어머니는 젊었을 때부터 잘 씹지를 못했다. 지금은 거의 씹을 수 없다고 한다.

눈이 점점 침침해진다고 한다.

어머니는 인형이 되어가는 것은 아닐까?

세이지로는 그렇게 생각하면 왠지 모르게 슬프고, 왠지 모르게 그립고, 또 왠지 모르게 얄미운 기분이 들었다.

그리고 문득 그 인형 이야기를 한 사람은 그녀가 아니었을까 하고 생각한다.

---

5) 오타후쿠는 코가 낮고 뺨이 둥글게 튀어나온 여성의 얼굴, 또는 그 가면을 이르는 말로 상표의 이름이기도 하다.

못생긴 여자 이야기

여름날 서늘한 밤에 나룻배를 타고 도톤보리[道頓堀] 강을 오르내리는 사람이라면 반드시 합장하는 것을 잊지 않을 것이다. —— 아이아우바시[相合橋] 다리와 다자에몬바시[太座衛門橋] 다리 사이의 북쪽 강가 버드나무 아래에 작은 부부 지장보살이 두 개 서 있다. 옛날에는 밤이 되면 강가에 작은 나룻배를 준비해 놓고 연인들이 몰래 참배하러 가기도 했다고 한다.

지금도 턱받이[6]만은 새것을 여러 장 걸치고 있긴 하지만.

"아이아우바시 다리에서 서쪽을 향해 뛰어들면 살아남는 경우는 좀처럼 없다지?"

이렇게 말하는 사람은 유곽의 동반자살 이야기를 잘 알고 있는 극장 휴게 찻집 '가미야[紙屋]'의 주인아주머니다. '가미야'의 객실에 앉으면 부부 지상보살은 강 건너 맞은편 기슭에 정면으로 보였다.

그 주인아주머니는 젊은 시절이나 쉰 살이 넘은 그때나 못생긴 여인이었지만, 이야기를 참 맛깔스럽게 해서 젊은이들에게 인기가 있었다.

어느 여름날 밤에 어린 세이지로도 이야기를 좋아하는 어느 누

---

6) 지장보살의 목에 둘러놓은 천.

님에게 이끌려 와, 일부러 등불을 끈 '가미야'의 객실에 앉은 적이
있었다.

이십 년 동안 이 강가에서 자살한 남녀의 자세한 이야기 중 일부
를, 어린 세이지로는 누님의 무릎에 바싹 붙어 눈도 깜빡이지 않고
들었다.

반대편 찻집[7]의 등불과 수로를 지나는 나룻배의 붉고 푸른 등이
어두운 수면에 흔들리고 있었다.

그때 주인아주머니는 검은 얼굴을 들이대고,

저 강가의 돌층계를 터벅터벅 내려와, 버드나무 아래 멈춰 서서
약속이나 한 듯 모두 손을 모으고 물에 들어가던 모습을 다섯 명이
나 직접 보았다고 한다.

그중 두 명은 옛날 사람들처럼 사랑 때문에, 의리 때문에 서로
끌어안고 "죽었지"하고 슬픈 목소리로 말한다. 마치 그 광경이 눈
에 보이는 것처럼 주인아주머니는 못생긴 얼굴로 고개를 치켜들며
이야기한다.

저 찻집의 샤미센[8] 소리가 울려 퍼지는 가운데, 처마 끝마다
매달린 붉은 초롱 불빛 아래에서, 이집 저집의 맹장지문에 비치는
무희의 화려한 몸짓 아래에서, 저렇게 어두운 강가의 버드나무
그늘에서, 그렇게 많은 젊은이들이 약속이나 한 듯 손을 모으고
몸을 던졌다는 이야기를, 어린 세이지로는 어린 마음에 무서움

---

7) 일본 중세에서부터 근대에 걸쳐 흔히 있었던 휴게소의 한 형태. 휴게 장소를 제공함
과 함께 차와 화과자를 제공하는 음식점으로 발달했다.
8) 일본 고유의 음악에 사용하는, 세 개의 줄이 있는 현악기

반, 호기심 반으로 들었다.

처마 끝마다 매달린 붉은 초롱이 작게 흔들리고 있었다.
강가의 버드나무 가지가 보이지 않을 정도로 흔들리고 있었다.
수로 수면에 비치는 붉고 푸른 등이 영혼처럼 흔들흔들 움직이
고 있었다.

어느 비 오는 밤

비가 주룩주룩 내리고 있었다.
젊은 과부는 울고 있었다. 우산을 하나 쓴 그 사람에게 손을
잡혀가면서, 어린 세이지로도 울고 있었다.
밤거리의 분위기를 수놓는 가느다란 빗방울의 쓸쓸한 가락과
축축한 땅에 스며드는 빗방울의 끊어진 거문고 줄 같은 울림, 그리
고 조용한, 차라리 목이 졸려 침묵하는 듯한 유곽의 거리에 불빛만
밝은 찻집의 등롱불이 축축한 길에 고인 물 위에 흔들리는 색을,
어린 세이지로는 그리운 향기 가득한 어머니의 소맷자락 아래로
파고들면서 듣고, 보았다.

"너는 어째서 그런(그런 사람인) 것이냐."
한 시간쯤 전에, 외삼촌은 무서운 얼굴로 어머니에게 말했다.

남편을 잃은 처지를 생각하면, 조금 야무진 사람이라면, 그리고 자신이 소중하고 아이가 소중하고 집이 소중하다고 생각한다면, 여자는 여자만의 그에 상당하는 방침을 세워야 한다.

"그런데 너는 그저 너만 생각하면서, 게다가 여자인 주제에 되는 대로 살고 있지 않느냐."

외삼촌은 항상 조용하시다가 그 일에 대해서만 말수가 많아진다.

"너는 너 하나만 생각하는지 모르겠지만, 아이가 있다는 것을 모른단 말이냐? 집이 있다는 것을 모른단 말이냐?"

"너 혼자라면 그렇게 살아도 괜찮겠지. 궁핍해져서 먹고살 수 없게 될 때까지, 너는 예쁜 옷을 입고 맛있는 것을 먹을 참이냐?"

"그렇다면 집을 나가겠습니다."

마지막으로 어머니는 이렇게 대답하고 눈물을 훔치며, 어린아이의 눈물을 닦으면서 아무것도 없이, 화장만 예쁘게 하고 옷만 갈아입고는 우산을 하나 쓰고 비가 내리는 밤거리로 나갔다.

그날은 가을과 겨울의 중간에 내리는, 조용하고 쓸쓸한 비가 오는 밤이었던 것 같다. 축축하게 젖어서 차가운 유곽 거리에, 오직 한 군데서 너덜너덜하고 가난한 샤미센만이 울리고 있었다.

유리에 인화된 사진

중학교에 들어간 세이지로가 어느 날 사진이 들어 있는 서랍을 열고 이것저것 찾다가 우연히 유리에 인화된 사진을 한 장 발견했다.

소박한 복장, 소박한 얼굴, 보기에도 수백 년 동안 '따르라!' 하며 채찍질당해 온 이 나라 아가씨들의 대표자처럼 보인다. '무사의 가문'이라는 슬프고도 허무한 신분에 이루 말할 수 없는 긍지를 느끼는 열여섯 살 처녀의 모습, 그것은 세이지로 어머니의 과거였다.

그리고 시집을 가고, 어머니가 되고, 지금은 젊은 과부가 된 그 사람과 이 사진에 보이는 그 사람을 비교해 보니, 아무래도 같은 사람으로는 생각되지 않았다. 지금의 어머니는 세이지로에게는 고마운 사람이지만, 사진 속의 사람은 세이지로가 싫어하는 아가씨의 모습이다.

세이지로는 가만히 사진을 바라보고 있었다.

그때 어머니가 방 안으로 들어왔다.

"무엇을 보고 있니?" 하며 부드럽게 세이지로의 어깨에 손을 얹을 때까지 거기에서 무슨 일이 일어나고 있었는지 몰랐던 젊은 과부는, 그것을 보고 갑자기 허둥거렸다.

세이지로도 당황했다.

어머니의 손이 빨랐다. 우물쭈물하고 있는 세이지로의 손에서 살짝 당기듯이 그 사진을 빼앗아 자신의 품에 넣었다. 그리고 "그게 뭐예요!" 하고 거북한 듯이 말하는 세이지로의 말을 무시하고,

"이 사람 누군지 아니!"

다른 사진을 집어 들며 그 사람은 이렇게 말했다.

그때 세이지로는 그의 앞에서 오른손을 한 장의 사진과 함께 품속에 넣고, 왼손에 나긋나긋한 손짓으로 사진 한 장을 들고 그에게 보여 주는, 젊은 처녀의 마음으로 돌아간 삼십 대의 젊은 과부를 보았다.

——그렇다, 그렇다. 그 어머니야말로 바로 세이지로의 어머니다. 지금의 세이지로가 좋아하는 어머니다.

그리고 몇 년 후 세이지로는 가끔 비열한 호기심을 품고 그 유리에 인화된 사진을 찾아보았지만, 그 후로는 아무리 해도 눈에 띄지 않는다.

노래

"다테노[立野][9]의 겐 씨는 노래는 많이 알고 있는데 말이에요."

젊은 과부는 어느 날 밤, 놀러 와 있던 집주인인 장롱가게 양아들

---

9) 구마모토 현에 있는 도시 이름.

에이지로에게 이렇게 말했다.

"이 아이는 후시[節]10)를 잘해요."

또 그렇게 말하며 그녀는 어린 세이지로를 가리킨다.

——세이지로의 나이 여섯 살 때, 이토야초에 있는 집에서 살던 때의 일이었다.

젊은 과부와 이웃집의 젊은 양아들인 에이지로는 화로를 사이에 두고 마주 보고 있고, 어린 세이지로는 오도카니 그 옆에 앉아 있었다.

"세이야, 한 곡 불러 보련?"

에이지로가 이렇게 말했다.

"불러 보렴." 하고 어머니도 권한다.

세이지로는 고개를 숙이고는 약간 귀찮아했다.

에이지로는 계속해서 해 보라고 한다. 어머니도 웃으면서 노래 해 보라고 몇 번이나 말한다.

"그럼 저 장지문 안에서 해 보렴." 결국 에이지로는 좋은 생각을 해냈다.

어린 세이지로는 재촉을 당하며 점점 눈시울이 뜨거워지는 것을 느꼈다. 여기다 거절의 말이라도 한 마디 할라치면 눈물이 떨어질 것이다. 말없이 일어서서 장지문을 열었다.

그곳은 이층으로 올라가는 계단이 있는 곳으로, 장지문을 닫고 캄캄한 어둠 속에서 사다리 첫째 칸에 앉아, 어린 세이지로는 잠시

---

10) 민요 같은 타령.

말없이 있었다.

"기다리잖니." 에이지로가 밖에서 큰 소리로 말한다.

세이지로는 작게 노래하기 시작했다.

....

....

노래하면서 얼굴이 뜨거워졌다 차가워졌다 하는 것을 느꼈지만, 간신히 한 곡을 다 불렀을 때 세이지로는 스스로도 잘한다고 생각했다.

"잘하는구나." 에이지로는 장지 맞은편에서 말한다.

어린 세이지로는 자신을 잊고 한 곡 더 불렀다.

"이거 꽤 잘하는걸."

"호호호호호호." 밖에서 두 사람은 재미있다는 듯이 웃고, 에이지로 씨가 박수를 친 것 같았다.

세이지로는 갑자기 캄캄한 어둠 속에서 정신을 차렸다.

"잘했다, 이제 열고 나오려무나."

장지문 밖의 램프 아래에서 하는 말을 반 정도 듣다가, 어린 세이지로는 울면서 이층 계단을 뛰어 올라갔다.

그리고 아래층에서 몇 번인가 부르는 소리를 못 들은 체하며, 어두운 이층 구석에서 어린 세이지로는 손으로 얼굴을 감싼 채 숨을 죽이고, 사라지고 싶다고 생각했다.

덴노지 남문

그때 세이지로는 열여섯 소년의 봄을 맞이했다. 어느 여인을 사랑하게 된 지 석 달, 사랑하는 그 사람과 편지를 주고받기 시작한 지 아직 한 달이 될까 말까 하던 때였다.

그 사이에 그녀가 불쑥 한 번 찾아온 적이 있었다. 세이지로도 한 번 초대를 받고 끌려가다시피 그 사람의 집에 간 적이 있었다.

입만 열면 오라고 한다. 가고 싶지만 부끄럽다. 남자라는 이름이 무거운 나라에서는 부끄럽다는 마음 역시 부끄러워해야 한다. 어찌어찌 지내던 중에 바로 어제, 그 사람은 여린 세이지로의 마음을 헤아리고는 덴노지[天王寺] 남문까지 나가서 기다리겠다고 말해 준 것이다.

그 후, 언젠가 예의를 모르는 어떤 사람이 양해도 없이 그 편지를 보는 바람에 매우 부끄러웠던 적이 있어서, 그런 편지는 모두 태워 버렸다. 그러나 지금도 연못가에 젊은 여인이 서 있고 그 물 위에 백조가 떠 있는 서양 그림엽서의, 백조의 하얀 몸뚱이 부분에, '내일 오후 한 시경에 덴노지 남문에서 기다리고 있을게요'라고 가는 펜글씨로 적혀 있는 그 먹색, 글씨 모양은 선명하게 떠올릴 수 있다. 그만큼 그 엽서를 보고 작은 가슴이 두근거렸던 것이다.

그날, 어린 자신의 감정을 이길 능력이 조금도 없는 소년이 일찌 감치 점심을 먹고 덴노지 서문을 지난 것은 아직 열두 시를 이십

분 정도 지났을 무렵이었다.

외호(外濠)를 따라 서, 남, 동의 대문이 있다. 서문을 들어서면 바로 바깥쪽 복도를 따라 남문으로 나갈 수 있다. 그렇게 하지 않고 소년 세이지로는 내문(內門)으로 들어갔다. 시간이 일러서 그런 것은 아니다. 차라리 당장에라도 남문으로 가고 싶은 마음은 간절했지만.

소년은 어슬렁어슬렁 불교 최초의 절의 안쪽 복도를 걸었다. 오층탑의 주춧돌 돌계단에 앉아서는 이상하게 떨리는 가슴을 안고, 널따란 경내를 오가는 사람들도 모조리 그림자처럼 비치는 눈으로 바라보았다. 여기저기에 나와 있는 노점, 거기에 서 있는 사람들의 옷 색깔에서도 봄의 피안회(彼岸会)[11]가 가까워 왔음을 알 수 있었지만, 소년 세이지로에게는 모든 것이 그저 그림자처럼 보였다.

오층탑 주변을 몇 번 돌고는 때로는 슬쩍 남쪽의 인왕문 쪽으로 시선을 돌려보지만, 인왕문 건너편의 남문은 도저히 쳐다볼 수가 없었다. 인왕문 건너편을 보기에는 세이지로의 가슴은 너무 여리고도 소심했다.

그리고는 반대쪽의 금당 쪽으로 발을 돌려 느린 걸음을 옮기고, 또 생각난 듯이 되돌아온다. 되돌아와서는 탑의 차가운 돌계단에 걸터앉았다.

갑자기 뒤에서 누가 말없이 어깨를 두드렸을 때는, 작은 몸에

---

11) 춘분이나 추분 전후의 칠 일간에 행하는 불교 행사.

있는 피가 전부 얼굴로 올라오는 소리가 귀에 들리는 것 같았다. 소리뿐 아니라 그 색깔까지도, 세이지로는 자신에게 보이는 듯한 기분이 들었다.

"시간이 좀 이른 것 같아서."

겨우 이렇게 말하고, 소년 세이지로는 떨림이 멈추지 않는 가슴을 몰래 억누르며 하늘을 올려다보았다.

파란 하늘 속에 오층탑이 흔들흔들 움직이고 있는 것처럼 보였다.

서쪽 관람석에

"어머니!"

이렇게 말하고, 어린 세이지로는 그녀의 무릎 위에 작은 머리를 파묻었다. 잠자코 보고 있을 수가 없어서다.

서쪽 관람석의 작은 자리 안에서 젊은 과부와 어린 세이지로는 아무 말도 없이 공연되는 연극을 보고 있었는데, 비참한 모습을 하고 손을 뒤로 묶인 채 맥없이 무대 위를 걷는 사람을 보았을 때, 어린 세이지로는 깜짝 놀랐던 것이다.

무대에는 어두운 감옥이 만들어져 있었다. 포박되어 가던 배우는 젊은 어머니의 집에 가끔 놀러 오는 M씨. 어제도 왔던 M씨다. 어린 세이지로를 귀여워해 주는 M씨다.

'저것은 연극이니까'라고 생각하며 어린 세이지로는 손을 뒤로 포박당한 채 거칠게 남자에게 쫓겨 가는 사람을 비통한 마음으로 보고 있었지만, 캄캄한 감옥에 들어가서는 그 사람이 감옥의 그 성긴 사각 창살을 가느다란 손가락으로 움켜쥐고 고통에 몸부림치는 창백한 얼굴을 보였을 때,

"어머니!"

이렇게 말하며, 결국 어린 세이지로는 부드러운 체취가 나는 어머니의 무릎 위에 그의 얼굴을 파묻어 버릴 수밖에 없었다.

"왜 그러니?"

연극을 좋아하는 어린아이가 이런 적이 없었는데, 젊은 어머니는 놀라서 물었다.

"어머니, 집에 가요."

―― 어떡하지, 어떡하지, M씨가 죽을 거야! ――

장난감 닻

소에몬초 마을에 화재가 있었던 것은 그다지 오래된 일은 아니다. 그 흔적은 아이아우바시 다리와 지토세마치[千年町] 사이의 에비스바시[戎橋] 다리와 다자에몬바시[太左衛門橋] 다리 사이 ―― 한쪽에는 물론 아름다운 신축 찻집의 처마가 늘어서 있지만 ―― 그 강가

에 남아 있었다.

그것은 길과 강 사이에 있는데, 강 쪽을 향해 완만한 경사를
이루고 있었다. 황폐해질 대로 황폐해져 울퉁불퉁한 가운데, 이
주변에서는 보기 드물게 드문드문 풀이 자라고 있고 군데군데 버
드나무가 심어져 있었다.

아홉 살 소년은 이곳으로 이사 온 다음 날, 이 풀이 자라 있는
강가 모래밭에 섰다. 손에는 기다란 실이 달린 장난감 닻을 가지고
있다. 놀랍고 신기해 눈을 크게 뜨고 세이지로는 터벅터벅 강 쪽으
로 내려갔다.

가을 해는 소년의 뺨을 붉게 비추었다. 소년은 먼 곳을 바라보는
듯한 눈으로 잠시 서 있었지만, 생각에 지쳤다는 듯이 들고 있던
장난감 닻을 물에 담그기 시작했다.

지는 해는 흐르는 물에도 붉은색을 더했다. 소년은 무심히 떴다
가라앉았다 하며 흘러오는 수초를 건져 올리고 또 건져 올렸다.

거기에 여덟 살 정도 된 소년이 다가왔다. 그 소년은 세이지로가
이사 온 집의 앞집 아이로, 이름은 센짱이라고 했다.

"뭐해?"

이렇게 말하며 센짱은 어린 세이지로 옆에 섰다.

"……."

어린 두 사람은 잠시 아무 말 없이 수면을 바라보고 있었다.
그리고 말없이 쭈그리고 앉았다.

"전에는 어디에 살았어?"

잠시 후 센짱이 건져 놓은 수초를 집어 들면서 묻는다.

"이토야초." 세이지로는 약간 주뼛주뼛하며 대답했다.

"이토야초?" 센짱은 가볍게 고개를 갸웃했다.

세이지로는 가지고 있던 장난감 닻을 발밑에 내려놓고 해 저무는 수면을 정신없이 바라보았다.

강을 넘어, 건너편 집들의 뒤쪽이 보인다. 사진관이 있다. 극장 휴게소[12]가 네다섯 집 늘어서 있다. 붉은색과 푸른색의 유리 맹장지문을 끼운 우동가게도 있다. 극장 휴게소의 방에서는 세이지로만 한 사내아이와 여동생인 듯한 계집아이가 뭔가 먹으면서 재미있게 놀고 있다. 그 웃음소리가 손에 잡힐 듯 들려왔다. 그 옆 우동가게에서는 여러 무리의 손님이 식사를 하고 있는 듯, 마치 다른 세상의 그림자처럼 보였다.

"우동 한 상."

점원 아이의 우렁찬 목소리가 강을 건너 울려 퍼진다.

어린 세이지로는 멍하니 그런 것들을 보거나 듣거나 하는 사이에, 어느샌가 어제까지 있었던 이토야초 쪽으로 마음이 향해 있었다. A짱, B짱—— 함께 놀았던 친구들의 얼굴을 눈앞에 떠올려 본다. 어린 눈에 비치던 소박한 동네의 여러 가지 일들을 떠올리고, 지금 눈앞의 모습들과 비교해 보았다.

떨어지는 해는 다리 난간에 걸려 그 기다란 그림자가 엷게 수면에 비치고 있다. 조용히 흘러가는 물결 위로 노을빛은 붉게 넘실대

---

12) 에도시대의 극장에 소속되어 관객의 식사나 음료를 만들어 팔았던 곳.

었다.

다리 위를 건너는 사람과 자동차는 그림자처럼 보인다. 강을 건너는 배는 적었다.

센짱도 말없이 물의 흐름에 시선을 쏟고 있다.

건너편 기슭의 집들 사이로, 시끌벅적한 도톤보리 거리가 보인다. 지붕 너머로 극장의 망루도 보인다. 무늬는 알 수 없지만 붉고 푸르게 염색한 배우의 깃발이 그 집들과 집들 사이로 딱 하나 보였다. 그 앞을 각지에서 온 많은 사람들이 줄줄이 센니치마에[千日前] 쪽으로 걸어간다.

"북적북적하네."

잠시 후에 이렇게 말한 세이지로의 마음에서는 말로 표현할 수 없는 쓸쓸함이 느껴졌다.

"이토야초라는 곳은 더 쓸쓸한 곳인가 봐?"

"응."

세이지로가 작게 고개를 끄덕였다.

"우리 집이 원래 있던 곳도 한적한 곳이었어……. 누이네 집에 갔다가 돌아오면 항상 수돗가에 '너구리'가 있었지."

세이지로는 다시 한 번 맞은편, 복잡한 도톤보리 쪽으로 시선을 돌렸다. 문득 이토야초에 살았을 때 할머니가 가끔 센니치마에까지 데려가 주었던 것이 생각났다.

"센니치마에가 여기서 가까워?"

그리고 이렇게 물었다.

"응, 바로 저기."

센짱은 다리 건너편을 가리켰다.

이야기는 또 끊겼다.

그때 강 아래쪽에서 배 한 척이 올라왔다. 배는 흔들흔들 작은 물결을 그리며 나아간다.

"잠깐 그것 좀 보여 줘."

갑자기 이렇게 말하며, 센짱은 세이지로의 발밑에 있던 장난감 닻을 주워들었다. 그리고 신기한 듯 그것을 바라보았다.

이윽고 두 사람이 말없이 일어섰을 때는, 태양은 이미 저 멀리 지붕 아래로 떨어지고, 돌아보니 찻집의 처마 끝마다 붉은 등롱불이 켜져 있었다.

세이지로 본인의 이야기

물가(浜)

물가라고 해서 심한 파도가 치는 것도 아니다. 하얀 돛이 보이는 것도 아니다.

물가에 해는 뜨지만, 그것은 고지대에 있는 다카쓰노미야[高津]¹³⁾의 사당 위로 뜨는 것이다. 그리고 지는 해는 한 개, 두 개, 세

---

13) 일본의 16대 천황인 닌토쿠 천황을 모신 신사. 오사카 주오[中央] 구에 있다.

개, 몇 개나 다리가 겹쳐 보이는 그 맞은편의 기와들 저편으로 떨어지는 것이다.

바꾸어 말하면 나의 물가는 도톤보리 강의 기슭을 말하는 것이고, 오사카에서 물가라고 하면 일반적으로 강변을 말하는 것이다.

탁한 물을 사이에 두고 맞은편은 도톤보리, 이쪽은 소에몬초, 그 도톤보리는 전등 불빛으로 밝고 그 소에몬초는 붉은 등롱불빛으로 밝다. 이 붉은 등롱을 보기 위해서 나룻배의 노 젓는 소리가 밤낮없이 나의 소에몬초를 향해 오던 것은 이미 옛일이 되어 버렸지만.

강 건너편의 기와 위로는 지금도 다섯 개의 극장 망루가 보이고, 새로 들어오는 배우는 붉은색이나 자주색으로 장식한 배를 타고 이 강에서 도톤보리 기슭으로 올라가는 것이 보통이었다.

분큐[文久]의 대화재, 가에이[嘉永]의 화재는 옛날 일이지만, 메이지 시대 이후로도 서쪽에서는 신마치[新町] 화재, 남쪽에서는 시마노우치[島の內] 화재와 소에몬초 화재, 그리고 최근에는 북쪽의 대화재로 그 개척지는 다 타 버리고 눈물의 시지미가와 강은 이제 곧 메워지려고 한다.

이처럼 물의 도시 오사카에도 화재의 기록은 많다.

내가 왔을 때는 소에몬초 화재가 일어난 지 얼마 안 되었을 때라, 그 강가는 오랫동안 황폐해질 대로 황폐해진 풀밭으로 남아 있었다. 강을 따라 난 길을 보면, 소에몬초는 한쪽만 아름다운 찻집 거리이고, 다른 한쪽에는 아이아우바시 다리와 센넨초 사이, 이누바시 다리와 다자에몬바시 다리 사이에 불타고 남은 황폐해진 풀밭만이 남아 있었다. (사오 년 후에는 새로운 찻집들이 들어섰지만, 그 무렵 그 불탄 자리를 사람들은 작은 물가라고 부르고는 했다.)

나는 아홉 살 가을부터 스무 살 봄까지 이 마을에서 자랐다. 아홉 살——이미 그때는 규슈에서 고베, 고베에서 오사카의 이토야초라는 긴 여행을 마친 후였다.

우리 집은 그 소에몬초의 동쪽 끝에 있었기 때문에, 해 질 녘마다 밖에 나가서 서쪽을 바라보면 찻집과 찻집의 등롱이 저 멀리까지 한 줄로 늘어서 있었다. 어떤 때는 그 찻집들의 이층 난간에 붉은 모포가 걸리고, 그 처마 끝마다 붉은 등롱이 매달렸다. 그 아름다운 붉은 등롱들이 또한 서쪽으로 길게 줄지어 뻗어 있었다.

물의 흐름

남쪽 개척지를 흐르는 도톤보리가와 강, 북쪽 개척지를 흐르는 시지미가와 강, 신마치를 흐르는 니시요코보리가와 강, 그리고 호리에[堀江]에 있는 호리에가와 강, 마쓰시마의 기즈가와 강과 시리나시가와 강은 장소는 남북서로 나뉘어 있지만 원래는 모두 요도가와 강에서 흐르는 물로, 그 수원지는 비와코 호수[琵琶湖][14]다. 수

많은 그 강들과 수로, 그 위에 세워진 물의 도시의 유곽은 곧 물의 유곽이다. 남쪽 개척지, 북쪽 개척지, 신마치 그리고 호리에, 그 외 수많은 유곽은 모두 물 위에 세워져 있었다. 밤마다 아름다운 유곽들의 붉은색이나 자주색 등롱을 비추는 물의 흐름은, 불행한 여인들이 몸을 판 후에 흘리는 눈물이라고 전해지고 있다.

각각 저마다의 역사를 가지고 흥망성쇠를 거치며, 지금도 제각각 흐르고 있다.

남지

남쪽 개척지를 줄여서 남지(南地)라고 한다. 남지는 넓은 의미로 도톤보리가와 강변이다. 바꾸어 말하자면 니혼바시 다리에서 다이코쿠바시 다리 사이를 흐르는 도톤보리가와 강은 남지를 흐르는 물이다.

나의 소에몬초에서 강을 건너, 즉 다리를 하나 건너면 그 다섯 개의 극장이 늘어서 있는 도톤보리다. 다섯 개의 극장에는 오십 동의 극장 휴게소가 있었다.

그 높은 극장 휴게 찻집들의 지붕 위에는 항상 위세 좋게 망루가 세워져 있다. 어렸던 나는 어느 날 문득 망루는 무엇일까, 하는 생각을 했다. 그 망루도 이상한데, 망루 끝에 막대기 두 개가 세워

---

14) 일본 시가 현 중앙에 있는 호수. 일본에서 가장 큰 호수로, 경치가 매우 아름답고, 어류·조개류 따위가 많이 서식하며, 진주 양식도 한다.

져 있고, 막대기 끝에 하얗고 동그란 것이 달려 있다. ──술[15]이란 무엇일까.

말수가 적었던 나는 작은 집의 작은 이층 구석에서 하루 종일 말없이 앉아 있고는 했지만, 술을 생각하면 묘하게 두근거려 가슴을 누르고 빨래대로 뛰어나간다. 똑바로 지붕을 넘고, 도톤보리가와 강을 넘어, 또 지붕을 넘으면 마치 손에 잡힐 듯이 그 위에 있는 다케다 극장의 망루가 보인다.

망루 끝에 두 개의 술!

술은, 어린 마음에 신기한 존재라고 생각했다. 그 순수한 마음을 지금도 반복해 맛볼 수 있을 정도로 나는 똑똑히 기억하고 있다.

게다가 이 도시에서는 연극의 그림 간판을 열심히 내거는데, 그것이 얼마나 아름다운지! 특히 월말에 연극이 바뀔 때가 되면 그 간판도 바뀌어 걸린다.

"연극 간판이 바뀌었어요."

사람들이 이렇게 말하는 것이 들려오기 전부터, 나는 이제나저제나 하면서 말없이 작은 집의 문을 빠져나와 혼자서 타박타박 도톤보리가와 강 맞은편으로 건너갔던 것을 기억하고 있다. 언제였는지 확실하진 않지만 어쨌든 그것은 12월 말이었다. 다섯 개의 극장 간판은 완전히 바뀌었고, 게다가 일 년 동안 까매진 술이, 그 다섯 개 극장의 술이 모두 새것으로 하얗게 바뀌어 있었다. 어린 나는 극장 앞에서 극장 앞으로 다니며 그림 간판을 보고 술을

15) 가마, 기, 끈, 띠, 옷 따위에 장식으로 다는 여러 가닥의 실.

보다가, 또 술을 보고 그림 간판을 보다가 결국 날이 저문 적이 있었다.

이야기가 너무 옆으로 새 버렸다.

그 남지, 도톤보리——

한쪽 극장의 지붕에서 다른 쪽 극장 휴게소의 지붕으로, 몇 가닥이나 둘러쳐진 크고 작은 깃발들, 땅에는 또 몇 개나 되는 깃발이 꽂힌 꽤 좁은 거리를, 동서(東西)에서 센니치마에를 향해 오는 사람, 아무 생각 없이 줄지어 걷는 사람, 그런 사람들이 짜 맞추듯이 오가는 그곳을, 극장 휴게소의 여자가 붉은색을 칠한 상에 진수성찬을 싣고 종종걸음으로 바쁜 듯 가로지르는 것이다. 극장의 나무 문 앞에는 관객이 막간에 밖으로 나올 수 있도록 자홍색 색지를 꼬아 만든 짚신코가 달린 짚신이 물감 접시의 색깔처럼 흩어져 있다.

그 극장 휴게소가 늘어선 곳, 배우의 깃발이 나부끼는 곳, 아름다운 그림 간판이 사람들을 부르는 곳——망루의 거리 도톤보리는 밤에도 낮에도 활기찬 거리지만 그 뒤쪽, 두꺼운 벽 안의 어두운 사각형 모양의 대기실 창으로 배우의 제자가 얼굴을 내미는 곳, 얼굴만 하얀 오야마[16]가 가발을 벗고 어두운 창문으로 얼굴만 내밀어 침을 뱉는 곳, 한쪽은 전부 똑같은 형태로 만들어진 작은 집들이 밤이 되면 처마마다 어스름한 등롱불을 밝히는 곳, 그 등롱 그늘에서 젊은 계집 여럿이 '여보세요' 하고 말을 거는 곳——극장 뒤

---

16) 여자 역할을 하는 남자 배우.

여보세요 거리는 좁고 어두운 길이다.

한 골목 더 남쪽에 있는 길은 사카마치다. 동쪽은 니혼바시 다리에서 시작하기에 거리 이름은 달라지지만, 센니치마에를 가로지르고 에비스바시 다리에서 더욱 남북으로 퍼지면서 신에비스바시 다리 근처까지 이어져 있는 격자형 집들은 모두 찻집이다.

창녀에서 출세한 게이샤, 소에몬초에 더는 있을 수 없게 된 게이샤, 어쩌면 견디지 못하고 창녀가 되어 버리는 게이샤.

'도쿄의 게이샤는 모두 저런가?'라고 아무것도 모르는 오사카 사람들이 자주 말할 때가 있다. 그러나 이들 중에는 버젓이 두 장의 면허증[17]을 가지고 있는 이도 있다. 어쨌든 소에몬초의 게이샤의 입을 빌어 말하자면 게이샤의 이름이 허락되지 않는 게이샤다.

여기서 내 이야기가 안내서 같아진 것에 대해서 양해를 구하고자 한다. 안내서 같지만 안내서의 경지에 이르지 못하는 것은 내가 그저 이런 거리에서, 아니면 그 근처에서 어린 시절을 보냈을 뿐 남에게 얼핏 주워들은 이야기 이상은 말할 수 없을 정도로 이 방면에 대해서 아무것도 모르기 때문이다. 다만, 쓰기 시작한 김에 나는 조금 더 내 이야기를 하고자 한다.

여섯 개의 극장과 사십여 개나 되는 연예장이 있는 센니치마에의 서쪽, 나카스지[中筋] 남북의 넓은 지역을 총칭해서 난바 개척지라고 부른다. 모두 기생집이다.

---

17) 게이샤가 창기를 겸하는 것을 가리킴.

센니치마에 동쪽의 전등 불빛이 밝은 곳, 가스 불빛이 밝은 곳, 그 불빛을 조금이라도 피해서 골목길로 가노라면 등롱불이 어두침침한 번화가에 다다른다. 그곳의 어둠에는 밖에서는 볼 수 없는 일종의 색이 있다. 무서운 색은 아니고 부드럽게 감싸이고 싶은 어둠이다. 그 안에, 멀리서 보이는 촛불의 불빛 같은, 피와 같은 색깔의 등롱이 딱 한 군데만 덩그러니 밝혀져 어둠에 스며 있다. 서투른 필체로 가호(家戶)를 새긴 그 둥그스름한 등롱은 어둠 속에서 처마마다 예의 바르게 늘어서 있지만, 그것은 어둠 속의 빛이 아니라 어둠에 엎질러진 색이다. 작은 입구에는 엷은 노란색의 포렴이 걸려 있고, 그 엷은 어둠 속에 정원에서 바로 올라갈 수 있는, 집에 비해 지나치게 넓은 계단이 있다.

그곳은 빛을 두려워하고 사람을 꺼리는 남녀가 그 가게 사람의 얼굴도 보지 않고 몰래 한때를, 또는 몰래 하룻밤을 지내는 여인숙이다.

여인숙의 객실에는 작은 쟁반이 놓여 있다. 사람들이 그 객실에서 볼일을 마친 후, 그 위에 돈을 놓고 돌아가는 것이다. 사람이 돌아간 후 그 가게 사람이 재빨리 이층으로 가서 그 쟁반을 살펴본다. 양심을 저버리고 그냥 도망치는 사람은 좀처럼 없다고, 나는 들었다.

더 어두운 골목이 있다. 더 좁은 골목이 있다. 그곳에는 어스레한 등롱의 불빛도 없다. 그곳을 지나는 사람은 별빛도, 달빛도, 또는 처마에 딱 하나 켜진 등불의 불빛도 피한다. 그저 어둠 속에 다양한 모습을 한, 다양하게 머리를 묶은 여자가 있고, 그 하얀 얼굴과 그 하얀 손으로 소리도 없이 길 가는 남자를 부르고 소매를 잡아끈다. 지금도 해가 지고 나서 이곳을 지나는 남자는 열 문(文)[18] 을 품에 넣고 다닌다.

그것들과 수많은 음식점, 그것이 나의 남쪽 개척지의 모든 것이다.

남지, 요컨대 나의 소에몬초는 그런 이름을 짊어지고 서 있다.

북지와 호리에

남지에 있던 게이샤나 유곽의 하녀가 자기 자신을 위해, 또는 사랑하는 남자를 위해 북지(북쪽 개척지를 이르는 말)나 신마치로 옮기는 경우가 있다. 별로 외출을 좋아하지 않았던 어린 나도 그 사람들이 불러 주거나 데려가 주어서, 그 여인이 옮겨 간 곳에 놀러 간 적이 있었다.

호리에의 극장이 있는 부근, 깃발과 초롱불, 바닥이 한껏 낮은 상점의 촘촘한 다다미가 비좁게 뒤섞여 있는 그곳, 혹은 그 개천 같은 시지미가와 강의 어느 작은 다리 부근과 물 위로 양쪽 찻집과 찻집의 수많은 불빛이 뒤섞이는 그곳, 격자무늬 초롱불이 걸린 처마가 길을 따라 구부러지다가 갈리는 그곳의 거리는, 그 후 내가 이렇게 커지기 전의 오사카 지도를 본 이후로는 지금도 그리운

18) 문(文)은 화폐의 단위. 열 문은 에도시대의 화대에 해당하는 액수였다.

꿈이 되어 내 눈앞에 떠오른다.

어떤 관계인지는 모르지만, 나는 아주 어린아이였을 때 시지미가와 강가의 어느 찻집에 늘 놀러 가곤 했던 것만은 기억하고 있다. 그리고 지금도 그에 대해서 종잡을 수도 없는 여러 가지 환상을 떠올리지만, 그것이 도저히 글로는 표현할 수 없을 정도로 희미한 환영인 것이 안타깝다.

열일고여덟 살 때, 지카마쓰[19]를 탐독하던 무렵에 나는 소설을 읽으려고 자주 학교를 빼먹고는 도서관에 갔었다. 도서관을 나와서는 이 좁은 수로의 어느 다리 밑에 서서 내가 살고 있는 화려하고 쾌활한 남지에 비해, 이 유곽의 차분하고 일종의 씻어 버릴 수 없을 듯한 수심을 띤 정취에 얼마나 매료되었는지 모른다.

소네자키[曾根崎][20]에 들리는 샤미센의 고른 음은 얼마나 높은지.

참으로, 이 좁은 도랑 같은 수로 주변의 유곽에서 들리는 부자연스러울 정도로 높은 샤미센의 고른 음 소리는 우울한 일본 음악의 극치다. 듣고 있으면 몸 밑바닥까지 스며드는 듯한, 열일고여덟 살 소년의 부드러운 마음에는 견디기 어려운 그 가락을, 나는 지금도 선명하게 떠올릴 수 있을 정도다.

그 시지미가와 강은 지금은 메워졌다.

열넷인가 열다섯 살 때 나는 딱 한 번 호리에 간 적이 있었다. 남에게 호감을 사지 못하는 소년을 특히 귀여워해 주던 여인이

---

19) 지카마쓰 몬자에몬[近松門左衛門 1653~1723]. 에도시대 전기의 극작가로 많은 인형 조루리, 가부키 작품을 남겼다.
20) 지금의 오사카 시 기타 구 북단에 있던 유곽의 이름.

있었는데, 그 여인은 사정이 생겨 호리에로 간 후로도 매일 놀러 오라고 말해 주었다.

해가 지기 전에 집을 나와서, 가까우니 걸어서 갔다. 그저 호리에 몇 번지의 어느 집이라는 것만을 입속으로 되풀이하면서 고이케바시 다리를 건너자, 어느덧 호리에 극장 앞으로 나왔다. 길이 갑자기 좁아지고 아름다운 상점이 즐비한 한 간 정도 되는 폭의 길을 벗어나면, 그 규칙적인 호리에의 유곽이 있었다.

어딘지 모르게 고풍스러운 향기가 나는 그 호리에의 어느 찻집의 작은 방에서, 그 여인은 어린 나에게 이런저런 음식을 대접해 주었다. 누이처럼 여러 가지 시중을 들어 주던 그 여인의 하얀 손끝이, 지금도 호리에를 떠올릴 때마다 내 눈앞에 떠오른다.

인력거를 타고 돌아가라는 것을 뿌리치고 도망치듯이 나와 남쪽으로 두세 정(町)쯤 가면 니시도톤보리 강변이다. 그다지 이른 밤도 아니었다. 건물들이 들쭉날쭉하게 늘어선 어두운 길에, 처마 끝에 달린 불빛도 없는 등만이 붉은색으로 줄지어 있었다. 문이 열려 있고 소리가 들리는 집은 한 채도 없다. 그곳을 벗어나면 옛날 모습 그대로인 창고 같은 저택의 담장이 나온다.

어린 나는 그 하얀 손을 가진 누이 같은 여인과 헤어져 말할 수 없는 적적함과 아픔을 느끼며, 아무 까닭도 없이 가나야바시 다리의 난간에 기댔다. 그리고 지금 지나온 죽은 듯이 조용한 니시도톤보리를 뒤로하고 항상 여름밤처럼 북적거리는 히가시도톤보리의 밝은 등불을 바라보았다.

니시요코보리가와 강이 도톤보리가와 강과 교차하는 곳, 세 개의 강줄기가 바라보이는 곳에 가나야바시 다리가 놓여 있다. 불빛이 적은 니시요코보리가와 강이 북쪽에서 검게 흘러온다. 한쪽 기슭에는 그 창고 같은 저택의 담장이 있고, 담장 앞의 버드나무 가로수 아래에는 여러 종류의 음식을 파는 노점이 서 있다. 붉은 등 앞에서 그림자처럼 사람이 움직이고 있었다.

주위에는 아무 소리도 나지 않는다.

다른 쪽 기슭은 목재상 거리다. 그 집, 그 목재가 모두 어둠보다도 검게 강변을 따라서 그려져 있다. 커다란 버드나무가 있어 지붕 위에, 하늘에 그 가지와 잎을 새기고 있다. 피와 같은 색의 반달이 평소보다 크게, 빛도 없이 걸려 있었다.

그 후로는 많이 가지도 않았다. 그러나 그 호리에에 갔던 그날의 저녁은 끝내 잊을 수 없는 한 번의 밤이었다.

호리에 극장 앞의 좁은 골목과 니시도톤보리 가나야바시 다리의 밤, 그리고 그 하얀 손가락, 그 하얀 손을 가진 사람과는 헤어졌고 그 후로는 만나지 않았지만.

히가시요코보리의 물가

어느 개척지에도 속하지 않는 일종의 특별한 장소는 히가시도톤보리다. 히가시도톤보리의 동쪽 강가는 오사카 사람에게 낮에는 목재상을 떠올리게 함과 동시에, 밤이 되면 여기저기 목재들 사이에 거적을 깔고 하룻밤이랄 것도 없는 한때의 아내가 되는 계집들이 출몰하는 곳을 연상시킨다.

거적을 뒤집어쓰고, 어두운 거리 구석구석에서 그 계집들은 거적 안에서 하얀 얼굴을 살짝만 내밀고는 부채처럼 하얀 손으로 하늘하늘 손짓하는 것이다.

여름은 그렇다 치지만 겨울에는 차가운 물이 목재를 씻는 소리를 들으며, 또 달이 뜨면 얼음 같은 달을 바라보며, 바람이 불면 몸이 에일 듯한 수로 위로 부는 바람에 몸을 떨면서, 그래도 한때의 아내를 품기 위해서 몰래 찾아가는 남자가 많다고 들었다.

나는 이쯤에서 화제를 바꾸고자 한다.

여러 가지 이야기

교토 사람은 옷치장에 재산을 탕진하고, 오사카 사람은 먹는 데 재산을 탕진한다.

그저 입고 싶어서 입는 것도 있지만, 교토 사람은 남을 위해서 입는다. 그저 먹고 싶어서 먹는 것도 있지만, 오사카 사람은 남을 위해서 먹는다.

교토의 젊은 아가씨는 아름다운 옷을 얻기 위해 말 없는 인형처럼 쌀쌀맞은 첩이 된다고 한다. 돈에는 빈틈이 없으면서도 오직 맛있는 음식을 위해 한편으로는 묘한 낭비를 하는 오사카 사람은 아무리 배가 불러도 '맛있는 것'에 흥미를 가진다.

"바람을 맞고 있구나."

이런 느긋한 느낌의 옛 교토 말, 그 외에 모든 울림이라는 것 하나를 목표로 과거 몇 대에 걸쳐 갈고 닦아 온 오사카 말은, 이제 일본어라는 이름 아래 사라지고 있지만.

흥미롭게도 그런 말들이 남아 있는 것을, 어린 나는 나의 소에몬 초 마을에서 보았다.

그 소에몬초 마을에 풋내기는 적다. 게이샤가 칠 할이고 나머지 는 배우, 기타유[義太夫][21] 같은 예능인, 그리고 동네 유지 같은 사람 이 있을 뿐이다.

여인이 단정하게 앉아 북쪽을 향해 말없이 샤미센을 연주하고 있던 곳으로, 그 연주가 무엇인지 모르는 채 어린 나는 올라갔다.

"누님" 하고 말을 걸자 그 여인은 갑자기 "아——아" 하며 샤미 센을 내팽개치고 전과 다르게 아무 말도 하지 않은 채 실망한 얼굴 을 했는데, 그 얼굴을 나는 지금도 잊을 수가 없다.

나중에 알았다. 그 연주는 기다리는 이가 오기를 바라는 주문 같은 것이었는데, 아무것도 몰랐던 내가 말을 거는 바람에 깨진 것이었다.

또 어떨 때는 어두워진 방에 불도 밝히지 않은 채 열심히 종이를 꼬아 강아지를 만들고, 겨우 만들어진 그 강아지 꼬리에 불을 붙이

---

21) 기타유부시[義太夫節]의 준말. 에도시대 전기 오사카의 다케모토 기타유[竹本義太夫]가 시작한 조루리[淨瑠璃]의 일종으로 일본의 국가 중요무형문화재이다. 조루리란 샤미센 반 주에 맞추어 가락을 붙여 이야기를 엮어 나가는 일본의 전통 예술.

고 있던 여인이 있었다.

지——익 하고 가는 연기를 끌며 불이 붙는 것을 바라보면서
그 여인은 종이로 만든 강아지를 향해 기도를 하고 있었는데, 아직
꼬리 부분이 완전히 타기 전에 사람이 숨을 거두듯이 불이 꺼졌다.
그러자 그 여인은 벌떡 일어서는가 싶더니, 하얀 손으로 종이 강아
지를 구겨서 툇마루 아래로 던져 버렸다. 강아지를 던지던 그 사람
의 얼굴!

그것도 기다리는 이가 오기를 바라던 주문이 불이 꺼지는 바람
에 깨진 것이었다.

이렇게 순서도 없이 늘어놓고 있는 와중에, 나는 오코요 씨를
떠올렸다. 오코요 씨를 생각하면 나는 그 칸막이의 간단한 일화를
떠올리지 않을 수 없다.

히라카쓰의 오코요 씨라는 이는 남지(南地)의 몇 대 미인 중 하나
였다. 아직 열예닐곱의 젊은 몸으로, 그 사람은 양어머니를 봉양하
며 가발가게 맞은편에 집 한 채를 가지고 있었다.

여름이 되면 이런 유곽이 아니더라도 좁은 오사카의 거리에서는
저녁마다 평상을 격자 앞에 내놓고, 남녀 할 것 없이 부채를 한
손에 들고는 더위를 피할 겸 늦게까지 이야기를 나누는 것이 보통
이었다.

그 일대에서도 조용하고 비뚤어진 성격이었던 어린 나는 저녁이
되면 사람이 없는 평상 한쪽 구석에서, 사람이 없는 어둠 속에서

울적한 작은 가슴을 안고, 여기저기에서 떠들썩하게 웃는 소리에 가슴 한구석이 쓸쓸하게 얼어붙는 기분을 맛본 적이 많았다.

그런 저녁에는 가느다란 샤미센과 굵은 샤미센 소리도, 목청 높여 노래하는 그 사람들의 목소리도, 어린 나이지만 쓸쓸한 마음을 가진 소년에게는 살아 돌아갈 수 없는 물의 슬픈 흐느낌처럼, 명 짧은 뱃사공들이 부르는 이룰 수 없는 사랑 노래처럼 들렸다.

모든 것이 화려한 이 유곽을 보며 어린 소년의 쓸쓸한 마음은 매우 초조해졌지만, 한창때의 오코요 씨가, 그 젊디젊은 열일곱의 오코요 씨만이 이상하게 나를 챙겨 주었다.

친해지기 힘든 소년이었던 나지만 친해지기 어려운 것처럼 보였을 뿐, 그만큼 다른 아이들이 갖고 있지 않은 뜨거운 마음을 갖고 있었다. 그러기에 한편으로 매우 친해지기 쉬운 마음도 갖고 있던 것이다.

어느 날, 익숙한 그 집의 이층 사다리 계단을 쿵쿵 올라가니, 커다란 방의 한가운데에 커다란 거울이 놓여 있었다.

그때 오코요 씨는 거울 앞에 우두커니 앉아서 거울에 비치는 자신과 내 얼굴을 보면서 울고 있었다. 마음 약하고 어렸던 나는 모른 척 눈을 돌려, 벽에 수없이 걸려 있는 그림 같은 것을 보면서 그 커다란 방을 돌아다녔다.

"세이짱……."

이윽고 이렇게 말하고, 잠시 후에 오코요 누님은 일어서서 앉은 뱅이책상 앞에 앉았다.

그때 가발가게의 도쿠마쓰 씨가 들어왔다. "여전히 그림에 열심히군"하며 그 사람도 벽에 걸린 그림을 한바탕 둘러본다.

"이번에는 아래층에 이 칸막이를 세우려고 해요."

그때, 오코요 씨는 이렇게 말하면서 우리에게 눈빛으로 따라오라고 말하고는, 일어서서 아래층으로 내려간다. 그 뒤를 따라 도쿠마쓰 씨도, 어린 나도 사다리 계단을 쿵쿵거리며 내려간다. 그리고 아래층의 현관 옆방에서 오코요 씨가 그 칸막이를 꺼내는 것을 도쿠마쓰 씨가 거들어 현관 입구에 두었다.

"앞면은 이것으로 하려고요." 오코요 씨가 입을 연다. "벽창호가 허락하지 않으려나."

그 앞면은 소나무 그림이다.

"그렇군." 도쿠마쓰 씨는 뒤쪽 그림 앞에 앉는다. 어린 나도 나란히 앉는다. 나를 가운데 두고 오코요 씨도 앉는다.

그것은 겐로쿠(元禄) 시대[22]의 풍속화로, 아름다운 청년 하나를 세 명의 귀족 부인 같은 여자들이 범하고 있는 장면이었다. 흐트러진 옷차림의 세 여인 중 두 사람은 남자의 손을 각각 한쪽씩 잡고, 다른 한 사람이 허리띠를 풀려고 하는 장면이다.

그 부드럽고 섬세한 선, 강하지 않은 여인 그 자체인 듯한 느낌, 그 검은 나무틀까지 잘 어울려서, 아주 어릴 때 본 그 그림의 느낌을 지금도 잊지 못할 정도로 어린 마음에도 아름답게 비쳤다.

그때 그림을 보고 있던 도쿠마쓰 씨는 스무 살이 될까 말까 하는

---

22) 에도시대 중기의 시기로 1688년~1744년에 이르는 약 30년간을 말한다.

아름다운 청년이었다.

그리고 오코요 씨는 아름답고 젊은 게이샤. 그 무렵의 세이지로, 나도 귀여운 소년이었다.

그리고 얼마 후, 나는 이 도쿠마쓰 씨와 오코요 씨가 뜨겁게 사랑하는 사이였음을 알게 되었고, 그 후 또 혼자 남겨진 듯한 마음에, 어린 가슴에 넘치는 격렬한 질투의 마음을 품게 되었음을 덧붙여 두고 싶다.

배우 A 씨는 어울리지 않게 일찍 일어나는 사람으로, 늘 어린 나를 깨우러 와서는 목욕을 싫어하는 나를 두 명의 제자와 함께 억지로 끌고 가다시피 데려갔다.

두 사람도 합세해서 싫어하는 나를 씻기면서 "세이짱, 배우가 되지 않을래?" 하고 묻는다. 정해진 듯 항상 그렇게 물었다. 나는 언제나 대답하지 않았다. 되고 싶은 것 같기도 하고, 되고 싶지 않은 것 같기도 했다. 지금은 배우가 될 걸 그랬다고 생각한다.

센짱이라는 제자는 나를 자주 연극에 데리고 가 주었다. 늘 대기실 쪽으로 들어갔기에, 가부키 분장을 한 두세 명이 꼭 어린 내 얼굴을 보며 웃는다. 나는 무서워져서 나도 모르게 센짱의 손을 잡았다.

멀리서 볼 때나 아름답지, 안쪽에는 여러 무대장치가 매달려 있거나 세워져 있고, 무대장치 담당자가 그 안을 조심스럽게 걸어 다닌다. 무대 아래, 통로 아래, 모든 것이 어두컴컴한 가운데 먼지가 쌓여 있는 기분 나쁜 곳을 지나서 겨우 일층 관람석 한쪽 구석으로 데려다주는 것이었다.

지금도 그 동네 유지 집의 넓고 반짝거리던 부엌 마루의 중앙에서 생판 모르는 남자가 혼자 오도카니 커다란 밥통을 안고 쓸쓸하게 밥 한 그릇을 얻어먹고 있는 모습이, 어린 눈에 어쩐지 덧없고 의지할 데 없는 것처럼 느껴져서 오랫동안 쳐다보고 있었던 것을 나는 어렵지 않게 떠올릴 수 있다.

"어르신……, 큰일 났습니다."

어느 날 다급하게 이렇게 말하며 들어온 그 수하의 말에, 식탁에 앉아 혼자 술을 마시고 있던 구니짱의 아버지(그 어르신)는 천천히 술잔을 내려놓고, "허둥대지 말게. 배가 고프면 싸우지도 못해"라며 밥그릇을 꺼내서 밥을 펐다.

어린 구니짱과 놀고 있을 때 그 집의 어느 방에서 보았던 그 인공적인 생활의 한 구절은, 지금 생각해도 기분 좋은 느낌이 든다.

오직 역사만을 중시하는 이 나라의 풍습은 별로 좋아하지 않지만, 여전히 오사카의 센바에서는 하녀들에게 올림머리 이외의 머리를 할 수 없게 한다는 것은, 나에게는 뭐라 말할 수 없이 그리운 기분 중 하나이다.

나의 소에몬초에 하나 더 야토나라는 것이 있다는 사실이 생각났으므로, 여기에 덧붙여 둔다. 야토나를 마을 게이샤라고도 한다.

소에몬초뿐만 아니라 오사카에는 곳곳에 있다고 들었다.

야토나 중에는 가정주부도 있고, 과부도 있다. 또는 생판 처음인 부인도 있고, 시집도 안 간 아가씨도 있다. 몸에 익힌 기예 하나로, 그들은 연회 자리에서, 혼례식에서, 남녀의 규율이 엄격해서 살풍경한 일본인의 모임에 흥을 돋우는 것이다.

마지막으로

오사카 사람이라고 하면 돈을 위해서는 부모도 잊고 아내도 버리고 자식도 돌아보지 않는, 소위 오사카 상인을 떠올린다. 그리고 오사카 사람의 팔 할은 상인이다. 그 상인은 돈을 위해서라면 부모나 아내, 자식도 버리고 돌아보지 않는다. 그러나 옛날에 그들의 부모들은 사랑을 위해서는 자기 자신도 잊었다고 하지 않는가.

나에게는 지금의 오사카 사람이 옛날의 오사카 사람과 그다지 다른 마음을 가지고 있다고는 생각되지 않는다. 변했다. 변한 것은 틀림없지만, 옛날의 오사카 사람이 지금 오사카 사람의 마음과 그리 달랐다고는 생각되지 않는다.

과거의 행복한 세상과 지금의 야박한 시대, 그들은 시대를 달리 했던 것이다. 시대를 달리하면 그들은 변해야 한다. 변하지 않으면, 그들은 사라져야 하기 때문이다.

얼굴을 숨기기 위해 뺨을 수건으로 감싸고 밋밋한 옷을 입고, 칠칠치 못하게 띠를 매고 초롱불 아래를 몰래 걸어 다녔던 옛날의 오사카 사람들에게서도, 우리는 지금 보는 오사카 사람들처럼 매우 강한 집착의 마음을 볼 수 있다. 그와 함께 그들은 지금은 볼 수 없는 인공적인 생활도 보내고 있었을 것이다.

소위 사랑과 의리에 얽매이고, 얽매여서 이러지도 저러지도 못하게 되었을 때, 그들은 죽음을 택할 수밖에 없었다.

밋밋한 옷을 입고 칠칠치 못하게 띠를 매고, 오사카 사람들은 사랑에 목맨 여인에게 손을 잡혀 별빛 영롱한 우메다 제방을, 어두운 아미지마 길을, 달빛 어두운 이쿠다마, 데라마치를, 터벅터벅 죽으러 걸어갔다. 어느 쪽이 남자인지, 어느 쪽이 여자인지, 남자 같은 여자, 여자 같은 남자는 함께 얼굴을 수건으로 감싸고 손을 잡은 채 죽음으로 이르는 길을 터벅터벅 걸었다.

시대가 바뀌어 이제 오사카 사람들은 그저 오사카 상인이 되어 가고 있다.

그들의 망령으로 남아 있는 여러 가지를, 지금도 옛날과 똑같은 오사카 사람들이 바뀐 세상에서 쓸쓸히 힘없이 남겨지는 것을, 어린 나는 나의 소에몬초에서 보았다.

나는 내 어린 시절의 십 년을 그 오사카의 소에몬초에서 보냈다.

요컨대 소에몬초는 겉으로는 화려한 곳이었고, 어리석음을 덕으로 삼으며 그것을 좋아하는 곳이었다. 그 화려하고 어리석은 마음을 좋아하는 동네에서, 찰나의 기쁨에 취하는 즐거운 사람들 사이에서, 선천적으로 고독한 마음을 지닌 소년은 그 십 년의 긴 세월을 혼자 쓸쓸하게 지낸 것이다.

그러면서도 그 동네와 그 옛날이 더없이 그립다.

찰나의 기쁨을 사랑하고 또한 그것을 갈구하면서, 하루 종일 밝은 햇빛을 두려워하고, 등롱의 어둑어둑한 불빛 아래 나와 나의 쓸쓸한 마음이 견딜 수 없었던, 작은 몸 하나 둘 곳이 없는 날이 많았던 것을 잊을 수가 없다. 그늘에 있으면서도 항상 그림자를 두려워하며, 화려한 사람들의 화려한 행동에 부러운 눈길을 보냈다.

그러면서도 그 마을과 그 옛날이 견딜 수 없이 그립다.

나는 그리운 그 옛날의 어렸던 나날과 그 동네를 위해, 생각나는 그대로를 여기에 써 볼까 한다.

　작년——일천구백십일 년 여름, 이 작은 습자지 속에 담겨 있는 글의 대부분과 여기에서 지워진 것, 그리고 그 밖의 것을 합쳐서 출판하게 되었을 때, '세이지로 그 자신의 글'이라는 이름으로 위와 같이 띄엄띄엄, 노트 끝에 휘갈겨져 있었다.

　지금의 나는 그 무렵의 나 자신을 경멸할 정도로 생각도 달라져서 이것을 출판하는 것이 썩 내키지는 않지만, 북 메이킹의 비열한 마음으로 매수 사정상 여기에 덧붙이기로 했다.

—— 고지 ——

가늘게 짠 격자

학교 선생님 말씀에, 임금에게 충성을 다하고 부모에게는 효를 다 하라고 한다. 부모들은 가르쳐 말하기를, 공부하고 출세해서 은혜를 갚아야 한다고 한다. 나라를 위해서, 타인을 위해서 일하라고 책에는 쓰여 있다.

어린 세이지로는 그것을 이해할 수가 없었다. 가느다란 격자에 끼워진 촘촘한 창살의 맹장지문을 바라보면서, 어린 세이지로는 생각했다.

인간은 왜 태어난 것일까. 무엇을 위해서 태어난 것일까. 임금이든 부모든 나라든, 모두 인간이다. 인간이 인간을 위해서 땀 흘려 일할 뿐이라면, 차라리 인간 같은 것을 만들지 않는 편이 낫지 않을까. 자신에게 효도를 시키기 위해서 부모가 자식을 낳았다면, 부모만큼 무자비한 존재도 없고 자식만큼 슬픈 존재도 없다.

그것을 생각하면 지금도 그 가늘게 짠 격자와, 촘촘한 창살의 맹장지문이 또렷하게 마음에 떠오른다. 그것들을 젖은 눈에 비추면서, 어린 세이지로는 격자 앞의 마루에 오도카니 앉아 고민하는 것이었다.

결국에는 이 세상이 하나의 불가사의가 된다. 혼자 오도카니 앉아서, 혼자 작아져서, 혼자 불가사의가 된다.

바깥을 보면 길을 가는 사람은 더 불가사의하다. 집도 불가사의

하다. 안을 들여다보면 집 안에 있는 사람들도 불가사의하다.

어느 날 밤, 새벽에 잠에서 깨어 인간은 왜 죽는 걸까 생각하다가, 뜨거운 눈물이 벌레처럼 주르륵하고 뺨을 흐르기에 침상 위에 일어나 앉았다.

죽기 위해 사는 사람인가? ——세이지로는 소리 내어 울었다.

그 소리에 놀라서 일어난 가족에게 울며 그 이야기를 하자 "바보구나" 하며 이유도 없이 꾸중을 듣고, 그날 밤에는 울면서 잤다.

그날부터 지금까지, 세이지로는 사람이 혼자 조용히 생각한 것을 억누르고 진실 같은 거짓을 믿으라고 강요하는 세상으로부터 등 돌리는 사람들 중 하나가 되었다.

어느 날 밤에는 또, 밤늦게 일어나 몰래 방석 위에 오도카니 앉아서 잠깐 생각했다.

생각하면 생각할수록 알 수 없게 된다. 불가사의는 더욱 짙어져 간다. 이 불가사의를 풀어 줄 사람은 없는 것일까……. 어린 세이지로는 자신과 자신의 작은 가슴을 꼭 끌어안았다. 귀를 기울이자 사람들이 잠들어 있는 조용한 이 밤에, 사람이 알지 못하는 생물이 울거나 소리 지르거나 웃고 있는 것 같다는 생각이 들었다.

문득 큰길을 걸어오는 발소리가 들린다. 근처의 게이샤가 일을 마치고 돌아가는 것이리라. 등불을 들고 배웅하는 기둥서방까지, 발소리는 두 명인 듯했다.

어린 세이지로는 녹초가 되어서 자리에 누웠다. 그리고 까닭 모를 두려움과 놀라움에 눈을 감는 것이었다.

샤미센 소리가 들리지 않는 것이 한층 더 쓸쓸하다.

박쥐 나는 밤

"너는 몇 살이냐?"

누가 이렇게 말을 걸어, 어린 세이지로는 고개를 숙였다.

처음 아이를 만났을 때 상습적으로 묻는 이 "누구누구는 몇 살?"
을, 세이지로는 그때마다 무례한 말이라고 생각했다.

그러나 그가 태어난 나라는 노인의 나라이니, 소심한 세이지로
는 오히려 자기가 잘못이라도 한 것처럼 약간 얼굴을 붉히고 고개
를 숙인 채 작게 그 물음에 대답해야만 했다.

그러나 그래도 노인의 무례함은 그치지 않는다.

"형은?" 이어서 그 사람은 이렇게 물었다.

세이지로는 여전히 고개를 숙인 채 가로저었다.

"없어?" 하고 노인은 끈질기게 어린아이를 괴롭힌다.

"예" 하고 세이지로는 우물거리며 대답했다.

"그렇다면 네가 대를 이을 아들이로구나?" 하고 노인은 책임이
라도 묻듯이 말한다.

"아니요." 그때 세이지로는 큰일 날 이야기라도 들은 것처럼 당
황해서는 과장되게 부정했지만, 곧 무슨 말인지 이해하고 얼굴이
빨개졌다.

그래서 어린 세이지로는 도망쳤다.

그것은 아직 이토야초에 있을 무렵이었다. 세이지로는 자신의 키보다 높은 자기 집 대나무 울타리에 기대어, 여름 저녁의 수심 그 자체인 것처럼 수많은 박쥐가 하늘을 나는 모습을 바라보고 있었다.

비슷한 또래의 아이들은 박쥐처럼 동네를 뛰어다니고 있었다. 그들은 저마다 뭐라고 재잘거리면서, 웃거나 춤추며 즐겁게 놀고 있다. 그때 대나무 울타리에 기대어서 그들을 바라보던 어린 세이지로의 귀에, 그들의 목소리와 외치는 소리는 마치 다른 나라에서 들려오는 소리처럼 들렸다. 그리고 뛰거나 달리거나 하는 그들이 있는 곳까지는 막(膜) 하나를 사이에 두고 있어서 갈 수 없는 곳인 듯한 기분이 드는 것이었다. 이런 것들을 말없이 보고 듣고 있던 어린 세이지로에게는 박쥐보다도, 말하는 만큼, 웃는 만큼, 그만큼 그들이 슬퍼 보인 것이다.

"너는 몇 살이냐?" 하고, 그때 낯선 이웃 노인이 그의 옆에 다가온 것이었다.

그리고 조금 전의 대화가 있은 후, 어린 세이지로는 그 예의를 모르는 노인에게서 도망쳐 어두침침한 그의 집의 작은 창가에 섰다. 작은 창에서는 그 동네의 하늘이 보인다.

아이들은 여전히 놀고 있었다.

그때, 마을 한쪽에 활기찬 울림이 일었다. 보니 저마다 손에 나무 막대를 든 다른 아이들이 무리를 지어 온 것이다. 그것은 전쟁을 가장 용감하고 좋은 것이라고 배워 온 그들의 이상적인 놀이였다.

그때 세이지로는 깜짝 놀랐다. 왜냐하면 하나뿐인 그의 형이, 방금 이웃집 노인에게까지 '없다'고 말한 그 형이 그 무리의 선두에 서서 대장처럼 지휘를 하고 있는 것이 그의 눈에 비쳤기 때문이다.

그때 세이지로는 아홉 살이었다. 그 형은 열여섯이었다.

아홉 살의 세이지로는 비슷한 나이의 아이들이 하는 일을 모두 싫어했다. 그리고 또 한편으로 노인들을 은근히 증오했다. 어린 세이지로는 정말이지 몸 둘 바를 몰랐다. 다른 아이들과 조금 다른 그런 세이지로를, 마음이 메마른 사람들은 단순하게 '성격이 이상한 아이'라 치부하며 그를 멀리했다. 그리고 그와는 정반대인 그의 형을 '바보'라 부르며 똑같이 멀리했다.

어린 나이에도 형의 마음을 이해하는 한편 그런 사람이 형이라는 것을 부끄러워하던 세이지로는, 자주 그 나이 차이가 많이 나는 형의 소매를 끌어당기며 오히려 자기가 형인 것처럼 얼굴을 찌푸리고 어린아이처럼 놀러 가는 그 사람을 꾸짖었다. 그러면 그때마다, 형은 꼭 백치 같은 표정으로 웃어 보이며 온 힘을 다해 잡힌 소매를 뿌리치고 나가는 것이었다.

세이지로는 어두침침한 곳으로 돌아와서 작게 울었다. 그리고 이렇게 작은 창으로 얼굴을 내밀고는 크게 한숨을 쉬는 것이었다.

하늘하늘, 눈꺼풀을 스치듯이 박쥐는 저녁 하늘을 날아다니고 있었다.

어린 세이지로의 세계는 어두웠다.

세이지로는 자신과 자신의 가슴 속에 불길한 피가 흐르는 것을 느꼈다. 같은 아버지와 같은 어머니 사이에서 태어난 그와 그의 형, 두 사람을 나란히 놓고 생각했을 때, 그는 그 흐름의 원천이 죽은 아버지로 집약되는 거 같아서 그 아버지를 미워하지 않을 수 없었다. 그런 생각을 하면 어린 세이지로의 마음은 찢어질 것만 같다.

세이지로는 부모에 대한 무거운 부담을 느꼈다.

작은 창으로 보이는, 날아다니는 박쥐들의 숫자가 적어짐에 따라 황혼의 발걸음은 바빠진다.

세이지로는 귀를 막고 눈을 감고 그 자리에 웅크렸다.

수로의 유혹

보이지 않을 정도로 조용히, 소리도 없이 흘러가는 수로의 물이, 어린 세이지로의 내리깐 눈에 비쳤다.

때때로 그 내리깐 눈을 들며, 어린 세이지로는 터벅터벅 걸었다. 물가에 있는 버드나무 밑에서 아래쪽으로, 어린 그는 터벅터벅 걸었다.

그 물가 구석에 작은 돌을 쌓아놓은 곳이 있다. 아이들은 그것을 돌산이라고 불렀다. 오늘도 거기에 대여섯 명이 모여서 서로 돌을 던지거나 씨름을 하거나 하면서 시끌벅적하게 놀고 있다. ──이

사 온 지 아직 얼마 되지 않았을 때였다.

"저 녀석! 저 녀석! 요전에 이사 온 녀석이야."

혼자 걷는 어린 세이지로를 보고, 그중 한 아이가 이렇게 말했다.

"싸움 걸어 볼까?"

"불쌍하잖아, 봐줘."

어린 세이지로는 못 들은 척하면서 그쪽에 등을 돌린 채 걸었다.

"어——이, 이쪽으로 와 봐, 놀아 줄게."

두 명 정도의 목소리가 뒤에서 들렸다. 세이지로가 뒤도 돌아보지 않고 걸었더니, 그쪽에서 와자지껄하게 웃음소리가 일었다.

하늘은 서쪽으로 붉게 저물어 가고, 물가에 서면 동쪽 다카쓰노미야의 높은 전각의 하얀 벽이 작게 반짝반짝 빛나 보인다. 그러나 반대편 기슭의 도톤보리에는 아직 불이 켜지지 않는다.

걷다 지친 어린 세이지로는 물가로 내려가기 위해 강가의 돌계단을 내려갔다. 그 물가를, 작은 게가 옆으로 스르르 기어가고 있다. 고개를 들자 반대편 기슭에 연극 깃발이 한 장 흔들리고 있었다.

해 질 무렵 거리의 떠들썩함은 조용한 수로 주변을 와자지껄하게 헤매며 걷고 있다. 그 울림이 마치 사람이 기절할 때처럼 그 귀에서 멀어져 갈수록, 어린 세이지로는 딱히 무엇을 보는 것도 아닌데 멍하니 바라보며 있었다.

그때 누군가가 세 번이나 부르고, 그 세 번째에 어깨를 두드렸을 때야 비로소 정신을 차렸을 정도로, 어린 세이지로는 멍하게 있었다.

"아가! 귀여운 아가야! 뭐 하고 있니?"

그렇게 말하는 이는, 서른이 넘었지만 아직 이십 대 정도로 보일 듯한 그런 모습의 여인이었다. 몸에 걸친, 나이에 비해서는 지나치게 화려한 옷은 약간 요염하게 흐트러져 있었다. 그러나 어깨에 닿은 그 사람의 손이 히스테리컬하게 떨리고 있는 것을, 어린 세이지로는 숨죽인 채 느꼈다. 찰랑거리는 그 사람의 가느다란 머릿결이 약간 치켜 올라간 눈 위로 드리워져 흔들리고 있었다.

세이지로는 잠깐 올려다보고는 곧 고개를 숙였다.

침묵이 조용한 수로의 물과 함께 흐른다.

그것은 가을이었다. 어쩌다 그 일을 떠올리면, 세이지로는 바로 저 아이아우바시 다리 서쪽의 찻집과 찻집 사이에 있는 강으로 내려가는 어두운 돌계단과 또 그 돌계단이 끝나는 곳, 그보다 더 어두운 강가 버드나무 아래에서는 어딘지 모르게 주위의 공기가 차게 식어 있고, 물가로 내려가는 차가운 돌계단이 서서히 싸늘해지다가 끝나는 곳, 강가 버드나무 밑동에 서서 한층 더 차갑고 매서운 가을의 마음을 느꼈던 것을 연상하게 된다. 그것과 히스테리컬한 여인 사이에는 무슨 관계가 있었던 것 같지도 않지만, 분명 그것은 가을이었다. 어쩌다 그것을 떠올리면 어린 세이지로는 그 강가 버드나무 밑에 서서 발치의 부부 지장보살을 보며, 슬피 우는 메마른 샤미센 소리를 들으며, 흠뻑 젖어 차가워진 찻집의 머름에 청귀뚜라미가 우울한 듯이 귀뚤귀뚤 울던 것을 연상하게 된다.

그것은 분명 가을이었다. 배 한 척이 수로를 조용히 지나갔다. 맞은편 기슭에 등불 두세 개가 깜빡깜빡 켜지기 시작한 그런 때였다.

요괴처럼 기척도 수상하게 수로의 물가로 다가온 이상한 여인이 어깨에 손을 올리는데도, 어린 세이지로는 여전히 한동안 말없이 흐르는 물을 바라보았다.

그러자 그때 그 이상한 여인은 무슨 발작처럼 어린 세이지로의 손을 잡았다. 그리고 두 사람은 묵묵히 그 돌계단을 터벅터벅 올라갔다.

그들은 거리로 나와서 다리 맞은편의 도톤보리로 건너가, 결국 번화한 센니치마에 거리로 나갈 때까지 한 마디도 나누지 않고 걸었다. 어린 세이지로의 손은 꽉 잡힌 나머지 저릿저릿해졌다. 세이지로는 이상하게 떨리는 가슴을 다른 한쪽 손으로 껴안았다.

"재미있는 거라도 볼까?"

그 여인이 먼저 이렇게 말했는데도 세이지로는 역시 잠자코 있었다. 두 사람은 걸었다.

어느 곳에서는 새하얀 얼굴의, 인형처럼 선이 또렷한 아가씨가 야릇한 노래를 신기한 가락에 맞춰 부르고 있었다. 갑자기 한들거리며 그 목이 촛불처럼 움직이는가 싶더니, 그것이 주르륵하고 석 자 정도 늘어나는 로쿠로쿠비[23] 여자가 있었던 것을, 어린 세이지로는 그 여인의 손에 끌려 길을 걸으면서 보았다.

---

23) 목이 몹시 길고 자유자재로 늘었다 줄었다 하는 일본 요괴의 이름.

"뭐라도 볼까?" 걸으면서 그 여인은 두세 번 그렇게 말한다.

세이지로는 고개를 저었다.

그러는 사이에 문득 어찌 된 일인지, 어린 세이지로는 머리가 어지러워졌다. 어디를 어떻게 걷고 있는지 알 수 없게 되었다.

날이 저물고 집들의 처마마다 켜진 등불이 수많은 눈처럼 빛났다. 두 사람은 말없이 걷고 있었다.

그리고 결국 깜깜하고 좁은 동네가 나왔다.

하늘도 어둡고 집도 어둡고 땅도 어둡다. 그러나 서로 짠 것처럼 양쪽의 집들은 비슷비슷한 작은 규모에, 비슷비슷하게 작은 초롱불이 그 집들의 격자문 앞을 조용히 밝히고 있었다. 그 등롱은 피처럼 붉고, 아무런 빛도 없는, 마치 검은 옷에 흘린 핏방울처럼, 그리고 전부 같은 높이와 간격으로 집집마다 하나씩 걸려 있었다.

그런 집들 중 하나——밖에서 보면 입구에는 유령처럼 하늘색 포렴이 걸려 있는 것이 어둠 속에 흐릿하게 보이고, 그 안쪽에 더 흐릿하게 곧장 이층으로 올라가는 넓은 계단이 보인다. 꽉 잡힌 어린 세이지로의 손은 이미 아무 감각도 없었다. 무슨 말을 할 기력도 없었다.

역시 말없이 그 집으로 들어가서 그 어둠을 밟으며, 그녀에게 손을 잡힌 채 그 누구에게도 그들의 침묵을 방해받지 않고 그 계단을 올라갔다.

그곳은 작고 어두운 방이었다. 작은 등롱의 불빛이 시체의 마음처럼 켜져 있었다.

두 사람은 정면으로 마주 보고 앉았다. 그때 세이지로는 그 여인에게 움직이기 힘든 힘이 있음을 인식했다. 그 여인의 눈이 고양이처럼 빛났다. 어린 세이지로는 조금 무서워졌다. 그러나 도망칠 수도 없다. 그리고 그럴 생각조차 들지 않는다. 또 그 여인의 눈은 매우 유혹적으로 빛나고 있었다.

잠시 후에 그 여인은 어슴푸레한 등롱 불빛 속에 그 하얀 팔을 내밀고,

"꼬집어 줘"라고 말했다. 그 부드러우면서도 강력한 목소리에, 세이지로는 그렇게 하려고 그의 작은 손을 내밀지 않을 수 없었다. 어린 그가 시키는 대로 하자,

"더 세게" 하고 그녀는 권위적으로 말한다.

"더, 더 세게."

그러는 사이에 어린 세이지로는 꼬집는 자기 손가락 끝이 아파 와서 왼손으로 받쳤다.

"세게, 세게, ……손톱을 세워도 돼."

어린 세이지로는 불쌍한 노예처럼 시키는 대로 했다.

그러자 거기에서 검고 끈적끈적한 것이 뚝뚝 떨어져서 세이지로의 손가락 끝을 벌레처럼 기어가는 것 같아, 약한 소년의 마음은 깜짝 놀라 손을 뺐다. 그러자 그 여인은 처음으로 한쪽 뺨에 농염한 웃음을 지었다. 그리고 마치 미치광이처럼, 쓰러뜨릴 듯이 어린 세이지로를 끌어안고 입을 맞추었다.

숨이 막히지 않을까 싶을 정도로, 어린 세이지로를 꼭 끌어안

고⋯⋯.

지지직 하고 타는 듯한 소리를 내면서, 그때 등롱의 불이 꺼졌다.

빗을 품고

아직 이곳으로 이사 온 지 얼마 되지 않은, 매우 어린 세이지로였다. 전에 살던 소박한 동네를 생각하면 이곳은 아름다운 물건들과 아름다운 사람들이 많아, 어린아이는 놀라움으로 눈을 크게 떴다.

대각선으로 건너편 집에 사는 오키미 씨는 이 주변에서는 보기 드물게 아침 일찍부터 일어나서 아름답게 올린 머리에 먼지를 막기 위한 새빨간 비단 천을 두르고, 예쁜 보라색 새틴으로 만든 어깨띠를 맨 채 촘촘한 격자문을 닦고 있었다.

사실 마흔에 가깝다고들 하지만, 그렇게 말하는 사람들도 아무리 봐도 이제 스물을 넘은 것으로밖에 안 보인다고 한다. 이 동네에서 처음으로 좋아했던 사람을 어린 세이지로는 은밀히 누님이라고 해야 좋을지 아줌마라고 하는 것이 맞는지, 얼굴을 맞대고 부를 일은 없지만 혼자서 남몰래 입속으로 말해 보는데도 어떻게 불러야 할지 고민했다.

한때는 전성기를 구가한 적도 있다고 한다. 그때는 낙적시켜 준 사람이 있어서, 혼자서 살기에는 지나치게 큰 그 집에 밤이면 찾아오는 사람을 기다리는 날들로 보내고 있었다.

무슨 볼일이 있었던 것인지는 모르겠다. 어느 날 오키미 씨가 어린 세이지로의 집에 놀러 왔다. 그때 마당의 어슴푸레한 구석에서 작게 팔짱을 끼고, 나지도 않는 주변의 냄새를 찬찬히 맡으며 이유도 없이 생각에 잠겨 있던 어린 세이지로는, 그 사람이 들어오는 것을 보고 갑자기 가슴이 떨려서 물건 뒤에 웅크렸다.

잠시 후에 그가 일어섰을 때는, 그 사람의 용모에 비해 나이든 것처럼 들리는 그녀의 웃음소리가 방 쪽에서 나고 있었다.

어린 세이지로가 훔쳐보듯이 목을 길게 빼고 마루 입구 쪽을 보니, 밖에서 비쳐드는 하얀빛과 안쪽의 어두운 그림자의 경계쯤에 옥색 무늬의 가늘고 하얀 신코가 달린, 검게 칠한 나막신이 안쪽에 벗어져 있었다. 그 옆에는 반짝반짝 빛나는 것이 붙은 아름다운 무늬의 빗이 떨어져 있었다.

세이지로는 조심스럽게 발끝으로 걸어가서 그 자리에 쪼그리고, 주변을 살피면서 두근두근 방망이질하는 가슴을 억지로 가라앉히듯이 작게 숨을 내쉬었다. 그리고 재빨리 그 빗을 품에 넣었다.

어린 세이지로는 즉흥적으로 그때 나막신을 가지런히 정리해 놓고는 빗을 품고 원래 있던 마당으로 돌아왔지만, 신경이 쓰여서 다시 살며시 그곳으로 가서 정리해 놓은 나막신을 아까처럼 벗어던진 채로 돌려놓고 왔다.

어슴푸레한 마당 구석에서, 세이지로는 품속에 향기가 나는 빗을 품고 가쁜 숨을 쉬었다.

빗을 품고, 여러 가지 생각으로 어린 세이지로의 가슴은 터질 것 같다.

결심한 듯, 다시 세이지로는 원래 자리에 발소리를 죽이고 다가가서 품속에서 품고 있던 빗을 꺼내 원래 자리에 떨어뜨려 놓았다. 쪼그리고 그렇게 하기 전에, 어린 세이지로는 그 짙은 향기를 빨아들이듯이 냄새를 맡고, 먹을 듯이 입 맞추고, 그래도 미련이 남는 듯이 한 번 더 품에 껴안고 있는데, 갑자기 집에 가려는 듯 오키미 씨의 모습이 그 현관에 나타났다.

세이지로는 온몸의 피가 얼굴로 몰리는 것을 느끼면서, 떨림이 멈추지 않는 손을 뻗어 들릴까 말까 한 목소리로 "……떨어져 있었어요……"하며 그 빗을 오키미 씨에게 건네려고 했다. 그러자 오키미 씨는 무슨 생각을 했는지 그 뺨에 희미한 미소를 띠고, 빗을 든 세이지로의 손을 위에서 잡아 그의 품속에 넣었다. 그리고 현관까지 배웅을 나온 가족에게도 인사를 하는 둥 마는 둥 뛰다시피 돌아갔다. 가족은 거기에 세이지로가 있는 것을 신경 쓰지 않고 안으로 들어갔다.

어린 세이지로는 빗을 안고 오랫동안 그 자리에 서 있었다.

그날로부터 며칠 동안, 어린 세이지로는 꾀병으로 자리에 누워 있었다. 그랬더니 정말로 열이 났다. 뜨거운 가슴에 빗을 품고 꾀병으로 누운 자리에서, 밖에 나가서 다른 사람을 보고 다른 사람이 자신을 보는 것이 부끄러워서, 여러 생각으로 고민하면서 어린 세이지로는 며칠 동안 그곳을 떠나지 않았다.

인형과 주사위

오키쿠 씨, 다에, 다에의 동생인 센짱, 그리고 어린 세이지로, 이렇게 넷이 집 안에서 몰래 숨바꼭질을 했다. 숨바꼭질을 좋아하는 아이는 벽장 구석, 부엌 으슥한 곳에 몸을 숨겼을 때 비로소 자신이 숨 쉴 곳을 찾아낸 듯한 기분이 드는 것이었다.

그날은 오키쿠 씨가 없었기 때문에 다에와 센짱과 세이지로가 숨바꼭질을 하는데, 센짱이 술래가 되었다.

"아직이야——."

장단을 붙여 말하면서, 어린 세이지로는 다에에게 이끌려 이층 방의 벽장에 숨으려고 했는데 다에가 갑자기,

"잠깐, 잠깐 이것 좀 봐."

손에 커다란 대합껍데기를 가지고 있었다.

열한 살의 다에와 열 살의 세이지로, 그리고 아홉 살인 센짱 세 사람은 어느덧 숨바꼭질을 그만두고, 대합껍데기를 반으로 쪼개고 안에서 나온 인형을 늘어놓고 있었다.

그것은 흙으로 구운 인형으로, 작은 초롱불이 하나, 서로 끌어안고 있는 남녀의 인형이 하나, 베개가 하나였는데, 정말 아름다운 것들이었다. 그러나 그것은 나라에서는 공공연하게 허락되지 않는 것이었다.

그것은 맹목적이고 무모한 관리들이 사람을 타락시키고 아름답

지 못하다 하여 공공연하게 취급하는 것을 금지해 놓았고, 오히려 그 사람들은 그 타락하고 아름답지 못한 그것들을 비열한 호기심과 추하고 졸렬한 마음으로 몰래 모으고 있다는 것을, 세이지로는 나중에 알았다.

그러나 그것이, 옛날에 그야말로 아름다운 것을 사랑하는 사람이 많았고 자유로운 사고를 할 수 있었던 시절에 만들어진 것이었다면, 거기에 남아 있는 그것은 진실로 아름다운 것이었을 거라고 지금의 세이지로는 생각한다.

그때, 어린 세 사람은 다행스럽게도 편협한 도덕을 알지 못했기 때문에, 또한 그것을 반성하기에는 너무 어렸기 때문에 아름다운 마음으로 그 늘어놓은 인형을 볼 수가 있었다.

이윽고 다에는 일어서서 그것을 도로 넣고, 한동안 더 벽장 속을 부스럭거리며 뭔가를 찾는가 싶더니, "이 주사위 놀이를 하자"라며 또 뭔가를 꺼내 왔는데, 아까 그 인형을 서른여섯 장의 여러 가지 형태로 표현한 그림이었다.

삼, 오, 육, 하고 주사위를 흔들면서, 아름다운 그 주사위 놀이의 그림 위를 더듬으며 놀던 어린 세이지로는 참으로 행복한 아이였다고 지금 생각한다.

요리키의 마음

요리키 동네에는 요리키[与力]²⁴⁾가 있었다. 요리키 중에 유명한 이와 이름도 없는 이, 두 명의 요리키가 있었다.

본국 시나노——이야기를 여기에서부터 시작하려고 한다——그것은 세이지로네 집의 족보 제일 처음에 쓰여 있는, 오랜 세월이 지나서 지금은 거의 사라져 가고 있는 글씨다. 그리고 공허한 역사를 좋아하는 민족적인 눈으로 보면 흐릿해진 이 문자는 아무개 시나노 수령이라고 쓰여 있고, 전답 십만 정을 내린다고 되어 있다. 어느 해 언제쯤의 일인지, 그 가문은 오사카의 기타덴마[北天滿]로 옮겨 왔다. 이리저리 옮겨 다니며 떨어지고 또 떨어진 세이지로의 선조에 대한 기록은 덴마의 요리키가 되어 낡은 족보 위에 간신히 증조할아버지와 할아버지의 이름을 남겨 놓았다. 그 아버지는 규슈의 후쿠오카에서 죽었다. 세이지로는 규슈의 후쿠오카에서 태어났지만, 할아버지와 할머니의 무덤은 오사카의 나가라[長柄]에 있었다.

어렸던 세이지로는 쇠해 가는 그 가문을 슬퍼한 외할머니에게 이끌려 자주 그 나가라의 무덤에 가곤 했다. 가는 길에 덴마의 요리키 동네를 지날 때, 외할머니는 어느 사거리 모퉁이에 인력거를 세우고 슬픈 목소리로,

---

24) 에도시대의 관직 중 하나. 에도 시중의 행정, 사법, 경찰 임무를 맡았다.

"저게 너희 가문의 옛날 저택이란다" 하고 자주 가르쳐주곤 했다. 어린 세이지로는 그만 그 분위기에 취해서, 어느샌가 눈물이 그렁그렁해졌다. 그리고 눈물로 반짝이는 눈을 들어 외할머니가 손가락으로 가리키는 쪽을 보니, 하나같이 낡은 담장으로 둘러싸인 저택 중에서 유달리 커다란 집이 눈물 속에서 빛나 보였다.

언젠가 그 옆까지 가 보니 시체처럼 무너진 흙담을 통해 텅 빈 절 같은 커다란 저택이 보였다.

소년 세이지로는 매일 밤 이야기를 들어 익숙한 그 불행하기 짝이 없는 할아버지의 혼이, 지금도 죽지 못하고 그 집의, 그 문의 어딘가를 헤매고 있는 것 같다는 생각이 들어서 갑자기 무서워졌다.

할머니는 인력거를 다시 달리게 하고는 그 위에서 할머니 자신의 회상의 마음에 취한 듯 "같은 요리키 중에 헤이하치로와 오시오라는 사람이 있었지……"라고 어린 세이지로에게 들려주었다.

그 이름은 지금도 오사카의 부자들에게는 새로운 두려움을 불러일으키기에 충분하다. 그것은 현명하고 용감한 요리키의 이름이지만, 안타깝게도 그는 상당히 깊었던 그의 학문 때문에 반역으로 몰려야만 했다. 정당한 요리키의 이름을 잃어야 했다.

할머니의 이런 이야기가 끝나기 전에, 두 사람을 태운 인력거는 어느 공터 앞에 섰다.

그것은 모든 풀이 짚처럼 헝클어진 채 평지에 엎드려 있고, 그 밑에서 파란 풀이 작게 머리를 내밀고 있었던 듯한 무렵이었다고 기억하고 있다.

"여기가 그 헤이하치로, 오시오 님의 저택이 있었던 자리란다."

그때 그곳을 가리키면서 할머니는 어린 세이지로에게 가르쳐주었다.

누추한 집들에 둘러싸여 그냥 하나의 공터처럼 황폐해진 초원. 그곳에서는 무엇 하나 볼 수 없었다.

짧은 시간을 보낸 후, 인력거는 조용히 원래의 길로 돌아갔다. 세이지로의 옛날 저택 앞을 다시 한 번 지나서 나가라 쪽으로 향하는 길에, 그 인력거 위에서 할머니는 화제를 바꾸어 같은 요리키의 신분이었던 그의 할아버지 이야기를 했다.

"그 사람은 기모노 안쪽에 빨간 비단 천으로 안감을 대는 걸 좋아했지." 말과 칼을 가까이하는 대신에 남자인 주제에 샤미센을 잘 켰고, 노래를 잘하고 가무와 달콤한 입맞춤으로 시간을 보냈다.

썩어빠진 계집 같은 남자, 혹은 겁쟁이 요리키로 명성이 자자했다고 할머니는 말한다.

그러나 어린 세이지로는 아무런 사정도 모른 채 그 겁쟁이 요리키의 마음을 할머니와 함께 미워할 수는 없었다. 그리고 지금도 그는 그 사람이 그립다.

그리고 또한 족보나 부모님, 그리고 나가라의 무덤은 세이지로에게는 세월과 함께 잊혀 갔지만, 그 황폐해진 초원을 배경으로, 하필 모반을 일으킨 그 요리키의 마음을 그는 지금도 잊을 수 없다.

요리키 동네에는 요리키가 있었다. 요리키 중에 유명한 이와 이름도 없는 이, 두 명의 요리키가 있었다.

할머니의 슬픈 베갯맡 이야기

세이지로의 친할아버지와 친할머니는 세이지로가 태어나기 전 해 즈음에, 앞서거니 뒤서거니 모두 돌아가셨다. 여기에서 할머니라는 것은 외할머니를 말한다.

"아비 없는 아이는 겁쟁이가 많다. 엄마밖에 모르는 아이, 할머니밖에 모르는 아이는 자칫하면 연약해지지."

친척 중 누군가는 종종 이렇게 말했다.

할머니와 어머니도 말했다. "너는 아버지가 없는 아이니까 특히 조심해야 한다. 네가 잘못하면 다른 사람들은 모두, 저건 틀림없이 할머니와 엄마가 키웠기 때문이라고 말할 거야."

세이지로는 이런 말을 듣기 전에, 언제나 그 사람의 얼굴을 보며 무슨 말을 하기도 전부터 눈물을 뚝뚝 떨어뜨렸다.

―― 알고 있다, 알고 있어. 작은 세이지로에게도, 작은 마음이 있지 ――.

어려서 아버지를 여읜 세이지로는 할머니와 어머니의 손에 금이야 옥이야 자랐다. 특히 할머니는 애처로운 마음에 세이지로가 젖먹이였을 때부터 중학교를 졸업한 이듬해까지 십이 년이란 시간을 한시도 곁에서 떨어지지 않고 보살펴 주었다.

세이지로는 열한 살이 되어서도 여전히 할머니와 함께 잤다.

그러나 세이지로는 점점 할머니와 함께 자는 것이 싫어졌다. 어머니는 시골 친척 집에 가 있어서 잠깐씩밖에 돌아오지 않았고, 해 질 녘마다 세이지로는 자기 주위의 어두운 그늘을 바라보며 체면이고 뭐고 없이 슬퍼하거나 외로워했다.

할머니는 부유한 집안에서 태어났지만 계속해서 밀어닥친 불행 때문에 육십여 년의 세월을 한시도 편하게 보내지 못했다. —— 무사 계급이 폐해졌다. 자식이 가출했다. 딸은 시집간 지 얼마 되지 않아 과부가 되었다. 빌려준 돈은 계속 떼였다. —— 할머니는 이런 제멋대로인 불행의 횡포를 떠올리고, 나아가서 지금의 신세를 생각하면 참으로 울지 않고는 배길 수 없었을 것이다. 원망하지 않을 수 없었을 것이다.

할머니는 육십여 년간 쌓이고 쌓인 슬픔과 원망을, 밤마다 옆에서 자는 어리고 아직 철없고 여린 세이지로에게 넋두리를 하면서 조금 달랬을 것이다.

어린 세이지로야말로 성가셨다. 그리고 생각했다. 먹고사는 데 불편하지 않는 한, 그리고 현재 불행하지 않은 한, 무엇이 저리도 원망스러운 걸까. 그래도 겁먹기 쉬운 소년의 마음은 비열하게도 여기에서 부르르 떨 수밖에 없다. 이 나라의 부모들은 진심으로 그들의 자식에 대한 자애가 있기나 한 것일까.

철이 들자마자 세이지로는 이 할머니의 넋두리를 들었다. 매일 저녁 세이지로는 밤에 듣게 될 할머니의 넋두리를 생각하면 체면 차릴 겨를도 없는 기분이었다. 어린 마음에 세이지로는 과장된 주위의 검은 그림자를 보았다. 밤마다 슬퍼하고 외로워하는 소년의 마음은, 어차피 누구에게도 토로할 수 없는 슬픔과 외로움이었다. 어린 세이지로는 가슴 깊은 곳에 솟아나는 그 마음을 젖은 눈가에 차오르는 눈물과 함께 삼켰다.

외삼촌(그 집의 주인)은 대개 가게에서 잤고, 집에 돌아오는 일은 드물었다.

노인과 아이밖에 없는 쓸쓸한 집은 밤이 늦은 찻집 거리에서 눈에 띌 정도로 제일 먼저 잠자리에 드는 집이었다.

세이지로는 처음 얼마 정도는 할머니가 잠들 때까지 일부러 일어나 있었다. 그리고 한 시간 정도 지난 후에, 이제 괜찮겠지 싶어서 주뼛주뼛 할머니의 침상으로 살그머니 들어가는 것이었다. 겨우 할머니를 깨우지 않고 들어갔다고 생각하고 조용히 잠들려고 하면, "아——아" 하고 할머니는 그 탄식이 섞인 하품을 하고는 했다.

"세이지로야, 너는 가엾은 아이란다."

세이지로는 이 말을 이미 해가 질 무렵부터 마음속으로 듣고 있었다. 세이지로는 말없이 숨을 죽였다. 눈에는 벌써 뜨거운 눈물이 번지고 있었다.

"너는 다른 아이들과 달리 이런 곳에서 자랄 아이가 아닌데. 그렇지. 네 아비가 살아 있었다면……. 게다가 네 어미는 어째서 저렇게 아무 신경도 안 쓰는 걸까."

이야기는 늘 이렇게 시작되었다.

어린 세이지로는 이 할머니의 넋두리를 듣지 않으려고 여러 가지로 어린 지혜를 짜내었다. 학교에서 선생님이 하는 이야기, 소년 잡지에서 읽은 여러 이야기 ――그런 것을 할머니에게 들려주었다. 그러나 그 이야기가 끝나면 또,

"그렇지? 불쌍한 아이 같으니……. 세이지로! 너는 너무 똑똑해."

이런 식으로 할머니의 넋두리는 시작되어 좀처럼 막을 수 없었던 것이다.

"네 아비라는 사람은 아침부터 밤까지 술을 마시다가 결국 죽어 버렸다. 저 혼자 죽는 것은 괜찮지만, 나중에 남은 사람이 불쌍하잖니. 적어도 네 어미라도 제대로 살고 있으면 좋으련만, 네 어미는 여자 주제에 칠칠치 못하고, 돈 귀한 줄 모르는 바보가 아니냐."

"도대체 너희 가문은 점점 안 좋아져 가는구나. 할아버지(그 친할아버지)라는 사람은 멋쟁이라 돈을 써 대지, 게다가 잘생긴 사내이다 보니, 나이가 들어서도 멋있다 보니, 만날 여자들 때문에 잘못을 저지르고. ……."

"세이지로야! 너는 절대로 그런 일은 없겠지만, 또 할머니는 너야말로 잘될 거라고 생각하고 기대하고 있으니까, 여자라는 존재

는 무서운 존재라는 것을 잊지 말고 정신 똑바로 차려야 한다."

이것이 시작되면 끝이 없었다. 어린 세이지로는 이 이야기를 듣는 데에 완전히 질렸다. 그래도 밤이면 밤마다 눈물만은 끊임없이 흐른다.

울면서 세이지로는 생각했다. ──

뭐가 불쌍하다는 걸까, 할머니가 무턱대고 나를 불쌍한 아이로 만들어 버리는 게 아닌가? 정말로 더 불쌍한 아이가 된다 한들 불쌍하다는 말을 듣는 것보다는 행복할 거라고 세이지로는 생각한다.

어린 세이지로는 실은 할머니가 말하는 바보 같은 어머니가 좋았다. 여자 때문에 잘못을 저지른 그 할아버지가 그리웠다.

근처의 집들에서는 한가한 게이샤들이 주위도 신경 쓰지 않고 연습을 시작한다. 밤마다 샤미센과 북소리가 여기저기서 들려왔다.

그런 바깥의 왁자지껄한 울림은 일종의 쓸쓸하고 우울한 음색이 되어, 할머니의 이야기와 함께 어린 세이지로의 귀에 들어왔다.

처음에는 듣고 있는 세이지로의 어린 가슴 속에서 폭풍 같은 것이 소란을 피웠다. 세이지로는 이리저리 달려 나가고 싶은 기분이 들었다. 그러나 마음 약한 그는 그럴 수도 없었다. 처음에는 말없이 작은 몸으로 견뎠지만, 결국 어린 세이지로는 그 두 개의 음색에서 묘한 일종의 조화를 발견해냈다.

어떨 때는 울면서, 어떨 때는 작은 가슴을 끌어안으면서, 가슴을 끌어안은 작은 손가락 끝으로, 구부린 작은 발가락 끝으로 세이지로는 샤미센과 북소리를 따라 작게 박자를 맞추게 되었다.

고도(古都)와

지금에 와서 생각하면 그는 슬픈 사람 중, 외로운 사람 중 한 명이었다. 하지만 젊고 아름다운 사람이었다. 반짝거리는 금반지 몇 개가 빛나는 그 하얀 손을 가진 사람의 이름은, 어린 세이지로의 어머니였다.

작은 손을 그 하얀 손에 붙들려 향냄새가 떠도는 듯한, 그리고 아직도 꿈이 싹트는 어린 풀 같은 동네로 왔다. ──기차에서 내려 역을 나왔다.

거기에서 몰려드는 인력거꾼 중 한 명에게 어머니가 "어디 어디로"라고 말하는 그 잠깐 사이에 어린 세이지로의 눈에 비친 것은, 그리고 그 후 어른이 된 세이지로의 눈에도 남아 있는 것은 푸르고 아름다운 산이 세 개나 겹쳐 있는 그 모습이었다.

시작도 없고 끝도 없다.

그러나 생각해 보면 그것은 소년이 태어나서 처음으로 본 고도(古都) 나라(奈良)였다. 미카사야마(三笠山) 산이었다.

시작도 없고 끝도 없는 이야기지만, 나중에 듣자하니 소년은 태어나기 전에 죽은 친할아버지의 본가에, 어머니는 그 시아버지의 고향 집에 간 것이었다.

세이지로의 할아버지는 양자였다. 머리가 좋은 사내로, 멋쟁이에, 나이가 들어서도 반할 만한 외모를 가지고 있었다. 그 사람의 본가는 나라의 유곽이었다.

어른이 된 세이지로가 그때 문득, 그래도 요리키의 신분에 있던 사람이 유곽에서 양자를 들였다는 사실에 고개를 갸웃거린 적이 있지만, 그 후에는 더 이상 생각해 보지도 않았다.

세이지로에게는 옛 수도의 쓸쓸하면서도 화려한 유곽이라는, 오직 그 사실만이 그리웠다.

산이 아름답고 물도 맑은 향기로운 옛 도읍에서 태어난, 기름 항아리에서 나온 것 같은 사내, 그리고 나이가 들어서도 아름다운 외모를 가지고 있었던 만큼 그 평생을 여자들의 연애편지에 시달렸다는 사람을 생각하면, 외할머니의 '항상 여자 때문에 잘못을 저지른다'는 그 말이 오히려 더할 나위 없이 그리워지는, 반들반들 잘생긴 사내. 어린 세이지로의 마음에도 그가 행운아라는 생각이 들었다. 그 사람이 자신의 할아버지라고 생각하면 어린 몸이 희미하게 떨리는 것을 느낀다.

나라를 떠올리면 그립다. 그 유곽은 특히 그립다.

반들반들 잘생긴 사내, 그 할아버지는 더욱 그립다.

은혜 모르는 자의 영화(榮華)

그 할아버지는 외할아버지다.

세이지로가 태어나기 몇 년 전에 죽은 할아버지다.

그 이야기는 세이지로가 어렸을 때, 정말 은혜 모르는 사내라며 밤마다 그 외할머니가 들려준 이야기다.

그것은 도쿠가와 삼백 년의 문명이, 떨어지는 피 같은 동백꽃처럼 슬프고도 아름다웠던 때다.

무사가 풍류에 빠져서 오로지 시와 하이카이[俳諧][25]에만 열중했을 때, 그 사람은 오사카 남쪽 개척지에서 오로지 가무에 열을 올리고 있었다.

여러 가지 이야기를 들었지만 대부분 잊어버렸고, 단 한 가지 머리에 남아 있는 것은 그 사람이 스미요시[住吉][26]에 참배하러 갔던 이야기이다.

동쪽으로는 아베노[阿倍野] 가도[27]의 인덕이 이어지고, 서쪽은 감성돔이 사는 바다다. 그 바다는 보이지 않지만, 덴카차야[天下茶屋][28] 근처에 가면 기즈가와 강에 정박해 있는 배의 돛대가 숲처럼 보였

---

25) 에도시대에 유행했던 해학적인 내용을 담은 일본 문학.

26) 스미요시타이샤[住吉大社]를 말한다. 스미요시타이샤는 일본 전국에 2300여 개나 되는 스미요시 신사의 총본사(總本社)로, 정월이 되면 약 200만 명의 참배객으로 북적거린다.

27) 교토와 오사카 부의 무역항 사카이를 연결하는 가도. 상인들이 특히 많이 다녔던 길이다.

28) 도요토미 히데요시가 스미요시에 참배하러 갔을 때 쉬어갔던 찻집이 있었다는 것에서 유래한 지명.

다.

매우 아름답게 머리를 묶고, 매우 화려한 옷을 입고, 홍백의 지리멘유젠으로 얼룩덜룩하게 장식한 가마를 타고 1리[29] 반 떨어진 스미요시 가도를 노래하러 다녔다.

하얀 길과 풀이 자라는 누긋한 초록색 길을 간다. 이윽고 스미요시의 높은 등롱이 보인다. 높은 등롱 밑에는 항상 일고여덟 개 정도의 돛대가 서 있다.

네 명의 게이샤에게 가마를 메게 하고, 교대할 스무 명의 게이샤를 앞뒤 좌우에 거느리고, 그 사람은 1리 반의 스미요시 가도를 가마 안에서 노래를 부르며 다녔다.

옛날에 세이지로가 스미요시 가도를 걸어서 지났을 때, 도중에 덴카차야에 들러 옛날에 도요토미가 스미요시를 참배하러 가는 길에 들렀다는 '덴카차야'의 옛터를 보고, 그저 이 길을 지나고 이 찻집에 들렀다는 사실을 이렇게 삼백 년 후의 사람들도 기념하게 만들었다는 사람을 부러워하기보다도, 이름도 없는 자신의 할아버지가, 물론 후대의 사람들도 모르게, 그것도 자신 한 사람을 위해서 붉은 모란꽃 같은 영화를 즐겼다는 그 사실을 부럽게 여기기도 하고 재미있게 여기기도 했다.

머지않아 번을 폐지하는 폐번령이 내려지고, 무사는 떨리는 손에 눈부시게 아름다운 칼을 든 채 상인(町人)이 되었으며, 그 할아버

---

29) 거리의 단위. 1리는 36정에 해당하며 미터법으로는 약 3.92km.

지는 얼마 안 있어 잠들듯이 세상을 떠나 버렸다. 하지만 지금에 와서 그 떨어지는 동백꽃의 붉은색 같은, 지는 해의 금빛 같은, 오래된 문명의 세상에 살았던 그 멋쟁이를 생각하면 말할 수 없이 그립고 부럽다.

아버지와 아직 만나지 못한 사촌 형

어느 날 밤 할머니의 베갯머리 이야기를 들었는데, 그것은 어린 세이지로의, 그때는 세상에 하나밖에 없었던 사촌 형과 그 아버지에 대한 신기한 이야기였다.

"할머니한테는 어린 남동생과 여동생이 많아서, 젊은 마음이 뭔지도 모르고 스물여덟 살까지 집안일만 도우며 살았지. 그리고 한 여자로서는 찌꺼기가 된 것 같은 몸을, 폐물을 어떻게든 다시 사용이라도 하려는 것처럼 치장을 하고 시집을 갔단다."

할머니가 말하는 그것은 애초에 벌써 무서운 이야기가 아닐까.

"시집간 그 집에는 전처의 아이가 있었어."

결점이라고는 피부색이 약간 검었다는 것뿐. 그렇지만 그 사람은 무사가 된 지 고작 삼 년 정도 만에, 세상이 바뀌어서 관직에서 물러났다. 할머니는 어린 세이지로에게 목소리를 낮추며 계속해서 이야기했다.

"가엾게도, 새어머니라는 이름이 붙어 있다 보니, 역시 내가 거북했던 거겠지."

어느 날 밤에 몰래 집을 나간 젊고 싱그러운 그 젊은이는 요도가
와 강가 어느 마을의 소학교 선생이 되었다. 그리고 그 이듬해
스물넷이 되던 봄에 어느 여선생과 유채꽃 피는 들판을 달려 사랑
의 도피를 했다.

그러나 떨어지는 별처럼 만난 두 사람은 또다시 떨어지는 별처
럼 헤어져야만 했다. 그리고 일 년 후 그 사람은 어느 게이샤와
새로 살림을 차렸다. 그리고 그사이에 사내아이까지 하나 태어났
지만, 그 무렵부터 몸이 좋지 않았다.

"가엾게도, 그 사람은 한창나이인 스물여섯 가을밤에, 달빛이
비치는 시골길을, 죽어서 가마를 타고 돌아온 거야."

그렇게 말하고 할머니는 세이지로에게 울라고 한다.

그 무렵, 딱 한 번 할머니와 어린 세이지로는 기시와다에 있는
그 사람의 무덤에 성묘를 간 적이 있다.

어린 눈으로 보니——오만 석[30]의 성하(城下)마을은 폐번된 지
얼마 되지 않았는데도 적적했다. 그 쓸쓸한 낮은 지붕들 위로 남겨
진 성터의 천수각만이, 아무런 장식도 없이 혼자서 황폐해질 대로
황폐해진 마을을 내려다보고 있었던 것을 기억하고 있다. 오사카
의 아이들이 여러 가지 상상을 하다 보니 공포의 대상이 된, 여우가

---

30) 석(石)은 토지의 생산성을 나타내는 단위. 쌀 이외의 농작물이나 수산물의 생산량도
쌀의 생산량으로 환산해서 나타냈으며, 다이묘를 비롯한 무사의 영지에서 얻는 수입이
나 봉록을 나타내는 경우에도 사용했다. 1석은 어른 한 명이 일 년에 먹는 쌀의 양에
해당.

산다는 시노다 숲 아래쪽 길을 할머니 손에 이끌려 지날 때 그 이야기를 떠올리고, 달빛이 이 숲을 비추던 옛날의 어느 날 밤, 죽은 사람을 태운 가마가 조용히 이 길을 지났을 것이라 생각했다. 어린 세이지로는 그 생각을 하면서 할머니의 소매 아래에서 몸을 떨었다.

적극적이고 지조 있는 게이샤였다는 그 사람의 아내는 죽은 남편과 남겨진 아이와 강제로 헤어지고 나서, 그 후에는 어디에 있는 것일까.

부모를 모르는, 그 옛날에 남겨진 어린아이가 바로 세이지로의 단 하나뿐인 사촌 형이었다. 이상한 이야기의 주인공이다.

그 어린아이 —— 세이지로의 사촌 형은, 의리 있는 할머니 —— 세이지로의 할머니의 손에 의해 열일고여덟 살까지 자랐다.

"상인이 되고 싶다고 해서 큰 도매상에 부탁해 주었지. 어느 날은 실이나 장신구를 팔고 싶다고 해서 그것도 하게 해 주었고. 그런데 정착을 못하는 거야."

할머니는 자리에 누워서 계속해서 이야기했다.

"그런데 스물한 살의 적령기가 되었어."

"병사가 되는 것이 무섭다면서."

"결국 나라의 규정을 어기고는 가족에게서 도망쳐 버렸단다."

띄엄띄엄 이렇게 말하며 할머니는 세이지로에게 울라고 한다.

그 사람은 도망친 끝에 규슈에서 배우가 되었다고 한다.

그 후, 일 때문에 그곳에 간 외삼촌은 그를 만났다고 한다. 세이지로의 어머니는 그 사람에게는 의리 있는 고모이고, 나이 차이가 별로 나지 않는 고모이고, 그리고 그 사람이 가장 그리워하는 사람이라고 한다. 그러나 세이지로에게는 이야기로만 들은 사람이다.

오륙 년 전에 어느 극장에서 주연 배우를 하고 있다는 그 사람에게서 다섯 살이 되는 아이도 있다며, 앞으로 삼 년만 지나면 돌아갈 수 있을 거라는——편지를 받은 적이 있었다.

"가족에게서 도망쳐 버렸단다——그 사람 입장에서는 여러 가지 무서운 이유가 있었을 테지."

편지를 읽으면서, 그때 어머니가 이런 말을 하는 것을 듣기도 전에, 세이지로는 그 여러 가지가 무엇인지 잘 알 것만 같은 기분이 들었다.

——규정을 어긴 수배자. 보고 싶다. 그러나 지금도 아직 보지 못한 사촌 형이다.

외삼촌의 노래

외삼촌의 얼굴은 지금도 세이지로가 여섯 살 때 본 그대로다. 꽃무늬의 오래된 모직 가방을 들고, 마찬가지로 색깔이 바랜 갈색

중산모를 쓰고 이토야초의 집 현관에 선 사람은, 세이지로가 태어나서 처음으로 본 단 하나 남은 외삼촌이었다.

그것은 나중에 옛날이야기로 들은 것인데, 핏줄로 전해진 방탕한 기질을 물려받은 스무 살 때의 외삼촌은 밤마다 게이샤들 몇 명을 데리고 그들의 선두에 서서 시종 노래하며, 오사카 전역을 돌아다녔다고 한다. 방탕한 것과 노래를 잘하는 것으로 오사카에서는 평판이 자자했다고 하지만, 그런 것이 오래 지속될 리 없다. 결국 갈 곳이 없어져서 어느 해 봄에 부모의 돈을 훔쳐서 집을 나갔고, 서른 몇 살이 될 때까지 도쿄에 있었다고 한다. 도쿄에 가서, 돈이 있는 동안에는 그 돈으로 도락을 즐기고, 그 후에는 어느 집의 데릴사위가 되었다. 이토야초의 집 현관에 선 사람은 그 처가 집안의 딸인 아내와 아이 둘을 남겨두고, 옛날에 몰락한 신세로 오사카를 떠났을 때처럼 몰래 십여 년 만에 도쿄에서 돌아온 것이었다.

세이지로의 집에 얹혀살던 동안의 외삼촌에 대한 기억은 날마다 세이지로를 여기저기 데리고 놀러 다녀 주었던 것과 세이지로가 어린 마음에 생각에 잠겨 있으면 꼭 뒤에서 눈을 가리던 일 등이다.

때때로 밤에 밝은 램프 아래에서 어머니가 샤미센을 켜고, 외삼촌이 그 앞에 오도카니 앉아서 진지하게 노래를 부르고 있었던 것을 기억한다. 그럴 때는 지칠 대로 지친 듯한 외삼촌의 얼굴에도 밝은 혈색이 돌고, 일찍이 남편을 여의고 어딘지 모르게 풀이 죽은 어머니의 눈에도 눈부신 빛이 깃들었다. 노래하는 사람, 샤미센을 켜는 사람, 한 사람은 젊은 시절을 방탕하게 보낸 독신의 오라비, 한 사람은 젊은 나이에 과부가 된 외로운 동생, 그것은 그들을 신기한 눈으로 바라보던 어린 세이지로 자신의 모습과 함께 지금도 그림처럼 선명하게 세이지로의 기억에 남아 있다.

그러기를 이삼 년, 그 후 집이 소에몬초로 이사를 했을 때는, 어머니와 어린 세이지로가 외삼촌의 집에 얹혀사는 신세였다.

그 후로 십여 년, 여섯 살의 세이지로가 본 외삼촌의 얼굴이 삼십 대치고는 조금 늙어 있었던지라, 그 얼굴은 얼굴빛이 조금 좋아진 정도 외에는 조금도 변하지 않았지만, 그사이에 외삼촌은 훌륭한 상인이 되어 꽤 돈을 모았다. 지금은 새로 부인도 얻었고, 또 세 아이의 아버지이기도 하다.

어느 날 외숙모가 젊은 세이지로와 이런저런 이야기를 하다가 외삼촌의 삼십 대 시절의 사진을 꺼내더니,

"조금도 변하지 않았지요."

라고 한다.

"예"라고 대답했을 뿐, 청년 세이지로는 말없이 그 사진을 바라보면서 생각했다. 외삼촌의 젊은 시절의 마지막은 이 사진을 찍은 날, 여섯 살의 세이지로가 이토야초의 집 현관에서 본 날이 마지막은 아니었을까. 아니, 외삼촌의 생명도 그날로 끝나 버렸고 지금 외삼촌의 시간은 경품이 아닐까. 어느 모로 보나 외삼촌은 결실을 맺었다. 그러나 그것은 생식을 끝낸 수벌 같은 것이 아닐까. 인간의 여인은 아이를 낳으면 그 용모가 쇠한다고 한다. 사내인 외삼촌

은 집을 갖고 아이를 가지면서, 세이지로가 말하는 소위 '생명'을 잃었다.

"그렇지만" 하고 외숙모는 말을 잇는다.

"우리한테 그런 이야기를 하지도 않고 또 나도 물어본 적도 없지만, 도쿄에 있는 여자는 재작년에 죽었다고 하고, 남자아이는 열여덟 살 정도이고 아직 살아 있거든요" 하면서 여자는 여자인 듯, 그때 무슨 생각을 했는지 찬찬히 말했다. "나는 가끔 이런 생각을 해요. 우리 아이들이 모두 이렇게 약한 것도, 인간의 원망하는 마음이란 게 말이지요. ……그런 건 아니겠지만, 글쎄요, 그런 거 있잖아요."

청년 세이지로는 아무 대답도 않고 듣고 있었다. 그리고 그는 자신의 생각을 계속했다.

외삼촌은 지금 훌륭한 오사카의 상인이다. 세심한 점, 돈이라면 정신을 못 차리는 점, 착실하고 바람피우지 않는 점, 그런 지금의 외삼촌에게 익숙해진 눈에는 그 사람의 옛날이 떠오르는 일은 좀처럼 잊어졌지만, 또 떠올릴 수도 없을 정도로 영 변해 버렸지만, 지금도 까다롭게 주판알을 튕기고 났을 때, 혹은 잡담 중에 잠깐 침묵이 흐를 때, 무의식처럼 외삼촌은 옛날 노래를 부르는 것이었다. 가끔, 이 외삼촌이 또 이러시는구나, 라고 생각되는 농담을 하거나 이야기를 할 때가 있다.

무의식중에 외삼촌의 입에서 작은 목소리로 능숙한 노래가 새어 나오다가 도중에 그것을 알아차리고 당황한 듯이 멈추는 것을 청년 세이지로가 들을 때마다, 외삼촌의 인생이 재미있게 느껴지기 시작하는 것이었다.

그리고 그 겐로쿠 시대의 오사카 사람에서 지금 현재의 오사카 사람에 이르기까지 이백 년 가까이 되는 시간 동안 이처럼 변해 온 오사카 사람들의 변화, 그 변해 온 길을, 청년 세이지로는 그 외삼촌의 일생에서 매우 분명하게 보게 되는 듯한 기분이 든다.

그것이 또 그 안타까운, 일본의 방탕한 자들의 유형인 것 같기도 하다.

유젠 방석

크고 화려한 유젠[友禪]³¹⁾ 방석——그것이 완성되던 날까지, 어린 세이지로는 별다른 의심도 하지 않았다.

그것은 아직 이토야초에 살던 시절로, 소박한 동네 안의 깔끔한 대나무 울타리 집은 늙은 할머니와 젊고 아름다운 과부, 그리고 어린아이로 이루어진 작은 가족이 살기에는 적당했다.

육군 장교가 온다. 상인도 온다. 그러다가 아무개라는 배우도 온다. 아직 학교에도 가지 않는 나이의 어린 세이지로에게는 아무것도 의심할 것이 없었지만, 갑갑한 생각을 가진 이 나라 사람들은 잠자코 보고는 있지 않았다.

31) 비단 등에 꽃이나 인물 등으로 채색하는 일본의 대표적인 염색법.

지금도 기억한다. 타는 듯한 색깔의 모란꽃에, 대단한 기세의 사자 무늬가 아름다운 지리멘 방석—그것이 완성되던 날까지 어린 세이지로는 별다른 의심도 하지 않았지만, 다만 양식(洋食)이라면 일주일이든 이 주일이든 질리지 않는다는 어머니와 고기(짐승의 살)류를 먹을 바에는 차라리 눈을 감고 보리밥을 먹는 편이 낫다는 할머니 사이에 묘한 신경전이 펼쳐지는 집안 공기는, 이상하게도 어린 마음에도 항상 느껴졌고, 또 남모를 괴로움에 가슴이 아파져 왔다.

배우인 아무개가 연극을 끝내고 돌아가는 길에, 백분을 발라 분장한 채로 망토 두건을 깊숙이 뒤집어쓰고 온 것이 우습다며 웃었던 적도 있었지만. 그중 하나로, 가운데에 붉은 칠을 한 아름다운 자동차가 우리 집 문 앞에 서 있을 때, 신기한 듯이 그 주위에 모여드는 이웃집 아이들 사이에서 그들이 이렇게 자동차가 서는 것은 이곳뿐이라며 부러운 듯 바라볼 때 느껴지는 기쁨에, 또 평상복으로 입기에도 아름다운 내 옷을 그들이 부러운 듯 바라볼 때 느껴지는 기쁨에, 내성적인 가슴이 두근거린 적은 있었지만.

그날부터—완성된 커다랗고 화려한 방석이 예쁘게 포장된 채 문 앞에 서 있는 그 가운데에 붉은 칠을 한 차 위에 실려 있고, 그 주위에 모여서 보고 있었던 아이들 셋이,

"세이지로네가 M 아무개 씨한테 좋은 방석을 줬구나."

"왜지?"라고 말했다. 그 "왜지?"라는 말이 작은 가슴에 파고들었다.

"왜지?" 그날부터 이 의문은 세이지로의 작은 가슴 속에 일어났고, 바로 그 작은 가슴 속에서 풀리려고 했다.

그로부터 십여 년.

점점 어른이 된 세이지로가 서양의 소설 같은 것을 읽게 되고 그쪽 나라의 개방된 가정, 개방된 부인, 특히 개방된 과부 등의 이야기를 알게 되면서 옛날의 젊은 과부, 지금은 이미 늙어서 젊음을 가장하고 있는 슬픈 과부가 맛없는 얼굴을 하면서도 서양 것이라고 하면 맛있는 척 먹고, 졸린 얼굴을 하면서도 서양 이야기라고 하면 재미있다고 하는 그 사람을 보면 "왜지?"라는 오랜 의문은 시원하게 풀리지만,

또,

먼 옛날 일이라 지금은 조금도 기억나지 않지만 여러 사내가 늦은 시간에 찾아온 적도 자주 있었고, 자고 간 적도 있는 것은 틀림없다. 지금도 생각지도 못한 서랍 밑바닥 같은 데서 알맹이 없는 봉투뿐인 편지가 나오고, 보낸 사람의 이름을 보면 M 아무개, A 아무개, 그리고 T 아무개 등 모두 배우다.

젊은 나이에 과부가 된 아름다운 사람을 생각하면 십여 년 전의 "왜지?"라는 의문이 생기는 일도 점점 적어지지만, 의문이 생기면 역시 의문이 일어난 그 마음속에 풀리지 않고 남아 있다.

다락방의 법학사
屋根裏の法学士

법학사 웃코쓰 산사쿠는 대학을 졸업한 지 벌써 오 년이나 되었지만, 아직도 일정한 직업이 없다. 도쿄에 온 지 햇수로 구 년이지만, 그가 처음 왔을 때 정했던 하숙집(그 사이에 주인이 열세 번이나 바뀌었다)의 그 방에서 여전히 생활하고 있다.

그는 그래도 고등학교 때는, 교칙 때문이기는 했지만 어쨌든 수업일수의 삼분의 이 정도는 출석했다. 그리고 성적도 상위권이었다. 그렇지만 대학에 들어와서는 일 년에 평균 열흘 정도로 사년 동안 사십 일 정도밖에 학교에 가지 않았다. 따라서 졸업 때의 성적은 꼴찌에서 두 번째였다.

그는 애초에 소학교 삼사 학년 때부터 소년잡지와 동화책을 탐독하기 시작했고, 그때부터 어렴풋이 장래에는 이와야 사자나미[巖谷小波][32]가 될 것을 지향했었다.

---

32) 일본의 아동 문학가.

그의 아버지는 그가 세 살 때 돌아가셨다. 그러나 그에게는 그와 그의 어머니가 평생을 살 수 있을 정도로 많은 유산을 남겨 주었다. 그런데 그의 어머니가 신중을 기하느라 이 재산을 어느 유력(有力)한 친척에게 맡겼는데 그것이 오히려 불행을 초래하는 불씨가 되고 말았다.

왜냐하면, 사소한 실패 때문에 그 친척이 파산하면서 그들의 재산까지 잃고 말았기 때문이다. 그것은 산사쿠가 중학교에 들어갔을 때의 일이다.

그때 오이케라는 다른 친척이 나타나서 산사쿠의 학자금을 내주게 되었다. 오이케는 산사쿠 아버지의 사촌 동생뻘 되는 사람으로 일찍이 그의 아버지로부터 금전적인 도움뿐만 아니라 여러 가지 도움을 받은 적이 있었는데, 그 후에 우연히 사업이 성공하여 그 당시에는 백만장자에 가까운 재산가가 되어있었던 것이다. 산사쿠는 이 오이케의 의견으로 중학교 일 학년을 마친 후 오이케의 집으로 들어가, 어쩔 수 없이 갑종상업학교[33] 편입시험을 치게 되었다. 그러나 그는 아무리 생각해도 그럴 마음이 들지 않아, 시험 이틀 전에 오이케의 집을 뛰쳐나와 자기 집(이라고 해도, 파산한 후 어머니는 친정에서 살고 있었으므로 외갓집)으로 도망쳤다.

그래서 오이케도 결국 고집을 꺾고 어쩔 수 없이 학자금만은 원래대로 내주기로 하고 그대로 그가 중학교를 계속 다니는 것을

---

33) 일본 근대 실업학교의 일종. 1889년, 상업학교를 갑종과 을종으로 나누었는데, 갑종 상업학교의 경우 수업연한 3년, 입학자격은 14세 이상의 고등소학교 졸업자였다.

허락했다. 원래 그는 초등학교는 물론 중학교에서도 성적이 모두 우수했다. 그렇다고 해서 중학교에 들어가 특별히 학과 공부를 열심히 한 것은 아니다. 오히려 그때는 잡지나 소설류를 탐독하고 있었다. 그러다 보니 이와야 사자나미를 지망했던 유년 시절의 목표는 조금씩 바뀌어 잡지기자가 되었다가, 마침내 중학교 삼 학년 때는 소설가가 확고한 장래 목표가 되었다. 그리고 그것이 최근까지 이어져 온 것이다. 요컨대, 소년 시절의 그는 소위 말하는 수재였다.

그러나 그가 중학교를 졸업했을 때 또 한 가지 문제가 생겼다. 다름 아니라 오이케가 이번에야말로 그에게 고등상업학교에 입학할 것을 종용했는데, 그는 끝까지 문과에 진학하겠다고 주장한 것이다. 그동안에도 여러 가지 분쟁이 있었기 때문에(따로 주선한 이가 있어) 둘의 의견을 절충하여 법학과에 진학하게 되었다. 어떻게 상과와 문과를 절충해서 법학과라는 계산이 나왔단 말인가. ── 이는 수재 옷코쓰 산사쿠로서도 이해할 수 없는 일이었다. 어쨌든 학자금을 내주는 친척에게 더는 고집을 부리는 것도 불가능했고, 자신의 행동이 불리하다는 것을 깨달은 그는 결국 어쩔 수 없이 법학과에 들어가게 되었다. 이리하여 그는 고등학교부터 대학에 이르는 오랜 세월 동안, 이를테면 법학과라는 의자에 앉아서 문학서만 탐독하며 보냈던 것이다. 그리고 겨우 법학과 시험만 통과해서 오 년 전에 이름뿐인 법학사가 되었다.

그의 졸업을 전후로 그의 보호자였던 친척 오이케가 죽었다.

물론 오이케의 가문은 끊긴 것이 아니었고, 그의 훌륭한 후계자도 있었지만, 그의 졸업과 동시에 마치 빚은 다 갚았다는 듯 오이케 가문으로부터의 송금이 끊겼다. 앞서도 말했듯이, 그는 법학사이긴 하지만 법률에 대해서는 거의 알지 못한다. 그에게 반감을 가진 친척들이 많아 그의 취직을 도우려는 이도 없었다. 그렇다고 해서 묘하게 교만한 그는 선배들을 찾아가 취직을 부탁하지도 않는다. 또 선배들 중에서도 누구 하나 그에게 호의적인 사람도 없었다.

그래서 불쌍한 법학사는 금세 입에 풀칠할 일을 걱정하게 되었다. 그는 대학에 다닐 때도 법학과 사람들보다는 오히려 문과 사람들 쪽에 친구가 많아서 가끔 그런 친구들을 통해 싸구려 번역을 하거나 동화를 쓰거나 하면서 가난한 생활을 이어 오고 있었다. 그런데 지금은 하숙집에 방세도 적잖이 밀려 있고, 게다가 졸업과 동시에 고향에 있는 노모에게 매달 십오 엔의 돈을 보내야 했다.

그러나 최근 한두 해 사이에 그는 더욱 가난에 빠져들었다. 번역 일도 생각처럼 많지 않았다. 동화도 이야깃거리가 다 떨어졌다. 그렇다고 해서 문과 선배들을 찾아가 머리를 숙이고 일을 부탁하는 것도 그에게 있어서는 법학과 선배들을 찾아가 일을 부탁하는 것만큼 어려운 일이었다. (즉, 그는 그렇게 교만하면서도 그렇게 소심한 남자이기도 했다) 그런 이유로 어느덧 어머니에게 보내는 돈도 밀리기 일쑤였다. 한 번 밀리기 시작하다 보니 어느덧 신경도 쓰지 않게 되어 점점 보내지 않게 되었다. 결국에는 재촉하는 편지를 구겨 버리는 일도 그다지 양심에 찔리지 않게 되었다.

그러자 결국 한 달쯤 전에 고향에서 그 편지가 한 통 왔다. 앞서 말한 것처럼 그 무렵에 그는 고향에서 온 편지를 걸핏하면 이틀이고 사흘이고 뜯지 않은 채 두고는 그대로 읽지 않은 적도 있었지만, 이번 편지는 운 좋게 바로 뜯어서 읽었다. '운 좋게'라는 것은 우연히도 이것이 매우 좋은 소식을 전하는 편지였기 때문이다. 그 편지는 그가 너무나도 자주 어머니에게 송금을 하지 않은 결과, 그것이 점점 친척들의 귀에 들어가게 되었고, 예전에 그의 아버지가 살아 계실 때 아버지로부터 크고 작은 도움을 받아 지금은 제 몫을 하게 된 사람들(예를 들어 오이케와 같은)이 상의를 해서 만 엔에 가까운 돈을 모아, 그 돈으로 어머니에게 작지만 믿을 만한 상점을 열어 주게 되었다는 보고였던 것이다.

그 보고를 받은 후에 그는 몹시 맥 빠질 정도로, 자신의 가난한 생활을 꾸려 나가야 한다는 걱정을 놓아 버리고 말았다.

"뭐라더라, ……." 그는 어머니 편지의 마지막 부분에 쓰여 있던 말을 떠올리며 혼잣말을 했다. "그들은 산사쿠가 당연히 부양해야 할 어머니를 제대로 돌보지 않으니 돈을 모아서 어머니에게 상점을 열어 준 것이다, 그러므로 꿈에라도 앞으로 어머니를 졸라── 그런 이야기를 할 처지도 아니지만, 이렇게 썼다 이거지── 돈을 빌려달라고 하면 안 된다고. 흥, 누가 돈을 빌려달라고 한댔나. 그런데 잠깐만." 그는 머리를 갸우뚱하면서 혼잣말을 계속했다. "어머니가 받았다면 그것은 이미 어머니 것이 아닌가. 게다가 나는 방탕한 생활에 빠져서 돈을 달라고 조르거나 말할 생각도 없다.

나는 이번 기회에 한 번 진지하게 일해 보려는 것뿐이야. 그렇다면……, 그러니까……."

"자, 그럼 지금부터 슬슬 돈 걱정 같은 것은 잊고 진지하게 어른 소설(그는 오랫동안 동화를 써 왔기 때문에 보통의 소설을 이렇게 불렀다)이나 써 볼까. ……"

"지금까지는 매달 십오 엔이라도 보내야 했으니까 어쩔 수 없이 시시하고 좋아하지도 않고, 마음에도 들지 않는 일을 해 왔지만, 지금은 이렇게 어머니가 생활에 안정을 찾았으니……."

이렇게 생각하자, 그는 마치 길을 서두르는 동안에는 아무런 피로도 느끼지 못하던 여행객이 겨우 목적지에 도착했다고 생각하자마자 잊고 있던 피로가 한 번에 몰려와 그 자리에서 바로 쓰러졌다는 이야기처럼(기실, 앞서 말한 것처럼 그는 매달 정확하게 어머니에게 송금했던 것은 아니지만), 어쨌든 갑자기 맥이 풀린 듯 안심하고 말았다. 이제 아무것도 안 해도 될 것 같은 생각이 들기 시작했다. 또 무엇을 할 마음도 들지 않았다. 그러나 또 가끔은, 학교 공부를 소홀히 하면서까지 목표로 했던 일이니 일단 어떻게든 '어른 소설'만은 시작해 볼까 하는 마음도 들었지만, 막상 다 쓴다고 하더라도 이것이 동화처럼 쉽사리 돈이 되기는커녕 채용이 되려면 또 한바탕 고생해야 할 거라는 생각이 들자 바로 붓을 던져 버리는 것이었다.

그 이후에 그는 매일 친구를 만나러 가거나 아니면 잠을 자면서 보냈다. 잠을 자는 것도 언제부터였는지 매번 이불을 깔고 개는 게 귀찮아서 그 수고로움을 덜기 위해 위아래로 나뉘어 있는 하숙집의 벽장 윗간을 정리하고, 그곳에 이부자리를 편 채로 두었다.

"이거 좋은데, 좋아"라며 그는 흡족해했다. "나는 비록 시골 출신이긴 하지만 농민이나 상인의 자식들과는 달리 몸이 매우 가냘파서, 남들처럼 아무 데서나 벌렁 드러눕거나 쌓아놓은 잡지나 접은 방석을 베개 대신으로 삼아서는 도무지 잠을 잘 수가 없거든. 이거 아주 좋은데, 좋아."

게으른 주제에 그는 언제나 아침에는 일단 반드시 일찍 일어나서 세수를 하고 아침 식사를 마쳤다. 그러나 한두 시간 지나면 또 슬금슬금 벽장 속의 이부자리에 들어가는 것이 일상이었다. 그리고 점심때쯤 되면 대개 점심 식사를 가지고 들어오는 하녀가 깨운다. 이렇게 점심을 먹고 나면 또 슬금슬금 벽장 속 이부자리에 들어갔다. 이렇게 또 저녁 무렵이 되면 저녁 식사를 들고 들어오는 하녀가 깨우는 것이었다. 요컨대 잠을 자는 동안에는 무의식의 세계에 있기 때문에 그에게 있어서 그 세 번의 식사는 별다른 것이 아니라, 서양 요리에서 웨이터가 계속 접시를 내 오는 것처럼 마치 아침, 점심, 저녁 식사가 연달아 나오는 듯한 기분이 드는 것이었다. 그리고 밤에는 대부분 산책을 하거나 친구를 찾아가서 쓸데없는 이야기를 하며 지냈다. 그러다 보니 항상 밤에 자는 시간은 거의 두 시경이 된다. 그래도 이렇게 잘도 잔다면서 산사쿠 스스로가 누구보다도 더 놀라는 것이었다.

'그런데 나는 잘 때 꿈을 꾸지 않은 적이 없군.' 그는 가끔 이런 생각을 한다. '어쩌면 나는 진짜 잠들어 있는 시간이 별로 안 되는지도 몰라. 보통 사람들이 자는 동안 약간의 꿈을 꾼다면, 내 경우는 꿈을 꾸는 동안에 잠깐 자는 것이나 마찬가지이니 말이야.'

그건 그렇고, 법학사 옷코쓰 산사쿠의 하숙집은 언덕 중턱에 있는 데다 사람들이 왕래하는 길에서 두 자(尺)[34] 정도 낮은 지면에 자리해 있다. 그러다 보니 그의 방은 길(즉 언덕) 쪽에 면해 있는 이층에 있는데, 길을 지나는 사람들의 얼굴과 실내에 앉아 있는 그의 얼굴이 거의 같은 정도의 높이에 있는 것이다. 그래서 창문을 열어놓고 벽장문도 열어둔 채 이부자리에 누워서 길 쪽을 보고 있으면, 사람들은 설마 벽장 속에 사람이 있을 거라고는 생각하지 않으니 아무도 없는 텅 빈 방인 듯 무관심한 태도로 지나쳐가므로, 그는 지나가는 사람들을 마치 손바닥을 들여다보듯이 바라볼 수 있었다.

그래서 그는 아침잠 또는 낮잠을 자는 이부자리 안에서 잡지를 읽다 질린 눈으로, 잠들기 전 오 분에서 십 분 동안 마치 연극이라도 보는 듯한 기분으로 언덕을 오가는 사람들을 바라보았다. 나중에는 지나가는 사람이 이웃이면 '아하, 지금 어디어디의 누가 지나가는군' 하고 한 번도 말을 주고받은 적이 없는 사람을 이렇게까지 찾아낼 수 있게 되었다. '저 집 환자는 꽤 좋아졌는지 요즘은 자주 산책을 나오는군, 좋아, 좋아. 이런, 이런, 오늘 저 집 딸내미가 엄청나게 멋을 부리고 나가는군' 이런 식으로 그는 졸다가 바라보

---

34) 척관법의 길이 단위. 미터법으로는 약 30cm.

다가, 혼잣말을 하다가 이윽고 꿈나라로 가는 것이 일과였다.

법학과 학생이었을 때, 그는 법률이라는 학문에 굉장한 불만을 가지고 있었다. 직함만은 법학사로 되어 있지만 문학서생 같은 생활을 보내고 있는 지금, 그에게 최근의 문학이나 문학가라는 사람들은 아주 불만스럽고 경멸해 마땅한 것으로 보였다. 옛날에 그는, 문학가라는 사람은(하기야 이것은 그에게만 그렇게 보인 것인지도 모르지만) 이 세상의 모든 것에 대해 훌륭한 심미안(審美眼)을 가지고 있다고 생각했다. 그러나 지금 그가 만나거나 알고 지내는 문학가의 모습은 어떠한가.

'가까운 예를 들면' 하고 법학사 옷코쓰 산사쿠는 언제나처럼 벽장 속 이부자리에서 오가는 사람들을 바라보며 생각했다. '지금 저기를 지나가는 여자의 얼굴에 대해서 말이야. 내가 알고 있는 문학가 중에서(사실 그의 법학과 학생 시절 문과에 있던 그의 친구들 대부분은 이미 유명한 문학가가 되어 있다) 누구 하나 저 여자의 얼굴이 얼마나 아름다운지 또 얼마나 아름답지 않은지, 아니면 저 여자의 외모에 대해서, 옷을 어떻게 입었고 전체적으로 어떻게 꾸몄는지에 대해 적당한 비평을 할 수 있는 자가 있을까?'

애초 그는 어릴 때부터, 굳이 말하자면 독선적이고 좀 내세우기 좋아하는 건방진 아이였다. 한마디로 말하자면 그는 어딘지 모르게 속세를 경멸했다. 그런 경향이 나이를 먹으며 점점 심해져서, 지금은 스스로도 조금 병적이라고 생각할 정도가 되었다. 어쨌든 최근 이삼 년간 그에게 있어서 소설은 물론이거니와 평론, 희곡,

연극, 회화 등 예술이라는 이름이 붙은 모든 것이 불만이고 결점투성이었다. 그리고 그런 결점과 장점(만약 그런 것이 있다면)은 그만이 알고 있다는, 바꾸어 말해서 그것들을 제대로 이해할 수 있는 사람은 그 외에는 없다는 생각밖에 들지 않는 것이었다. 그래서 가끔 모범을 보이거나 그들을 지도할 수 있는 문장을 써야겠다고는 생각하지만, 막상 하려면 그게 전혀 되지가 않는 것이다.

예를 들어 요리를 먹으러 가거나, 기타유[義太夫]를 들으러 가거나, 그 밖에 라쿠고[落語]³⁵⁾, 강담[講談]³⁶⁾, 나니와부시[浪花節]³⁷⁾를, 그리고 또 일본 음악이나 무용, 나아가서는 코믹한 데오도리[手踊り]³⁸⁾, 신파 비극 등 어느 하나 그의 감상의 대상이 되지 않는 것은 없었다. 그는 아무리 남들이 시시하다고 하는 것이라도 그 속에서 장점을 찾아낼 수 있고, 또 아무리 남들이 재미있다고 하는 것이라도 그 속에서 재미없는 부분을 찾아내고는 혼자 만족하는 것이었다.

'나는 스모 선수가 되었어도 절대로 약한 선수가 되지는 않았을 거야.' 어떨 때는 또 그 벽장 안에 누워서 이런 엉뚱한 생각을 하기

---

35) 에도시대에 성립하여 현재까지 전승되고 있는 전통 예능의 일종. 우스꽝스러운 이야기를 재미있게 들려주는 만담으로, 노나 가부키 등 다른 전통 예능과 달리 의상이나 도구, 음악에 의지하는 경우는 비교적 적고, 혼자서 여러 역할을 연기하기도 하며 이야기 외에는 손짓과 몸짓만으로 이야기를 진행하는 것이 특징이다.

36) 화자가 책상 앞에 앉아 주로 역사와 관련된 이야기를 읽어 주는 형식으로 일본 전통 예술의 하나.

37) 메이지시대에 시작된 예능으로 주로 화자가 샤미센 반주에 맞추어 노래를 부르거나 말하는 것을 말한다. 7·5조로 연기되며 '눈물'과 '웃음'의 감정을 뒤흔드는 것이 특징으로, 기타유부시가 정형적인 양식에 따라 진행되는 것에 비해 자유롭고 융통성이 큰 것도 특징이다. 내용은 협객물인 경우가 많으나 동화, 가족의 애정, 원수를 갚는 이야기, 전쟁 등 폭넓은 소재를 다룬다.

38) 앉아서 손으로만 추는 춤.

도 했다. '지금 천하무적의 스모 선수라 불리는 오아라시 다쓰고로
는 나와 같은 중학교에서 처음에는 나랑 동급생이었지만, 소위
열등생이어서 이 년 동안 두 번이나 낙제하는 바람에 결국 나보다
이 년 후배가 되었지. 그런데 지금은 신문에 나는 스모 평 같은
걸 보면 그는 드물게 머리 좋은 스모 선수라는 얘기를 듣잖아.
그러고 보니 나는 그 친구랑 자주 유도를 했었지. 나는 원래 힘은
없었지만 몸이 곤약처럼 말랑말랑해서, 상대가 아무리 힘을 주고
나를 쓰러뜨리려고 달려들어도 바람에 나부끼는 버드나무처럼
——그래, 고루한 표현이긴 하지만 바람에 나부끼는 버드나무처
럼 받아쳐서 결코 진 적이 없어. 그러다가 결국 상대가 초조해져서
달려드는 틈을 노려 오히려 상대방의 힘을 이용해서 항상, 결국은
내가 이겼다고. 오아라시 그 녀석은 그때부터 상당히(결코 비범하
지는 않았지만) 힘은 셌지만 단 한 번도 나한테 이긴 적은 없어.
그러니까 나도 오아라시만큼 연습을 했으면 지금쯤은 훌륭한, 적
어도 특이하고 뛰어난 스모선수가 되었을 것이 틀림없지.'

　이렇게 생각하자, 옷코쓰 산사쿠는 지금도 오아라시와 스모를
한다면 결코 지지 않을 것 같다는 생각이 들었다. 그리고 그는
당대의 여러 스모 선수와 자기가 스모를 하는 공상을 하면서 벽장
안에서 히죽 웃었다.

　'나는 왜 법률을 더 열심히 공부하지 않았을까'라고 어떨 때는
또 이렇게 생각했다. '그 융통성 없는 데다 말솜씨도 없고 풍채도
시원치 못한 동급생 가키이 자식 말이야. 뭐야, 오늘 자 신문에서

보니 신통찮은 사건을 담당해서 젊은 명변호사로 허명(虛名)을 떨치고 있더라니까. 요컨대 이 세상만큼 만만한 것도 없는 모양이지. (산사쿠는 다른 사람에 대해서만 생각하고, 자신에게 있어서 이 세상이 얼마나 녹록지 않고, 만만치 않은지를 잊고 있었다) 내 머리와 말솜씨 정도면 말이야…….' 이런 생각을 하면서 당장 법률책을 사서는 꼭 판검사를 지원해야겠다고 결심한 적도(단 그런 생각이 한 시간 이상 지속된 적은 없었지만) 한두 번이 아니었다.

그러나 요컨대 이 세상을 살아가기 위한 최대의 요소인 끈기와 용기 그리고 상식이라는 것이 그에게는 없었다. 그에게는 모든 것이 시시했다. 모든 것이 재미없고 무엇을 보아도, 무엇을 들어도 그는 불쾌하고 때로는 화가 나기까지 했다. 검은색 철사로 만든 트레머리[39] 틀을 얹고 그 위에 숱이 적어진 머리카락을 한 올 한 올 늘어놓듯이 올려 머릿기름으로 마무리된 올림머리를 한 하숙집 여주인 같은 사람은 그에게 가장 불쾌한 대상이었다. 그녀는 일주일에 한 번이나 두 번 정도 들른다. 늙은 시골 신사의 첩이라는 신분을 숨기고, 하녀들은 물론 숙박객들에게까지 '부인'이라고 불리면서 매일을 즐기는 동시에 초조해하는 것처럼 보이기도 한다.

"주인아주머니." 그러나 산사쿠만은 항상 일부러 이렇게 부르고는 했는데, 그녀는 결코 그 소리에 대답한 적이 없었다. 그러나 산사쿠는 대답하지 않는 주인에게 항상 이렇게 말했다. "세상이 당신에게는 얼마나 재미있습니까? ……."

---

39) 서양식 올림머리.

'세상이 당신에게는 얼마나 재미있는가'라는 말은 산사쿠의 입버릇이었다.

"어때, 자네에게 인생은 재미있나?" 어느 날 그는 또 다른 친구에게 이렇게 물어보았다.

"음, 음" 하고 불분명하게 말했을 뿐 그 친구는 대답하지 않았다.

같은 질문을 다른 친구에게 했더니, "재미없어" 하고 그 친구는 딱 잘라 대답했다.

그래서 산사쿠는 그의 두 번째 입버릇인 두 번째 질문을 다른 친구에게 했다.

"죽고 싶지 않나?"

"나도 모르는 사이에 죽임을 당하고 싶지"라는 것이 그 친구의 대답이었다.

'아아, 아아, 못 참겠다. 비행기라도 한 번 탈까. 나는 중학교 때는 전교에서도 손꼽힐 정도로 기계체조를 잘했으니까 아마 비행기 조종 같은 것도 틀림없이 잘할 거야' 하고 그는 또 슬슬 그 특유의 과대망상을 시작했다. '단지 조금 아쉬운 것은 중요한, 가장 중요한 담력이라는 게 말이지······.' 그러는 사이에 그는 늘 그러듯이 벽장 속의 이불 위에서 꾸벅꾸벅 꿈나라로 빠져들었다.

옷코쓰 산사쿠는 중학교 때 멀리뛰기의 명인이었다. 세 간(間)[40] 정도 달려와 왼발로 한 번 힘껏 구른 후 양발을 모으지 않은 채

---

40) 척관법의 길이 단위. 한 간은 여섯 자로, 미터법으로는 약 1.8m이다. 또한 면적에서 말하는 한 평의 한 변의 넓이가 한 간이다.

수영하는 것처럼 날아오른다. 이윽고 파형을 그리며 저쪽으로 떨어지려고 할 때 가볍게 몸을 띄우다시피 한다. 그러면 그 물결이 두 개가 되고, 따라서 뛰는 폭이 길어진다. 그러고 나서 또 몸이 떨어지려고 할 때 몸을 띄우듯이 비튼다. 이렇게 대략 세 번 정도의 파도를 그리며 저쪽으로 떨어지기 때문에 보통 파도 하나 정도밖에 못 그리는 이들에 비하면 비교가 안 될 정도로 멀리 뛸 수 있었다. 지금 그는 거기에서 착안하여, 한창 허공을 날고 있을 때 몸을 띄우려고 애쓰고 또 애써 보니 기계 없이도 그의 몸은 하늘을 날아가는 것이었다.

'이거 재미있군. 그리고 이것은 나에게는 정말로 쉬운 일이야. 이런, 이런, 벌써 소나무보다 더 높이 날고 있군. 많은 사람들이 내 밑에서 보여. 그런데 다만 이상하게도 사람들이 나의 이런 기술에 그다지 감탄하지 않는 것 같단 말이야. 하지만 곧 알게 될 테지. 어디 두고 보자. 곧 내가 한 일이 얼마나 대단한지 알게 될 테니까. 이런, 강기슭이 나왔군. 뭐, 강이든 바다든 똑같아. 상관하지 말고 가자. 이것 봐, 아무것도 아니잖아, 강도 건너 버렸어.'──그러나 이것은 애초에 꿈이었다. 어디쯤에서 깼는지 기억나지 않는다. 하지만 꿈속에 흔히 있는 실패의 결말로 깨지 않은 것만은 확실했다.

꿈에서 깬 후에도 옷코쓰 산사쿠는 조금도 놀라지 않았다. 그는 중학교 때 멀리뛰기의 명인이었고, 날고 있는 도중에 몸을 띄웠던 것도 확실히 기억하고 있었다.

'나는 왜 지금까지 그것을 시험해 보지 않았을까. 멀리뛰기 전에 달리는 게 바로 비행기가 활주하는 것과 같은 이치잖아. 그리고 발 구르기는 바로 이륙이고. 그래, 그래, 분명히 할 수 있을 거야. 하지만⋯⋯.' 그는 이렇게 생각은 하면서도 과연, 설마 하고 생각을 고쳐먹었다. '그렇지만⋯⋯' 하고 다시 생각을 바꾸었다.

그는 벽장을 나와 좁은 세 평짜리 방 가운데서 살짝 시험해 보았다. 하지만 몸은 다다미에서 한 자도 뜨지 않은 채, 오히려 지금보다 무게가 불어난 것이 아닌가 싶을 정도로 요령 없이 쿵 하고 묵직하게 떨어졌다.

"아니야, 이럴 리가 없어." 그는 그 실패 때문에 더 열을 올리게 되었다. 그래서 복도로 나갔다. 다행히 복도에 사람의 기척은 없었다. 거기에는 마침 한 달쯤 전, 대청소할 때 외관을 보수하고 빈대를 예방하기 위해 새로 무슨 약품과 니스를 바른 기름종이 깔개 같은 것이 덮여 있었다. 그래서 미끌미끌 잘 미끄러지기 때문에 심심할 때 그는 자주 그 위에서 슬리퍼를 신은 채로 스케이팅을 할 때가 있었다.

그는 지금 꿈에서 암시된 비행술로, 무아지경이 되어 그 위를 달려가서 날아 보았다. 그러나 지금은 중학교 때와 비교해서 십분의 일도 날지 못했다. 그리고 네 번째로 복도를 달렸을 때, 발 구르기를 하다가 그는 미끄러져서 넘어졌다. 넘어진 순간에 계단 난간에 정강이를 호되게 부딪쳤다. 너무 아파서 엉덩방아를 찧은 채로 얼굴을 찡그리고 있을 때 마침 머릿기름으로 굳힌 듯한 트레머리를 한 하숙집 주인이 아래층에서 올라왔다.

"세상에" 하고 주인아주머니는 눈을 크게 뜨고 소리쳤다. "옷코쓰 씨."

"아, 부인." 그는 드물게 '부인'이라고 불렀다. 그것은 어떤 사실을 떠올리는 바람에 정강이의 아픔도 잊고 그렇게 불러야 할 필요성을 느꼈기 때문이다.

"부인, 내일, 내일은 아마 돈이 조금 들어올 테니까, 그러면 ...."

그는 이렇게 말하고는 아무렇게나 내뱉은 말의 결과가 예상된 데다 다리도 아파 한숨을 쉬면서, 멋쩍음을 감출 말이 조금 더 필요하다고 느껴 또 그 입버릇을 내뱉었다.

"부인, 세상은 참 재미없네요."

"피차일반이야"라고 분명하게 대답하고 주인아주머니는 미소도 띠지 않은 채 그대로 아래층으로 내려갔다.

"피차일반이라. ......과연 그렇군."

법학사 옷코쓰 산사쿠는 엉덩방아를 찧은 채로 주인아주머니의 뒷모습을 바라보면서 혼잣말을 했다.

꿈꾸는 방
夢見る部屋

그 무렵 나는 종종 내 방에서 주위를 둘러보고는 끊임없이 한숨을 쉬거나, 혀를 차거나 담배를 마구 피우거나, 그리고 차를 마시거나 하면서, 시인처럼 말하자면 참으로 평온하지 못한 마음으로 지내고 있었다.

그런 내 방이라는 곳은, ㄱ자로 된 두 방향은 모두 반 간 정도의 높이이고, 그 벽 위에는 역시 반 간 높이의 창호지를 바른 창이 나 있다. 방은 두 평 남짓한 넓이인데 창문의 폭이 각각 한 간 정도였으므로 창이 없는 부분, 즉, 반 간 사이만 벽 높이가 한 간이 되는 셈이었다. 그리고 다른 쪽은 손님방으로 사용하는 네 평 넓이의 옆방과 경계를 이루는 벽이고, 거기에는 넉 장의 맹장지문이 끼워져 있다. 그리고 나머지 한쪽에는 한 간 폭의 벽장이 있고, 나머지 반 간은 하숙집에 있는 듯한 도코노마[41]로 되어 있었다.

---

41) 일본 방의 한 공간을 마련해 그림을 걸어 두고 인형이나 꽃 장식을 해 두는 곳.

관대한 독자 여러분, 여러분이 만약 이런 대본의 지문 같은 묘사를 약간만 허락해 주신다면, 그 방의 네 평짜리 방과 경계를 이루는 넉 장의 맹장지문 맞은편의 창문이 나 있는 벽, 즉 길가에 면해 있어서 창을 열면 그 폭만 한 작은 난간이 있는 베란다가 딸려 있고, 그 베란다 너머의 지붕 너머로 (그 방은 이층이었기 때문에) 길가를 내려다볼 수 있다. 그쪽 벽을 향해 섰을 때 왼쪽이 벽장이 있는 벽이고, 오른쪽은 창문이 하나 있는 쪽인데 그 창문 바깥쪽에는 빨래대가 있다. 그래서 그 빨래대로 나가려면 다리가 있는 받침대 같은 것을 가지고 와서, 반 간 높이밖에 안 되는 창문을 새우처럼 몸을 구부리고 통과해야 한다. 그러나 나는 가족들이 함부로 내 방에 드나드는 것을 싫어해서 그 빨래대는 일절 사용하지 못하게 하고 있었다. 빨래대 맞은편은 옆집의 판장담이다.

이런 설명은 독자들을 지루하게만 만드는 것은 아닐까 걱정이 되지 않는 것도 아니지만, 나는 꼭 독자 여러분이 이 방의 모양을 알고 있었으면 한다. 위의 설명만으로는 아무래도 부족한 것 같아, 아래에 간단하게 그림을 그리기로 하겠다.

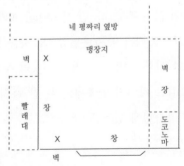

이 그림을 보면 여러분 대부분도 상상이 되겠지만, 이 방은 도쿄 하숙집의 전형적인 모습을 하고 있다. 원래 우리 집도 야마노테에 흔히 있는 허름한 셋집 중 하나였지만, 그래도 이 방은 이 집 안에서도 가장 안 좋은 하숙집 스타일의 방이다. 그런 방을 이 집에서는 주인이기도 한 내가 왜 굳이 자신의 방으로 쓰고 있는지 말하려면, 거기에는 뭔가 이유가 있어야 할 것이다. 그러나 그 이유는 아주 간단한데, 이 방이 우리 집에서 가장 불편한 위치에 있기 때문이다. 다시 말해 빨래대만 사용하지 않는다면 아무도 이곳에 와야 할 목적이 없다. 예를 들어 변소에 가기 위해서라거나 다른 방으로 가기 위해서 이곳을 침입해 올 걱정도 없기 때문이다. 더 욕심을 내자면 옆방인 손님방과의 경계가 맹장지문 대신에 복도라도 되었다면, 벽이라도 되었다면 나는 얼마나 기뻤을지 모른다. 그리고 만약 그랬다면 이 방은 지금보다 더 전형적인 하숙집 방의 모양을 갖추고 있었을 것이다. 다시 말해서, 나는 내 방이 하숙집 방과 가장 비슷하기를 바라는 것이다.

그렇다, 이 방 안에서 나를 가장 괴롭히는 것은 옆방과 경계를 이루는 넉 장의 맹장지문이었는데, 특히 불편한 이유는 이 옆방이 바로 손님방이라는 것이었다. 왜냐하면, 무심코 맹장지문을 열면 손님방에 있던 손님이 내 방을 들여다볼지도 모른다는 것이 내가 가장 두려워하는 일이었기 때문이다. 그도 그럴 것이 나는 이상한 성격을 가진 사내다. 무엇 때문에 그런 성격이 되어 버렸는지는 모르겠다. 나 스스로도 얼마쯤 반성하고 얼마쯤 부끄러워했었지만 아무래도 고치려고 마음먹은 적이 없는, 스스로도 납득이 가지 않는 이상한 성격을 가지고 있다. 그것은, 한마디로 말하면 허심탄회(虛心坦懷)라는 말과는 정반대의 기질이었다. 그것이 소년 시절부터 매우 뚜렷이 드러나 있던 기질이었음을 알 수 있는 예를 하나 들자면, 여러분은 환등(幻燈)이라는 것을 알고 계실 것이다. 그것은 지금처럼 활동사진 같은 것이라곤 전혀 없고, 아직 전등조차 없던 시절에 아이들 사이에서 유행한 장난감으로, 램프를 넣는 양철 상자가 있고 그 앞에 또 한두 장의 렌즈가 붙어 있는 안경 같은 것이 설치되어 있다. 그 렌즈 앞에 여러 가지 색깔 유리에 그린 그림을 넣고 그것을 어두운 방으로 가져가 하얀 벽이나 맹장지문, 또는 하얀 천에 그 렌즈를 비추면, 앞에서 렌즈 사이에 끼운 유리의 그림이 확대되어 비치는 것이었다. 이웃집 아이들은 종종, 오늘 밤에 우리 집에서 환등을 돌릴 거니까 다들 보러 오라거나, 오늘 밤에는 누구누구네 집에서 환등 모임이 있으니 보러 가자면서 서로를 초대하기도 했다. 아이들은 누구나 환등기를 한 대쯤은 가지고 있기에 서로 환등을 보여 주면서 놀곤 했다. 나도 가끔은 초대를 받아 다른 집의 환등을 보러 간 적도 있었다. 그러나 나는, 나도 물론 환등을 가지고 있었지만 내 것을 다른 사람에게 보여 주지 않았을 뿐 아니라, 집에서 내가 보고 있을 때 다른 집 아이들이 들여다보기라도 하지 않을지 걱정이 되어 항상 벽장 안에 들어가 혼자서 환등을 돌리고, 혼자서 즐겼다. 그리고 어째서인지, 환등의 계절은 대개 여름으로 정해져 있었던 것 같다. 그래서 갑갑하고 뭔지 모를 이상한 물건의 냄새가 나는 벽장 안에서, 작은 양철 상자에 램프가 들어 있는 환등기 위를 덮듯이 몸을 '을(乙)' 자 모양으로 구부리고 열심히 혼자 틀어서 보고 있노라면, 주변의 공기는 가마솥 안처럼 푹푹 찌고 기계의 램프가 달아올라 배부터 가슴까지 점점 뜨거워진다. 그러면 나는 온몸이 땀에 푹 젖은 채 뭐라 형용할 수 없는 유쾌함과 안도감, 그리고 그 비밀스러운 기분을 즐겼던 것이다. 그 때문에 부모님에게 그러다 불이 나면 어떻게 할 거냐, 너는 참 비뚤어진 성격을 가진 아이구나, 라며 꾸중을 들었지만 나는 결코 그 이상한 버릇을 고치지 않았다. 지금 나는 환등을 트는 것은 대개 하얀 벽이나 맹장지문이라고 했지만, 그 무렵에는 그것을 틀기 위해 사방 반 간 정도 크기의 상자로 된 칸막이 같은 것에 하얀 종이나 하얀 천을 두른 것을 가지고 있었다. 그것을 나는 직접 만들었는데, 그 나무 상자에는 장식할 요량으로 직접 그림을 그리거나, 새기거나 해서 소장하고 있었다. 그 상자만 하더라도 스스로는 그것이 꽤 좋다고 생각했지만, 만약 다른 아이들이 그 상자를 보고 우스꽝스럽다며 비웃거나, 시시하다고 폄하하지는 않을지 걱정스러웠다. 또 이것도 다들 하던 일인데, 직접 유리에 그림을 그리고 자신이 그린 그 그림을 비출 때도 내 딴에는 신나는 일이었지만, 다른 아이들이 비웃지는 않을까 두렵기도 했던 것 같다.

그런 예를 들자고 하면 얼마든지 있지만, 이야기가 장황해지므로 생략하기로 하겠다. 또 한 가지 어른이 되고 나서의 예를 들자면 내가 도쿄에 올라와 하숙 생활을 하던 시절, 나는 평소 글을 쓰는 것도, 읽는 것도 전부, 그리고 방에 혼자 있을 때는 밥을 먹는 것까지도 전부 이부자리 안에서 해결했다. 그러나 나는 앞서 말한 것과 같은 성격 때문에 내가 읽고 있는 책이나 내가 뭔가 원고를 쓰고 있다는 것을 친구들이 아는 것이 왠지 모르게 싫었다. 무엇 때문인지 스스로도 꽤 골치를 썩여 가며 종종 그 이유를 찾아보았으나 결국 알 수 없었다. 그래서 하숙집의 하녀가 손님이 왔다고 알려주면, 나는 비밀스러운 일이라도 하고 있었던 마냥 허둥지둥 책이나 원고지를 숨기곤 했다. 그런데 하녀의 안내를 기다리지 않고 복도를 성큼성큼 걸어와 갑자기 내 방문을 두드리는 자주 놀러 오는 친구이거나 손님이면, 나는 더욱 허둥거려야 했다. 책을 읽고 있었던 경우라면, 나는 서둘러 그 책을 내가 누워 있는 이부자리 밑으로 쑤셔 넣었다. 그리고 그것이 원고인 경우에는, 나는 마침 그 자리에 있던 신문이나 다른 것을 그 위에 덮어놓고는 방으로 들어온 손님이 보지 못하도록 신문지를 덮은 채로 원고를 벽장 같은 곳에 숨겼다. 나는 다른 사람에게 말할 수 없는 이러한 나의 기묘한 성격 탓에 얼마나 고민했는지 모른다. 사실 그것을 모르는 사람이 내가 그러고 있는 모습을 잠깐이라도 본다면, 일이나 경우에 따라서 얼마나 나를 오해하고 기분이 상할지 모르겠다. 그렇게 생각하면서도 아직도 이 묘한 성격은 내게서 사라지지 않았다. 사라지기는커녕 오히려 내가 가끔 누군가를 찾아갔다가 그 사람이 나의 그런 성격과는 반대로 원고나 책, 그 밖에 그가 일상적으로 사용하고 있는 것들을, 찾아온 손님이 보거나 말거나 손님이 들어오는 방 안에 사방팔방으로 어질러 놓거나 늘어놓은 채 놔두고는 '자네, 그 근처에 있으니까, 미안하지만 직접 찾아 주지 않겠나?'라고 하는 광경을 접하게 되면 나는 정말이지 경탄하고 망연자실해져 몇 분 동안은 주인장의 심리를 헤아려 보고, 그 순간 이 얼마나 부러울 정도로 시원스러운 성격의 소유자인가 하고 감탄하는 것이 보통이다.

여하튼 그런 이유로 인해서 옆방과 경계를 이루는 맹장지문에 대해, 나는 내 방에서 보았을 때 넉 장 중 가장 오른쪽에 있는 문 한 장 외에는 가족들도 절대로 열지 못하게 했다. 그리고 왼쪽 벽을 따라 높이 다섯 자 남짓＝폭 석 자짜리 책장 세 개를 빈틈없이 세워 놓았다. 그리고 그 책장과 ㄱ자로, 그러니까 길에 면해 있는 한쪽 벽에 작은 서궤 하나를 벽에 붙여서 놓았다. 그리고 그 맞은편에, 즉 세 개의 책장의 다른 쪽 끝과 ㄱ자가 되는 위치에 맹장지문을 등지고 작은 서궤를 하나 더 놓았다. 재차 그림의 도움을 빌려 설명하자면 다음과 같이 되는 것이다.

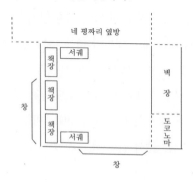

그런데 이 책장 세 개는 이 집에 이사 올 때 내가 직접 골라서 산 것으로, 우선 평범한 모양의 책장이다. 책장 자체의 모양이 평범한 것은 참는다 하더라도 원래 뚜껑이 없는 것이라, 한눈에 거기에 꽂혀 있는 책이 무엇인지 그 책등을 보고 알 수 있어서, '쓸데없는 책을 읽고 있는 사내로군'이라든가, '꽤 옛날의, 고풍스러운 책을 모으고 있는 사내로군, 어쩐지……'라거나, '이런, 그러고 보니 어울리지 않게 유행하는 사상 문제 같은 책이 꽂혀 있잖아, 시대에 뒤떨어지지 않으려고 노력하는 건가'라는 둥, 보는 사람들이 각각 자신들의 생각을 나한테 끼워 맞춰서 추측할 것이다. ── 그래서 내 성격상, 나는 그것을 사람들이 볼까 봐 점점 무서워지는 것이다. 하물며 서로 마주 보는 위치에 놓아둔 두 개의 작은 서궤는 특히 내가 다른 사람에게 보이고 싶지 않은 것이었다. 왜냐하면, 그 모양이 너무 흔해 빠진 모양이기 때문이다. 올벼 농사를 하는 논 주변의 시골 학생이나 아니면, 도쿄라고 치면 중학생이라도 이보다는 좀 더 크고 세련된 것을 가지고 있을 법하다. 한 개는 좌우로 여닫을 수 있는 유리 덮개 안쪽에 파란색 끈을 매어둔 것이고, 다른 한 개는 역시 작은 크기의, 전통 방식과 서양식의 절충이라고 할까 열 때마다 매번 벗겨야 하는 나무 덮개가 달린 것이다. 그래도 두 개 다 최근에 만들어졌다는 증거로 제일 위쪽은 작은 물건을 놓아두는 선반 형태로 되어 있다. 즉, 이 두 개의 서궤는 나만의 것으로 내 방에 놓고 사용하기에는 아무런 불편이 없지만, 이 역시 내 성격상, 앞서 말한 대로 이런 유치한 서궤를 가지고 있다는 것을 다른 사람이 본다는 것이 내게는 참을 수 없는 일인 것이다.

그렇지만 사실 이것들은 내가 산 것은 아니고 이삼 년 전에 결혼한 아내가 가져온 것이다. 아내는 나와 결혼하기 전에는 어느 시골 마을의 게이샤이며 또 게이샤 가게의 주인이기도 했다. 그랬던 그녀는 작기는 하지만 그런 두 개의 서궤에 무엇을 넣어 두었던 것일까. ——두말할 것도 없이 기요모토[42]나 기타유의 연습책 같은 것, 또는 상인들의 출입 장부 같은 것, 혹은 옛날에 자기가 다른 게이샤 가게에 있던 시절의 계약서나 또는 자기가 데리고 있던 게이샤들의 서류 같은 것, 그리고 애인이 보낸 편지 같은 것을 기념으로 놓아둔. ……그런 것들을 지금 맹장지문을 등지고 있는 쪽의 나무 뚜껑이 달린 서궤에라도 넣어 두었을까. 그리고 다른 서궤에는 예를 들어 비애소설 '눈물 이야기'나 가정비극 '어쩌고저쩌고' 같은 것, 가끔은 문예사에서 발행한 '현대걸작전집'이라든가, 아마 그것들도 그녀가 직접 산 것이 아니라 가끔 손님들에게 받은 것이 모인 것으로, 주로 양장 제본을 한 책을 넣어 두었을 것이다. 그리고 나로서는 웃어넘길 수 없었던 일은, 내가 소설가이고 두세 권의 소설을 쓴 바 있다는 것을 듣고 어느 날 몰래 약간

---

42) 기요모토부시[淸元節]의 줄임말. 샤미센 음악의 하나로 조루리의 일종이다. 주로 가부키나 가부키 무용의 반주 음악으로 사용된다. 기요모토 엔주 타유[淸元延壽太夫]에 의해 1814년에 창시된 것으로 조루리의 유파 중에서는 가장 뒤늦게 성립된 유파이다. 음악적인 특징으로는 서정적이고 요염한 분위기에 노래하는 듯한 목소리와 느긋한 가락의 재미를 더한 것으로, 특히 고음을 많이 사용하는 이야기 부분은 에도 조루리의 정수를 나타내 널리 사랑받았다.

큰 이웃 마을까지 나가서 직접 사 온 것임이 틀림없는, 내가 옛날에 쓴 소설책 한 권이 다른 책들과 함께 서궤 안에 섞여 있는 것을, 이 서궤들을 우리 집에 가지고 온 당시에 발견하고 그 이유를 물었더니 벌써 서른 살이나 된 그녀가 얼굴을 살짝 붉혔던 일이다. 아마 나와 알게 된 지 얼마 안 되었을 때의 일일 것이다. 아아, 그로부터 삼 년의 시간밖에 지나지 않았다. ……

나는 되도록 내가 좋아하는 책을 그 세 개의 책장과 두 개의 작은 서궤에 넣어 놓고 나머지 것들을 그 방의 벽장 안에 넣었다. 그리고, ……그리고 한 가지 더 털어놓아야 할 사실은, 이 작은 방 안에서 중요한 위치를 차지하고 있는 열 몇 장의 액자에 대한 것이다. 크기가 들쑥날쑥한, 남에게 받거나 내가 직접 사거나, 또는 앞서 말한 아내가 시골에서 가지고 오거나 해서 쌓인 액자들로 대부분이 싸구려 액자들이다. ──그렇다, 내 생각으로는, 사람은 소장하고 있는 액자 하나를 통해서도 타인에 의해 그 액자 주인의 취미나 교양에 대해 왈가왈부할 염려가 있다. (이것도 필경, 역시 내 마음으로 남의 마음을 추측하는 것이겠지만) 여하튼 그렇게 생각하면 그중 하나라도 도저히 남에게 보일 수 없는 종류의 산 사진들이 넣어져 있는 것이다. 예를 들어, 일본 알프스의 무슨 산이나 오우미[近江]⁴³⁾에 있는 이부키야마[伊吹山] 산, 호키[伯耆]⁴⁴⁾의 다이센[大] 산, 그리고 유럽 알프스의 융프라우[Jungfrau]나 묀히[Mönch],

---

43) 현재의 시가 현을 가리키는 옛 지명.
44) 현재의 돗토리 현 서부 지역을 가리키는 옛 지명.

아이거[Eiger] 같은, ——이런 사진들을 두 평 남짓한 내 방의 액자를 걸 수 있는 벽의 빈자리에 걸어둔 것이다. 그리고 그것으로도 부족해서 액자에는 들어가지 않는 사진이나 여분의 액자가 없어 넣지 못한 사진들을 벽의 빈자리란 빈자리에 모조리 붙여 놓았다. 만약 이 광경을 누군가가 보고 얼마나 웃을지를 생각하면, 가끔 아무도 없는 방에서 혼자 얼굴을 붉힌다. 그리고 그 사진들을 한 장 한 장 떼어내고, 또 액자들을 모조리 내려놓고는 무엇으로 할지 고민한 끝에 가까스로 그중 서너 장을 선별해서 그것만 적당한 위치에 걸 때도 있다. 그렇지만 또 이삼일 지나다 보면, 어느새 사진을 한 장 또 한 장 붙이게 되고, 그래서 벽의 빈자리는 원래대로 전부 사진들로 메워지는 것이었다.

나는 선천적으로 건강도 좋지 않고, 특히 잘 걷지를 못해서 그 벽에 있는 수많은 사진들 중 어느 한 군데도 올라가 본 적이 없다. 그뿐만 아니라 그 산들의 반 이상은 산기슭에서조차도 본 적이 없었지만, 나는 적어도 평소 동경하던 일본의 산만은 기회가 있을 때마다 한 번이든 두 번이든 산기슭에서만이라도 질릴 정도로 보고 싶다고 항상 희망하고 있다. 다시 말해서 나는 마치 매일 만날 수 없는 연인의 사진처럼 그런 산의 사진들을 닥치는 대로 모아, 그것을 바라보는 것을 둘도 없는 낙으로 삼고 있는 것이다. 아아, 내가 이런 산 사진을 보면서 느끼는, 그 즐거운 행복을 어떤 말로 설명할 수가 있을까. 수많은 독자 중에는 적어도 내 반만큼이라도 열심인 사람이 있겠지만, 나의 이 기묘한 즐거움에 동감하는 사람은 없을 것이다. 사실 이와 비슷한 즐거움을 느끼는 사람은 있을 법하면서도 없다. 또한 어쩌다 동감하는 사람은 있어도 그 사람의 열정은 나의 십분의 일에도 미치지 못할 정도여서, 나로서는 이야기를 나눌 친구도 없는 고독한 즐거움인 듯하다는 생각이 든다. 그러나 또 이것은 이야기를 나누어야만 그 즐거움이 일곱 배 늘어날지도 모른다. 어쨌든 내가 그렇게 좋아하면서도 직접 오를 수 없다는 사실이 나의 동경심을 한층 더 깊어지게 만드는 것 같다. 그래서 내가 즐겨 모으는 산들의 사진은 몇 번째 능선에서 바라본 조망이나 정상의 풍광 사진 같은 것은 거의 없고, 대부분이 산기슭에서 바라본 산의 모습을 찍은 사진이다. 그래서 나는 실제로 그 산들을 본 적이 있는 그 어떤 사람보다도, 아마 고향에 그 산이 있는 사람들만큼 정확하게 그 산들의 모습을 알고 있다고 말해도 거짓은 아닐 것이라고 믿고 있을 정도다. 맹세컨대 나로서는 아무리 이야기를 해도, 부족하다고는 생각할지언정 조금도 과장해서 말하는 것은 아니다. 아니, 나는 어떻게든 과장해서 이야기하고 싶다는 생각마저 하지만 그렇게 할 수 없는 것을 매우 안타깝게 생각할 뿐이다. 옛날에 어떤 사람이 '자네가 이 세상에서 가장 좋아하는 것이 무엇인가?'라고 물었을 때, 나는 그 물음에 대답하지는 않았지만 사실 속으로는 바로 '산과 여자와 책'이라고 대답했다. ──아아, 그렇다. 이 대답을 이렇게 갑작스럽게, 이렇게 성급하게 흘리는 게 아니었다. 이 말은 나에 대해서 여러 가지 이야기를 더 한 후가 아니라면, 여러분들이 충분히 납득할 수 있게 된 후가 아니라면, 따라서 어쩌면 이번 소설의 마지막 줄에 이르더라도 말해서는 안 되는 것이었는지도 모르겠다.

어쨌든 그런 연유로 내 방의 벽이란 벽은 모두 산의 사진들로 메워져 있다. 그리고 한두 자 정도의 작은 경상 같은 책상을 방 안에 별로 방해되지 않을 정도의 위치에 항상 파수꾼처럼 내어놓고, 나 자신은 길에 면한 창문이 있는 벽 쪽에 아침이고 밤이고 펴 놓은 이부자리 속에 들어가 글을 쓰거나 책을 읽거나, 또 산 사진들을 바라보거나 공상에 빠지거나 하면서 지내고 있는 것이다. 누군가 찾아와서 옆에 있는 네 평짜리 방으로 나갈 때나, 산책이나 그 밖의 다른 일이 생겨서 외출할 때 외에는. ……그건 그렇고, 앞서 말했듯이 이 방이 도쿄의 흔해 빠진 하숙집과 똑 닮았다는 것이 내게는 왠지 든든하게 여겨질 때조차 있다. 만약 이 방이 정말로 하숙집의 어느 방이라면 보통의 경우 방 한 칸 이상은 가질 수 없으므로, 나는 이렇게 편안하게 책장이나 서궤, 그리고 산 사 진들에 둘러싸여 그것들을 즐기며 누워 있을 수는 없을 것이다. 왜냐하면, 언제 어느 때 친구나 지인들이 이 방에 들이닥칠지 모르기 때문이다. 그러나 지금은 손님이 오면 아무렇지도 않은 얼굴로 제일 오른쪽 끝에 있는 맹장지문을 내 몸이 들어갈 정도로만 슬쩍 열고는, '여, 왔는가' 하고 세수도 하지 않은 얼굴로 옆방으로 건너 가면 되는 것이다. 그러나 그런 편안함에도 불구하고 나는 하루에도 몇 번씩 삼 년 전까지의 하숙 생활을 그리워하곤 했다. 거기에서는 내 성격상 내 방처럼, 내 생각대로 내가 가장 좋아하고 사랑하는 것들을 마음껏 주변에 늘어놓고 즐길 수는 없었다. 하지만 그것보다도 나를 더욱 괴롭히는 것은 네 평짜리 방과의 경계이며 이 또한 하숙집의 맹장지문과 똑 닮은, 흔한 셋집에 있는 맹장지문의 그 그림을 보고 있노라면, 지금은 친구뿐 아니라 나를 선생님이라고 부르는 출판사나 잡지기자나 잘 모르는 청년 등 여러 사람이 하루에도 몇 명씩 찾아오는 그 네 평짜리 손님방을 가지고 있는 것이 형용할 수 없는 부담으로 느껴져서 견딜 수가 없는 것이다. 오른쪽 벽장의 맹장지문 그림도 내가 옛날에 열 번 이상 전전한 하숙집 중 어느 한 곳의 그림과 필경 똑같은 그림이었음이 틀림없다고 생각되는 그림이고, 게다가 그 옆에 있는 반 간짜리 도코노마도 왠지 하숙집의 흔한 도코노마처럼 생겼다. 그 도코노마의 갈색 벽은 바람이 좀 불어 약간 흔들리기만 해도 모래가 풀풀 날리는데, 그 벽에 샤미센이 하나 기대어져 있다. 이것은 지금으로부터 사오 년 전, 나를 죽을 만큼 애먹이고 괴롭히던 신경질적인 아내와 헤어진 후에 오늘부터 드디어 이 세상에서 나 혼자가 되었구나, 내 몸이 비로소 내 것이 되었구나, 하는 기쁨에, 한 달에 이십 엔도 못 벌던 처지라 목욕탕에 가거나 엽서를 사는 것조차 힘들었던 가난한 시절에 시부야의 도겐자카에 있는 어느 고물상에서 사 온 것이다. 나는 이 샤미센을 사기 위해 그 고물상 앞을 닷새 동안 스무 번 이상 공연히 왔다 갔다 하다가, 가게 안에 손님이 없고 뚱뚱한 주인이 카운터에 없을 때, 예쁜 안주인이 가게를 보지 않고 고작해야 열일고여덟 정도 된 점원 아이가 혼자서 가게 물건에

쌓인 먼지를 털고 있는 틈을 타, 점원 아이가 무슨 말을 하기도 전에 얼굴을 붉히며 숨 막힐 듯한 심정으로 가격을 물어보고 사왔다. 그 가게 천장에는 샤미센 다섯 개가 매달려 있었다. 나는 그중에서도 눈에 띄게 볼품없고 빈약해 보이는 샤미센을 점찍어 두었던 것이다. 과연 그것은 값도 싸서, 3엔 50전이었다. 살펴보니 볼품없는 것도 무리는 아니었다. 몸통은 나가우타(長唄) 샤미센인데 장대 부분은 기타유 샤미센이었기 때문이다.[45] '그래도 소리는 좋다고 해요. 괜찮으시면 한 번 켜 보세요. 소리는 아주 잘 난다는 거 같으니까요'라고 점원은 말했다. 그렇지만 내가 무슨 여유로 고물상 앞에서 샤미센을 연주한단 말인가. '알겠네. 그럼 이것을 사 가지. 분리할 수 있는 거겠지?'라고 물어보고는 몸체에서 장대를 분리해 둘로 나누어 신문지에 싸 달라고 하고는 뛰다시피 서둘러 하숙집으로 돌아왔다.

하숙집의 내 방에 도착하자, 나는 방 입구에 빗장을 지르고 바로 샤미센을 조립해 음을 맞춘 후, 네다섯 곡 정도밖에 모르는 하우타[46]를 입안에서 모기만 한 목소리로 노래하며 손톱 끝으로 겨우 나에게만 들릴 정도로 켜 보았다. 과연 고물상 점원의 말은 거짓이 아니었다. 무미건조한 소리이긴 해도 그 볼품없는 모양에 어울리지 않게 꽤 좋은 소리를 내는 샤미센이었다. 내가 점점 흥에 겨워

---

45) 가부키 음악 등에서 주로 사용하는 나가우타 샤미센은 장대 부분이 가늘고 상아로 만든 발(撥)을 사용하며, 조루리 등에서 주로 사용하는 기타유 샤미센은 장대 부분이 굵고, 크고 두꺼운 발을 사용해 연주한다.
46) 짧은 샤미센 노래.

연주를 하다 보니 어느덧 나는 물론이고 내 방뿐 아니라 옆방에까지 들릴 정도의 큰 소리로 켜고 있었는지, 결국 옆방에서 항의가 들어온 적이 있었다. 그 무렵은 내가 이런 처지이다 보니 어쩔 수 없이 친척 집에 머물면서 일주일에 한두 번 정도 내가 어떻게 지내는지 보러 오던 어머니에게 샤미센을 보여 드리고, 토요일 오후나 일요일에 와서 샤미센을 가르쳐달라고 했다. 어머니는 어이없다는 얼굴로, 우리는 이렇게 고생하면서 힘들게 살고 있는데, ……라고 입 밖에 내어 말하지는 않았지만 이렇게 천하태평이라니, 하면서도 어머니의 마음이란 어쩔 수 없는지, 하긴 하숙집에서는 토요일이나 일요일이 아니면 안 되겠구나, 그래도 너도 적어도 방 두 칸이나 세 칸짜리 집을 가져야 하지 않겠니, 그러면 다른 사람 눈치 볼 것 없이 매일 삼십 분이나 한 시간씩이라도 가르쳐 주겠다, 고 덧붙였다. 그 후 나는 일요일마다 어머니한테 샤미센을 배우면서, 시간만 나면, 아니 그때는 시간밖에 가진 게 없었으므로 온 동네 헌책방을 샅샅이 뒤져 여러 종류의 샤미센 악보를 열 종류 이상이나 모아서는, 그 볼품없는 샤미센 줄을 디링디링 퉁기며 연습에 여념이 없었다. 그리고 나는 곧 악보에 나와 있는 곡만은 순식간에 익혀 버렸고, 그 책들이 저자에 따라서 악보 표현법이 다를 뿐 아니라 악보 자체도 조금씩 다른 이유를 어머니에게 물어보거나 스스로 생각하면서 직접 악보 쓰는 방법을 고안해, 새로 악보를 쓰는 것에 흥미를 가지기도 했다. 당시에는 내가 어릴 때부터 오랫동안 애써 가며 익힌 재주라고는 그것 외에는 없었고, 소설

뿐 아니라 번역이나 동화도 전혀 팔릴 기미가 보이지 않아, 달리 그것 말고는 먹고살 길을 몰랐다. 그래서 어느 날 나는 어떤 헌책방에서 나가우타는 서양 악보를 활용하면 꽤 완전한 악보를 그릴 수 있다는 것을 발견하고 얼마 안 되는 돈으로 악보를 모을 수 있는 만큼 사 모았다. 매일 부지런히 그것들을 내가 발명한 악보로 고치고는 미소를 지으며, 어찌 될지 알 수 없는 일이기는 하지만 내 이름으로 낸 소설이나 번역, 동화는 안 되더라도 어쩌면 이것은 책방에서 사 줄지도 모른다고 진지하게 생각했던 것이다. 그러나 어차피 이 세상에 대해서 그저 생각하고, 궁리하고, 망설이고, 한숨을 쉬고, 그리고 경멸하는 것 말고는 아무것도 할 줄 몰랐던 나는, 모처럼의 나가우타 악보도 도중에 그만두고 매일 하릴없이 지내면서 이 세상에도, 나 자신에게도 정나미가 떨어져 앞서 말한 몸통은 나가우타, 장대는 기타유인 괴이한 샤미센을 아침저녁으로 어루만지거나, 연주하거나, 집어 들고 바라보았다. 그러면서, 아아, 제발 아무리 작고 허름한 셋집이라도 좋으니 한 채 빌려서, 일요일과 토요일이 아니더라도 아무한테도 신경 쓰지 않고 이 샤미센을 켤 수 있다면 얼마나 좋을까, 하는 것이 그 당시 나의 유일한 소원이었다. 지금 나는 소원대로 낡은 셋집이긴 하지만 집을 한 채 가지고 있고, 샤미센도 나가우타와 기타유가 합쳐진 기형적인 것이 아니라, 게이샤였던 아내가 가져온 온전한 샤미센을 쓸 수 있다. 어머니한테 가르쳐달라고 부탁하지 않아도 당당하게 아내에게 배울 수도 있다. 하물며 이제 와서 '어디 표주박만 뜨겠는

가'나 '봄비', '매화에도 봄빛이' 같은 하우타 악보를 만들거나 서양 악보로 나가우타를 연구하지 않아도, 유일한 재주인 소설과 동화로 그럭저럭 먹고살 수도 있다. 그렇다면 말할 것도 없이, 일요일이건 월요일이건 상관없이, 국장(國葬)이라도 있지 않은 한, 마음 내키는 대로 틈틈이 샤미센을 연주해도 괜찮은 것이다. 그런데 웬일인지 지금은 더 이상 그러고 싶은 생각이 들지 않는다. 지금은 어머니와 아내, 하녀와 중학생인 사촌 동생까지 모두 우리 집에서 함께 살고 있다. 나 외의 다른 사람들이 마치 하숙집 옆방 사람들처럼 느껴져서 이상하게 부끄럽고, 그들이 어떻게 생각할지 신경 쓰여 토요일이든 일요일이든 편한 기분이 들지 않았다. 그래서 하루 중에서 겨우 어머니와 아내가 목욕탕에 가 있는 한 시간 사이에 하녀와 사촌 동생에게 외출할 일을 시키고는 간신히 샤미센을 꺼내는 상황이다. 그래서 샤미센을 가지고 있어도 나는 종종 옛날 하숙집으로 돌아가고 싶은 생각이 들어 견딜 수가 없다.

　내가 하숙집에서 생활하고 있을 때──라고 해도 나의 하숙 생활의 마지막 일 년간은 결코 한 사람 몫을 다하는 독립된 생활은 아니었다. 왜냐하면, 나는 거의 매달 하숙비의 절반 정도밖에 못 벌었기 때문에 거의 두 달째쯤에는 약간의 짐만 놓아둔 채로 그곳에서 도망쳐야 했다. 그리고 그때마다 나는 그 샤미센만큼은 처음 도겐자카의 고물상에서 사 왔을 때처럼 분리해서 신문지에 싸 들고 몰래 도망치곤 했다. 그러나 지금 말하는 마지막 일 년에는 그런 융통성조차 없어서 어떨 때는 거의 나와 비슷할 정도로 가난한 친구의 하숙집에 기어들어 가거나, (부자인 친구들은 아무도 그런 나를 받아 주지 않았고 오히려 가난한 친구들이 나를 도와주었다) 어떨 때는 마찬가지로 가난해서 매일 신문의 직업 소개란을 뒤적이며 일을 찾고 있던 마흔 몇 살인가 되는 사촌 형의 하숙집에 얹혀살기도 했다. 미안한 마음에 하루 세 번의 식사도 오늘 아침은 이상하게 배에 가스가 차서 먹고 싶지 않다거나 오늘은 배가 좀 아프다거나 하는 핑계로 거절해야 했고, 어떨 때는 너무 부루퉁한 얼굴로 앉아 있거나 누워 있으면 방주인의 기분을 해칠까 봐 신경이 쓰여 볼일도 없는데 정처 없이 산책하러 나가야만 했다. 원래 좋아했던 과자는 방주인에게 손님이 왔을 때 외에는 먹을 수 없었고, 방에 있던 오래된 잡지라는 잡지는 모조리 읽어 버렸으며, 게다가 항상 빌려온 책이나 잡지는 팔아치웠기 때문에 이제 아무한테도 빌리러 갈 수도 없는 데다, 책 대여점은 보증금을 주지 않으면 빌려주지도 않았다. 아아, 신이시여, 제발 하루라도 이틀이라도 좋으니 온전히 나 혼자 있을 수 있는 방에서 한두 권의 소설책과 두세 권의 신간 잡지를 머리맡에 두고, 조금 더 바란다면 긴쓰바[47] 나 밤만주를 머리맡에 놓아두고 편하게 침상에 몸을 누일 수 있다면, 신이시여, 그것도 나에게는 과분한 사치입니까. 사실 나는 적어도 사흘 중 이틀은 방주인에게 마음을 쓰느라 갈 곳도 없이 외출했다. 그러나 그저 모욕 말고는 아무것도 얻을 수 없을 것이 뻔한 돈 마련을 위해 전전긍긍하며 불안한 마음으로 외출하는 일에서

---

47) 팥소를 얇은 밀가루로 감싸서 구운 전통 화과자.

벗어나, 오늘만은 하루 종일 즐겁게 뒹굴 거리며 독서와 공상에 빠지고 싶다고 얼마나 바랐는지 모른다.

지금 그 소원은 겉으로만 보자면 나에게 허락된 것처럼 보이지만, 마음으로 보자면 사라진 것 같다. 정말이지 마음이 가난한 사람은 행복하다고 성서에 쓰여 있는 대로다. 아아, 위대한 신의 섭리는 정확하지 않은가 말이다. 지금 나는 삼 년 전 하숙집에서 바라던 일을 겉으로는 이루었지만, 내 마음은 안정되기는커녕 삼 년 전에는 꿈에도 몰랐던, 뭐랄까 숨이 막힐 듯한 답답함과 쫓기는 듯한 초조함, 노인의 피부 같은 건조함, 맹탕 같은 무미건조함을 이 평안해야 할 내 방 안에서 느끼고 있는 것이다. 그래서 나는 종종 내 방에서 주변을 돌아보고는 끊임없이 한숨을 쉬고, 혀를 차고, 담배를 마구 피우고, 차를 마시면서 도대체 내가 잃어버린 것이 무엇인지에 대해 여러모로 생각하는 것이다. ……그렇다, 나는 이 세상에서 가장 중요한 것을 잃어버렸다. 나는 꿈을 잃어버린 것이다.

나는 어느 날은 아침에 일어나자마자, 때로는 오후가 되어서, 또 어떤 날은 어두워지기 조금 전에, 아니면 이미 밤이 꽤 깊은 후에라도 문득 무언가에 쫓기듯이, 또는 무언가를 찾아 헤매듯이 허둥지둥 무작정 집을 나선다. 우리 집에서 시내로 나가려면 꽤 먼 길을 걷고 공원을 비스듬하게 가로질러 가야 했다. 그 길은 원래 익숙한 길이어서, 아주 늦은 밤인데도 거리낌 없이 여럿이서 돼지 멱따는 듯한 날카로운 목소리로 서양 노래를 부르며 유리창이 흔들리는 음악학교도, 아니면 스케치 상자를 한 손에 들고 길을 지나는 장발의 미술학교 학생들도, 날씨가 맑은 일요일에는 선량한 회사원 남편과 정숙한 부인이 양쪽에서 열 살짜리 어린아이의 손을 잡고 동물원 입구로 들어서는 풍경도 내게는 더 이상 아무런 감흥을 주지 않았다. 최근에는 또 내가 다니는 길 여기저기에서 다가오는 봄에 열릴 대박람회의 건물 공사가 시작되었는데, 어제까지는 귀뚜라미 사육 상자 같았는데 오늘은 벌써 판자 울타리가 전부 쳐져 있거나, 갈 때는 새 판자와 오래된 판자를 쳐 놓은 돼지우리 벽 같았는데 돌아올 때는 이미 복사 빛 화장을 하고 있거나, 말이 목을 앞으로 내밀고 다리를 뻣뻣이 버티며 목재나 자갈을 실은 수레를 끌고 있거나, 머리에서 턱까지 수건으로 감싸고 가게 이름을 새긴 한텐[48]을 입은 운전수가 타고 있는 화물 자동차가 땅을 울리면서 지나는 등 매일 번창하는 광경을 보이지만, 그런 것들조차 전혀 나의 흥미를 끌지 못했다.

그런데 어느 날 저녁, 해가 지기 조금 전이었는데, 나는 늘 다니는 길을 걷고 있었다. 동물원 앞을 지나고 세이요켄[49] 옆을 따라 야마시타로 나가는 일직선의 큰길로 나가서 무심코 오른쪽을 보았을 때, —— 여러분은 그곳의 경치를 아시는가. —— 그래 봐야 사실 그곳은 아무것도 없는 곳으로 세이요켄 옆에서 야마시타까지 줄곧 벚나무가 가득 심어져 있는 제방일 뿐이다. 그런데 딱 한

---

48) 주로 노동자들이 입었던 짧은 겉옷.
49) 도쿄 우에노 공원 내에 있는 서양식 요리점.

군데, 세이요켄 바로 옆에 시노바즈 연못[不忍池][50]으로 내려가는 언덕길이 딱 한 곳 있는데, 그곳만 벚나무가 뚝 끊기고 얼마 안 되는 그 사이로 아래쪽의 시노바즈 연못이 있는 저지대에서 저 멀리 혼고[本鄕][51]의 고지대까지 내다볼 수 있게 되어 있었다. 나는 그쪽을 보고 깜짝 놀라서 걸음을 멈추었다. 왜냐하면, 어찌 된 셈인지 그 벚나무가 끊긴 틈새로 저녁 하늘을 배경으로 저 멀리 혼고의 고지대가 보이고, 그 아래에는 시노바즈 연못이 납빛으로 수면만 살짝 희끄무레하게 빛나고 있어서, 그것이 호수처럼 보였던 것이다. 어라, 시노바즈 연못이 이렇게 컸던가, 하는 생각에 나는 깜짝 놀라 눈을 크게 뜨면서 멈추어 섰다. 그것은 내가 서 있는 공원의, 즉 고지대 바로 아래쪽에서 아득히 멀리 있는 혼고 아래까지, 하기야 시간이 마침 무엇이든 약간 커 보이게 하는지도 모르는 해 질 무렵이기도 했기 때문이지만, 내가 사랑해 마지않는 시나노[信濃][52] 산중의 호수만큼이나 크게 보였던 것이다. 이렇게 분명하게 혼고나 시노바즈 연못의 저지대라고 말하면 내가 그때 느낀 느낌과는 달라져 버리고, 또 듣는 사람도 거짓말이라고 여길지도 모르겠다. 그러나 어쨌든 나는 눈을 크게 뜨고 적어도 일 분간은 멈춰 서 있었다. 그러나 나는 결국 내 눈이 잘못되었음을 발견하게 되었다. 그것은 역시 요즘 공사를 서두르고 있는, 세이요켄 밑의 시노바즈 연못 근처에 건축 중이던 박람회 건물 중 하나로, 벚나무 사이로

---

50) 도쿄 우에노 공원 남서부에 있는 연못.
51) 요코하마 시에 있는 마을 이름.
52) 현재의 나가노 지방을 가리키는 옛 지명.

보니 큰 호수처럼 보였던 것은 회색으로 칠한 어묵 모양 지붕의 일부분이었던 것이다. 즉, 시노바즈 연못은 그 맞은편에 있는 셈이었고, 그 지붕이 연못과 그 주변의 저지대를 내 시야에서 차단하여, 가까스로 저 멀리 있는 혼고의 고지대만 그 위로 보이게 했었던 것이다. 그것을 알고 나니 스스로가 조금 바보 같다고 느껴지기는 했지만, 곧 나는 다시 한 번 아까처럼 그것을 호수 같다고 느끼고 싶어졌다. 그렇지만 일단 지붕이라는 사실을 알고 나니, 이제 아무리 일부러 눈을 가늘게 떠도, 두세 걸음 되돌아갔다가 다시 걸어와 보거나 아까보다 조금 더 멀리 떨어져서 보거나 가까이 다가가 보아도, 이제 어떻게 해도 지붕 외의 다른 것으로는 보이지 않았다.

그러나 그 이튿날부터 나는 그 시각이 되면 어쨌든 모자를 쓰고 지팡이를 짚고서, 사랑하는 사람을 만나러 가기라도 하는 듯 힘차게 내 방을 나서는 것이 일과가 되었다. 그리고 이것은 전혀 과장도 아닌데, 실제로 세이요켄 앞 벚나무 길에 접어들면 나는 조금 가슴이 두근거리기 시작하는 것을 느낄 수 있었다. 내 눈은 세이요켄의 모퉁이를 도는 순간 그 맞은편에 있는 나뭇가지가 조금 성긴 곳을 빨려들듯이 응시하면서, 한 발짝 한 발짝 나아감에 따라 그 나뭇가지가 더욱 성겨지고 마침내는 점차 공간이 그곳을 점령해 가는 것을, 그것이 정확하게 호숫가로 내려가는 언덕 위에 일치되는 장면을 숨죽이고 바라보았다. 그때 나는 일부러 눈을 감거나, 아니면 길 반대쪽을 보면서 두세 간 더 걸었다고 생각되는 지점에서 일부러 '우로 봐'를 하는 것이다. 그러면 역시 거기에서 분명하게 나뭇가지 틈으로 조금 간격을 두고 서쪽 하늘을 바라볼 수 있는 공간이 바로 펼쳐진다. 그리고 그 하늘을 배경으로 아득히 멀리 혼고의 고지대가 보이고, 그 아래에는 꿈처럼 은회색 호수가 펼쳐져 있는 것처럼 보이는 것이다. 오오, 분명히 산간 지방의 커다란 호수처럼……. 하지만 내가 그 환영을 즐기는 시간은 첫날의 절반에도, 아니 삼분의 일에도 미치지 못했다. 하지만 역시 시간으로 환산하면 십오 초나 이십 초는 되었을까. (그리고 그 십오 초, 이십 초는 그때의 나에게는 짧다면 너무나도 짧지만, 또한 꽤 길다고도 생각되는 것이다) 꿈은 순식간에 깨지고 공사 중인 박람회장의 무슨무슨 관이라는 건물의 어묵 모양 지붕이 내 눈앞에 나타났다. 나는 오후에는 가끔 손님을 만날 때가 있었는데, 저녁 그맘때가 되면 어떻게든 용건을 만들어서는 손님을 데리고 집을 나오곤 했다. 그리고 어떨 때는 친구이고, 또 다른 때는 지인인 손님과 함께 이 풍경을 접하기도 한다. 그때 나는 한순간 그 건물의 지붕을 산에 있는 호수로 보고 즐긴 후, 그 환영이 깨지고 나면 함께 걷고 있던 손님에게 '자네, 저쪽을 한번 보게'라고 말하곤 했다. '보게, 연못이 오늘은 정말 크게 보이지'라고 하면서 그 건물의 지붕을 가리키면 누구든지 반드시 한번은 '정말이군, 정말이야'라며 꼭 감탄한다. '어떻게 된 거랍니까? 정말 크군요'하고 물으면 '크게 보이지요. 하지만 사실 저것은 연못이 아니라 박람회 건물 지붕이랍니다' 하고 내가 설명하면 상대는 그제야 그것을 알아차리곤 했다. 그리고 그들은 이구동성으로 '재미있네요. 정말 얼핏 봤을 때는 커다란 호수처럼 보이는데요'라며 극구 감탄을 한다. 이것으로 알 수 있듯이, 이것은 결코 나 혼자만의 생각만이 아닌 것이다. 그렇다, 마음이 없는 사람들조차도 그저 눈앞에 펼쳐지는 잠시의 눈속임 같은 풍경에 감탄한다. 하물며 그와 비슷한 머나먼 신슈(信州53)의 산속 호수를 그리워하는 나에게 있어서 그런 경치를 즐기는 것은 지극히 당연한 일이었다.

그 세이요켄 옆의 완만한 언덕길을 따라 시노바즈 연못 기슭으로 내려와 조금 되돌아가면, 히가시다이칸(東台館)이라는 조잡한 서양식 건물이 있다. 성냥갑을 여러 개 쌓아 놓은 듯한, 군데군데 벗겨진 회색 시멘트 칠을 한 건물은 사층으로 이루어져 있다. 그 건물은 밖에서 보이는 창문 개수보다 두 배 정도 되는 방이 있는데, 각각의 방은 학생이나 독신 회사원, 아이가 없는 부부에게 빌려주기 위한 것이었다. 그 건물은 항상 만실이라 방이 빌 때를 쉽사리 맞추기가 어려워, 나는 사오 개월 전에 명함을 주고 빈방이 나와 내가 신청할 차례가 되면 알려 달라고 부탁을 해 두었다. 그때 나는 그저 뭐라 말할 수 없는 유별난 성격 때문에, 그리고 내 가족들이 웃거나 이야기하는 목소리가 들리는 곳에서는 내 성격과 직업상 아무래도 차분하게 공부를 할 수 없다는 이유로 공연히 그 건물의 방 하나를 신청해 두었던 것이다. 그러나 그 당시 내게는 그 건물의 방을 하나 꼭 빌리고 싶은 또 하나의 이유가 있었다. 그것은 내게 몰래 만나고 싶은 여자가 하나 생긴 것이었다. 다들

---

53) 현재의 나가노 현의 옛 이름.

알다시피 이 넓은 도쿄에는 시내와 근교를 막론하고 몰래 만나는 남녀를 위한 숙소와 요정 같은 곳이 곳곳에 수천, 수만 곳이 있다는 것을 물론 나도 알고 있다. 그렇지만 내 성격상, 문을 들어서면 판에 박힌 모양으로 나무가 심어져 있고, 돌고 돌아서 현관으로 통하는 디딤돌이 있고, 하루에도 그런 손님을 여럿이나 대하면서도 그때마다 수상쩍다는 눈길로 '어서 오세요' 하고 인사를 하는 여종업원이 있고, ——그 사람들은 하루에도 그런 손님을 여럿 맞으면서도, 앞에서는 묘하게 부자연스러운 직업적인 태도로 시선을 피하는 듯 굴지만, 뒤에서는 탐정이라도 된 것처럼 뚫어지게 쳐다보고, 안 보이는 곳에서는 이러쿵저러쿵 험담을 하고, 그러다가 또 다른 손님이 들어오면 또 조심하고는 또 잊어버리고—— 요컨대 살아 있는 그녀들 또한 문이나 나무, 디딤돌과 크게 다르지 않으므로 전혀 신경 쓸 필요는 없지만, 나는 아무래도 그것을 견딜 수가 없는 것이다. 아마 나를 죽을 만큼 좋아하는 여자가 있다고 하더라도, 또는 그녀가 나에게 그런 종류의 집에 함께 가 준다면 당신이 시키는 대로 하겠다고 해도, 그 유별난 성격 때문에 그녀는 나를 찰 것이 틀림없다. 나는, 설령 마리아나 베아트리체나 그레첸 [Gretchen][54]과 함께라 해도 그 문만은 들어설 기분이 들지 않는다.

여하튼 내 상대 여자는 실로 평범한, 그러나 이상하다면 이상한 여자였다. 그녀는 어느 번화한 변두리 철도 건널목 옆에 있는 담배 가게의 간판 아가씨였다. 내가 왜 그렇게 많은 사람들의 눈에 띄는

---

54) 괴테의 '파우스트' 제1부에 나오는 여인.

담배 가게 아가씨와 그런 사이가 되었는지에 대해서는, 자세한 이야기를 하자면 이야기가 길어지고 삼천포로 빠지게 되므로 생략하기로 하고, 처음에 나는 이 여자가 바로 얼마 전까지 다른 남자의 첩이었다는 이야기를 들었다. 그러나 나는 그녀가 첩이든 뭐든, 또는 무슨 요괴 같은 것이든, 아무 상관이 없었다. 그보다 굳이 말하자면 오히려 그녀가 일단은 세파(世波)에 살짝 닳아 있는 편이, 무언가 교섭하게 되었을 때 어깨가 가벼울 것이라고 생각했다. 그리고 처음 그녀를 내가 조금 관찰했을 땐 꽤 야무지고 이해심도 있는 여자처럼 보였다. 그러나 그런 것들은 둘째치고 내 마음을 가장 끈 것은 그녀의 용모가 어딘가 그 산속 호숫가의 작은 마을에 있었던 게이샤 유메코를 닮았기 때문이었다. 아마도 이 먼지 구덩이 도쿄 한가운데에 있는 시노바즈 연못이 자꾸만 산의 호수로 보이는 것처럼, 나에게는 내 눈에 보이는 여자란 여자가 모조리 다는 아니더라도 종종 그 산속 마을의 여자와 닮아 보여서 견딜 수가 없나 보다. 초저녁에는 어떻게 이렇게나 닮은 여자가 있을까 하는 생각까지 하며 하룻밤을 같이 보낸 여자가, 다음 날 아침에 보니 어디가 그녀를 닮아 보였던 것인지, 나는 거짓말이 아니라 스스로를 꼬집어 보고 머리를 갸웃거린 적도 한두 번이 아니었다. ——그녀는 그런 장사를 하는 여자인데도, 머리카락이 살짝 곱실거려서 그런 것도 있겠지만, 머리를 바싹 당겨 올려 묶고, 시골 여자다 보니 나이보다 수수한 오시마 기모노[55]를 입었는데, 나는

---

55) 가고시마 남부 오시마 섬의 특산품인 직물로 만든 기모노.

그런 차림새를 한 그녀를 단 한 번밖에 보지 못했지만 천 번은 본 것처럼 확실히 기억하고 있었다. 착실하다기보다 고지식해 보이는 여자였다. 그런데 어느 날, 내가 친구와 길을 걷고 있을 때 한 간 정도의 거리를 두고 스쳐 지나간 남녀 한 쌍 중에 여자 쪽이, ──그런 차림새를 한 그녀를 똑 닮은 것이었다. 적당히 마르고 조금 키가 크며 고개를 약간 숙인 모습조차, 내가 꿈에도 잊을 수 없는 그녀의 모습 그대로였다. 그런데 그녀와 나란히 걷고 있는 남자는 키가 작고 상자처럼 살이 찐, 기장이 짧은 옷자락 사이로 막대기 같은 두 다리가 나와 있는 꼴사나운 모습의 남자였다. 그녀가 남자와 걸을 때는 필경 저렇지 않을까 생각되는 그 모습 그대로, 그 남녀는 한 자 정도의 간격을 두고 거의 대화도 없이 나란히 걷고 있었다. 나는 함께 걷고 있는 친구에게 신경을 쓰면서도 뒤를 돌아보고 또 돌아보았다. 보면 볼수록 그녀와 닮아서, '이보게, 잠깐, 자네 잠깐만, 잠깐만 기다려주겠나, 잠깐……' 하며 정신없이 그 남녀의 뒤를 쫓아간 적이 있었다. 나는 다행히 그 남녀를 놓치지는 않았지만, 아무래도 그들 앞으로 가 정면에서 그녀의 얼굴을 볼 용기는 나지 않았다. 내 마음속에서는 그녀가 닮은 사람이 아니라 진짜 그녀라는 것을 발견하기는 무섭고, 그런가 하면 역시 그녀일 리가 없으며 늘 이렇게 비슷한 모습을 발견하고는 실망했던 것처럼 오늘도 그 일을 반복하게 되지는 않을까 하는 걱정도 들었다. 그렇게 생각하면, 닮은 사람이다, 혹시 그녀가 아닐까, 그런 상상을 하고 있을 때가 좋은 거라는 생각도 드는 것이었다. 그러다 마침내 그 둘은 어느 전병 가게 앞에서 전병을 사기 위해 멈추어 섰다. 나는 탐정과 도둑이라는 두 역할을 혼자서 겸하고 있는 듯한 기분으로 그곳에서부터 대여섯 간 앞쪽의 어느 처마 그늘에 몸을 숨긴 채 저쪽을 엿보았다. 다행스럽게도 여자 쪽이 나와 가까운 쪽이어서 그 옆얼굴을 볼 수 있었다. 그리고 역시 나의 착각이었던 모양이었다. 그러나 아직 아무래도 닮은 것 같아서 조금씩 용기를 내어 가까이 다가갔다. 그리고 사람을 잘못 보았다는 것이 점점 확실해지자, 나는 점차 안심하고 가까이 다가갔다. 역시 두말할 필요도 없이 사람을 잘못 본 것이었다. ——나와 담배 가게 아가씨의 이야기도 마치 이 이야기와 비슷했다. 그 아가씨를 손에 넣기까지의 열성은 저 산속 호숫가 마을에 있는 사랑하는 여자와 닮은 여자를 길에서 보고 혹시나 싶어 그 뒤를 밟을 때의 열성과 비교할 수 있을 것이다. 그리고 마찬가지로 뒤를 쫓아간 여자가 비슷하게 생겼을 뿐이며 그 여자는 아니라는 것을 점차 알게 되었을 때의 실망감, 그리고 여기까지 왔으니 조금 더 가볼까 하는 자포자기 비슷한 용기가 그 담배 가게 아가씨에게 점차 다가가서 친해지기 시작할 때의 기분 그대로였다. 내가 결국 그 아가씨를 내 것으로 만들었을 때의 기분은, 굳이 반복해서 설명하지 않더라도 여러분이 상상하는 그대로일 것이다…….

나는 그 아가씨를 얻고서는 속으로 매우 당혹스러워하면서도, 그녀에게서 바로 도망칠 수는 없었다. 그녀를 쫓아간 열성 또한, 그 반동으로라도, 사람은 누구나 그렇게 단칼에 자르듯이 단호하게 그 열성을 처분할 수 없을 것이 분명하다. 나는 그녀와 함께 아까 말했듯이 도쿄 근교의 나무가 심어져 있거나 디딤돌이 있는 집에는 들어설 수가 없었으므로, 열심히 부부인 척하면서 가능한 멀리 떨어진 지방의 산이나 바닷가로 나갔다. 그러나 그녀와 부부인 척 잘 알지 못하는 지방의 여관 문을 나란히 들어서는 것도 결국 나의 난처한 기분을 조금도 완화해 주지는 못했다. 그래서 나는 딱 두 번밖에 그녀와 그런 식으로 여행을 간 적이 없다. 더구나 내게 타격을 준 것은 소문으로 듣기에는 그때까지 다른 사람의 첩이었다는 그녀가, 설령 그것이 거짓이 아니라고 해도 숫처녀처럼 너무 순진하다는 것이었다. 어쩌면 그녀는 다른 남자의 첩 같은 것은 아니었을지도 모른다. 그러나 또 홀어머니 밑에서 외동딸로 자란 만큼, 세상 물정에 꽤 밝고 지혜로웠다. 그리고 또 한 가지 나에게 타격이 되었던 것은 어느새 그녀가 나와의 일을 어머니에게 털어놓아 버렸는데, 어머니는 그녀와 나 사이를 인정해 준 듯, 그녀는 너무나도 자유롭게 내가 하자는 대로 전부 하는 것이었다. 그녀가 생각 외로 지나치게 순진한 것이나 그녀가 지나치게 내 마음대로 되는 것이 내 마음에 타격이 된다는 말은 나 자신에게도 일단은 이상한 일이기는 하지만, 어쨌거나 그것은 정말이지 진실이었다.

그렇다고 도망칠 수도 없었다. 담배 가게 아가씨는 끊임없이 나를 만나고 싶다고 말했던 것이다. 그것도 무리는 아니었는데, 나와 그녀는 딱 두 번 부부인 척 여행을 갔을 때 외에는 만날 기회가 없었다. 그녀는 조금 한가해지면 또 어디 여행이라도 가자고 임시변통으로 편지를 보낸 내게, 일부러 돈을 쓰면서 여행을 가지 말고 자기 어머니도 그러라고 했으니 사양 말고 자기 집으로 오라고 말하는 것이다. 나로서는 가끔 그녀를 만나고 싶다고 생각한 적이 없는 것은 아니지만, 얼핏 보아 그쪽 출신인 듯한 차림새를 하고 있고, 그녀에게 아무리 물어도 아버지의 이름을 알려주지 않는 것을 보면 사생아로 그녀를 낳았음이 틀림없는 그녀 어머니의 감시하에 그 사람 많은 철도길 건널목에 있는 담배 가게에 들어가는 것은, 내가 가장 싫어하는 교외의 여관에 가는 것만큼이나 내키지 않는 일이었다. 하지만 그것도 단호하게 거절하지 못한 채, 요즘은 아무래도 바빠서 시간이 나지 않는다거나, 한두 주 더 있다가 가겠다거나, 갑자기 볼일이 생겨서 여행을 가게 되었다고 둘러대며 차일피일 그날을 미루고 있던 차였다. 그때, 생각지도 못하게 전에 별생각 없이 거의 변덕으로 신청해 두었던 히가시이칸의 사무소에서 빈방이 나왔다는 소식을 받았다. 생각지도 못했다고 말하긴 했지만, 실은 한두 주 전부터 그녀 쪽에서 만나고 싶다고 연락도 왔고, 나는 그것을 피해 다니면서도 마음에 걸려 두세 번 히가시다이칸에 갔었다. 언젠가, 아주 예전부터 신청해 두었는데 내 순서가 아직 멀었는지, 잊고 있는 것은 아닌지 사무소의 예순이 다 된 노인에게 물어보기 위해서였다. 그럴 리 없습니다, 신청하셨으면 장부에 실려 있을 테니까요, 라며 노인이 찾아보더니 틀림없이 내 이름과 내 주소가 실려 있었다. 게다가 조금만 더 기다리면 순서가 돌아올 것처럼 보였다. 하지만 노인은 안경 너머로 내 얼굴과 장부를 번갈아 쳐다보면서, 여기는 쉽게 방이 나는 곳이 아니라서 심할 때는 석 달 동안 한 방도 비지 않을 때도 있다며, 어쨌든 순서가 돌아오면 접수한 순서대로 연락이 갈 거라고 대답했다. 나는 이제 두세 명 뒤면 내 차례라는 것을 알았고, 그 후 그녀의 편지를 볼 때마다 그 생각이 나서 지나는 길에 두 번 정도 더 그 사무소를 찾아간 적이 있었다. 그때마다 장부의 순번은 조금도 줄어들지 않았기 때문에 다시 단념하고, 이제는 잊고 있던 차였다.

나는 히가시다이칸 사무소라는 도장이 찍힌 공실 통지 엽서를 받고는, 그것이 아내의 눈에 띄지는 않았을지 걱정하면서 품에 넣고 얼른 집을 나섰다. 나의 친애하는 익숙한 길을 따라, 동물원 앞을 지나고 세이요켄 모퉁이를 돌아 야마시타로 통하는 큰길로 나갔을 때, 그것이 또 때마침 저녁때에 가까운 시간이어서, 가는 길에 나는 나를 위해 비워진 방이 어떤 모습일지, 그 방을 빌리고 나서 어떻게 할지 등을 공상하고 있었다. 어느새 길이 세이요켄 앞에 접어들었을 때, 순식간에 내 생각은 일변할 수밖에 없었다. 말할 것까지도 없이 그곳은 세이요켄 옆에 있는 벚나무 가지가 엉성해지기 시작해 그 주변 하늘에 펼쳐져 있는 것처럼 보이는 곳이었다. 가상의 커다란 호수에 대해서, 그리고 그 광경과 비슷한 머나먼 산속 호수에 대해서, 그 호숫가의 마을에 대해서, 즉 그 마을에 살고 있는 벌써 내가 오 년 넘게 사랑한 여자에 대해서 떠올리자 나는 가슴이 두근거리는 것을 느꼈다. 게이샤인 그녀는, 사람들이 게이샤라는 말에서 상상하는 그 어떤 나쁜 형태도, 게이샤들에게 공통으로 보이는 어떤 나쁜 마음가짐도 갖고 있지 않은 그녀는, 그리고 그 마을의 게이샤 중에서 가장 행실이 바를 것이 틀림없는 그녀는, 그러면서도 벌써 네 살이 된 아비 없는 아이를 키우고, 소문에 의하면 지금 또 배 속에 아이를 가진 지 칠팔 개월이 되었다는 그녀는, 매정한 계모의 괴롭힘을 당하며 아직도 손님 방에 나가고 있는 것은 아닐까. 아니면 이미 장사는 그만두고, 어둡고 음침한 집 안의 고타쓰[56]를 쬐면서 태어날 아이의 옷이라도 짓고 있는 것은 아닐까. 그도 아니면 말없이, 그녀가 늘 그러듯이 비스듬히 고개를 숙이고 무언가 생각에라도 잠겨 있는 것은 아닐까……. 그때, 순식간에 세이요켄 옆의 벗나무 중 한 군데에 점점 공간이 생겨나고, 아득히 먼 혼고의 고지대 아래까지 채우고 있는 커다란 회색 호수의 경치가 보이고, 그리고 삼십 초도 지나지 않아 그것이 호수도, 연못도 아닌 건축 중인 박람회 건물의 어묵 모양 지붕이라는 것이 내 눈앞에 폭로되는 것이었다. 나는 잠깐 동안 화난 것처럼 그 자리에 멈춰 섰다. 그리고 나를 속인 건물 쪽을 바라보았다. 그러나 체념하고, 오늘은 평소처럼 야마시타 쪽으로 향하지 않고 세이요켄 옆의 언덕길을 내려갔다. 그러고 보니 그 어묵 모양의 지붕만은 꽤 오래전부터 완성되어 있는 듯 보이는데 지붕 아래의 건물은 아직 바깥쪽에 담처럼 발판만 마련되어 있고

---

56) 숯불이나 전기 등의 열원 위에 테이블을 놓고 그 위에 이불을 덮는 형식의 난방기구.

그 벽의 뼈대처럼 보이는 발 같은 것이 군데군데 네모난 창 부분만 남기고 전체에 둘러쳐져 있었다. 내가 찾아가고 있는 히가시다이칸은 그 건물 왼쪽으로 보이는데, 반 정(町)[57]도 채 못 간 곳에 있었다.

마치 움막 같은 입구로 들어가자, 한두 간 정도 왼쪽에 마치 소학교 사환 아이 방 같은 모양의 한 평 반짜리 사무소의 맹장지문이 반 정도 열려 있고, 안에서 그 노인이 알루미늄 젓가락을 달그락거리며 알루미늄 도시락에 붙은 마지막 밥풀을 먹고 있었다. 나는 그곳에 얼굴을 내밀었다. 나는 "아, 식사 중이십니까?" 하고 친근하게 말을 걸었지만, 그는 벌써 네 번째 만나는데도 내 얼굴을 잊어버린 것 같았다. 내가 받은 엽서를 보여 주고 그 방을 보여 달라고 하자, 노인은 도시락 통을 신문지로 싸면서 "사층인데 괜찮으십니까?" 하고 물었다. "괜찮습니다"라고 내가 대답하자, "그리고 두 평 반짜리 방 한 칸밖에 없는데 그래도 괜찮으십니까?" 하고 노인은 재차 물었다. 나는 잠깐 눈을 끔뻑거렸지만, 다시 한 번 "괜찮습니다"라고 대답했다. 그리고 "조만간 다른 방이 비면 바꿔 주실 거지요?" 하고 물었더니 "알겠습니다" 하고 대답하며 노인은 나를 안내하기 위해 일어섰다. "물론 그 방에도 수도와 가스는 들어오겠지요?" 하고 내가 묻자 노인은 "벽장 안에 달려 있어요"라고 대답했다. 그리고 우리는 나막신을 신은 채로 또각거리며 계단을 올라갔다. 이런 계단 입구에 반드시 나막신을 신은 채로

---

57) 척관법의 길이 단위. 1정은 60간으로, 미터법으로는 약 109m.

올라가지 말라고 적혀 있는 데에는 과연 이유가 있었다. 나는 히가시다이칸의 계단을 오르면서 우리의 발소리가 내는 불협화음에 놀라며, 앞장서서 걸어가는 노인을 향해 몇 번이나 '나막신을 신고 다녀도 됩니까?' 하고 물었을 정도였다. 그 계단을 다 올라간 후에 우리는 또 그 계단 부분만큼 복도를 되돌아가서 같은 방향으로 아래층 계단과 평행하게 나 있는 삼층으로 통하는 계단을 올라가고, 또 똑같이 평행하게 사층으로 통해 있는 계단을 올라갔다. 가는 길에 노인은, 사층은 전부 한 칸짜리 방이지만 이층과 삼층은 네 평에 두 평 반이나, 세 평에 한 평 반 등의 두 칸짜리 방이며, 사층은 부부가 살기에는 비좁을 거라고 말했다. 내가 전부터 그를 찾아올 때마다 집은 바로 근처지만 시끄러워서 나 혼자 여기를 빌려 공부방으로 쓰려고 한다는 이야기를 했지만, 그는 완전히 잊어버린 것 같았다. 다시 한 번 그 이야기를 되풀이했더니, 그는 처음 들었다는 듯이 "그렇다면 계단이 좀 힘들긴 하겠지만 사층도 충분하겠지요. 식사는 어떻게 하실 겁니까? 먹으러 집으로 돌아가실 겁니까, 아니면 도시락이라도 넣어 드릴까요?"라고 물었다. "글쎄, 어떻게 할까요" 하고 나는 말했다. 그러고 보니 어느 방에나 문 바로 옆에 관공서의 접수창구 같은 작은 창이 나 있고, 그것들이 전부 눈을 감은 것처럼 닫혀 있었다. 게다가 그 작은 창 바깥쪽에는 창과 같은 폭의 작은 선반이 붙어 있다. "저건 뭡니까?" 하고 물었더니 "저거요? 저건 투입구예요. 그러니까 우편물을 받거나, 주문한 물건을 받거나, 도시락을 주문하는 사람들은 도시락 가게에서

도시락을 저 선반에 두고 가기도 하지요"라고 노인은 대답했다.

　사층의 방이 그나마 내 마음에 들었던 것은 그 방이 계단에서 가장 먼 안쪽 구석에 있다는 점이었다. 지금까지의 설명으로 여러분은 대부분 이 건물의 내부 모양을 상상하셨을 텐데, 그것은 한마디로 말하면 서양식과 일본식을 절충하여 지은 구식 병원 건물과 비슷했다. 그러나 그 어떤 구식 병원 내부라 하더라도 여기보다는 햇볕이 잘 들었을 것이다. 그리고 여기에는 그런 어둑어둑한 계단의 입구에도, 복도에도 전등 하나 달려 있지 않아서, 밖에서 갑자기 안으로 들어오면 눈이 어둠에 익숙해질 때까지는 걷는 게 힘들게 느껴질 정도였다. 그러나 아마 페인트칠을 한 듯한 내 방 입구의 문을 열고 들어간 노인을 따라 그 안에 들어섰을 때 내가 더 놀란 것은, 바깥의 불빛이라고는 하나도 없는 복도보다는 그 방 안이 그나마 조금 밝은가 싶을 정도로 어두침침했기 때문이었다. 하기야 벌써 밤을 앞둔 저녁 무렵이었기 때문이기도 했을 것이다. 문과 반대쪽인 막다른 벽의 위치에 학교 교실에 있는 듯한 유리창이나 있었는데, 그 창밖에는 아마 옆집 창과 마주 보고 있기라도 했는지 폭이 다섯 치[58] 정도 되는 툇마루가 튀어나와 있고, 그 끝에 나무 칸막이벽이 세워져 있어서 바깥의 빛이 간접적으로밖에 들어오지 않았다. 뿐만 아니라 그것은 매우 꼴사나운 모양새였다. 그리고 그 왼쪽에는 높이 반 간 정도의 벽이 있고 그 위에 한 간 정도 폭의 옆으로 가늘고 긴 벽장이 붙어 있었다. 벽장에는 맹장지문

---

58) 척관법의 길이 단위. 한 치는 미터법으로 약 3cm.

대신 나무문 두 장이 붙어 있었는데, 그 문 때문에 방 안은 한층 더 꼴사나워 보였다. "여기에 수도가 있고요"라며 노인은 그 벽장의 왼쪽 문을 열어 보이고, "가스는 이쪽"이라며 오른쪽 문을 열어 보였다. 머리를 집어넣고 안을 들여다보니 수도꼭지가 있는 쪽에는 함석을 대어 싱크대처럼 만들어 놓았고, 가스가 있는 쪽은 부엌처럼 판자마루로 되어 있다. 그리고 그 반대쪽에는 보통의 맹장지를 끼워놓은 이불이나 옷을 넣는 벽장이 있었다. 그리고 그 외에는 도코노마나 선반 같은 것도 달려 있지 않은, 더러운 벽지가 발린 흰 벽밖에 없었다. 여러분은 겉보기에는 서양식 목조 건물처럼 보이지만 안으로 들어가면 칙칙한 다다미가 깔려 있는, 흔히 있는 병원의 방을 상상하면 그 방의 풍경을 머릿속에 쉽게 그릴 수 있을 것이다. 그러나 그 방에 단 하나 색다른 것이 있었다. 그것은 바로 하얀 종이를 바른 정사각형의 두 평 남짓한 천장 한가운데에 사방 세 치 정도로 나 있는 네모난 천창이었다. 마치 이발소에 있는 것 같은 천창이었다. 그것은 천장의 깊이만큼, 그러니까 한 간 정도, 사각 깔때기를 거꾸로 놓은 형태인데, 위쪽으로 갈수록 좁아져서 결국 끝 부분에 사방 한 치밖에 안 되는 유리가 끼워져 있는 것이다. (그림은 생략한다)

"이거 재미있군, 이거 끝내주는데." 나는 어린아이가 신기한 장난감을 보았을 때처럼 이유도 없이 기쁨의 소리를 지르며 그 채광창 아래에 우두커니 서서, 그 망원경 같은 높은 유리창을 올려다보았다.

"어떻습니까, 이 방이면 되겠습니까?" 하고 노인은, 나의 그런 감동 따위는 신경도 쓰지 않고, "이미 해가 졌으니 좀 그렇지만, 낮에는 이 창이 있어서 꽤 밝답니다"라고 말했다.

"아무튼, 이 방을 빌리기로 하지요." 나는 말했다.

나는 아래층 사무실로 돌아가서 보증금을 맡기고, '내일이나 모레부터 오겠습니다'라는 말을 남기고는 히가시다이칸을 나왔다. 그 무렵 거리는 완전히 밤의 풍경으로 바뀌어 있었다. 그리고 나는 얼마간 무의식 상태로 거리를 걸었다. 실제로 사람들이 기쁜 마음을 형용하기 위해 발이 땅에 닿지 않는다는 표현을 쓰는데, 이는 거짓말이 아니다. 나는 연모하는 이로부터 연애편지를 처음 받았을 때 기분이 이렇지 않았을까 싶을 정도로 기뻤다. 아니, 사층의 초라한 방을 빌린 것이 왜 그렇게 기뻤을까. 나는 얼마 동안 땅이 스펀지가 된 게 아닌가 싶은 발걸음으로, 밤이 되었는데도 불구하고 길 양쪽으로 쿵쿵거리는 소리를 내며 공사를 서두르고 있는 박람회 건물이나, 바쁜 듯 걸어가고 있는 오가는 사람들에게는 거의 무관심한 상태로, 그 방에서 어떻게 지낼까 하는 생각만 하면서 걸었다. 마음이 조금씩 차분해지고 이래저래 생각이 정리되기 시작하니, 나는 무엇보다 먼저 그 방에 대해서 가족들에게, 즉 어머니와 아내에게 뭐라고 변명하면 좋을지 걱정이 되었다. 나 같은 직업에 있는 사람이라면, 그 직업을 위해서 사람들을 피해 조용히 공부하고 싶다고 말하면 그것만으로도 충분히 이유가 될 것은 틀림없었다. 그래서 나는 길을 걸으면서, 일단은 그렇게 말하자고 생각했다. 그러나 곧 그래서는 안 된다는 생각이 들었다. 가족들에게 그렇게 말해 놓으면 언제 어느 때 그들의 방문을 받게 될지 모르거니와, 그럴 때 그들을 오지 못하게 막을 수도 없기 때문이다. 만약 내가 그 방에서 그 아가씨를 만나고 있을 때 가족들이 갑자기 들이닥친다면 여간 낭패가 아닐 것이다…….

그래서 나는 다른 방법을 생각해야만 했다. 그러려면, 내가 매일 그곳에서 시간을 보내는 데 필요한 책상이나 서궤, 책이나 다구, 특히나 거기에서 잠까지는 자지 않는다고 하더라도 책을 읽거나 생각을 하거나 원고를 쓰거나 하는 일을 전부 침상 속에서 하는 버릇이 있는 나 같은 사람은 이부자리 한 채도 필요하고, 사람이 일상생활을 하는 데 필요한 여러 물건을 가족의 손을 빌리지 않고 모아야 한다는 문제도 있었다. 물론 아내에게 한마디만 하면 운반 비용 외에는 돈도 들지 않고 어제까지 내가 애용하던 물건들을 그대로 가져올 수 있겠지만, 아내에게 털어놓지 않으려면 하나부터 열까지 내 손으로 사 모아야 한다. 그러나 나는 그것도 어쩔 수 없다고 생각했다. 이렇게 저렇게 생각에 생각을 거듭하며 꿈을 꾸듯이 단골 카페에 들르거나 친구의 집을 찾아가거나 할 생각은 조금도 하지 않고 그저 터벅터벅 걸었다. 그때 나는 신기하게도 그 히가시다이칸의 방을 빌리게 된 가장 큰 이유인, 거기서 만나고자 생각했던 그 담배 가게 아가씨의 존재에 대해서는 거의 떠올리지 않고 있었다. 그리고 그 책과 산의 그림, 산의 사진과 이 초상화와 저 초상화 등, 내심 지금까지 내 방에 있던 것들 중에서 가져오고 싶은 것들을 꼽아 보거나, 어떤 책상을 살까, 이런 서궤가 있으면 좋겠다는 공상을 하는 사이에 어느덧 저 먼 산골 마을에 있는 사랑하는 여인을 소년이나 가질 법한 센티멘털한 마음으로 생각하고 있었다.

　사랑이라는 것은 참으로 이상한 것이라는 생각이 들었다. 실제로 이상하다. 사랑하는 사람을 손에 넣게 되면, 그리고 내 마음대로 할 수 있게 되면, 그 순간에 사랑은 소멸하는 것이 아닐까 하는 생각이 드는 것이다. 다행히(나는 굳이 '다행히'라고 말하리라) 내가 사랑하는 여인은 그런 직업을 갖고 있음에도 불구하고, 남편도 없이 두 아이를 키우면서도 나와는 이상한 운명 아래에 있어서 친구로는 지낼 수 있어도 연인이 될 수는 없는 인연이었다. 더군다나 우리 사이는 점차 멀어지면 멀어졌지 가까워질 거라고는 생각되지 않는, ──그런 관계다. 그래서 그녀를 사랑하는 나의 마음은 죽을 때까지 사라지지 않을 것 같은 것이다. 이 세상에 나와 같은 사랑을 하는 사람이 몇이나 있을까. 그녀는 어머니로서 앞으로 평생을 아마도 아이만 사랑하며 살아갈 것이고, 나에 대해서는 그저 가끔 떠올리기나 할 것이다. 또한 때로 그녀의 매정한 계모 때문에 남편을 몇 명 더 두기도 할 것이다. 그러나 그것은 내 사랑과 아무런 상관도 없다. 그렇다면 너의 사랑은 대체 어떤 것이냐고, 여러분은 기막혀하며 물어볼지도 모르겠다. 사람들은 보통 사랑의 끝은 결혼이라고 하지만 나는 사랑의 끝은 결혼까지 가기 전 단계라고 생각한다. 다시 말해서 연인들이 가까워졌을 때가 그

끝인 것이다. 바꾸어 말하면 사랑이라는 것은 이 세상에 '없는 것'을 말하는 것이다. 아니꼬운 말장난 같겠지만, 사랑이라는 말을 내 사전에서 찾아보면 꿈의 다른 이름이라고 실려 있다.

그 다음 날, 나는 두세 군데의 출판사와 잡지사를 찾아가서 돈을 약간 빌렸다. 그리고 그 돈이 허락하는 범위에서, 책상과 책장, 화로와 그 밖의 가재도구 중에서 살 수 있는 것은 사고, 또 돈이 모자라는 것은 월부로 그런 것들을 팔아 주는 마루 어쩌고라는 가게에 가서 장만하기도 했다. 당분간은 위에 덮을 이불 한 장으로 버틸 요량으로 일부러 니혼바시[日本橋]까지 나가서 짚을 넣어 만든 요 한 장을 샀다. 그러자 어느새 갖고 있던 돈을 다 써 버리는 바람에, 또 다른 잡지사에 돈을 빌리러 돌아다니거나 하면서 며칠을 보냈다. 평소에 쓰는 변변치 못한 세면기나 다구, 심지어 손수건 한 장까지 모두 싸구려로 사 모으기는 했지만, 오늘처럼 한꺼번에 사 모으려니 나 같은, 소위 말하는 '하루 벌어 하루 먹고사는' 생활을 하는 사람에게는 꽤 쉽지 않은 지출이라는 것을 깨달아야 했다. 그러나 또한 내 나름의 생각으로는 이 세상에 완전히 내 것으로 즐길 수 있는 거라고는 나의 '생각', 즉 나의 꿈, 즉 나의 사랑 외에는 무엇 하나 없는 것이었다. 지금 집에 있는 아내나 화로, 책상도 틀림없이 내 것이기는 하지만 그렇다고 해서 완전히 내 것이라고는 생각되지 않는다. 오오, 이 얼마나 구닥다리 같은 생각인가. 그렇지만 나는 사실은 그렇게 생각하고 있다. 그래서 지금 내가 히가시다이칸 사층에 있는 나의 비밀의 방에 가져갈

싸구려 책상과 이불과 그것들은 이제 온전히 내 것이라고 말할 수 있는 것에 가깝다고 생각하자, 그것은 돈으로는 바꿀 수 없는 나의 기쁨으로 생각되었다.

　그리하여 그 다음 날부터 나는 매일 오후가 되면, 때로는 아침에 일어나면 곧장 히가시다이칸 사층의 내 방으로 갔다. 지금까지 그렇게 정해진 곳이 없는데도 공부할 때는 대개 밖에 나가곤 했고, 또 하루에 한 번은 볼일이 있든 없든 외출하는 것이 일과나 마찬가지였기 때문에, 그렇게 매일 집을 나가도 가족들에게 무언가를 설명할 필요가 없었다. 나는 언제든 외출할 때는 목적지가 있건 없건 간에 가족에게는 아무 말도 하지 않는 것이 습관이었다. 그리고 앞에서도 몇 번이나 되풀이했던 내 특별한 성격 때문에, 설령 청소할 때도 가족에게 내 물건에는 가능한 한 손을 대지 말라고 이야기해 둔 터라, 내가 좋아하는 책이나 좋아하는 그림, 사진 같은 것을 몰래 히가시다이칸으로 옮기는 데에도 전혀 어려움이 없었다. 어지간히 큰 물건이나 눈에 띄는 것이 있더라도 친구에게 줄 거라고, 혹은 다른 사람에게 빌려줄 거라고 하면 되는 것이었다. 그래서 일주일쯤 후에는, 지금까지 우리 집의 두 평 남짓한 내 방에 있던 물건들 중에서 내게 중요한 것들은 모두 그 사층 방으로 옮겨지고 말았다. 내 방에 있는 세 개의 책장과 두 개의 서궤에는 지금도 책이 가득 차 있고, 벽에는 산 사진이 끼워진 액자도 걸려 있다. 그러나 그것들은 모두 허울이라는 것을 아내는 꿈에도 눈치채지 못할 것이다. 단 하나, 이 비밀스러운 이사를 할 때 나는 적잖이 놀라운 점을 발견했다. 다름이 아니라 내가 요전에 아내 몰래 여행을 갔을 때 그 산골 마을에 빠져서 찍어 온 사진들이 있었는데, 그것은 그 마을의 경치뿐만 아니라 그 무렵 아직 둘째 아이를 갖기 전이어서 밖에 나갈 수 있었던 게이샤 유메코의 여러 모습을 찍은 사진(그중에는 그녀와 첫째 아이를 함께 찍은 사진)도 있었다. 나는 그것을 아내에게 들키지 않으려고 종이에 싸서 책을 넣어 놓은 서궤 안쪽에 숨겨 두었는데, 아무리 찾아도 그 사진이 보이지 않는 것이었다. 그래서 나는 혹시나 해서 아내가 집에 없을 때, (내 아내와 내가 사랑하는 여인은 예전에는 친구였다) 아내가 여러 사진을 넣어두는 옷장 서랍을 몰래 살펴보았다. 그 안에는 예전에 아직 우리의 관계가 삼각으로 얽히기 전에 유메코에게도, 아내에게도 내가 그저 단순한 손님이었을 때, 가끔 그 둘에게서 받았던 두세 장씩의 사진이 아내의 옷장 서랍 안에 들어 있을 것이다. 그런데 지금 서랍을 살펴보니 아내의 사진은 지금도 그대로 있는데, 다른 한 여인의 사진은 세 장 모두 아무리 찾아도 보이지 않는다. 나는 그때 처음으로 서궤 안에 숨겨 두었던 내가 찍어 온 유메코의 사진을 아내에게 들켰다는 사실을 똑똑히 알았다. 아내는 내가 그녀 몰래 여행을 간 김에, 그녀가 예전에 십 년이나 살았지만 지금은 기억하기도 싫어하는 마을에, 옛날에는 그녀의 친한 친구였지만 지금은 남편을 유혹하는 여자를 만나러 갔던 것도 동시에 알아차렸을 것이 틀림없다. 나는 아무도 없는 내 방 안에서 엉덩방아라도 찧은 듯한 자세로 주저앉았다. 붉어진 얼굴은 원래대로 돌아오지 않을 듯한 기분도 들었다. 아마 그리 과격한 성질이 아닌 데다 오랫동안 세파에 시달린 끝에 체념하는 마음과 무슨 일에나 평안을 추구하는 마음으로 가득 차 있는 아내는, 그것을 발견했으면서도, 그것을 발견한 것을 슬퍼하고 원망하면서도 내게 말하지 않는 것이리라. 그리고 아마 그 사진들을 찢어 버리지도 못하고 어딘가 내 눈에 띄지 않는 곳에 감추어 두었으리라. 만에 하나라도 그런 일은 없겠지만, 혹시 내가 그 사실을 알고 부끄러워하는 대신에 오히려 그 사진을 내놓으라고, 숨겨 놓은 것이 아니냐고, 다그치고 소리칠 때를 대비해서. ……그렇지만 물론 나도 그렇게는 하지 못하는 사내다. 그리고 내가 그런 사진을 숨겨 놓은 것을 아내가 발견하고도 아무 말 없이 숨겨 버린 것처럼, 나도 들킨 것을 알고도 입을 다물고 있을 수밖에 없다. 그러나 다행히 내 사진 상자 속에 그 사라진 사진들의 원판 필름이 남아 있는 것을 찾아냈다. 그래서 나는 그것들과 함께 사진 인화기를 몰래 히가시다이칸 사층으로 옮겨 놓았다.

그 방의 유리창에서 석 자도 떨어져 있지 않은 바깥에는 이쪽에서 옆집을 엿보거나 옆집에서 이쪽을 엿보지 못하도록 칸막이벽이 있었다. 그래서 낮에는 방이 꽤 어두웠지만, 밤이 되어도 나무문이 없었기 때문에 사진을 현상하기 위해 그 방을 암실로 사용하려면 창을 완전히 가리는 두꺼운 천을 쳐야 했다. 그리고 또 하나, 그 이상한 천창에도 유리 바깥쪽으로 덧문이 달려 있지 않아서, 여기에도 커다란 천을 쳐서 빛을 막아야 했다. 하지만 그런 어려움에도 불구하고 나는 그 방을 암실로 만들어서 전구를 붉은 것으로 바꾸고 산에서 찍어온 여인의 사진 필름을 있는 대로 종이에 인화했다. 게다가 그것만으로는 부족해서 인화기를 한가운데에 가져다 놓고, 작은 원판을 환등기처럼 벽에 크게 비추고는 그것을 브로마이드지에 인화하는 등, 매일 밤마다 나는 그녀의 사진 원판을 확대하고 인화하는 데 전념했다. 그리고 그녀의 사진 인화를 마치고 나자 이번에는 그녀의 동네 풍경 사진을 확대하고, 그것도 끝나자 이번에는 그 지방의, 즉 내가 찍어 온 시나노 지방의 사진을 확대해서 벽에 비추어 보았다. 인화 사진의 원리를 모르는 사람은 이것이 어떤 일인지 상상하지 못할 테니 간단하게 설명하자면, 이것은 환등기와 같은 원리다. 즉 인화기는 환등기와 거의 같은 것으로, 그 기계의 환등 그림을 끼우는 위치에 사진 원판을 끼워 넣는 것이다. 그러면 그 사진이 환등과 똑같이 내가 원하는 크기로 벽에 비추어진다. 그리고 벽에 브로마이드라는 사진 종이를 몇 분 동안 붙여놓았다가 그것을 약품으로 현상하면 확대된 사진을 얻을 수 있다. 어쨌거나 나는 확대하고 싶은 모든 사진을 인화하고 나자 다음 날 밤부터는 더 이상 인화는 하지 않고, 그저 벽에 비추어 환등만을 즐겼다. 그렇게 나는 어린아이 같은 마음이 되어 사랑하는 여인의 사진과 사랑하는 마을의 사진, 그리고 좋아하는 산들의 사진 등을 계속해서 벽에 확대해 비추어 보았다. 그 즐거움을 무엇에 견줄수 있을까. 깜깜한 방 안에서 애초부터 나 자신 말고는 아무도 보는 사람도 없고, 또 누가 그런 일을 하고 있는 줄을 아는 사람조

차 없으며, 누구 하나 갑자기 들이닥칠 걱정도 없는 방 안에서 온전히 나만의 즐거움을 즐길 수 있었다. 그리고 낮에는 또 낮대로 누가 훔쳐볼 걱정도 없이, 그 이상한 천창과 유리창으로 들어오는 희미한 빛 속에서 방 안의 벽에 일본 지도를 붙일 수 있다. 산이나 여인의 사진을 수십 장 액자에 넣어서 걸 수도 있다. 그리고 보니 우리 집에서는 아무래도 아내나 하녀가 보거나, 비판하거나, 칭찬 하거나, 또는 마음속으로 비웃을지도 모른다는 불안한 마음이 있 었다. 그러나 여기에서는 아버지가 누구인지 모르는 그녀의 아이 사진을 거의 실물 크기로 확대해서 벽에 걸어 놓고 작은 목소리로 '아가야, 아가야' 하고 불러 보아도 누구도 비웃지 못할 것이다. 또 언젠가 기차 안에 있는 화장실에 슬쩍 들어가서 화장실 창문을 열고 그렸던 가이[甲斐]59)의 고마노다케 산[駒ヶ嶽]을 소학교 학생처 럼 정성스럽게 새로 크게 그려서, 그것을 액자에 넣고 기둥에 걸어 두고 즐길 수도 있다. 어제는 이 그림을 붙이고 오늘은 저 사진의 액자를 건다.

그중에서 단 하나, 처음 걸었을 때부터 한 번도 바꾸지 않고 벽 한구석에 걸어놓은 사진 액자 하나가 있다. 그것은 누가 목탄인 지 붓인지 무엇으로 그렸는지도 알 수 없는 한 여인의 옆모습이다. 언뜻 보면 그 화가가 나를 위해 저 산속 마을의 사랑하는 여인을 그려 준 것이 아닐까 하는 생각이 들 정도로 그녀의 옆모습과 닮은 것이었다. 그 그림 속의 얼굴은 꽤 고개를 앞으로 숙이고 있는데,

---

59) 현재의 야마나시 현.

그 그림과 비슷한 각도로 항상 고개를 숙이는 버릇이 있는 그녀의 모습을 그대로 나타내고 있는 것 같다. 게다가 살짝 주걱턱인 얼굴 생김새도 그렇고, 큼직한 입매도 그렇고, 무엇보다 가장 큰 특징인 무언가 근심이 있는 듯한 눈매도 그렇다. 그것은 내가 그렇게 멀리 떨어져 있어도 아침에 눈을 떴을 때나 전차 손잡이에 매달려 있을 때, 그리고 잠자리에 들어서 눈을 감았을 때 문득 그녀를 떠올리면 가슴을 쥐어뜯고 싶을 정도로 내 뇌리에 또렷하게 떠오르는 그녀의 초상 그대로를 전하는 그림이다. 그것은 신기하게도 일본인을 그린 일본 사람의 그림이 아닐 뿐 아니라 여인의 얼굴도 아닌, 여러분 중에도 아는 사람이 꽤 많겠지만 프랜시스 톰프슨(Francis Thompson)[60]의 '프렌치, 포트레이트' 중 71페이지에 들어 있는 사진판 삽화로, 벨기에의 상징파 시인인 페르낭 세베랑의 옆모습이다.

나는 스무 살의 문학서생이었을 때 그 책을 애독한 적이 있었지만, 지금은 그런 삽화에 대해서도, 또 그 책 안에서 겨우 몇 줄밖에 차지하지 않는 세베랑이라는 시인에 대해서도 완전히 잊고 있었다. 그러나 이 년쯤 전에 간다[神田]의 헌책방에서 우연히 그 책을 발견하고 옛 추억을 그리워하며 사 왔는데, 그 71페이지를 펼치고 문득 그 옆모습을 그린 그림을 발견했을 때, 책의 페이지를 펼치고 있던 손이 눈에 띄게 떨렸을 정도로 놀랐던 것이다. 정말이지, 그만큼 그 초상은 그녀와 닮았다. 나는 그렇게도 그녀와 닮은 서양의

---

60) 영국의 시인(1859~1907). 가톨릭 신자로서 미학 운동에 참여하였고, 신비적인 종교 사상과 인간 내면의 고뇌를 서정적으로 노래하였다. 〈하늘의 사냥개〉가 대표작.

시인은 어떤 경향을 가진 사람일지 궁금해서 본문을 샅샅이 읽어 보았다. 지금 그 책을 가지고 있지 않아 확실하게 말할 수는 없지 만, 아무래도 이 사람은 추억을 위해서 살고 있는 듯한 시인이었다. 끊임없이 옛날의 꿈이 상상을 채찍질하고, 침묵과 달빛으로 가득 한 화원을 거닐고, 자연 속에서 꿈의 아름다움을 찾아내고, 소리 내어 노래하거나 몸짓으로 이야기를 전하지는 않는, 실로 코로[61] 의 풍경 속에서 헤매는 창백한 라마르틴[62]의 손자라는 평을 듣고 있었다. 오오, 코로의 풍경 속에서 헤매는 라마르틴의 손자라니, 이런 말을 하고 이런 글을 쓰는 나도 라마르틴의 손자 정도는 되지 않을까. ……그래서 내가 아직 우리 집의 두 평 남짓한 방에 있었 을 때, 나는 재빨리 그 사진이 있는 페이지를 찢어서 서궤의 나무 뚜껑 위에 붙이고 사진기를 꺼내어 연달아 사진을 두세 장 찍었었 다. 그리고는 현상을 하고, 그중에서도 가장 좋은 원판을 새로 인 화기에 넣어 크게 확대했다. 그리고 그것을 액자에 넣어서 두 평 남짓한 방의 벽 한가운데에 걸어 놓은 것을 '오오, 멋진 액자가 걸렸군요'라고 말하면서 옆으로 다가와 올려다본 아내의, 그때의 한순간 놀란 표정을 나는 잊을 수가 없다. '어머나'라고 말한 그녀 는 잠시 할 말을 잃은 채 서 있었다. 그 모습을 보고 아아, 역시 내 눈에만 그렇게 보이는 것이 아니었구나, 하고 생각했다. 그 여

---

61) 장 밥티스트 카미유 코로(Jean-Baptiste-Camille Corot, 1796~1876). 19세기 중반 프랑 스의 대표적인 화가, 시정 넘치는 풍경화를 그려 인상파에 큰 영향을 미침.
62) 알퐁스 마리 루이스 라마르틴(Alphonse Marie Louis de Prat de Lamartine), 프랑스의 시 인이자 정치가이며 낭만파의 대표적인 시인(1790~1869).

인은 이 시인의 초상과 그렇게 닮았구나 하는 기쁨과 함께, 또다시 아내의 마음을 어지럽혔다는 괴로움으로 나 역시 잠깐 동안 아무 말도 없이 그 자리에 우두커니 서 있었다. 그러나 이윽고 과감하게 '왜 그래? 그렇게 이상한 얼굴을 하고' 하고 묻자 잠시 대답을 하지 않고 있던 그녀는 억지로, 분명히 억지로 웃음 지으며, '정말 닮았네요, 그 사람이랑' 하고 한숨과 함께 말했다. '그 사람이라니, 누구?', '아시면서……, 유메코 말이에요', '말도 안 돼, 이건 서양의 시인이라고' 하고 나는 내뱉었다. 그리고 우리는 그 이상 그 사진에 대해서는 말하지 않았다. 그 사진은 지금도 우리 집의 두 평 남짓한 내 방에 걸려 있지만, 나는 이 히가시다이칸의 두 평 남짓한 방에 그 사진을 새로 한 장 확대해서 액자에 넣고 벽에 걸었다.

어느 날, 내가 이 방을 빌린 지 그럭저럭 한 달 정도 지난 후의 일이다. 그때까지도 내가 그것에 대해서 생각하지 않았던 것은 아니지만, 기회가 없었기 때문에 손을 대지 않고 있었던 것은 바로, 우리 집의 두 평 남짓한 내 방 도코노마에 옛날의 기념품처럼 쓰지도 않고 놓아둔 그 시부야 도겐자카에 있는 골동품 가게에서 사온 정체불명의 샤미센이다. 이것은 이미 우리 집에서는 내 방에 있는 반 간짜리 도코노마에 장식품처럼 놓여 있을 뿐 사용하지 않을 뿐만 아니라, 청소할 때 방해가 되어서 그때마다 '이런 건 이제 필요 없잖아요, 다른 사람한테 주거나 팔아 버려요'라며 아내나 하녀로부터 방해물 취급을 당하고 있었다. 나도 딱히 장식품으로 삼고 있는 것은 아니다. 그렇다고 쓰레기통에 버릴 수도 없고,

게다가 켜 보면 꽤 좋은 소리가 나기 때문에 누군가 이런 보기 싫은 것이라도 상관없다, 샤미센이 필요하다는 사람이 있으면 줄 생각이었다. 그것을 지금 내가 히가시다이칸의 방에 놓아두기 위해 집에서 가지고 나오는 것은 조금도 어려운 일이 아니어서, 그런 마음이 들었을 때 바로 가져와도 상관없었다. 하지만 그때 나는 집을 나설 때마다 비록 허울을 남겨두기는 한다지만 몇 권의 책을 가지고 나오곤 했고, 때로는 남겨둘 만한 대체물이 없는 것을 가지고 나올 때도 있었다. 어떨 때는 '여보, 그거 어디에 두었어요?' 하고 아내가 내게 물은 적도 있었을 정도다. 어쩌면 그녀는 옛날에 내가 서궤 안쪽에 감추어 두었던 것을 발견하고도 모른 척하고 있는 것처럼, 내가 지금 뭔가 비밀스러운 일을 하고 있는 것을 눈치채고 있을지도 모른다는 생각이 들어서, 나는 그 샤미센을 가지고 나오는 것을 하루하루 미루고 있었다. 하지만 어느 날 결국 이렇게 말했다. "친구 중에 샤미센을 하나 빌려달라는 친구가 있어. 변변찮은 거라도 괜찮으니 소리만 나면 된다는데, 저 흉측한 샤미센을 줘 버릴게." "그래요, 모양은 별로지만 소리는 잘 나는 것 같으니까." ……하고 그녀는 곧장 찬성했다. "그럼 저걸 갖고 가기 쉽게 작게 좀 싸 주면 안 될까? 상자나 뭐 그런 게 있으면 좋을 텐데, 얼핏 보기에도 샤미센으로 보이는 물건을 들고 길을 돌아다니는 건 보기 좀 안 좋으니까"라고 나는 말했다.

그래도 아내에게 비밀을 들키지는 않을지 걱정이 되어서, "아무래도 저런 걸 들고 다니기는 곤란하니 소포로 보내야겠어. 포장 좀 해 줘. 그냥 신문지로 둘둘 말고 그걸 오래된 보자기 같은 거로 단단히 싸서 거기에 짐표를 붙이면 돼. 어차피 시내니까"라고 나는 말했다. 사실 나는 만일의 경우에 대비해서 히가시다이칸의 사무소에, 주소는 우리 집으로 하고 가명을 일러두었다. 그래서 나는 아내가 그 샤미센을 소포로 보낼 수 있게 싸서 가져오자, 그 짐표에 히가시다이칸 어디어디라고 아무런 거리낌 없이 쓰고는, 그것을 시내 소포라며 하녀에게 들려주어 우체국에 다녀오도록 시켰던 것이다. "어머, 가까운 곳이네요. 그러면 소포로 부치지 말고 제가 가져다 드릴까요?"라고 하녀가 그 주소를 보고 말했을 때, "글쎄" 하며 일부러 머리를 갸웃거리고는 "아니야, 괜찮아, 그냥 우편으로 부쳐 줘!" 하고 명령했다. 그 다음 날, 내가 언제나처럼 그 움막처럼 생긴 입구로 들어가자, 마침 청소를 하고 있던 사무소의 노인이 나를 발견하고 "누구누구 씨"라며 내 가명을 부르더니 "당신한테 소포가 와 있어요, 부피가 커서 내가 맡아 놓았어요"라고 말했다. 내가 그곳에 온 후로 나를 찾아온 사람은 한 명도 없고, 나에게 우편물이 온 적도 한 번도 없다. 그 샤미센 소포가 나의 첫 번째 방문자였으므로 노인이 그것을 나에게 전해줄 때 왠지 수상쩍은 얼굴을 했다. 그러나 나는 짧게 "고맙습니다"라고 인사하고, 받아들고는 서둘러 사층으로 가는 계단을 올라갔다. 그러나 계단 세 개를 올라가는 사이에 어느샌가 노인에 대한 거북함 따위는 잊어버리고, 나는 한시라도 빨리 두 평 반짜리 내 방에 들어가 그 꾸러미를 풀고 안에 있는 샤미센을 조립해서 오랜만에 원 없이 연주하며 노래라도 불러 보고자 하는 기대로 가슴이 요동치는 것을 느꼈다.

실제로 나는 어떤 불평이나 걱정, 또는 슬픔이 있을 때라 하더라도 일단 그 방의 작은 문을 열고, 방 한구석에 펴 놓은 짚 요와 그 위에 덮여 있는 내가 가진 것 중에서는 가장 사치스러운 지리멘 유젠[63] 이불, 책장 두 개, 그리고 벽의 빈자리란 빈자리에는 모조리 걸려 있는 산과 사랑하는 여인의 이런저런 사진과 그림, 목제 화로와 질주전자, 바깥 경치를 볼 수 없는 유리창, 그리고 낮에는 맑은 날이나 흐린 날, 오전과 오후, 각각의 시간과 날에 따라 달라지는 신비로운 광선을 던져 주는 네모난 천창을 가진 방 안으로 한 발 들여놓으면, 그 순간 이 세상의 모든 근심과 걱정이 내 몸에서 빠져나가 버리고 전혀 다른 내가 되는 것을 발견하는 것이었다. 나는 낮에는 그곳에서 나의 생업인 소설 원고를 쓰는데, 거기에는 그 어떤 민완 잡지기자라 해도 들어올 수 없으므로 느긋하게 일을 할 수 있었다. 그러나 사실은 그렇게 일을 하면 역시 월말에 지불해야 할 돈과 그 돈이 부족하리라는 사실, 그리고 이미 월말이 가까워져 오고 있으니 멍하니 있을 수는 없는데 이번 달에는 어디와 어디 회사에 빌리러 가야 할까 하는 등의 생각에 골치를 썩여야 했다. 그런 것을 생각하면, 그런 걱정은 일절 하지 않고 내 마음대로 할 수 있는 이 방에서 내 마음 내키는 대로, 한 달 후에 완성될지 일 년이 지나도 완성되지 않을지 그런 걱정은 조금도 하지 않고,

---

63) 바탕이 오글쪼글한 비단으로 만든 직물.

원래 좋아서 시작한 일이니 내 생각대로 원고를 쓸 수 있으면 좋겠다고 탄식만 할 수밖에 없는 것이다. 그러다 보면 저녁이 된다. 그렇지만 내가 그 샤미센 소포를 가지고 방에 들어갔을 때는 아직 저녁때가 되기 한참 전이었다. 나는 재빨리 그 꾸러미를 풀었다. 아아, 몇 년 만에 이 샤미센을 이렇게 어루만지고, 이렇게 손에 들고, 이렇게 연주를 해 보는 것일까. 신기하게도 우연히 놓아두었던 장소가 좋았던 것인지, 아니면 우연히 그렇게 잘 발려져 있었던 것인지, 몸체 가죽은 조금도 벗겨지지 않았을 뿐 아니라 찢어지지도 않았다. 여전히 나가우타용 샤미센의 몸체에 기타유용 장대를 억지로 끼워 맞춘 샤미센이기는 하지만, 여전히 신기하고 이상하리만큼 소리가 잘 나는 것이다. 물론 아무리 소리가 좋다고 하더라도 공공연한 장소에 가지고 나가서 공공연한 때에 연주는 할 수 없을 것 같은, 묘한 특징이 있는 소리이기는 했다. 그러나 원래 나가우타나 기타유를 전문적으로 배운 적도, 기요모토나 우타자와[64]를 제대로 배운 적도 없는 나는, 그저 소년이 하모니카를 부는 것처럼 샤미센을 배웠으니 그 정도면 아무런 부족함도 없는 것이다. 그래서 나는 대략 두 시간 정도, 내가 아는 모든 노래를 내 노랫소리에 맞춰 계속해서 연주했다. 아무리 속되고 하찮은 것일지라도 그것에 음악이라는 이름이 붙어 있는 한 이 세상에서 음악만큼 사람의 마음을 끄는 것은 없었다. 나는 그사이에 딱 한 번

---

64) 우타자와부시의 줄임말. 속요의 일종이며, 하우타에 다른 음곡을 가미한 곡풍으로 품격 있는 느릿한 노래가 특징.

자리에서 일어나서 그 나무문이 달린 벽장을 열고 거기에 있는 수도꼭지를 틀어 질주전자에 물을 붓고, 그것을 다른 쪽에 있는 가스 불에 올려놓고 차를 끓여 마셨을 때 외에는, 내내 샤미센을 연주하면서 시간이 가는 것을 잊고 있었다. 그런 꿈같은 상태가 되자 내 주위의 벽에 걸려 있는 유럽 알프스의 사진이나 액자, 곳곳에 핀으로 붙여 놓은 내가 좋아하는 각 지방의 산 사진과 그림, 그리고 페르낭 세베랑의 초상과 내가 사랑하는 여인의 여러 장의 사진도 모두 하나로 녹아들고, 내 기분은 뭐라 형용할 수 없는 달콤한 정취에 빠져드는 것이었다. 결국, 나 역시 완전히 코로의 풍경 속에서 헤매는 라마르틴의 창백한 손자가 되는 것이다.

그리고 내가 피곤해서 그대로 짚 요 위에 벌렁 드러누우면 그 천장에 네모나게 뚫려 있는, 지붕과 천장 사이의 깊이만 한 길이에 지붕에 닿을수록 가늘어지는, 마치 환등의 들여다보는 곳처럼 뿔 모양으로 되어 있는 그 천창이 갑자기 내 주의를 끈다. 그 창을 아래에서 보고 있으면, 굴뚝 중에 네모난 것이 있는 것처럼 망원경 중에서도 몸통이 네모난 것이 있다고 가정하고, 내가 드러누워서 그 천창을 올려다보는 것은 마치 망원경으로 하늘을 보는 것과도 같았다. 나는 한 시간 이상이나 하늘을 보면서 지낼 때가 있었다. 그리고 그것은 대개 저녁때거나 혹은 밤이었다. 들리는 이야기로는 그때가 마침 일 년 중에 별을 보기에 가장 적당한 시기라고 하는데, 정말로 내 망원경에도 그 끝에 유리 한 장이 아니라 마치 수정 렌즈라도 끼워 놓은 것이 아닐까 싶을 정도로, 네모나게 잘린

깊은 감청색 밤하늘 속에 파랗고 빨간, 크고 작은, 멀고 가까운 다양한 별이 실로 불가사의하고, 보면 볼수록 신비롭고 아름다운 찬란한 광경을 보여준다. 기억이 잘 나지는 않지만 어릴 때 그런 장난감이 있었던 것도 같다. 나는 그것을 보기 위해 방 안의 전등을 모두 꺼 보기도 하고, 또 켜 보기도 하고, 또 드러누워서 보고 있는 내 머리의 위치를 조금씩 바꾸어 그 망원경에 다른 별을 비추어 보기도 했다. 어떨 때는 또 그 정사각형의 두 평 반짜리 방 전체와 그 한가운데에 나 있는 그 천창을 상상하고, 그것이 마치 하늘을 향해 위를 보고 놓여 있는 환등기 같다는 기분도 들었다. 그러고 보면 방 안에 있는 나 자신과 책장, 이불, 벽에 있는 수많은 사진들이 한 폭의 그림이 되어, 그 천창에 있는 렌즈를 통해서 하늘 어딘가에 비추어지고 있는 것은 아닌가 하는 기분마저 드는 것이다.

아아, 여러분, 이미 몇 년 전에 서른 살이 넘어 세상일에 대해서 상당한 분별을 가지고 있음이 틀림없는 내가 이런 어리석은 일을 즐긴다고 해서, 또 이런 어리석은 생각을 한다고 해서 함부로 비웃지 말라. 또 이 이야기 속에 나오는 인물이라면 내 아내도, 히가시 다이칸 사무소의 노인도, 담배 가게 아가씨도, 그리고 내가 사랑하는 산속 마을의 여인도 모두, 그 사람들의 풍채조차 말하지 못하고 그저 꿈같은 이야기나 감상만 늘어놓는다고 해서 노여워하지도 말라. 그런 것은 또 다른 기회로 양보하고, 나도 모르게 길어져버린 이 끝도 없는 이야기를 우선 끝내고자 한다. 이 이야기 속에서 꽤 중요한 사람인 것처럼 등장했던 담배 가게 아가씨——그녀 때문에 서둘러 히가시다이칸의 사층 방을 빌려 놓고, 결국 나는 그녀를 잊어버린 것처럼 여러분에게 그 후의 이야기를 하지 않았는데, 그것은 결코 잊어버린 것은 아니다. 사실 나는 그녀에게조차 내 비밀의 방에 대해서 밝히기가 아깝다는 생각이 들고 말았던 것이다. 가족에게도 비밀로 하는 것처럼 그녀에게도 그것을 들키지 않도록. ……왜냐하면, 설령 어떤 사정이 있는 사람이라도 그 방을 보여주면 내 즐거움은 순식간에 소멸되고 말 것이기 때문이다. 머지않아 내 방에서 반 정(町)정도 떨어진 곳에서 대박람회도 열릴 것이다. 내가 매일 우리 집을 나와 세이요켄 옆의 언덕길 위에서 내려다볼 수 있었던, 내게는 커다란 호수로 보이는 박람회 건물의 어묵 모양 지붕은 언제부턴가 붉은색으로 칠해지고 장식인 듯한 울퉁불퉁한 탑 같은 것이 그 위에 생겨서, 이제는 아무리 애를 써도 더 이상 호수로는 보이지 않게 되었다. 그리고 소문을 들으니 이 히가시다이칸의 방은 조만간 방세가 세 배에서 다섯 배 정도로 오를 것이고, 이에 납득하지 못하고 이사를 나간 사람의 방에는 박람회 관계자 중에 상경해서 올라온 사람들한테 각각 비싼 방세를 받고, 심지어 한 방에 세 명이고 다섯 명이고 숙박시킬 거라고 한다. 이윽고 시도 때도 없이 박람회장에서 쏘아 올리는 불꽃이 나의 이 꿈꾸는 유리창을 흔들어댈 것이다. 그나저나 어느 날, 내가 사랑하는 산골 여인의 소식이 어찌하여 내 귀에 들리게 되었을까. ──둘째 아이를 무사히 낳고 원래의 몸으로 돌아갔다면, 그녀도 박람회를 구경하러 상경할 것이다. 나는 담배 가게 아가씨에게, 이제부터 내게 보낼 편지를 히가시다이칸이라는 곳에 있는 아무개라는 사내 앞으로 보내 달라, 만약을 위해 그 주소와 이름을 쓴 봉투를 주겠다고 말해 두었다. 그래서 어느 날은 또 담배 가게 아가씨가 그 아무개가 나 자신인 줄도 모르고, 그 가명을 쓰는 아무개인 내게 보내온 편지가 얼마나 나를 놀라게 했는지.

　——이런 이야기는 또 다른 곳에서 쓰기로 하고, 여기에서 나는 그 이야기를 하고 싶지는 않다.

　그렇다면 나는 여기에서 무엇을 하려는 것일까. 나는 그저 이 하늘을 향해 놓여 있는 환등기 같은 모양의 방 안에서, 그 하늘을 향한 망원경 같은 네모난 굴뚝 모양의 천창을 통해 나 자신과 내 방의 모습을 하늘로 향해서 비추려는 것일까.

　나는 모르겠다.

방황하는 양초
さ迷へる蠟燭

지금으로부터 십여 년 전의 일이다. 나는 오사카의 나카노시마 도서관에서 〈London Life〉였는지 〈London Stories〉였는지, 책 이름은 잊어버렸지만 어쨌든 그런 제목의 책을 읽은 적이 있다. 어째서 그런 책을 읽었느냐 하면 나는 당시 스무 살로, 정확하게 말하면 스물두 살이었는데, 그때 나는 도쿄에 있는 어느 사립대학의 문과 2학년이었다. 그 나이의, 특히 문학 지망생이 그렇듯이 미래에 대해 고민하고 또 고민하던 끝에 학교 따위는 더 늦기 전에 그만두고 차라리 외국으로 가자고 생각했던 것이다. 〈London Life〉라든가 〈Paris Life〉라든가 하는 책을 닥치는 대로 읽은 것은 그 때문이었다. 그러면 왜 오사카에 있었느냐 하면, 아마 그것은 여름방학 때로 오사카는 나의 제2의 고향이었고, 그렇다고 해서 내게는 제1의 고향이라고 딱히 정해진 곳도 없긴 하지만, 어쨌든 그곳에 내가 중학교 시절 내내 신세를 졌던 백부의 집이 있고,

여름방학이라 해도 실은 거기 말고는 딱히 내가 돌아갈 집이 없었기 때문이다. 그런데 그게 참으로 지루했다. 백부의 집이 좁다 보니 완전히 객식구인 내가 팔다리를 뻗을 만한 방이 없는 건 어쩔수 없는 일일 것이다. 대학 학비는 그 백부가 아닌 또 다른 친척한테서 조금씩 받은 것이라 용돈이 부족한 것도 어쩔 수 없는 일일 것이다. 하지만 그런 것은 아무래도 상관없다. 어쨌든 지루했다. 앞서도 말했듯이 그곳은 내가 중학생 때 지냈던 곳이어서 친구도 그리 적지는 않았지만, 보아하니 다른 친구들은 나와는 다르게 이것저것 하면서 시간을 죽이고 있는 것처럼 보였다. 가족과 해수욕을 간다거나, 아침에는 책이라도 읽는다거나, 오후에는 낮잠을 잔다거나, 그리고 저녁에는 산책하러 간다거나, 열두 시가 되면 잔다거나——물론 그들은 나와 달리 부모 형제가 있는 따뜻한 가정에서 살고 있었고, 나보다는 어느 정도 용돈이 풍족했기 때문에 내가 맛보고 있는 듯한 절망적인 지루함에서 벗어날 수 있었는지도 모르겠지만, 내 생각에는 그런 것이 아니다. 내가 보기에는 가족과 함께 해수욕을 가는 것도, 책을 읽는 것도, 낮잠을 자는 것도, 그리고 열두 시가 되면 자는 것조차도, 누구를 위해서인지도 모른 채 끝없이 쫓기는 듯한 기분이 들어 차분하게 가만히 있을수 없는 것이었다. 그래서 나도 그들에게 정나미가 떨어졌지만, 그들 역시 나 같은 엉뚱한 자의 방문을 꺼리고 있었다. 그도 그럴 것이, 생각해 보면 공업학교의 학생은 여름방학에는 차분하게 머리를 식히고, 가을 신학기가 되면 공부를 하고, 그리고 몇 년 후에 그 학교를 졸업하면 제 몫을 하는 어른이 되는 것이 순서이다. 의학생도 그렇고, 상업학교도 마찬가지고, 또 부잣집에서 태어나 중학교를 졸업한 후에 가문의 대를 잇는 사람들은 더욱 그렇다. 오오, 저주받은 것은 문학 따위를 지망한 나뿐인가 하는 생각을 할 수밖에 없었다. 아니, 그런 것조차 생각할 여유는 없었다. 문학은 도저히 나처럼 가난한 사람이 지망할 만한 것이 아니다. 아니, 그런 말을 한들 도저히 평생 문학과 떨어져서 살 수도 없겠지만, 무엇보다도 하루하루를 먹고살 방법을 강구해 놓아야 한다. 돼지라도 키울까, 아니, 그렇다, 서양으로 가는 거다, 서양밖에 없다. 그쪽에서 걸인이 되어도 좋으니 어쨌든 영국이나 프랑스의 밥을 삼 년이든 오 년이든 먹고 오면 그야말로 문학의 양식이 될 테고, 생활면에서도 무언가 편의가 되어 줄지도 모른다고 생각한 것이다.

하지만 그 또한 뜬구름 잡는 생각임이 틀림없었다. 그 증거로, 나는 앞서 나카노시마의 도서관에 다니면서 외국으로 갈 준비를 하기 위해 〈London Life〉니 〈Paris Life〉니 하는 책을 모조리 읽었다고 썼지만, 〈Paris Life〉는 제목만 보고 빌렸을 뿐이고 결국 내용은 한 페이지도 읽지 않았던 것 같다. 그뿐 아니라 처음에 꼽았던 〈London Life〉도 전부 읽은 것은 아니다. 다만 어째서 그 책의 제목을 여기에 썼느냐 하면, 지극히 모호하기는 하지만 그 책의 내용 일부를 구성하고 있는 〈Wandering Candle〉(방황하는 양초)라는 문장에 대한 기억을 떠올렸기 때문이다. 하기야 그것도 그 책에 나와 있는 내용, 또는 그것에 관한 단순한 내 기억만으로는 그리 재미있다고 할 정도도 아니다. 런던의 무슨 거리에서 무슨 다리를 지나 무슨 마을로 나가고, 무슨 광장의 모퉁이를 오른쪽인지 왼쪽인지로 꺾어서 무슨 공원의 어느 쪽인지를 지나고, 그러고 나서 무슨 사거리로, 라는 식의 길을 매일 오후 한 시부터 세 시 사이에 비가 오건 눈이 오건 반드시 지나가는 한 남자가 있다. 양초처럼 키가 훌쩍 큰 남자로, 그 모습만으로도 눈에 띄는데다 무슨 모자인가 하는 고풍스러운 모자를 쓰고 무슨 색깔인지의 상의에 뭐라는 바지를 입고, 실로 유유히 걸어서 지나간다는 것이다. 물론 어디에 일을 하러 간다거나 무슨 볼일이 있다거나, 장을 보러 간다거나 하는 것 같지는 않다. 말할 것까지도 없이 산책일 뿐인데, 산책으로 보자면 대표적인 산책, 즉 산책의 전형이라 할 만한 산책이다. 대체 이것은 어떤 신분인 사람이 무슨 생각으로 하는 산책일까 싶어 알아보았더니, 그 사람은 퇴직한 육군 소장인가 뭔가인데, 운동을 위해서냐고 물으니 그렇지도 않다, 심심해서 그러느냐고 물으니 그런 것도 아니다, 무엇 때문이냐고 물으니 그 퇴직 군인은 점점 기분 나빠하더니 방문자에게 문을 가리키며 "돌아가!"하고 고함쳤다는 것이다. 그리고 이 불가사의한 인물의 불가사의한 산책은 변함없이 일정 시간에 일정 장소에서 하루도 거르지 않고 계속되었다. 언제부터인가 동네 사람들이 그를 보면 'Wandering Candle' '방황하는 양초'가 또 지나간다고 습관처럼 말하게 되었다는 것이다. 두말할 필요도 없이 양초는 그의 겉모습을 형용한 말일 것이다. 그러나 이것을 읽은 나는 제목인 〈방황하는 양초〉라는 말도 마음에 들었고, 그 양초가 매일 매일 산책한다는 것도 매우 좋았다.

그러나 내가 서양으로 가자는 공상을 하면서 그 준비를 하다가 얻은 지식은 아마 그 〈방황하는 양초〉 한 편뿐이었을 것이다. 왜냐하면, 실은 말은 그렇게 했지만, 그때 내가 도서관에 다닌 기간은 겨우 이틀뿐이었기 때문이다. 그리고 그 이틀 동안에 주로 읽은 것은 예비로 빌려 두었던 누군가의 일본소설과 하이네(Heinrich Heine)[65]의 시집이었다. 그리고 나는 다시 그 전전날처럼 매일 카페를 여기저기 돌아다녔다. 그리고 도서관에 대해서도, 하이네에 대해서도, 〈방황하는 양초〉에 대해서도 어느새 잊어버렸다.

그런데 그 무렵, 나는 묘한 청년을 알게 되었다. 그는 나와 동갑이거나, 또는 한두 살 아래로 보였다. 나는 어디서 그와 알게 되었는지 기억나지 않는다. 그렇지만 내가 처음으로 그의 존재를 알아차렸을 때의 일은 똑똑히 기억하고 있다. 그것은 어느 날 오후 다섯 시경, 아니면 여섯 시경이었는지도 모른다. 여름 해가 약간 붉은 빛을 띠며 기울고 있을 때였던 것 같으니까……, 여하튼 서너 명의 일행이 있었고, 나는 자주 다니는 나니와바시 다리 옆에 있던 카페를 나와 저녁 햇빛을 받으며 동쪽을 향해 도톤보리를 걷고 있었다. 서너 명의 일행 중에 누가 있었는지는 기억이 나지 않는다. 다만 희미하게 기억나는 것은 그중에 중학교 때부터의 친구로,

---

65) 독일의 낭만파 서정시인(1798~1856).

당시에 도쿄미술학교의 학생이었던 가와지 가주가 있었던 것 같다는 것이다. 왜냐하면, 그때 가와지는 원래 오사카에 부모님 댁이 있어서 역시 여름방학을 맞아 돌아와 있었기에 나는 가끔 그와 왕래하고 있었고, 그리고 그 일행이 동쪽을 향해 도톤보리를 걷고 있었던 것은 아마 덴노지에 있던 그의 집으로 놀러 가자는 이야기를 한 후였던 것 같기 때문이다. 그러나 솔직히 그렇게 생각될 뿐, 지금 생각해 보아도 그 일행 중에 가와지가 어떤 얼굴을 하고 섞여 있었는지, 그리고 또 이야기를 잘하던 그가 어떤 이야기를 하고 있었는지는 기억나지 않는다. 그런데 이상하게도 내가 그때의 일행 중에서 단 한 사람, 지금도 눈앞에 있는 듯 모습이 기억나는 남자가 있다는 것이다. 그 남자가 내가 지금부터 말하려고 하는 미키타 미키오였다.

우리는 길을 걸으면서 스무 살 청년다운 큰 목소리와 열정으로 뭔가 끊임없이 와자지껄하게 떠들고 있었다. 그래서 도톤보리의 길이 혼잡하기도 하지만, 우리는 우리 외에 어떤 사람들이 지나가고 있었는지, 어떤 일이 일어나고 있었는지조차 모를 정도였다. 그중에서 가장 말이 많았던 나는 특히 그랬다. 아무튼 일행이 네댓 명쯤 되었으므로 모두가 한 줄로 걸을 수는 없어서 누군가 한두 사람은 계속 뒷줄에 서야 했다. 그러면서도 화제는 항상 하나로 모일 만한 종류의 것이었으므로 뒷줄에 있는 사람은 항상 앞줄로 끼어들다시피 해야 했다. 그리고 그때 열에서 자주 제외되어서 시종 일행의 뒤를 쫓듯이, 어떨 때는 어떻게든 해서 중간 줄로 끼어들려고 하고 어떨 때는 포기하고 한 걸음 정도 뒤에서 따라오기도 하는, 언뜻 보면 낯설지만 또 어떻게 보면 꽤 전부터 가끔 사람이 많이 모였을 때 본 적도 있는 것 같은 기분의 한 남자가 있었다. 양복을 입었고 키는 175센티미터쯤 될까, 그 때문인지 허리를 구부정하게 숙이고 터벅터벅 걸어오는 모습이 나쁘게 말하면 서양의 걸인 같기도 하지만, 어쨌든 일본인 같지 않게 몸집이 크고 손발이 큼직한 것이 눈에 띄는 남자였다. 그리고 얼굴 생김새도, 말하자면 대륙적이었다. 눈썹이 굵게 튀어나와 있고 이상하게 일그러진 눈은 안으로 쑥 들어가 있다. 그 외에도 커다란 모양의 들창코와 두꺼운 입술을 가진 입, 결코 여자에게 인기 있을 것 같지는 않았지만 어엿하게 조각 같다고도 할 수 있었다. 그리고 이 남자는 말이 없었다. 그는 그의 그런 색다른 풍채에 가장 잘 어울릴 것이 틀림없다고 생각되는, 자루 같은 느낌이 드는 양복 주머니에 양손을 찔러 넣고 우리와 일행이 되어 함께 걷고 있었던 것이었다. 어디서부터 우리와 함께 있었는지, 그때의 일행 중 누군가와 함께 온 것인지, 아니면 카페에서라도 합류를 했는지, —— 아무도 모른다.

나는 길을 걸으면서 기회를 보아 좌우의 친구들에게 그가 누구인지를 물어보았지만, 겨우 미키타 미키오라는 이름만 알았을 뿐, 아무도 그 이상 깊이 알고 있는 사람이 없었다. 나는 매일을 앞서 말한 것과 같은 생활로 보내고 있었기 때문에 오전 중에는 대개 혼자 동네를 걸어 다니거나, 텅 빈 카페 구석에서 커피 한 잔을 세 시간이고 네 시간 동안 마시면서 혼자 시간을 보내는 것 말고는 할 일이 없었지만, 오후부터 밤까지는 누구든 상대를 찾아낼 수 있었다. 밤이 되면 오사카의 유흥가는 거의 도톤보리 한 군데밖에 없었기 때문에 한 명의 친구를 만나고, 또 한 명이 더해지고, 그러면서 마치 눈덩이를 굴리고 다니는 것처럼 반드시 여러 명의 큰 무리로 팽창해 갔다. 그것은 물론 매일 같은 사람은 아니었지만, 그 가운데서 점점 더 자주 이 미키타 미키오를 보게 되었다. 아마 그 가와지 가주였던 것 같은데 언젠가 그에 관해서 설명하기를, "우리 집에 두세 번 찾아와서 그림을 보여 달라고 하더군." "자네는 그 친구랑 어떻게 알았나?" 하고 내가 묻자, "글쎄, 언제부터 알았는지 전혀 모르겠네. 뭔가 갑자기 알게 된 것 같은데." "그림 역시 그림을 그리는 사람인가?" 하고 물으니, "이제부터 그리려고 하는 모양일세." "이제부터?" "그게, 아무래도 이상하네. 처음 우리 집에 와서는 내가 그린 그림을 보여 달라기에 보여줬더니, 그때 유화를 시작하려면 어떻게 하면 되는지, 무슨무슨 도구가 필요한지를 묻고 가더군. 그런가 싶더니, 그러고 나서 사흘째였나, 아직 기름이 마르지도 않은 그린 지 얼마 안 된 그림을 가지고 와서 오늘 한 장 그려 왔으니 봐 달라는 거야. 보고는 깜짝 놀랐네, ……." "못 그렸나?" "아니, 잘 그렸더군. 잘 그렸는데, 어디의 경치를 그대로 그려 왔는지 요전에 처음 왔을 때 보여 준 내 그림 중 한 장과 똑같은 구도에, 색깔부터 그리는 방법까지 내 그림과 똑같은 게, 어쩌면 나보다 더 잘 그렸을 정도였네." "무슨 소리인

가. 정말 유화를 처음 그린 사람 맞나?" "그게 처음은 아무래도 처음인 것 같은데, 재주인지, 재능인지, 사람을 놀리는 건지……." "이상한 사내로군." "이상한 사내지"라는 이야기가 나온 적이 있었다.

　그러나 이 사내는 곧 가와지보다 나한테 더 친근하게 접근해 오게 되었다. 이유는 아마 간단했을 것이다. 왜냐하면, 가와지는 앞에서도 말했듯이 나 같은 것과 달리 이 동네에 버젓하게 부모의 집이 있을 뿐 아니라 성실하고, 나이에 비해서 어른스럽고, 스스로 자신을 제어할 수 있는 친구였다. 자신의 생활과 남의 생활이 함께하는 것은 도저히 불가능한 성격이고, 남에게도 폐를 끼치지 않는 대신 남이 자신에게 조금이라도 피해를 끼칠까 봐 매우 두려워하는 사람이었다. 그래서 그는 갑자기 불쑥 찾아와서는 그림을 보여 달라거나, 이쪽의 그림을 가져가서 비평해 달라고 하는 등의 별로 도움도 되지 않는 핑곗거리 같은 예술 이야기를 진득하니 앉아서 열을 올려 주고받고, 무턱대고 산책하러 가자는 미키타의 방문을 그다지 반기지 않았음이 틀림없었다. 그의 성격상 환영하지 않는다는 것을 노골적으로 표명하지는 못했을 테지만, 미키타는 그 커다랗고 전체가 비뚤어진 듯한 생김새의 몸집에도 불구하고 묘하게 민감한 구석이 있었으니, 자연히 미키타 쪽에서도 가와지를 찾아가는 것은 처음 서너 번 정도 외에는 딱 끊어 버렸을 것이다. 그러고 보면 나와 같은 생활의 사람은 그에게 편리했을 것이 틀림없다. 그리고 나 또한 미키타의 존재를 소중하게 생각하게 되었다.

저녁때 외에는 산책하러 나가지 않거나, 하루걸러 한 번만 밖에 나가는 식의, 일반적으로 어딘가 고지식한 구석이 있는 이 동네의 청년 중에서 미키타만 조금 달랐다. 내가 간밤의 모기가 아직 탁자 밑에 남아 있을 것 같은 아침 여덟 시경에, 물론 나 말고는 손님이 한 명도 없는 카페 탁자에 턱을 괴고 앉아 있으면, 갑자기 끼익 하고 입구의 문이 열리고, 미키타가 그 구부정한 상체를 더욱 구부리고 느릿느릿 들어오는 경우가 종종 있게 되었다. 밤에 그와 헤어질 때 "어떻습니까, 내일도 또 아침부터 여기에 오지 않으시겠습니까?"라고 말하자 그도 나의 그런 지루한 상태를 알아차렸는지, 웃으면 그 커다랗고 삐뚤삐뚤한 이가 보이는 입을 벌리고는 콜록콜록 기침하는 듯한 목소리로 웃으면서, "예, 오지요" 하고 대답했다. 그것은 말할 것까지도 없이 내가 매일 어떻게 시간을 보내야 할지 곤란해 하는 것을 그도 알아차릴 수 있을 말이었다. 물론 미키타 자신도 매일 어떻게 시간을 보내야 할지 고민하고 있는 사람 중 하나라고 보아도 지장이 없었다. 콜록콜록하며 목구멍 깊은 곳에서 나오는 소리로 웃을 때, 그 삐뚤삐뚤한 이가 부끄러운지 약간 고개를 숙이고 그 입가에 곰 같은 커다란 손을 꼴사납게 대는 모습은, 곰 처녀 같은 애교와 부드러움이 있어서 나는 뭐라 말할 수 없는 호감을 느끼게 되었다.

그렇다, 나는 점차 그에게 흥미가 생겼다. 이런 일이 두세 번 있었다. ──그 일은 내가 아침부터 카페에 앉아 있는 것에도 질려서 오랜만에 불쑥 나카노시마의 도서관에 갔을 때였다. 그때는 이미 〈London Life〉나 〈Paris Life〉 같은 책은 거들떠보지도 않았다. 그 무렵이었는지 아닌지 모르겠지만, 톨스토이의 〈카자크 사람들〉과 바이런의 시집을 빌려 둘 다 열 페이지 정도씩 읽고는 질려서 다시 도서관을 나왔었다. 내가 얹혀살던 백부의 집은 도톤보리 근처에 있어서 나카노시마까지는 꽤 거리가 있었다. 그리고 당시는 오사카에 전차가 막 다니기 시작한 때라, 현재 다니는 간선의 일부분 정도밖에 다니지 않았다. 그래서 백부의 집에서 도서관까지 전차를 타면 길을 돌게 되고, 나는 전차 요금도 커피 한 잔 값으로 모아두고 싶었기 때문에 늘 대개 걸어 다녔다. 도서관 입구를 나서서 잠깐 공원 안을 산책하려고 도요토미 히데요시의 동상 쪽으로 걸어가다 보니, 그 동상 옆 벤치에 미키타 미키오가 그 양복 차림으로 걸터앉아, 앞에 있는 광장에서 어딘가의 사환 둘이 자전거 경주하는 것을 바라보고 있었다. 내가 그의 옆으로 다가가서,

"이런 곳에서 다 만나는군요" 하고 말을 걸자 그는 거북한 듯한 얼굴로,

"아니——" 하고 말하면서 그 콜록거리는 소리로 웃었다. "어디에 다녀오십니까?"

"잠깐 저 도서관에요" 하고 내심 나도 늘 카페에서 빈둥거리기만 하는 것은 아니라는 듯 의기양양한 기분으로 말했다.

"당신도 도서관에 오십니까? 저도 항상 가는데 만나지 못했군요" 하고 그는 말했다.

"오늘은 어디 가십니까?"라고 묻자,

"오늘도 저 도서관에 갈 생각으로 왔는데, 여기까지 오니 갑자기 마음이 내키지 않아 지금부터 어떻게 할까 생각하고 있던 참입니다."

그때 오사카 성 정면에서 정오를 알리는 시보(時報)가 울렸다. 그러고 나서 두 사람은 항상 헤어지는 시간인 밤 열두 시경까지 행동을 함께했다. 또 그로부터 이삼일 후의 어느 날, 나는 아침 여덟 시경에 덴노지 남쪽 교외에 사는 친구를 방문하기로 했다. 가 보니 그가 집에 없어서 이제부터 어디로 갈까 생각하며 시텐노지[四天王寺] 경내를 걷고 있는데, 거북 연못 옆쪽에 다다르니 누가 뒤에서 말을 걸기에 돌아보았다. 부른 사람은 미키타 미키오였다.

"여어, 또 만나는군요. 오늘은 어디에 오셨습니까?" 하고 나는 물었다.

"네, 그게……" 하고 그는 내 물음에 당황한 듯, "잠깐 볼일이 있어서 이 근처의 사촌 집에……"라고 말했다.

그 후 둘이서 시텐노지 경내를 여기저기 한 시간 가까이 걸은 끝에, 난바 개척지에 새로 생긴 카페 이야기가 나와서 거기에 가 보자며 나섰다. 도중에 문득 생각이 나서 "사촌의 집은 어디입니까?" 하고 내가 묻자 미키타는 조금 당황한 기색으로, "아니, 바로 저 시텐노지 옆인데, 괜찮습니다. 급한 볼일도 아니에요"라고 말했다. 그 후, 우리가 꽤 오래 알고 지내는 동안 그의 사촌 이야기는 그때 이후로 나온 적이 없었다. 여러 가지로 생각해 보면 사촌이나 볼일이라는 것은 아무래도 그때 그가 되는 대로 지어낸 이야기인 거 같았다. 그러고 보면 요전에 도서관에 간다고 했던 것도 지어낸 이야기였는지도 모른다.

그리고 또 보름쯤 후의 일이었다. 그사이에 그와는 늘 카페 같은 데서 만나곤 했지만, 어느 날 내가 볼일이 있어서 고베의 친척 집에 간 적이 있었는데, 돌아오는 길에 산노미야에서 오사카로 가는 전차를 탔다가 같은 전차 안에서 그를 발견했다. "당신은 꽤 여기저기 다니는 모양이군요"라고 말하자 그는 그저 "예" 하고 대답했을 뿐이었다. 저녁때였기 때문에 늘 그렇듯이 밤 열두 시경까지 그와 함께 있었는데, 그때는 그의 고베행에 대해서 아무런 이야기도 듣지 못했다. 그러나 그 후에 가와지 가주를 만났을 때 무슨 이야기 끝에 고베에서 미키타를 만났다는 이야기를 하자 가와지는, "호오, 고베에서 미키타를 만났다고? 그럼 열흘쯤 전이겠군. 성격 급한 친구야"라며, 그가 설명한 바에 따르면 아마 그 전날쯤 오랜만에 미키타가 그를 찾아왔는데, 이런저런 이야기 끝에 가와지가 요즘 고베에 가끔 가는데 고베 거리는 어딘지 모르게 서양의 분위기가 넘쳐서 좋다, 재미있는 그림이 될 만한 곳도 많다는 이야기를 했다는 것이다. 그래서 미키타는 고베를 보러 간 것이 틀림없다며, 그는 아직 고베에는 한 번도 간 적이 없다고 했다는 것이었다. "그 이야기를 듣고 납득이 간 게 있네" 하고 나는 말했다. "나는 별생각 없이 자네에게 고베에서 미키타를 만난 이야기를 해 버렸네만, 그때 어쩐 일인지 미키타는 여기에서 자기를 만난 것은 가와지 군에게는 모쪼록 말하지 말아 달라고, 사정이 좀 있다고⋯⋯, 아니, 아무한테도 말하지 말아 달라는 말을 했었네. 그럼 그림이라도 그리러 갔던 걸까?" 하고 말하자, "아니, 그 친구는, 나도 확인한 적은 없지만 누군가의 이야기에 의하면 사생(寫生)[66] 같은 것은 조금도 하지 않는다고 하네. 그러니까 그래 봬도 그는 극단적으로 부끄럼을 타는 데가 있다는 거지. 실제로 그런 모양이야. 사생하지 않는다는 건 그 친구의 그림을 봐도 알 수 있네. 하기야 요즘은 그림을 그만뒀다고 하던데, 문학을 하고 싶다는 것 같네." "이상한 친구로군" 하고 내가 말했다. "나한테는 또 그런 말은 입 밖에도 꺼내지 않네. 오히려, 당신은 문학을 하면 틀림없이 재미있는 작품을 쓸 수 있을 것 같다고 내가 요전에도 말했는데, 그 특유의 웃음을 지으면서 아니, 아니, 안 될 겁니다, 라고 하던데. 하기야, 그리고 보면 내 말을 입으로는 부정하면서도 기뻐하는 눈치였지. 하지만 어쨌든 나한테는 역시 그림을 계속하겠다는 식으로 말하던데 말일세." ──

그러고 보면 당시 우리가 알고 지내던 무리 중에, 그전의 생활이나 현재의 처지에 대해서 미키타만큼 알려지지 않은 사람도 없었다. 예를 들면 앞서 말한 가와지 가주 같은 경우는 중학교 때부터 나와 친구이고, 그의 집에도 종종 놀러 간 적이 있어서 그의 처지에 대해서는 대략 알고 있었던 것은 말할 것도 없지만, 그뿐 아니라 그때 카페 등에서 소개받거나 친구 집에서 소개받거나 해서 알게

──────────

66) 실물이나 경치를 있는 그대로 그리는 일.

된 새로운 지인도, 미키타 외의 사람들은 그자가 누구의 친구이고 어느 학교에 재학하고 있는 사람인지, 어느 지역 출신의 어떤 부모가 있는지 등은 누구에게 딱히 묻지 않더라도 알 수 있었다. 그러나 미키타만은 예외다. 왜냐하면, 우리 친구들 중에 그를 이전부터 알고 있었다는 사람은 한 명도 없었기 때문이다. 그의 집은 마토이[67] 가게였다. 실제로 나도 그 후에 한두 번 그 가게로 그를 찾아간 적이 있다. 하지만 나는 그 집 안으로는 한 번도 안내된 적이 없었다. 도요토미 히데요시 시대부터 있었던 전통 있는 가게로, 도요토미의 센나리뵤탄[68] 깃발을 만든 집이었다고 하는데, 도요토미 히데요시에게 받은 다기 같은 것이 지금도 보물로 전해 내려온다고 한다. 지금은 센나리뵤탄을 주문하는 사람도, 혼진[本陣][69]을 표시하는 깃발을 주문하는 사람도 없으므로 아마 소방대만이 그 집의 단골일 것이다. "그런 게 장사가 되는군요" 하고 어느 날 내가 미키타에게 묻자, "그야 옛날만큼 잘 되지는 못하지만, 다행히 점점 표구사나 등롱 가게로 바뀌는 바람에 마토이 가게의 수가 적어져서, 오사카 시내는 말할 것도 없고 꽤 멀리에서도 주문이 들어옵니

---

67) 에도 시대에 소방단의 각 조가 사용하던 깃발 표시의 일종. 위쪽에 조를 나타내는 표시가 있고 아래쪽에는 바렌[馬簾]이라고 불리는 종이나 가죽으로 만든 술이 달려 있어서, 손에 들고 휘두르거나 회전시키게 되어 있다. 중량은 15~20kg 전후로 꽤 무거워서 이 것을 짊어지고 달리거나 이것을 든 채 사다리에 올라가 지붕 위에서 휘두르기 위해서는 상당한 완력이 필요했기 때문에, 각 조에서 체력이 뛰어난 사람이 마토이를 들었다. 마토이를 든 사람은 현장에서 지붕 위에 올라가 마토이를 흔들며 소방 활동을 하고 있다는 표식으로 삼음과 함께, 동료들의 사기를 고무하는 역할을 했다.
68) 일본의 전국 시대부터 에도 시대에 이르기까지 영주들이 자신의 신분을 과시하기 위해 만든 깃발의 일종으로 보통 우마지루시[馬印]라고 한다. 센나리뵤탄은 호리병박 모양으로 생긴 것으로 도요토미 히데요시의 우마지루시로 알려져 있다.
69) 에도 시대의 역참에서 영주 등이 숙박하던 공인된 여관.

다. 그래서 장사는 그렇게 생각만큼 한가하지도 않아요. 다만 힘든 건 저 마토이의 장식이나 그 아래에 늘어뜨리는 바렌 같은 것을 만드는 장인이 줄어들어서 곤란한데, 그런 장인들은 이상하게 장인 기질이라 융통성이 없어서 일이 없을 때도 상당한 수당을 주어야 한다는 문제가 있어요." "그렇지만 꽤 예술적인 장사 아닙니까?" 하고 내가 말하자 그는 기뻤는지 '콜록콜록'하는 그 특유의 웃음을 지으며 "제가 마음을 고쳐먹고 제대로 도우면 더 발전할 여지가 있겠지만요" 하고 말했다. "마토이 장사가 그렇게 발전할 여지가 있을까요?"라고 내가 말하자 그는 순간 풀이 죽고, 기분 나빠했다.

그런 이야기를 들으면 어느 모로 보나 그가 그 마토이 가게의 후계자가 틀림없다는 생각도 든다. 또 내가 '센조야(千城屋)'라고 물들인, 보기에도 도요토미 히데요시 때부터 내려온 듯한 낡고 오래된 포렴이 드리워져 있는 그의 집을 방문했을 때, 가게 입구 옆방의 칸막이 뒤편에서 가게 인장이 찍혀 있는 작업복을 입은 그의 모습이 얼핏 보이고, 내 모습을 보자 당황해서 안으로 들어갔다가 잠시후에 양복으로 갈아입은 그가 나와서는 들어오라는 말도 없이 약속이라도 되어 있었던 것처럼 나를 재촉하듯 서둘러 산책하러 나간 적이 있다. 기다리고 있는 사이에 그의 집 입구의 문패를 보니 틀림없이 '미키타 기치지'(기치지라는 것은 그의 아버지나 형의 이름일 것이다)라고 쓰여 있었던 것을 생각해도 그의 집은 분명히 그곳일 것 같지만, 그로부터 한참 후에 어떤 사람이 그곳은 그의 집이 아니라 성이 우연히 같을 뿐 다른 사람의 집이라고 말하는 것을 들은 적이 있었다. 그러나 또 다른 사람은 아니, 그 기치지라는 것이 본명이고 그의 아버지는 그가 어릴 때 세상을 떠났으며 그는 그 집의 장남이다, 미키오는 그의 가명이라고 말하는 것이다. 어쨌든 그와 같은 하이칼라 차림을 한 남자에게는 어울리지 않는 고풍스러운 장사이기도 하면서, 구식 구조의 집이기도 했다.

나는 어떤가 하면, 그 무렵의 문학청년들 사이에 유행하던 퇴폐파(頹廢派)[70]의 시인인 척하고 있었다. 따라서 건전한 모든 것을 경멸하는 것이 특기였다. 나는 아침 여덟 시에 일어나서 세수를 하고 아침을 먹는다며 경멸했고, 밤에는 보통 사람들이 잠을 자는 시간에 잔다며 경멸했다. 병에 걸리지 않는다고 경멸하고, 아무리 지독한 놈이라도 아무리 어리석은 짓이라도, 그런 것들이 어딘가 상식을 벗어나는 것이라면 환영했다. 그런데 가와지가 미키타는 그림을 그만두고 문학을 하고 싶어 한다고 한 말을 듣고 생각해보니, 그는 나에게 접근해 오면서 나의 유치한 문학 사상에 물든 것이었다. 그러나 어딘가 소심한 성격이어서 나는 오랫동안 그가 나에게 물들어 있는 것을 모르고 지냈는데, 점점 사람들을 통해서 그가 하는 말이나 행동이 나와 닮았다는 말을 듣게 되었다. 그가 요전에 이런저런 말 한 이야기를 들으면 그것은 그전에 내가 그에게 했던 말과 같은 것이었고, 그것이 놀랍게도 내가 말한 것의 두세 배로

---

70) 19세기 시인들을 이르는 말로 영국의 심미주의 운동 시인과 프랑스의 상징주의 시인들이 있다.

부연되어 있는 데다 오히려 나보다도 훨씬 완전하게 표현되어 있는 것이었다. 이것은 생각해 보면 그가 처음으로 가와지의 그림을 보고, 다음에 왔을 때 가와지의 것과 똑같은, 또는 그것보다 잘 그린 것으로 보이는 그림을 그려 왔다는 것과 비슷하다. 그러나 그의 그렇게나 꼴사나운 몸집 어디에 그런 능수능란한 모방의 재주가 있는 것인지 의심스러웠다. 그것은 정말이지 모방 이상의 것이라고 할 수 있었다. 그러나 나는 아직, 그에게 가와지가 했던 것처럼 원고를 써서 보여 준 적은 없었다. 그것을 보여 주게 된 것은 사오 년이나 지난 후의 일이다.

그런 이유로 내가 그 여름방학에, 오사카에 머무르던 그 두세 달 사이에 나는 미키타 미키오와 급격하게 친해졌다. 하지만 친해진 방식이 이상하게 일그러져 있었던 것은 사실이다. 앞에서도 말했듯이, 나는 두세 번 그의 집 입구까지 간 적이 있지만 집 안으로 안내된 적은 한 번도 없었고, 나도 또 당시 내가 얹혀살던 곳, 내 팔다리를 제대로 뻗을 방조차 없는 옹색한 곳에 친구를 데려오는 것은 폐가 될 것 같았기 때문에, ——그렇다, 그것이 두려워서 그 무렵 나는 누구에게도 확실한 내 주소를 가르쳐주지 않았을 정도이니, 그가 나를 방문한 적도 없었다. 따라서 그와 내가 만나는 것은 단골 카페나, 그렇지 않으면 길거리였다. 길거리에서 만난다고 하면 이상하게 들릴지도 모르지만, 그와는 정말이지 길거리에서 자주 만났다. 카페나 길이나 공원 등에서 사흘이 멀다 하고 그와 만나면서, 나는 나 자신도 비슷한 처지임을 잊고 잘도 이렇게 밖을 돌아다니는 사람이 있구나 하고 그의 처지를 어이없게 생각한 적이 종종 있었다. 한 번은 이런 일이 있었다. 나는 긴 여름날을 매일 그렇게 보내는 데 진절머리가 나기 시작하자, 생각하고 또 생각한 끝에 이것은 내게 연애가 없기 때문이라고 생각했다. 그렇다, 연애를 하면 이런 저주받은 생활에서 구제될 거라고 생각했다. 그러나 그렇게 생각하고 카페 테이블을 두드리며 기세 좋게 일어섰지만, 그렇게 빨리 연애를 할 수 있는 것도 아니었다. 이삼일 번민한 끝에 그 전해에 내가 하다 만 연애가 있었던 것을 떠올렸다. 작년의, 그것도 여름방학 중에 있었던 일인데, 가와치[河內][71]라는 곳에 내가 중학교를 졸업한 해에 석 달 정도 소학교 교사를 한 적이 있는 마을이 있었다. 그때의 동료였던 친구를 만나러 옛날 그 소학교에 찾아갔을 때, 한 여교사를 소개받았다. 그 여교사가 문학을 좋아해서, 당시 내가 도쿄에 있는 대학의 문과에 있다는 이야기를 듣고 그녀는 곧 나에게 흥미를 가진 것이다. 그리고 나도 그에 응했다. 따라서 나와 그녀가 만난 곳은 그 가와치의 소학교 교원실이고 기껏해야 석 달 이상은 못 되었지만, 순식간에 서로 마음이 통해서 그 후로 서너 번 편지를 주고받은 후, 그녀는 학교가 방학하자마자 오사카에 있던 나를 찾아왔다. 그녀는 같은 동네에 있는 큰어머니 댁인가에 일주일 정도 머무를 예정으로 시골에서 왔다는 것이다. 그 일주일 사이에 두 번쯤 둘이서 교외로 산책하러 간 적이 있다. 그리고 그것을 끝으로 헤어지고 말았다. 왜 그렇게

71) 현재의 오사카 동부의 옛 이름.

되었느냐 하면, 나는 곧 그녀가 싫어졌기 때문이다. 가와치의 시골에서 본 그녀와 오사카의 번화한 거리나 그 교외의 화려한 해수욕장의 인파 속에서 함께 걷는 그녀는, 밤에 보는 것과 낮에 보는 것만큼이나 달랐다. 가와치에서 흥미를 갖고 무심코 편지를 주고받다가 그녀가 찾아왔고, 새삼 오사카에서 그녀를 다시 보니 나는 실망하고 말았다. 나는 그녀가 일주일간 오사카에 머무는 동안에 두 번 만났는데, 세 번째로 그녀가 찾아왔을 때 뒷문으로 도망치고 말았다. 그러나 그녀는 그 후 가와치에 돌아가서도 종종 편지를 보내왔다. 이윽고 내 쪽의 여름방학도 끝나고 내가 도쿄의 하숙집으로 돌아간 후에도 그녀는 변함없이 편지를 쓰거나 직접 바느질해서 만든 것이나 쌈지 같은 선물을 보내오기도 했다. 나도 편지의 답장은 세 번에 두 번은 썼다. 그러나 그것도 반년쯤 후에는 누가 먼저랄 것도 없이 편지는 끊겼다. ──나는 그 여자를 떠올린 것이었다.

가와치의 그 소학교가 있는 마을은, 기차로 가면 꽤 멀리 돌아가는 데다 기차에서 내려서도 1리 남짓 걸어가야 하는 위치에 있었고, 오사카에서 걸어가면 2리 반 정도의 거리였다. 아무리 퇴폐파라도, 병적인 것을 찬미하는 주의라고 해도, 스무 살의 젊음이란! 어느 8월의 아침, 나는 그 전날 밤 단골 카페의 테이블 위에서 팔을 베고 졸면서 밤을 새운 후 커피 한 잔과 빵으로 아침 식사를 마치고, 오전 일곱 시라는 시각에 걸어서 가기로 결심하고 도톤보리에서 출발했다. 아마 작년의 내 사랑은 지나치게 유치하고 결백

했다고, 나는 생각했다. 대개 그 나이의 청년이 생각하는 것처럼 나도 그녀와의 사이에 육체적인 교제라는 것을 조금도 생각하지 않았던 것은 아니지만, 그녀와 헤어지고 나서 그녀와 두세 번 만났던 장소를 떠올려 보면 그녀는 언제나 그것을 요구하고 있었다는 것을 깨달았다. 내가 그녀에게서 도망친 십분의 이나 십분의 삼의 이유도 거기에 있다고 할 수 있다. 좋아, 이번에는 내 쪽에서 그녀의 육체를 요구해 보자, 그 외에는 그녀에게 바라는 것은 아무것도 없으니까, 하고 걸으면서 생각했다. 즉 나는 역시 그녀에게 연애적인 마음은 조금도 가지고 있지 않았던 것이다. 그것을 갑자기 떠올리고 가와치까지 가 보자고 생각한 것에는 이유가 있었다. 중학교 시절의 친구 중에서 나와 그 여자의 관계를 알고 있는 친구가 있었는데, 그 이삼 개월 전에 내가 아직 도쿄의 하숙집에 있을 때 그 친구에게서 온 편지에, 그녀는 작년 가을 즈음부터 갑자기 행실이 나빠져서 그녀에게 접근하는 남자란 남자와는 모조리 나쁜 소문이 나고 있다, 당장 학교에서 쫓겨날지도 모른다, 그것은 아마 자네에게 실연당했기 때문에 자폭한 게 아니겠느냐고 쓰여 있었던 것을 떠올렸기 때문이다. 그럼 나도 다시 한 번 이 지루한, 어떻게 할 수도 없는 매일의 심심함을 달래기 위해 그녀에게 접근하는 남자들 중 하나가 되어 볼까 하고 생각했던 것이다.

　모두 알다시피 오사카와 이어져 있는 가와치는 가물기로 유명한 지방으로, 숲도 없고 산도 없는 데다 아마 논도 별로 없을 것이다. 새하얀 길 양쪽에 모래를 뒤집어쓴 새하얀 채소밭이 이어져 있는

데, 옛날에 그 밭들은 대개 목화밭이었다고 한다. 내가 석 달 근무
했던 소학교의 동료 중에 쉰 살이 되는 선량한 임시 교사가 있었는
데, "이제부터 더워지면, 담배 같은 것은 너무 말라서 가루가 되어
버린답니다"라고 말하고는 교원실 앞의 포플러 나뭇잎을 뜯어 오
더니, "담배통 속에 이걸 섞어 두세요, 그렇습니다, 파란 잎이면
아무거나 괜찮아요"라고 말했던 것을 기억하고 있다. 정말이지,
그래서 아무리 건강한 스무 살이라고는 해도, 오사카를 떠나 가와
치의 들판에 다다라서는 몇 번이나 이런 바보 같은 계획은 그만두
고 돌아가자고 생각했는지 모른다. 게다가 생각해 보면 아무 생각
없이 경솔하게 나왔지만 지금은 소학교도 방학 기간이니, 그녀를
찾아가려면 그녀의 집을 방문하는 것 외에는 방법이 없다. 갑자기
그렇게 그녀를 방문해도 괜찮을지, 아니면 내 이전 동료였던 친구
를 찾아가 넌지시 그녀의 동정을 살핀 후에 가는 것이 좋을지,
그렇다고 해도 이 여름방학에 그들이 아무 데도 가지 않고 때마침
집에 있어 줄 것인지, 그런 생각을 하다 보니 나는 점점 용기가
꺾이기 시작했다. 거기서 마침 한 마을에 접어들었기 때문에 어느
얼음가게에 들러서 잠시 쉬었다.

　마침 그 가게가 마을 가장 끝에 있어서, 나는 얼음물을 마시면서
저 멀리 오사카 거리의 지붕이 보이는, 서쪽의 무덥고 후끈한 열기
가 풍기는 들판 쪽을 무심코 보고 있었다. 그런데 내가 지금 걸어온
큰길 쪽이 아니라, 그 큰길과 그 마을 바로 옆에서 십자로 교차하는
다른 길에, 내가 보고 있는 곳과는 반 정(町)도 떨어져 있지 않은

부근을, 세상에 미키타 미키오가 그 커다란 발에 신은 커다란 구두를 철퍽거리며 걷고 있지 않은가. 나는 그를 보자마자 이루 말할 수 없이 기뻐져서 "어——이, 미키타 군!" 하고 불렀다. 그는 부르는 목소리가 난 쪽을 잠시 응시했지만, 그게 누군지 쉽게 발견하지 못했다. 나는 얼음물이 담긴 컵을 한 손에 든 채 길 위로 뛰어나가, 그를 향해서 한 손을 들었다. 그는 그제야 나를 알아보았다. 그는 그때 어깨에 스케치 상자를 끈으로 매달고 있었는데, 나는 그의 그런 모습을 처음 보았다. 그의 말을 들어볼 필요도 없이, 그는 그 주변에 사생하러 온 것이 틀림없었다. (하기야 이렇게 말하면, 언젠가 가와지 가주가 그의 그림에 관해서 이야기할 때 그는 결코 사생이라는 것을 한 적이 없다고 했는데, 그것도 거짓은 아니다. 왜냐하면, 나중에 안 일이지만 미키타가 이렇게 스케치 상자를 어깨에 메고 다니는 것은 잘난 척하려는 것이고, 실제로 그는 사생은 역시 하지 않는다고 한다. 물론 그것은 미키타 본인이 자백한 것은 아니다.)

그러나 그런 것은 그때 내게는 아무래도 좋았다. 그와 얼음가게 의자에 나란히 걸터앉아 내가 왜 이런 곳에 와 있는지에 대한 사정을 그에게 이야기했더니, 그는 나 이상으로 흥분해서 그런 사정이 있으면서 쉽사리 포기해 버리는 것은 말도 안 된다고 말했다. 그리고 그는 그가 할 수 있는 일이라면 무엇이든 해 줄 테니 이제부터 당장 그녀의 마을을 향해 출발하자고 말했다. 나는 그 덕분에 용기가 생겼다. 그러나 잠시 걸어가는 사이, 오랫동안 연락하지 않았던 옛 동료를 찾아가는 것은 좋지만, 아무리 오랜만이라고는 해도 그녀의 동정을 묻기 위해 찾아가는 것은 왠지 켕기는 기분이 들어서 그 마을이 가까워질수록 망설여졌다. 그래서 그에게 역시 이런 일은 바보 같으니 그만두겠다고 말했더니, 그는 모처럼 여기까지 왔으니 적어도 그 여인을 만나 보기라도 하는 것이 좋지 않겠느냐, 그리고 자신에게도 소개해 달라고 나를 격려했다. 그녀를 만나는 것은 좋지만 실은 내가 그 동료의 집에 그녀에 관해서 물으러 가기가 내키지 않는다고 하자, 그는 "그럼 나는 그 사람을 모르니, 당신 이름은 꺼내지 않고 내가 그 여인에 대해 공공연하게 물어보고 오겠습니다. ……저 마을이군요, 그럼 당신은 여기서 기다리십시오. 저 마을의 어디라고 하셨지요? 그 절 옆이란 말이지요? 그럼 다녀오겠습니다"라고 말하더니, 그는 나를 남겨 두고 혼자 서둘러 갔다. 나는 사실 내가 그 동료의 집에 얼굴을 내밀지 않고 그녀의 동정을 알 수 있다면 그보다 더 좋은 일은 없으므로, 두세 번 형식적으로 그를 말리기는 했지만 결국 만족해서 뜨거운 햇볕이 내리쬐는 밭 사이에서 그가 돌아오기를 기다리고 있었다.

이 연애 모험 여행은 실패였다. 그러나 어떻게 여행하고 어떻게 실패했는지는 이 이야기의 정당한 줄거리와 관계없으므로 생략하기로 하고, 이때 처음으로 나는 미키타 미키오가 남들보다 훨씬 여자를 좋아한다는 것을 알게 되었다. 어디에서 엇갈렸는지, 그때 우리는 그 동료의 집(거기는 미키타가 혼자 갔다 왔지만) 외에 그녀의 뒤를 쫓아 이집 저집 네 군데나 돌아다녔다. 그녀의 하숙집이라든가, 아마 어디에 갔을 것이라고 가르쳐준 그녀의 친구 집이라든가, 그녀의 부모님 집이라든가, 끝내는 사촌의 집이라든가 하는 식으로……. 그리고 그녀의 사촌 집을 마지막으로 찾아갔을 때는 확실히 그곳에 그녀가 있었던 것 같았다. 왜냐하면, 우리가 그 집 현관에 들어섰을 때 우연히도 그녀임이 틀림없는 듯한 사람이 언뜻 칸막이 뒤편으로 지나갔기 때문이다. 그녀의 눈과 내 눈이 일순간 마주쳤지만, 정식으로 현관에서 사람을 불러 맞이하러 나온 사람에게 물어보자 그런 사람은 오지 않았다고 주장하는 것이었다. 그렇지만 뻔히 그 집 안에 있는 것을 알면서도, 그런 말을 듣고 보니 무리해서 만날 수는 없었다. 나는 작년에 내가 그녀에게서 도망친 대신에 이번에는 내가 그녀에게 진 것 같은 기분이 들었지만, 어쩔 수 없었으므로 불쾌한 기분으로 잠자코 귀로에 올랐다. 그러나 방금 그 집에 분명히 그녀가 있었다는 것을 같이 있던 미키타에게 이야기하자, 그는 곧 길 한가운데에 멈춰 서서 "그럼 그 집 앞에서 기다리고 있으면 되지 않습니까" 하고 말했다. "저 집은 사촌의 집입니다. 그렇다면 저녁때쯤 되면 반드시 자기 집으로 돌아갈 겁니다. 그때를 기다리면 되지 않겠습니까" 하고 미키타가 말하자, "그래도, 이제 그만둡시다" 하고 나는 우겼다. 그렇지만 그도 몇 번인가 자신의 설을 주장했다. 그러나 나는 그를 앞질러 걸음을 재촉해서 들길을 걷기 시작했다. 긴 여름 해는 이미 우리가 돌아가게 될 서쪽으로 기울고 있었다. 따라서 석양을 향해, 우리는 모자의 차양을 깊숙이 내려쓰고 둘 다 아무 말 없이 불쾌한 기분으로 빠르게 걸었다. ──그 일이 있고 나서 한참 후에, 삼 년인가 사 년 후의 일이었는데, 어느 날 도쿄의 우리 집에(나는 그때 혼자서 작은 집을 빌려 살고 있었다) 어디에서 내 주소를 알아냈는지 그때 그 여자에게서 편지가 온 적이 있다. 그녀는 이제 가와치가 아니라 야마시로(山城)[72]의 불편한 시골 여학교에 있다고 했다. 어느샌가 여학교 교사가 되어 있었나 보다. 그 편지에, 삼 년인지 사 년 동안 멀리 떨어져서 소식을 전하지 못했다는 이야기를 하고, 내가 그녀와 헤어진 이듬해에, 그러니까 내가 미키타와 함께 그녀를 방문했을 때 만날 기회가 없었던 것을 사과한 후에, 그녀는 미키타 미키오의 이름을 꺼내며 그분 때문에 그 후에 여러 가지로 곤란했다, 왜냐하면 그때 자신은 이미 지금의 남편에게 시집와 있었는데, 그럼에도 불구하고 미키타 씨가 이틀이 멀다 하고 편지를 보낼 뿐만 아니라 일주일에 한 번꼴로 찾아오셨기 때문이다, 하지만 결국 자신은 미키타라는 사람을 만난 적은 없었는데 그분은 정말 당신 친구가 맞느냐는 말이 적혀 있었다. 나는 그 편지를 읽고 그녀와 미키타에 대해서 불쾌한 느낌이 들었다.

미키타가 여성에 대해서, 그와 조금이라도 관계가 있는 여성에게 내성적인 것처럼 보여도 집요하고 열정적으로 접근한 예는 나와 관련된 것만 꼽아도 이 가와치의 여자 외에 한두 번이 아니었지만 그 이야기는 다른 기회에 하기로 하고, 앞에서도 말했던 그의 모방의 재주에 대해서 조금 더 말하기로 하겠다. 그는 그가 보고

---

72) 현재의 교토 시와 그 남쪽의 교토 부내를 가리키는 옛 지명.

듣거나 접촉하거나 해서 감탄한 데가 있는 그림이나 문장뿐만 아니라, 그 사람의 태도라든가 걸음걸이라든가 말투까지 금세 자기 것으로 만드는 재능을 가지고 있다. 그것은 모방성이라기보다는 병적으로 예민한 감수성이라고 하는 편이 맞을지도 모르겠다. 나는 당신과 똑같은 말투를 가진 사람을 알고 있다거나, 나는 당신과 참으로 매우 비슷한 표정을 짓는 사람을 알고 있다는 말을 생각지도 못한 사람에게 들은 것은 나와 가와지만은 아닐 거라고 생각한다. 아마 미키타 미키오가 접근했던 사람은 한두 번은 다른 사람에게서 그런 말을 듣고, 그 사람이 누구냐고 물어보면 미키타라는 사람입니다, 라는 대답을 듣지 않은 사람이 없을 것이다. 놀랍게도 그는 교양에 있어서도 그랬다. 다른 사람의 이야기에 따르면 그는 갑종상업학교에 일 년 남짓 적을 둔 적이 있을 뿐이고, 그 이상의 교육을 받지 않았다고 한다. 또 다른 사람의 말로는 소학교를 십 년 남짓 걸려서 겨우 졸업했을 뿐이고, 그 외에는 마토이 장인들 틈에서 가업을 잇고 있었다고 한다. 실제로 나도 그와 처음 알게 되었을 때를 떠올리면 그럴지도 모르겠다고 생각되는 점이 몇 가지나 있다. 그러나 그는 소위 귀동냥으로 들은 학문과 특별한 감수성 등으로 체면을 세울 수 있었을 뿐만 아니라, 삼사 년 후에는 만날 때마다 여러 종류의 다른 영어책을 양복 겨드랑이에 끼고 걷고 있는 것을 볼 수 있게 되었다. 실제로 그가 도쿄에서 하숙 생활을 하게 되었을 무렵에는 그의 방 책장에도 몇 권인가 서양 책이 꽂혀 있었다. 게다가 그가 전에 스케치 상자를 어깨에 메고 흉내만 내던 모양새와는 달리, 그 책의 번역까지 하게 되어 그 원고를 나도 본 적이 있었다. 그러나 슬프게도 그 번역 문장은 이상하게 명문(名文)을 흉내 내고 있을 뿐, 거의 뜻이 통하지 않았다. 원고는 대개 미술서였기 때문에 '인상파의 발흥'이라든가 '세잔의 그림'이라는 식의 문장이었는데, 추측건대 대충 사전을 찾아서 알아낸 단어와 단어 사이를 상상으로 이어놓은 것 같았다. "이 부분은 무슨 뜻인지요, 원서가 있으면 잠깐 보여주지 않겠습니까?"라고 말하면, 세 번에 두 번은 지금 원서를 가지고 있지 않다거나 어제 헌책방에 팔았다면서 보여 주지 않았지만, 드물게 그것을 보여 줄 때도 있었다. 그래서 대조해 보면, 원어의 의미를 전달하고 있는 부분은 한 군데도 없다고 해도 될 정도였다. 사람이 아무리 틀리게 번역하려고 해도 이 정도까지 틀릴 수는 없다고 생각될 정도였다. 그런데도 그 번역한 문장만 읽어보면 옛날의 시처럼 일관된 의미는 조금도 통하지 않지만, 이상하게 뭐라고도 말할 수 없는 명문이 되었다. 그래서 나는 항상 뭐라고 비평할 말을 찾을 수가 없었다.

대체로 미키타 미키오는 그런 인물이었다. 그는 내가 그를 알았던 해의 이듬해 봄, 불쑥 도쿄에 있는 내 하숙집을 찾아왔다. 그는 그전에 오사카에서 만났을 때부터 자신도 도쿄에 갈 생각이라는 말을 하고는 했지만, 그와 같은 인물이 하는 말이라 나는 믿지 않았다. 믿지 않았다기보다도 잊고 있었다. "언제 왔습니까?" 하고 묻자, "오늘 아침에 도착했습니다"라고 대답했다. "하숙은?"

하고 묻자, "지금부터 찾아보려고요"라고 하기에, "그럼 여기라도 괜찮다면 방이 비어 있는지 물어봐 드릴까요?"라는 이야기가 되어서, 그는 나와 같은 하숙집에서 하숙하게 되었다. "오늘 아침에 도착해서 지금까지 어디에 있었습니까?" 하고 묻자, "여기저기 돌아다녔습니다"라고 그는 대답했다. "그래서, 여기서 앞으로 어떤 일을 할 생각입니까?" 하고 묻자, "어학이라도 공부할까 생각하고 있습니다"라고 그는 대답했다. "그거 괜찮네요"라고 나는 대답했다. 퇴폐파를 자처하고 있던 당시의 나로서는 이상한 인사를 한 셈이다. 하기야 나는 그 무렵엔 매일 하숙집 방에 이부자리를 깔아 놓은 채로 그 위에 드러누워서 지내고 있었다. 지난해 여름에 그다지 몸을 돌보지 않아 그 벌을 받은 것인지도 모른다. 그때의 나로 말할 것 같으면 산책하러 나가는 것도, 커피를 마시러 가는 것도, 왠지 모르게 몸을 움직이는 것도 귀찮았다. 그러나 미키타는 우리 하숙집에 온 그날 밤부터 거의 하루 종일 어딘가를 돌아다니고 있었다. 아침, 점심, 저녁 세 번의 식사 때는 반드시 하숙집으로 돌아와서 식사를 마치고는 바로 나갔다. "댁은 변함없이 잘 돌아다니네요"라고 내가 말하자 그는 그 콜록거리는 어색한 듯한 웃음을 지었다. "어학 공부는 어떻게 되었습니까?" 하고 묻자, "며칠 뒤부터 시작하니까 그때부터 가려고 합니다"라고 대답했다. 그러나 그 며칠이라는 것도 적당히 둘러댄 말 같았다. 어느 날부터 내가 너무 물어대자 난처해진 나머지, "매일 다니고 있습니다. 간다의 **학교에" 하고 대답했다. 그러나 그것만으로는 직성이 풀리지 않았는지, "거기에 **라는 선생님이 있는데 아십니까? 전에 소설을 쓴 적이 있는 분이라고 하더군요. 정말 가르치는 방식이 형편없는 분인 데다, 목소리까지 작아서 여러모로 난처합니다." "무엇을 배우고 있습니까?" 하고 묻자 그는 곤란한 듯이, "여러 가지를 배웁니다." "여러 가지라니……." "여러 가지, 시인의 시입니다." "영국 시인입니까?" "여러 나라의 시인입니다." "여러 나라라니, 그럼 전부 영어로 번역한 걸 배우고 계십니까?" "번역은 아닙니다." "그래도 영어잖아요." "그렇습니다." ── 대략 이런 식이었다.

물론 그는 어느 학교에도 다니지 않는 것 같았다. 그러나 무슨 생각에서인지 어느샌가 대학생의 제복과 사각모를 장만해서 매일 그것을 입고 나갔다. 대학생의 복장이 좋아진 것이리라. 이런 식이었기 때문에 그는 그에게 접근하는 모든 사람들에게 다소 경멸 어린 눈길을 받곤 했다. 그러나 그 사람만큼 사람들에게 경멸당하는 주제에 그 사람만큼 거기에 민감한 사람도 없었다. 그래서 그는 사람들이 조금이라도 경멸 어린 말투나 태도를 보이면 반박하는 대신에 그 사람에게서 떠나는 것이 보통이었다. 자연히 그에게는 거의 정해진 친구라는 것이 없었다. 그의 정해진 친구라면 정말이지 나 말고는 없었을 것이다. 나는 그의 여러 가지 결점을, 그를 경멸하는 사람들보다도 많이, 깊이 알고 있다고 생각하지만 지금껏 한 번도 그를 경멸하는 마음이 든 적은 없다. 그를 보면 나는 왠지 모르게 '생각하는 사람'이라는 인상을 받곤 했다. 그가 보통 사람들과 다른 그 커다란 몸을, 허리 윗부분을 구부정하게 구부리고 고개를 숙이다시피 하며 항상 주머니에 양손을 찔러 넣고 걷고 있는 모습을 봐도 그랬다. 몇 번이나 말했듯이 그의 발은 커다란 체격에 어울리게 크고, 게다가 무슨 취향인지 언제나 그 발에 헐렁할 것 같은 커다란 빨간 구두를 신고 있었다. 그래서 그렇게 걷다 보니 그가 산책하는 모습은 결코 경쾌한 느낌이 아니었다. 뭔가 놓고 온 물건이 있거나, 아니면 떨어뜨린 것이라도 있거나, 걱정거리가 있어서 여기저기 돌아다니는 사람처럼 보였다.

그의 말에 따르면 그의 집은 예스러운 장사를 할 뿐 아니라 가풍도 철저하게 구식이라서, 그가 열두세 살 때까지 근처 길모퉁이의 담배 가게에도 전등이 달려 있는데 그의 집만은 등롱을 사용하고 있었다고 한다. 그의 아버지는 그가 어릴 때 돌아가셨지만, 할아버지도 할머니도 아직 살아 계셨다. 그들은 옛날 일본인의 습관대로 모든 고기를 배척했을 뿐만 아니라 생선조차도 먹지 않았는데, 그 손자인 미키오도 그런 어린 시절의 습관이 버릇이 되었는지 그 또한 천성적으로 모든 육류를 좋아하지 않았다. 따라서 그가 도쿄의 하숙집에 와서 곤란했던 것은 매일의 식사였다. 그는 김이나 겨자, 생강 같은 것을 준비해 두고 그것으로 세 끼 식사를 마치곤 했다. 우리가 카페에 있을 시간에 식사 때가 되면, 그는 늘 빵을 삼 인분 정도 시켰다. 모든 손가락이 새 발처럼 구부러져 있는 커다란 손으로 그것을 서툴게 뜯어내서 먹고 있는 모습을 보고 있으면, 역시 왠지 '생각하는 사람'이라는 느낌이 뇌리에 박힌다.

다소 사정을 아는 남자들조차 그런 식이었으니, 하물며 어떤 처지의 어떤 계급의 여자라도 여자 중에서 그와 같은 사람을 이해 하거나 좋아하는 사람은 절대로 없다고 할 수 있을 것이다. 그러나 반대로 여자는 이 세상에서도 그가 가장 좋아하는 대상이었다. 그는 자주 나와 함께 아사쿠사의 공원을 산책할 때 상대방이 마음 속을 꿰뚫어볼까 봐 주저하듯이, "저기, 당신은 흥미가 없습니까?"라는 식으로 빙빙 돌려 말을 시작했다. 나는 원래 변덕스러워서 그의 말끝에 "북쪽으로 갈까요?" 하고 맞장구를 칠 때도 있고, 또 어떨 때는 그가 무슨 말을 하는 것인지 의미를 모르겠다는 얼굴로 "무슨 흥미 말입니까?" 하고 일부러 되물을 때도 있었다. 그러면 그는 당황하며 앞에서 한 말을 전부 취소하거나, 또 그렇지 않을 때는 단단히 결심한 듯한 말투로 "여기까지 온 김에 십이층 아래를 걸어 볼 생각은 없습니까?"라고 말하곤 했다. 요컨대 그가 도쿄에 처음 왔을 때는 일행이 있든 없든 낮에는 여기저기 다른 곳을 돌아다녀도 밤이 되면 반드시 그 십이층 아래를 돌아다닌다는 소문은 사실인 것 같았다. 그가 여자를 좋아하는 것은 채식하고 있음에도 불구하고 일본인 같지 않은 그 체격에 기인하는 것이 틀림없었다.[73]

나는 앞에서도 말한 것처럼, 그 전해의 여름에 오사카에서 지냈

---

73) 메이지 시대부터 다이쇼 말기까지 도쿄 아사쿠사에는 료운카쿠[凌雲閣]라는 십이층짜리 탑이 있었다. '구름을 능가할 정도로 높다'는 뜻으로, 도쿄 고층건축물의 선구라고 할 수 있으며 일본 최초의 전동식 승강기가 설치되어 있었다. 환락가 아사쿠사의 대표적인 건물로, 이 십이층 아래에는 술집 등 유흥업소가 많았으며 실제적으로는 사창굴이었다. 간토 대지진으로 반파되어 해체되었다.

던 때와 달리 도쿄에 돌아와서는 오히려 외출을 꺼리게 되어 매일 하숙집 다다미 위에서 벌레처럼 뒹굴고 있었지만, 미키타 미키오는 내가 그를 오사카에서 보았을 때와 똑같은 상태였다. 그는 조금도 가만히 있지 않았다. 처음 나와 같이 있었던 하숙집조차 보름도 있지 않았다. 그 후 어디로 이사해도 한 달 이상 같은 집에 있지 않았다. 그것은 쉽게 질리는 그의 변덕스러운 성격 때문이기도 하겠지만, 또 다른 이유는 하숙집 하녀조차도 그를 경멸했기 때문이 틀림없었다. 그러면 경멸당하는 것에 민감한 그는, 전날 어쩌면 꾀려고 했을지도 모르는 하녀의 경멸에 두려움을 느끼고 재빨리 하숙집을 바꾸고 싶어졌을 것이다. 어쩌면 도쿄가 그를 경멸하는 것처럼 생각될 때도 있는 것 같았다. 그의 그 뛰어난 모방의 재능으로 순식간에 도쿄 말을 능숙하게 썼지만, 쓰면서도 거기에 자신이 없어서인지 묘하게 겁을 먹고 있었다. 그것은 마치 그가 그림을 그리는 일도, 글을 짓는 일도 보통 사람 이상으로 잘 해내면서도 그것에 공포를 느끼고 있는 것과 비슷했다. 그가 늘 그러듯이 아무런 목적도 없이 어슬렁어슬렁 도쿄의 뒷골목을 걷고 있다고 하자. 그때 근처에서 공 던지기라도 하는 아이들 한 무리가 있고, 그들이 굴린 공을 길을 걷던 그가 실수로 엉뚱한 방향으로 찼다고 하자. 아이들이니 "이 자식아, 조심해……"라는 정도의 말은 할지도 모른다. 그러나 그는 그때 가슴이 철렁한다고 한다. 그리고 말하기를, "도쿄에서는 이렇게 어린아이들까지 도쿄 말을 쓴다니까요"라고 하기에 "당연하지 않습니까" 하고 내가 일부러 평범한 대답을 하면, "당연하긴 하지만요" 하며 그는 그 콜록거리는 것처럼 들리는 목소리로 웃는 것이었다.

그래서 그는 한 달에 한 번이나, 아무리 적어도 석 달에 두 번꼴로 훌쩍 도쿄에서 모습을 감출 때가 있었다. 그것은 도쿄가 무서워지면서 동시에 오사카가 그리워지고, 그런 생각이 들면 그의 성격상 못 견딜 정도로 안달이 나서, 책이든 옷이든 전당포에 맡기거나 팔거나 해서 오사카로 돌아가는 것이다. 그러나 오사카도 그렇게 언제까지나 그의 마음에 들 리가 없다. 오사카는 그가 태어난 곳이고 아이들도 모두 그에게 익숙한 오사카 사투리로 말하기는 하지만, 또 다른 한편으로 그를 괴롭히는 것이 있을 것이 틀림없다. 요컨대, 그의 집에 사흘만 있으면 그의 어머니나 할아버지, 할머니 등이 도쿄에서 대체 무엇을 하는 것이냐, 변변치 못한 일을 하며 돈을 쓰고 있는 것은 아니냐, 이제 도쿄에는 그만 가고 가업에 좀 진지하게 신경을 쓰는 게 어떻겠냐고 말할 것이다. 그는 곧 다시 도쿄가 그리워지고, 어머니에게 용돈을 달라고 졸라서 훌쩍 신바시의 정류장에 내리는 것이 틀림없다.

그가 처음 도쿄에 온 해로부터 삼사 년 정도 후의 일이다. 그 삼사 년 동안에 그는 반년 가까이나 오사카에 돌아가 있었던 적도 있고, 또 드물게 반년 이상 도쿄에 계속 있었던 적도 있었다. 하지만 대체로 도쿄에 유학하고 있는 그의 다른 또래 학생들과 다른 점은 그는 어느 학교에도 가지 않았고, 따로 무슨 연구를 하고 있다거나 하는 정해진 직업을 갖고 있지 않아서 아무런 구속도

받지 않는 지극히 자유로운 신분이었다는 것이다. 이미 그 무렵에는 나의 처지도 처음 미키타를 만났을 때와는 달랐다. 나는 퇴폐파 문학에 빠져 하숙집 다다미 위에만 드러누워 있었던 덕에 어느새 대학에서도 제적당하고, 한때 동급생이었던 사람들은 각각 졸업하고 세상에 나가 취업을 하는데도 불구하고, 나는 변함없이 옛날 그대로 그 하숙집에서 뒹굴고 있었다. 생각해 보면 나와 미키타 미키오 사이에는 아무런 차이도 없었는지도 모른다. 나는 그보다 얼마쯤 학교 교육을 더 받았다고는 할 수 있을 것이다. 그러나 그때를 돌이켜 보면, 앞으로 이 세상에서 살아가기 위해 무엇을 하면 좋을지 짐작도 하지 못한다는 점에서는 그나 나나 같았다. 여러 가지 소문이 있기는 하지만 마토이 가게 센조야의 아들인 것은 사실 같았으니, 그나마 세상이 살기 팍팍해지면 마토이가 늘어서 있는 그 음침한 가게로 참고 돌아가기만 하면 몸의 안전만은 지킬 수 있는 그에 비해서, 그런 도망칠 곳도 없는 나는 미키타보다 한층 더 불안한 처지였다. 문학으로 출세하기 어렵다는 것은 스물두 살 여름 오사카에서 지냈을 때, ──미키타와 알게 되었을 때부터 알고 있었고, 그 때문에 서양에 가려고 하거나 양돈업에 뜻을 둘까 하는 생각까지 했을 정도였다. 그러나 어쨌거나 그 무렵에는 가난하긴 해도 친척들로부터 다달이 용돈을 받고 있던 신세였기 때문에 만사에 대한 생각이 느긋했다. 하지만 지금은 나도 미키타와 완전히 똑같았다. 이렇게 된 바에는 그림이든 문학이든, 아니면 연극이든 닥치는 대로 할 수 있을 만한 것을 해 보자고 생각하고 있었다. 그러나 미키타가 마토이 가게로 돌아가지 않는 것도, 내가 소학교 선생으로 돌아가지 않는 것도 근본을 파헤쳐 보면 '예술이란 무엇인가?'라는 질문 때문이었다. 평생이 걸려도 도저히 아무도 그 정체를 알 수 없는 그 예술에 끌리고 있었던 것이 틀림없었다.

　그런 고민은 우리처럼 무모한 성격을 가진 사람만 하는 것은 아니었다. 그 증거로 내 오랜 친구이자 착실한 성격인 가와지 가주조차도 같은 번민에 빠져 있었다. 그는 일이 년 전에 미술학교를 무사히 졸업했다. 하지만 학교를 졸업했다고 해서 세상에서는 당장 어엿한 화가로 인정해 줄 리는 없었다. 편하게 생활하기 위해서라면, 정식으로 학교를 나왔으니 시골로 내려가 중학교 선생이 되면 되지만, 아무리 착실한 가와지도 그것은 견딜 수 없는 모양이었다. 어느 날 가와지는 이런 말을 했다. "나는 이런 생각을 하고 있는데 말일세. 요즘 세상은 예술적이라는 것에 꽤 흥미를 느끼게 되었지 않은가. 그러니 예를 들어 이런 질주전자 받침 하나도, 담배통 하나도, 아니면 부채도, 책상 덮개도 지금까지와는 같은 것이 아닌, 더욱 예술적인 것으로 만드는 걸세. 그건 어렵지 않네. 내 학교 친구를 두세 명 불러오면 쉽게 할 수 있어. 하지만 그것을 어떻게 팔 것인지를 궁리 좀 할 필요가 있지. 거기에 대해서는 나한테 좋은 생각이 있는데, —— 뭔가 하니 긴자의 야시장일세. 다른 동네의 야시장과 달리 그곳은 도쿄의 야시장 중에서도 가장 하이칼라들이 많이 다니는 곳이니, 거기에 가판대든 뭐든 만들어서 그 예술품 노점을 하면 좋을 것 같아."

　나도 물론 아무런 할 일이 없어서 심심해하던 차였고, 문학서생인 내가 그런 일이 시작된다 한들 할 일이 아무것도 없다는 생각으로, 그거 재미있겠다, 어서 해 보자고 찬성했다. 나는 그것을 미키타 미키오에게도 권했다. 미키타도 물론 찬성했다. 하지만 나는 그 미술품 노점을 준비하던 중에 내가 할 역할이 없기도 했지만, 가와지와 사소한 싸움을 하는 바람에 그만둬 버렸다. 그러나 미키타는 필통에 그림을 그린다거나, 커튼에 꽃무늬 수를 놓는 등, 여러 가지 일을 도왔다. 그리고 얼마 지나지 않아 긴자에서 노점을 열게 되었다. 처음에는 가와지를 비롯해 그의 학교 친구들도 반쯤은 재미로 가게를 지켰지만, 막상 해 보니 생각만큼 팔리지도 않았다. 마침 시작한 때가 12월이어서 저녁 여섯 시경부터 열한 시경까지 긴자의 포석 길에 앉아 있자니 추위 또한 견딜 수 없었다. 그래서 영리한 가와지 가주가 뭐라고 미키타를 납득시켰는지, 아니면 그와 어떤 약속을 나누었는지 나는 모르겠지만, 어느 날 밤부터 그 노점 당번을 미키타가 혼자서 맡게 되었다. 이미 그때는 미키타가 대학 제복 입는 것을 그만두고 어디서 그런 것을 보고 왔는지, 내가 처음으로 그를 도톤보리에서 보았을 때의 모습과는 딴판으로, 그의 크고 비뚤어져 보이는 몸에 꽤 적당해 보이는 모양새의 검은색 양복을 입고 있었다. 어느 날 밤에 내가 지나가다 보니, 그날은 특히 추위가 심한 밤이어서 차분히 의자에 앉아 있을 수가 없었는지, 그는 지루한 듯이 노점 옆에 상체를 구부리고 양손을 주머니에 찔러 넣은 그 모습 그대로 서 있었다. 그렇게 늦은 시간도 아니었지만, 추위가 심해서였는지 긴자 거리에는 평상시의 삼분의 일도 사람이 다니지 않았다. 하물며 그의 미술품 노점은 돌아보고 가는 사람조차 없었다.

나는 그전에도 두세 번 이 가게 앞을 지나갈 기회가 있었지만, 가와지와 아직 작은 감정의 엇갈림 같은 게 있었던 탓도 있고, 또 거기에 가와지는 없고 미키타만 있다고 해도 그에게 잡혀서 삼십 분이고 한 시간이고 길거리에 붙들려 있을까 봐 무서워서 가능한 한 가까이 가지 않으려 하고 있었다. 하지만 그날 밤에는 내 쪽에서 성큼성큼 그 노점 쪽으로 다가갔다. 그러나 뭔가 다른 생각이라도 하고 있었는지, 추위를 막기 위해 양손을 주머니에 찔러 넣은 채 몸을 위아래로 흔들며 땅을 보고 서 있던 그는 내가 "미키타 군" 하고 부르며 그의 어깨를 두드릴 때까지 알아차리지 못하고 있었다. "여어" 하고 말하며 그는 나를 보자 기쁜 듯한 얼굴을 했다. "너무 춥지 않습니까? 이런 밤에는 장사도 안될 것 같은데, 그만 정리하는 게 어떻습니까? 그리고 어때요, 근처에서 오랜만에 커피라도 마시지 않겠습니까?" 하고 나는 말했다. "가고 싶긴 한데" 하며 그는 어린아이처럼 안타까운 얼굴을 하고, "하지만 가와지 군이 이걸 정리하러 올 때까지 기다려야 합니다" 하고 말했다. "혼자 정리하면 되지 않습니까?" 하고 내가 말하자 "예, 하지만……" 하고 그는 왠지 가와지에게 신경을 쓰는 듯 보였다. 나는 앞서 말했듯이 가와지에게 다소 반감을 품고 있던 때였기에 미키타를 선동할 생각으로, "당신은 무슨 생각으로 이런 노점을 지키고 있는 겁니까. 보람도 없지 않습니까, 당신만 그런 나쁜 역할을 떠맡다니……"라고 말하자, "예, 저도 요즘 좀 이상하다는 생각이 들기 시작했지만……." "이상해요, 확실히. 댁 같은 사람이……" 라고 내가 말하고 있는데 도중에, "저, 그만두겠습니다" 하고, 선동한 내 쪽에서 놀랐을 정도로 그는 갑자기 노점을 뒤로하고 걷기 시작했다. 그러자 내가 오히려 겁이 나서, "저기, 미키타 군, 그렇다면 이 노점은 정리하고 가야……" 하고 나는 신바시 쪽을 향해 걷기 시작한 미키타의 뒤에서 소리쳤다. 그러나 미키타는 대답하지 않았다. 나는 당황해서, "그럼 미키타 군, 커피를 마시지 않겠습니까? 이쪽으로 갑시다, 이쪽으로" 하고 그를 쫓아가면서 말했다. 그러자 그는 걸음을 멈추고, "저는 이만 실례하겠습니다"라고 말하기에 "왜요?" 하고 묻자, "이제부터 오사카로 돌아갈 겁니다, 걸어서……"라고 말했다. ──나중에 듣자니 그는 그때 기찻삯이 없었기 때문에 걸어서 오사카까지 돌아갈 마음을 먹었다고 하는데, 시나가와 근처까지 갔을 때 오사카까지의 거리를 생각하고 맥이 풀려서 되돌아왔다는 것이다. 그러나 그로부터 사흘쯤 후에, 그는 정말 도쿄를 떠나 오사카로 돌아갔다. 그리고 그 이듬해, 그는 오사카에서 결혼했다.

그러고 나서 나는 그와 딱 한 번 만나고, 그 후 이삼 년은 만나지 않았다. 소문에 의하면 그는 결혼해서 완전히 정착했다고 하고, 또 반대로 정착했다는 것은 표면상일 뿐이며 마음가짐은 옛날 그

대로라는 이야기도 들었다. 그 증거로, 그의 할아버지가 그에게 마토이 가게를 물려주려는 것에 절망해서, 도요토미 히데요시 때부터 이어져 내려온 유서 깊은 가게를 접었다는 것이다. 그 소문은 사실이었던 모양이다. 내가 앞에서 말한 그를 만나지 않았던 이삼 년 사이의 유일한 예외였던 때에——나는 오사카에 간 김에 가와지 가주를 만나, 그와 둘이서 미키타를 찾아간 적이 있었다. 가와지도 그때는 도쿄를 떠나 오사카의 어머니 집에 돌아가 있었다. 그때 본 것인데, 집은 옛날 그대로였지만 센조야의 포렴은 떼어져 있고 안으로 들어가면 있는 봉당에 간판인지 뭔지의 센나리뵤탄 깃발이 전에 보았을 때와 똑같이 세워져 있을 뿐, 그 외에 마토이 같은 것은 보이지 않았다. "장사는 그만뒀습니까?"라고 그에게 묻자, "예, 할아버지가 돌아가셔서 이제 아무도 장사를 할 사람이 없어서요"라고 그는 대답했다. 그는 이전부터 어지간히 기분이 내킬 때가 아니면 그의 집안 장사나 마토이에 대해서는 이야기하기를 꺼려했었다.

그때 그는 마토이 대신에 레오나르도 다빈치를 연구하고 있다고 했다. 이것은 매우 엉뚱하게 들릴지도 모르지만, 이유가 있었다. 왜냐하면, 일이 년 전 또는 그전부터 그는 연구를 좋아하게 되었기 때문이다. 거기에는, 내 입으로 말하는 것도 뭣하지만 분명히 내게서 전염된 것이 아닌가 싶은 구석이 있었다. 그것은 사오 년 전에 그가 처음 도쿄에 나타났을 때였는데, 나도 학교를 졸업할 생각인지 뭔지 때문에 〈베를렌과 프랑스 상징파〉라는 제목의 논문을 쓰고 있었다. 나중에 생각해 보면 역겨울 정도로 미문(美文)조의 글이 었는데, 그때는 매우 우쭐해서 매일 두 장이나 세 장을 쓰고는 같은 하숙집의 미키타에게 읽어 주었다. 그것을 또 미키타가 몹시 감탄하며 들으니, 나도 점점 우쭐해져서 나중에는 그것을 학교에 내는 것은 이차적인 문제로 여기고 미키타의 감탄을 사기 위한 목적으로만 집필하게 되었다. 그를 감탄시키기 위해서는, 예를 들어 베를렌의 전기를 말하는 구절 하나도 사실대로 쓸 필요가 없었다. 가능하면 재미있는 일화를, 보들레르 전기의 일부든 바이런이든 혹은 괴테든 상관없이 여러 이야기를 섞어서 가능한 한 풍부하게, 가능한 한 센티멘털한 문장으로 엮으면 되는 것이었다. 혹은 외국 것이든 일본 것이든 재미있을 듯한 문장이고 잘 들어맞기만 하면, 그대로 통째 그 문장 안에 채용해서 엮어 넣으면 되는 것이었다. 그런 짓을 하고 있는 사이에, 아마 진지하게 쓴 부분은 처음 이삼십 매 정도이고 나머지는 되는 대로 쓴 것이었겠지만, 이백 장이나 썼던 것 같다. 그러나 미키타는 완전히 거기에 매료된 모양이었다. 그가 사전으로 주된 단어를 찾고 그것들을 상상으로 이어 붙인 듯한 문장으로 서양화가의 평전을 일명 번역하기 시작한 것은, 그로부터 얼마 지나지 않았을 때의 일이다. 하기야 그의 입장에서 보면 그림도 조금 해 보았지만 좋은 것인지 나쁜 것인지 스스로는 알 수가 없었고, 문학 쪽도 손을 대 보기는 했지만 한층 더 자신이 없어 어찌할 바를 모르고 있을 때였으므로, 같은 문학이라도 창작이 아닌 그런 번역적인 평전이 자신이 하기에 적당한 일일

지도 모른다고 생각한 것은 무리도 아닐 것이다. 그는 이때까지 공상과 게으름, 산책 등으로 매일을 보냈고 학문이라는 것과는 가까이한 적이 없었다. 자신이 걸핏하면 남에게 경멸을 당하는 것도 학문을 하지 않았기 때문이라는 식으로 생각했는지도 모른다. 그런 데다 그 특유의 우스꽝스럽게 보일 정도의 허영심까지 있어서, 그는 그런 기분이 들었을 것이다. 즉, 스케치 가방을 어깨에 메거나 대학생 제복을 입거나 하는 기분의 연장임이 틀림없는 것이다.

하지만 그가 다빈치를 연구하기 시작했다는 이야기를 듣고도, 아무도 그를 다시 보거나 존경하는 마음이 든 사람은 없었다. 나처럼 과거에 그를 한 번도 경멸한 적이 없는 사람도 다빈치만은 아무래도 찬성할 수가 없었던 것이다. 나는 가와지와 함께 미키타의 집으로 가는 길에 "다빈치는 곤란한데"라고 말했다. "곤란한 일이지." "하지만 다빈치에 대한 그의 소문은 벌써 한참 전부터 들었지 않았나. 다른 사람이 일주일이면 읽을 책도 그 사람이면 반년이나 일 년 정도 걸릴 걸세." "아니, 그 반대일지도 모르네" 하고 가와지는 말했다. "그는 저렇게 초라하게 살고 있지만, 저래 봬도 집안은 꽤 오래된 집안이라 상당히 부자인 모양일세. 그래서 그 방면의 책은 꽤 모은 것 같아. 그 친구가 하는 일이니 어차피 그걸 다 읽지는 않을 걸세. 책 한 권에 대해서 서른 글자나 쉰 글자 정도 읽고, 그 나름의 방식대로 이해하고 있을지도 모르지······." "어쨌든 연구가 안 되는 것은 마찬가지야." "그건 그렇네만."

이때도 미키타는 우리를 현관에서 맞이하고는, 들어오라고 말하는 대신에 안으로 들어가더니 잠시 후 뒷문으로 돌아서 나오기라도 한 듯, 그 양복에 빨간 구두를 신고 입구로 들어왔다. "여어" 하고 우리가 뜻밖의 방향에서 나타난 그를 보고 놀라서 외치자, "오래 기다리셨지요"라고 말하며 그는 바깥으로 걸어 나갔다. 어쩔 수 없이 우리도 밖으로 나갔다. 그리고 어슬렁어슬렁 걸어서 도톤보리로 나가 단골 카페로 들어갔다.

여하튼 나는 그날 밤에는 가와지의 집에서 묵기로 되어 있었다. 무슨 볼일로 오사카에 갔는지는 잊었지만, 이삼일 머무르고 바로 도쿄에 돌아온 여행이었다고 생각한다. 그러나 오랜만에 만났기 때문에, 어떻습니까, 미키타 군, 나는 가와지 군의 집에서 묵을 건데 당신도 같이 묵지 않겠습니까, 하고 나는 미키타에게도 권했다. 가와지도 옆에서 그러라고 권했다. 미키타는 처음에는 그답지 않게 조심스러워하며 사양하는 듯한 말을 흘렸지만, 결국 가와지의 집에서 묵기로 했다. 열한 시경, 세 사람은 카페를 나와 덴노지에 있는 가와지의 집까지 꽤 먼 거리를 걸어가게 되었다. "미키타 군, 여전히 다빈치를 연구하고 있습니까?" 하고 나였는지 가와지였는지가 물었다. 그 말 속에는 희미하게나마 비난과 경멸의 어조가 담겨 있었다. 가와지도 나도, 미키타 미키오의 존재에 대해선 다른 사람들처럼 전적으로 경멸하지는 않고 적잖이 흥미를 갖고 있었다. 하지만 그래도 몇 년이 지나면 그가 그의 사람 됨됨이 자체와도 같은 특이한 그림을 그릴 거라거나, 소설을 쓸 거라는 기대는 때때로 가질 수 있을 법도 한데, 도통 가질 수가 없었다. 무엇보다도 다빈치 연구는 그가 새로 태어나지 않는 한 우스꽝스러울 뿐이었다. 그렇다면 그가 어떤 길을 선택하는 것이 가장 좋겠느냐고 묻는다면, 나도, 물론 가와지도 대답이 막힐 것이다. 하지만 아무리 대답이 막혀도 그의 다빈치 연구만은 부정할 수밖에 없는 것이었다.

"다빈치 연구는 성가시지 않습니까?" 하고 역시 우리 중 누군가가 이어서 물었다. "예" 하고 잠시 후에 미키타는 대답했다. 민감한 그는 이 정도의 말로도 그의 다빈치 연구에 대한 우리의 경멸이 담긴 감정을 느꼈음이 틀림없었다. 그래서 그는 조금 기분이 나빠졌다. 그의 입장에서 보면 이삼 년 전에는 어땠을지 몰라도 지금의 그에 대해선——이렇게 몇 년이나 연구하고 있는 그의 공부에 대해선 우리가 좀 더 경의를 표해야 한다고 생각하고 있었던 것이 틀림없다. 그래서 그는 조금 반항적이 되어서 말했다. "저는 이것만은 열심히 계속할 생각입니다."

"그건 말이지요" 하고 우리도 여기서 우리의 감상을 노골적으로 드러냈다. "물론 당신이 열심히 하고 있는 일에 우리가 말참견을 하는 것도 뭣하지만, 당신한테는 당신에게 더 어울리는 일이 있을 것 같은데요. 우선, 당신은 그런 학자 흉내를 낼 만한 사람이 아니라고 우리는 평소에 말해 왔거든요. 연구라는 일은 재미없는 일이 아닙니까. 그리고 그런 일을 삼 년이나 오 년이나 걸려서 한다는 것은, 물론 그런 사람도 있기는 있겠지만 적어도 당신이 할 일은 아닌 것 같소. 당신은 좀 더 재미있는 일을 할 수 있는 사람이라고 우리는 생각합니다. 더구나 다빈치 연구라니, 이렇게 말하면 미안하지만, 일본인이 한다고 하면 외국인의 연구서라든가 사진에 의지하는 것 말고는 달리 방법이 없지 않습니까. 그런 일에 소중한 시간을 몇 년이나 쓰는 건 쓸데없는 일 같은데."

"하지만" 하고 그는 말했다. 그리고 그는 여러 가지 말도 안 되는 논리로 변명을 했다. 그러나 물론 그쪽이 전세가 불리했다. 그는 자신이 궁지에 몰리고 있다는 것을 느끼자 더욱 기분이 나빠졌다. 그러는 사이에 가와지의 집에 도착했다. 이미 열두 시가 다 되어 있었다. 우리는 그것을 기회로 더 이상 다빈치 이야기는 하지 않으려고 했다. 게다가 시간도 늦었으므로 곧 네 평짜리 방에 세 사람의 이불을 펴 달라고 하고, 누워서 이야기하기로 했다. 미키타도 얼마쯤 기분이 나아진 것처럼 보였다. 그러는 사이에 나는 꾸벅꾸벅 잠들었다.

그리고 얼마나 시간이 지났는지 모르겠지만, 나는 반쯤 잠에서 깨었다. 2촉(燭)[74]짜리 어스름한 전등이 켜져 있는 방구석에서 누가 부스럭거리며 움직이고 있다는 것을 느꼈다고 생각할 때쯤, "무슨 일입니까? 지금 이 시간에" 하고 내 옆에서 자고 있던 가와지의 목소리가 들렸다. 그리고 가와지도 잠자리에서 일어난 모양이었다. 그러나 나는 너무 졸린 나머지, 방에서 무슨 일이 일어나고 있다는 것은 알았지만 일어날 생각이 들지는 않았다. "벌써 두

---

74) 빛의 세기를 나타내던 예전 단위.

시 반이 아닙니까. 뭔지 모르겠지만, 아침에 날이 밝으면 하는 게 어때요?" 하고 가와지가 말을 이었다. 미키타가 지금 이 시간에 돌아가겠다고 하는 모양이구나, 하고 나도 어렴풋이 알아차렸다. 하지만 가와지도 결국 지친 듯 만류하는 말을 하지 않게 되었다. 이윽고 느릿느릿한 발걸음으로 미키타인 듯한 커다랗고 찌그러진 몸의 그림자가 방을 나간 것도, 나는 어렴풋이 기억하고 있다. 다음 날 아침에 일어나 보니 과연 미키타의 침상은 비어 있었다. 마침 옆에서 자고 있던 가와지가 이쪽을 향해 눈을 떴기에, "뭔가 어제 밤중에 미키타 군이 돌아간 듯한 기분이 들었는데, 그랬나?" 하고 나는 물었다. "음" 하고 가와지는 대답했다. 내가 이때 비로소 눈치채고, "아아, 다빈치 이야기로 기분이 상한 게로군" 하고 말하자, "그런 것 같네"라고 가와지는 대답했다. "자네는 바로 잠들어 버린 모양이지만, 미키타는 결국 잠들지 않은 모양일세. 내 옆에 누워 있었으니까. 계속 뒤척이거나 한숨을 쉬는 바람에 나까지 잠을 못 잤다네. 하지만 그런 친구이다 보니 우리의 다빈치 공격이 신경이 쓰이고, 신경이 쓰이니 가만히 있을 수 없게 된 걸세. 미안한 짓을 했어." "그건 미안하게 되었군" 하고 나도 말했다. "하지만 아무리 생각해도 그 친구와 다빈치 연구는 이상해." "그건 이상하지."

그렇다 하더라도 그의 다빈치 연구에 대한 우리의 이런 반대는, 그로서는 열심히 하는 일이었던 만큼 몹시 그의 기분을 상하게 한 모양이었다. 다른 사람이 보기에는 어쨌든 간에, 그로서는 그것은 그가 지금까지 살아온 인생에서 소학교에 다녔던 때보다도, 혹은 집안의 사업인 마토이 가게를 돕던 시기보다도, 그 무엇보다도 가장 오랫동안 계속해 온 일이라고 할 수 있었다. 특히 소학교와 마토이 일은 그의 의지와 달리 다른 사람에게 강요당한 것임에 비해, 이것은 그림이나 창작과 마찬가지로 그가 희망해서 시작한 일이다. 게다가 지금까지 그가 해 온 일은 스스로 반성해 보아도 너무 변덕스럽고 지나치게 자신감이 없어서, 이런 일을 하면 사람들이 경멸하는 것도 무리는 아닐 거라고 여겨지기도 했다. 그런 것들에 비해, 조금 과장해서 말하면 그는 다빈치 연구(혹은 일반적으로 미술 연구) 때문에 처음으로 자기를 발견했다고까지 생각했는지도 모른다. 그러나 또 그는 자기 방에서 혼자 책상을 향해 앉아 있을 때나, 깊은 밤에 혼자 깨어 있을 때나, 거리를 혼자 정처 없이 걷고 있을 때나, 친구들이 그가 하는 일을 비난했을 때는 여러 번 그 일에 대해서조차 자신감을 잃었을 때가 있었음이 틀림없다. 그는 몇 번이나 그만두려고 했겠지만, 그를 경멸하는 친구의 생각 때문에라도 그것은 그만둘 수 없었을 것이고, 또 그것을 그만두면 달리 무슨 할 일이 그에게 남아 있단 말인가?

그는 기분이 언짢아지면 석 달이고 반년이고, 때로는 일 년 이상이나 그 친구 근처에 가지 않는 것이 보통이었다. 언젠가 나와 가와지가 그의 생명인 다빈치의 연구를 비난했을 때 그의 기분이 언짢았던 시간은 꽤 길었던 모양이다. 그 후 처음으로 도쿄에 와서 우리 집에 온 것은 그로부터 이 년 이상이나 지난 후의 일이었다.

그는 기분이 좋았다. 나도 오랜만에 그와 만나서 기뻤다. 그를 환영하는 것은 그와 함께 산책하는 것이었으므로, 나는 이삼일 연달아 긴자나 아사쿠사를 그와 함께 걸었다. 그와 이야기할 때 나는 나름대로 그를 신경 써서 가능한 한 다빈치 이야기를 꺼내지 않으려고 했지만, 언젠가 그가 먼저 그쪽 이야기를 하게 되었다. 드물게도 그는 나에게 이번에 오사카에 오면 꼭 한 번 들러 달라고 했다. 그 이유는 일 년쯤 전에 돌아가신 할아버지의 재산 정리가 겨우 끝나서 그의 손에 다소 돈이 들어왔기 때문에 조금 진귀한 책이나 판화를 모았는데, 그것을 보여주겠다는 것이었다. 하기야 그 말을 들으면서, 말은 이렇게 하지만 막상 내가 정말 그의 집에 나타나면 안으로 안내하는 대신에 늘 하는 것처럼 말없이 안으로 들어가서는 산책하러 가자며 양복을 입고 나올 거라고 나는 생각했다.

"저는 요즘 귀한 사람과 알고 지낸답니다"라며 그때 그가 말하기를, 어느 날 고베의 마루젠[75]에서 한 서양인과 알게 되었다고 했다. 명함을 교환했더니 무슨 고흐라는 명함이기에 물어보니 빈센트 반 고흐의 조카라는 것이다. 그는 고베의 어느 무역상에서 일하는 사람으로 그날부터 미키타는 점점 그와 친해져서 가끔 일요일 같은 때 나라나 교토를 안내해 주었다. 상인이긴 하지만 역시

---

75) 일본의 대형 서점, 출판사. 1869년 '마루야 상사'라는 이름으로 창업하였으며, 당시에는 아직 세습이 기본이었던 관습을 철폐하고 소유와 경영을 분리하는 등, 사실상 일본 최초의 근대적 회사로 알려져 있다. 근대 일본에 있어서 서양의 문화·학술 소개에 공헌하여 많은 문화인들의 사랑을 받았다.

큰아버지의 피를 물려받은 듯 미술 감상안이 꽤 뛰어나다고 한다. 미키타는 여러 번 그를 방문했다고 하는데, 그는 큰아버지인 고흐의 소품화를 두세 점 가지고 있다, 작지만 꽤 좋은 그림으로 그중에도 정물을 그린 것은 훌륭한 그림이다, 도쿄에서 여비를 들여 그 그림을 보러 오는 것만으로도 결코 실망하지 않을 것이라고 했다. 게다가 미키타는 덧붙여 말하기를, 그는 여행을 온 것이라 그것밖에 가져오지 않았지만 자기 나라에는 큰아버지의 작품이 꽤 많이 있다는 것이다. 그도 큰아버지의 명성이 동양의 이런 이국땅에서 찬양받고 있을 거라고는 생각도 하지 못했다며, 이럴 줄 알았다면 한 열 점은 더 가져왔을 거라고 안타까워한다고 했다. 그래서 자신이 고흐에 대해서 쓰여 있는 일본 책을 두세 권 주자 그는 매우 기뻐하며, 만일 자신이 주선해 준다면 일본에서 큰아버지인 고흐의 작품 전람회를 하기 위해 자기 나라에서 그림을 가져올 수도 있다고 말했다는 것이다. "어딘가 고흐를 닮아서 고지식하고 느리며 말재주가 없다는 느낌이 드는, 기분 좋은 남자예요"라고 미키타는 말했다.

나는 그건 꼭 보여 달라고, 지금 당장은 좀 그렇지만 다음 달이나 그다음 달쯤 간사이 쪽에 갈 일이 있으니 그때는 꼭 안내해 달라고 말하자, 그는 기뻐하며 데려가겠다고 말했다. 나는 또 그렇게 쉽게 고흐의 전시회를 열 수 있다면 꼭 최선을 다해서 해 보면 어떻겠느냐고 권했다. 어떻게든 해 보려고 한다고 그는 대답했다. 나는 재미있는 이야기라고 생각하고, 알고 있는 사람들마다 이 이야기를 하고 다녔다. 마침 그때를 전후로 상경해 있던 가와지 가주에게도 그 이야기를 했더니 그는 이미 누군가 다른 사람에게 들었는지, "아무래도 그 이야기도 이상해서 말일세" 하고 말했다. "나도 그런 생각을 안 한 건 아니었지만, 이번 이야기는 정말 확실한 것처럼 말하고, 게다가 나한테도 가면 소개해 주겠다고 할 정도이니 설마 맞겠지"라고 말하자, "음, 하지만 말일세" 하며 가와지는 역시 받아들이지 않았다. 하지만 나도 가와지도 알고 있는 다른 남자가 있는데, 그 남자는 실제로 미키타에게서 그 고흐의 조카라는 사람을 소개받았다는 것이었다. 게다가 그 후에 내가 그 남자를 만났을 때 그 이야기를 하자, "저는 분명히 소개받았습니다. 미키타 군의 이야기라 일단 믿지 못하시는 건 무리도 아니지만, 그것만은 진짜입니다"라는 것이었다. 나는 그러나 그때 미키타에게 약속했지만, 다음 달에도 그다음 달에도 간사이에 갈 기회가 없었다. 하지만 그의 이야기를 듣고 나서 석 달쯤 후에 오사카에 있는 그에게서 편지가 왔는데, 언젠가 이야기했던 고흐 씨는 최근에 고국에 불행한 일이 있어서 지난 몇 월 며칠에 고베를 출항하는 무슨무슨 호를 타고 갑자기 귀국하셨다, 미지의 여러분에게 안부 전해 달라고 했다, 그러나 내년 봄에는 다시 일본에 온다고 하니 그때는 큰아버지 고흐의 작품을 가능한 한 모아서 가져오겠다고 약속하고 갔다고 알려 왔다. 그리고 그 마지막에, 그렇지만 자신은 내년 봄쯤 서양으로 여행을 떠날 생각이라고 쓰여 있었다.

고흐의 이야기는 제쳐 두더라도, 미키타 미키오가 서양으로 간다는 것은 나를 비롯해 그를 알고 있는 사람에게는 도저히 믿을 수 없는 일이었다. 조금 언짢아지면 도쿄에 있다가도 곧 오사카로 돌아가 버리거나, 그런가 하면 하루 후에 갑자기 다시 도쿄로 나오거나 하는 그런 변덕스러운 친구이니, 두 달이고 석 달이고 배에 타고 있기는커녕 사흘도 참지 못할 것 같았다. 가와지 가주 등은 만일 미키타가 서양에 간다면 고베까지 그를 배웅하러 가서 확실히 그가 탄 배가 출항하는 모습을 지켜보더라도 자신은 그가 서양으로 갈지 어떨지 믿을 수 없다, 왜냐하면 그다음에 배가 들른 항구에 내려서 되돌아올지도 모르기 때문이라는 것이다. 실제로 나도 그렇게 생각했다. 또 가와지가 말하기로는, "역시 고흐는 거짓말일세. 고흐의 조카가 내년 봄에 돌아온다고 하니, 그걸 지금부터 피하려는 생각일지도 몰라. 그리고 서양에도 분명 가지 않을 걸세"라고 했다. "하지만 또 이렇게도 생각할 수 있네" 하고 나는 말했다. "그도 그 다빈치 때문에 고생했지 않은가. 그 언젠가처럼 비난받고 나니, 이상하게 민감한 친구라서 드디어 진짜 다빈치를 보러 갈 생각이 들었는지도 모르네. 그는 연구나 다른 무엇보다도 경멸당하고 싶지 않다는 의식과 그리고 그래 봬도 명예심 같은 게 꽤 강한 친구인 것 같으니 말일세." "그래도 서양에 간다는 건 거짓말일세. 서양에는 가지 않을 거야"라고 가와지는 말했다.

그러나 무슨 일이든 앞일을 먼저 내다보고, 그 예언의 대부분이 빗나가는 법이 없던 가와지의 말도, 이때만은 완전히 틀렸다. 이듬해 봄, 미키타 미키오는 유럽행 삼등칸의 손님이 되어 배를 탄 것이다. 드디어 서양으로 떠나기 한 달쯤 전 도쿄에 왔을 때, 나는 그를 만났다. "나도 십이삼 년 전에는 서양에 가려고 계획한 적이 있었는데 말이오. 돈이 있는 사람은 부럽군요. 고베에서 마르세유까지, 뱃삯만 해도 천 엔이 든다고 하지 않습니까?" 하고 나는 진심으로 탄식하며 말했다. "그건 일등칸입니다. 나는 삼등칸으로 갈 생각입니다" 하고 미키타가 말했다. 나는 놀라서, "하지만 당신은 배 여행은 처음이지 않습니까? 삼등칸은 힘들 거요. 일본 기차의 삼등칸과는 다르니까. 당신은 돈도 많다고 하니 일등칸을 타는 게 좋지 않겠습니까?"라고 말하자 그는 콜록거리는 그 웃음으로 "예, 하지만 가능한 한 절약해서 다녀올까 싶어서요……"라고 말했다. "절약도 절약이지만, 배는 삼등칸은 고사하고 이등칸도 불편하다고 하지 않습니까?"라고 말하자, "그렇다고 하더군요. 누구에게 물어도 그렇게 말하더이다"라며 미키타는 동감했다. 그럼에도 불구하고 그는 역시 삼등칸 승객으로 출발했다고 한다. 그는 여러 가지로 다른 사람들과 다른 성격을 가지고 있었지만, 인색하다는 점에서도 남다른 데가 있었다. 그것은 히데요시 때부터 내려오는 센조야의 가풍인 듯했다. 그건 그렇고 그는 가와지가 걱정한 것처럼 상하이에서도, 홍콩에서도 되돌아오지 않고 프랑스, 이탈리아, 영국을 일 년 반 정도 여행한 끝에 다시 마르세유에서 삼등칸 승객으로 돌아왔다. 나에게 면으로 된 손수건을 한 장 선물로 주었다.

그는 원래 미술 연구가였으므로 프랑스와 이탈리아에서도 상당히 오랫동안 머무르긴 했지만, 웬일인지 체류 중의 절반 이상은 영국에 있었다. 그리고 영국을 발판으로 프랑스와 독일, 이탈리아에도 갔다 왔다. 그런 식이었기 때문에 그는 가장 영국인을——누구나 말하듯이 그들의 신사적인 태도, 꼼꼼함, 상식적인 점, 예의 바른 태도 등을 칭찬했다. 하지만 재미있게도 그가 칭찬하는 영국인의 장점이라는 것은 모조리 그 자신이 가지고 있지 않거나 그 자신이 그 반대의 것을 가지고 있다고 생각되는 그런 것들이었다. 다음으로 그는 네덜란드의 풍경을 칭찬했다. 거기에서는 그가 서양에 간 목적의 일부분이기도 했던 고흐의 조카 집을 방문했다고 한다. 그가 갔을 때 그의 고베 친구였던 조카는 공교롭게도 집을 비우고 없었지만, 그 사람의 숙모에 해당하는 사람, 그리고 빈센트 반 고흐의 여동생에 해당하는 사람을 만나고 왔다. 실로 상냥하고 느낌이 좋은 소박함을 가진 아주머니로, 그가 온 이유를 알고는 매우 기뻐하며, 당장 그 집에 있는 고흐의 작품을 보여주었다. 그리고 고흐에 대한 추억을 여러 가지 이야기해 주었다는 것이다. 네덜란드는 정말 좋은 나라다, 그림 같은 나라다, 단지 곤란한 점은 유럽의 다른 나라와 달리 그곳에는 일본인이 드문지 거리를 걷고 있으면 아이들이 따라와서 성가셨다, 그중에는 "만세, 만세" 하며 놀리는 아이도 있었다, 만세라는 말은 다른 나라에서도 들었는데, 꽤 유명해진 일본어라고 그는 말했다.

시간은 빨라서 그가 돌아온 지도 벌써 햇수로 이 년이 된다. 그와는 그가 서양에서 돌아온 지 한 달쯤 지나고, 도쿄로 일주일 정도 놀러 왔을 때 그의 방문을 받았고, 그때 나는 부득이한 볼일이 있어서 그와 한 시간 남짓 만나고 헤어진 것이 마지막이었다. 우리 집에 왔다 간 후에도 그는 사오일 더 도쿄에 있었을 테고, 나도 그에게 따로 날을 잡아서 느긋하게 와 달라, 서양 여행 이야기도 들려 달라고 말해 두었고, 그도 그럼 한 번 더 찾아오겠다고 말하고 돌아갔다. 하지만 그의 그 변덕 때문인지, 아니면 오랜만에, 그것도 모처럼 서양에 갔다 온 뒤 찾아와 준 그를 볼일 때문이라고는 하지만 다소 소홀히 대한 것처럼 느껴져서 그 특유의 민감한 성격 때문에 기분이 상한 탓인지, 그 날을 마지막으로 그와는 만나지 못했다. 그 이후로 그와 나는 계속 어긋나서 만날 기회가 없었다. 이것은 내 치부를 조금 이야기하지 않으면 알 수 없는 부분인데, 사실을 말하면 나는 이렇게 태평스럽게 남의 이야기만 해 왔지만, 할 일이 정해지지 않은 것은 나도 미키타와 마찬가지였다. 아니, 미키타는 어쨌든 제삼자가 그렇게 말할 뿐이지 그 자신은 결코 나처럼 방황하고 있지는 않았는지도 모른다. 오히려 그는 그 자신의 일을 위해서 서양까지 다녀온 것이다. 그렇게 생각하면 나는 서양에 가기는커녕, 지금으로부터 십사오 년 전에 미키타를 처음 만났을 때의 나나 지금의 나나 거의 아무런 차이도 보이지 않는 처지였다. 내가 언젠가 문과 대학을 그만둔 것은 앞에서 말했지만, 대학을 그만둔 후에도 대학의 규정 연한 동안에는 여전히 대학에 계속 다니고 있는 듯한 얼굴로 친척들에게서 매달 용돈을 받고 있었다. 그러나 그 기한도 지나 버리고, 이제는 나 스스로 생활비

만은 어떻게든 벌어야 했기 때문에 동화를 써서 잡지사에 팔러 가거나, 어떨 때는 석판가게 일을 돕거나, 신극(新劇)[76] 극단의 배우로 들어가거나, 그때그때 닥치는 대로 일을 하면서 생활하고 있었다. 물론 그런 식이었으므로 어떨 때는 교외에 작은 집을 빌려 일하는 할머니를 두고 살았을 때도 있고, 어떨 때는 하숙집 생활을 반년이나 계속한 적도 있고, 더 나쁠 때는 친구들의 집에 돌아가면서 얹혀살았을 때도 있고, 말하자면 팔자 좋은 방랑자 같은 생활을 해 왔다. 스스로 말하는 것도 뭣하지만, 나는 동화를 써도, 석판가게 일을 해도, 또 배우 흉내를 내도 모두 어느 정도까지는 요령있게 해낼 수 있었다. 그러나 이것은 나의 장점이 아니라 단점이었고, 나의 치명적인 상처였다. 아무리 천재라 할지라도 끈기라는 것이 반드시 필요하다. 오히려 천재라고 할 정도의 재능도 없고 동시에 끈기라는 것도 없으면 예술을 만들 수는 없다. 나는 종종 저런 평범한 재능을 가진 예술가가 어떻게 세상에 나타났는지 의심할 때가 있다. 분명히 그보다 내가 더 재능을 타고났다고 믿게 되는 경우와도 종종 마주쳤다. 그런 내 생각이 틀리지 않았다고 하더라도 그렇다면 왜 그는 일가를 이루고 있는데 나는 아직 일가를 이루지 못하는가 하면 그 이유는 간단하다. 즉 나는 끈기라는 것이 없기 때문이다. 그래서 나는 지난 일이 년 동안은 번역을 해서 겨우 생계를 이어가고 있다. 그 번역도, 나는 꽤 잘하는 축이라고 믿고 있다. 오늘날 어지러울 정도로 시중에 무명인의 이름으

---

76) 유럽식의 근대적인 연극을 지향하는 일본의 연극. 구극(舊劇 : 가부키)에 반대되는 말.

로 출판되고 있는 그 어떤 번역서보다도 내 번역서가 뒤떨어지지 않는다는 것만은 믿을 수 있다. 하지만 나는 아직도 내 이름으로 번역을 한 적이 없다. 내 이름으로 출판해 줄 번역 일을 찾는 것조차 귀찮아서 견딜 수 없는 것이다. 그것보다 간단한, 바로 돈이 되는 유명한 문인(그것은 내 친구이지만)의 이름으로 번역하는 편이 편하기 때문이다.

그러나 나 같은 사람도 때로는 뭔가 일다운 일을 하려고 청년처럼 일어설 때가 없는 것도 아니다. 나도 아직 마흔 살이 되려면 사 년이 남았다. 하기야 그런 일은 지금까지도 일 년에 한두 번은 있었다. 예를 들면 문예 동인지를 낸다거나, 신극 극단을 만든다거나, 미술 신문을 창간하는 등의 일을 누군가와 함께 착안하여 일주일이나 보름 정도 열심히 뛰어다닌 때도 있었지만, 결국 도중에 싫증이 나서 내팽개쳐 버리는 것이 보통이었다. 그러다 언젠가 무슨 일 때문에 오랜만에 오사카에 간 적이 있었다. 어떤 일이었는지는 늘 그렇듯이 흐지부지 잊혀버려 여기서 자백할 수 없음을 양해해 주시기 바란다. 그때 나는 한 달 정도 오사카에 머무르고 있었다. 내가 오사카에 도착하기 전날쯤, 미키타가 도쿄에 갔다는 이야기를 그 후 가와지를 만났을 때 들었다. 가와지는 이삼 년 전부터 겨우 싹을 틔우기 시작해, 지금은 눈에 띄는 화가로 팔리기 시작했다. 진중한 그는 그래도 가능한 한 자중하고 있어서, 경솔하게 도쿄에 오지 않았다. 그러나 이제 괜찮겠다고 생각했는지, 이번 가을에는 드디어 일가를 이끌고 도쿄에 온다는 것이었다. 오랜만에 가와지와 미키타의 이야기를 하게 되었을 때, "자네는 미키타와 도쿄에서 전혀 만나지 않았나?" 하고 가와지가 말했다. "미키타는 요즘 또 그 병이 도진 모양일세. 지난달인가도 도쿄에 세 번이나 갔다고 하더군. 도쿄에 가서 무엇을 하느냐 하면, 원고를 들고 닥치는 대로 돌아다니고 있다고 하네. 지난달에 **잡지에 나온 것도 그중 하나일세. 그중 하나라고 해도 그 잡지에 나온 게 처음이긴 하지만. 자네, 안 읽었나?" 하고 말하기에, "몰랐네, 재미있나?" 하고 나는 조금 흥미가 생겨서 물었다. "재미있기는 재미있네만, 그 재미있는 게 틀렸네. 그 고흐의 조카를 방문한다는 이야기 말일세. 조카가 아니었네. 고흐의 여동생을 찾아간 걸세"라고 가와지는 말했다. "그 이야기라면 그가 서양에서 돌아온 지 얼마 안 되어서 만났을 때, 나도 그에게 들은 적이 있지"라고 내가 말하자, "그건 아무래도 거짓말인 것 같네"라고 가와지는 말했다. "그런가? 어째서?" 하고 물으니 "그 **잡지의 문장을 읽어 보면, 네덜란드의 아름다운 풍경에 대해서만 그 미문으로 길게 쓰여 있고, 중요한 고흐의 여동생을 만나는 부분은 다섯 줄인가 여섯 줄밖에 없네. 그런 주제에 네덜란드에는 아직 일본인이 별로 없는지 아이들이 뒤에서 따라와 난처했다거나, 그중에 '만세'라고 말한 아이가 있었다거나, 그런 이야기는 자세히 적혀 있거든. 그런데 아무래도 고흐의 여동생을 방문한 건 거짓말 같네" 하고 말했다. "하지만 네덜란드에 간 건 사실이지 않은가" 하고 다시 묻자, "그건 사실인 것 같네. 오히려 내 생각에는 그 고흐의 여동생이 살고 있는 집 앞까지는 갔을지도 모르지. 그 친구는 그래 봬도 이상하게 부끄럼을 타고 소심한 성격이니, 방문할까 말까 생각하면서 그 집 앞을 두세 번 어슬렁거리다가 결국 방문하지 않고 돌아온 건지도 모른다네" 하고 가와지는 말했다. "그렇다면 그 일을 그대로 쓰는 편이 재미있지 않겠나?"라고 내가 말하자, "그렇다네" 하고 가와지는 힘주어 말했다. "하지만 그걸 쓸 수 있을 정도라면 지금 그 친구의 재미있는 면은 없어졌을지도 몰라."

내가 오사카에 머무르고 있을 그때의 일인데, 앞에서 말한 오사카에 간 이유인 새로운 일은 순조롭게 되지 않았다. 이때는 내 끈기 때문이 아니라 그 일을 위해 돈을 내주기로 했던 사람에게 사고가 일어난 것이다. 이번에야말로 내가 일다운 일을 할 수 있을 거라고 생각하고 전에 없이 단단히 벼르고 온 만큼, 내 실망은 대단했다. 그와 함께, 그 일이 진행되었다면 그렇게 난처할 리 없었을 터인데 금전적으로도 꽤 불안한 상태가 되었다. 그렇다고 해서 도쿄로 돌아가자니 변함없이 또 그 지루한 번역이나 할 수밖에 없을 것 같아 도쿄로 돌아갈 기분도 들지 않았다. 그러다 어느날 밤, 중학교 때의 친구 중에서 약재상을 하고 있는 친구를 길에서 만나, 그 친구에게 이끌려 찻집에 간 적이 있다. 약이라는 것은 아마 외국에서 수입하는 약일 텐데, 시세 같은 게 있는지 가끔 심하게 가격에 변동이 있는 모양이다. 그는 그때 그 약으로 꽤 돈을 번 것 같았다. 그는 기뻤는지 나를 붙들고 놓아주지 않았다. 그날 밤에는 두 시경까지 술을 마시고, 다음 날 일어나보니 정오가

다 되어있었다. 그는 나에게 어차피 객지이니 하루나 이틀 더 시간을 보내도 될 거라며, 네다섯 명의 게이샤와 함께 분라쿠[文樂] 인형극[77]에 나를 데려가고, 그리고 나서 다카라즈카[宝塚][78]에 가자는 말을 꺼냈다. 나는 어차피 볼일이 없는 몸이었기 때문에 그가 하자는 대로 했다. 그는 일이 성공해서 춤을 추고 있고, 나는 일이 성공하지 못해 역시 춤을 추고 있는 듯한 격이었다. 다카라즈카에서 두 밤을 묵고 겨우 오사카로 돌아와, 원래 있던 찻집에서 하룻밤을 더 자고 어느 날 아침에 일어나 보니, 그의 집에서 아침 일찍 전화가 걸려 왔다나 하면서 그는 가고 없었다. 그래서 나는 마치 여우한테라도 홀린 듯한 상태로 침상 위에 잠시 앉아 있었다. 내 옆에는 오후미라는 하녀가 앉아 있다가 "왜 그리 멍하니 계시나요?" 하고 오사카 사투리로 말하며 내 어깨를 두드렸다.

그나저나 나는 중학교 시절의 친구와 삼사일 정도 마음 내키는 대로 노는 사이에 이 오후미라는 하녀가 매우 좋아지고 말았다. 함께 논 사람들 중에는 서너 명의 게이샤도 있었지만 나는 어떤 게이샤에게도 무관심했다. 그리고 그녀들의 시중을 들기 위해 종일 행동을 함께하던 하녀에게 마음이 끌리고 만 것이다. 오후미는 스물여덟 살로, 우선 미인이라는 말을 듣는 편이었다. 그런데 내가 오후미에게 끌린 것은 무엇 때문일까. 그녀가 남자처럼 호탕하게

---

77) 일본의 가부키, 노, 교겐과 함께 4대 고전극 중 하나이다. 인형을 사용하지만 어린이를 위한 인형극은 아니며, 유명한 극작가인 지카마쓰 몬자에몬이 쓴 작품이 유명하다.
78) 효고 현 남동부에 있는 시. 온천장 외에 다카라즈카 가극단, 동물원, 식물원 등이 있으며 메이지 시대 이후 유원지로 유명하다.

술을 마시기 때문일까, 아니면 그녀가 나에게, 나는 상인도 회사원도 다 싫고 당신 같은 일을 하는 분의 기질이 좋다고 말했기 때문일까, 아니면 내가 객지에 나와 있는 몸이고, 게다가 일이 어그러져서 멍하니 있을 때이다 보니 그녀 쪽에서도 나를 편리한 상대라고 생각한 것일까, 그 삼사일 동안 특별히 내게 친절하게 대해준 것이 기뻤던 것일까. 나는 모르겠다. 어쨌든 완전히 그녀에게 빠지고 말았다. 그래서 어느 날 아침, 갑자기 친구가 돌아가 버려서 멍하니 침상 위에 앉아 있었다고는 해도 그것은 그가 가 버린 것을 슬퍼한 것은 아니었다. 나는 내 옆에 앉아 있는 오후미를 생각하고, 앞으로 어떻게 하면 좋을지 생각에 잠겨 있었기 때문이었다. 그러나 그때는 우선 숙소로 돌아갔다.

하지만 어쩌면 내 성격상 그것을 끝으로 기회가 없었다면 그게 마지막이 되었을지도 모른다. 그런데 그날 오후, 오후미에게서 전화가 걸려오고 곧 그녀가 내 숙소로 찾아왔다. 그녀는 내가 약재상을 하는 친구와 달리 궁색한 처지에 있다는 것도 알고 있었다. 그것은 오히려 내 기분을 편하게 해 주었다. 게다가 그녀가 스물여덟 살의 분별을 가지고 있다는 것도 나에게는 좋았다. 그녀는 가능한 한 시간을 내서 놀러 오겠다고 말했다. 또 내 쪽에서 그녀를 만나러 갈 수 있는 방법에 대해서도 여러 가지로 가르쳐 주었다. 나도 지금까지 내 연애 상대로 몇 명의 여자를 만났지만, 처지도 그렇고 나이도 그렇고 재치도 그렇고, 그녀 같은 여성은 처음이었다. 그래서 나는 더욱 그녀가 좋아질 뿐이었다. 도쿄에 돌아가는 것도, 숙소 경비가 밀리는 것도 전부 잊었고, 또 잊으려고 했다.

그런 생활을 이 주나 지속하기는 어려웠다. 하지만 나는 이 주고 삼 주고, 혹은 사 주고 그 생활을 계속했다. 오사카에 있는 친구란 친구는 모조리 찾아가서 돈을 빌리거나 아니면 불러내거나 하면서, 어떻게 오후미를 만날 수 있을까 하는 것에 대해서만 고심했다. 만나지 못할 때는 전화를 걸었고, 그래도 꼭 보고 싶을 때는 그녀가 있는 찻집 근처의 카페로 나가서 그곳으로 그녀를 불러냈다. 그래서 오사카에 있는 나의 모든 친구들은 오후미라는 존재를 알 정도가 되었다. 그녀에게는 묘한 매력이 있었다. 그 증거로, 내 친구 중에서 그녀를 본 사람은 누구나 그녀를 좋아하게 되었다. 나처럼 그녀를 사랑하지는 않더라도 적어도 그녀에게 흥미를 느꼈다. 그것이 어떤 매력이었는지 나는 딱 잘라 말할 수는 없지만, 그중 하나로 그녀가 우리 같은, 소위 예술가 기질이라는 것을 이해하고 그것에 흥미를 느끼고 있다는 점을 꼽을 수 있을 것이다. 특히 오사카 같은 지역의 특성상 남자들끼리 모이면 금세 돈 이야기를 하거나, 술이 들어가기 시작하면 판에 박힌 농담만 하는 사람들에게 익숙한 눈에는 우리 같은 사람이 신기하게 비쳤을 것이 틀림없다. 우리 중에서 가장 상식인인 가와지 가주도, 일반적인 세상 사람들과 비교하면 역시 유별났다. 그녀로서는 그런 유별난 부분에 흥미를 느꼈을 테고, 우리도 또 그런 찻집에서 본 여자치고는 유별난 그녀의 성격에 끌린 것이 틀림없다. 하지만 이것은 한참 후의 이야기인데, 내가 그녀에게 결국 정이 떨어진 것은 그녀 자신이 그렇게 유별난 사람을 좋아하고 그녀 자신도 어느 정도는 유별난 척하지만, 실은 그녀만큼 상식이 발달한 여자는 드물다는 점 때문이었다. 한마디로 말하면 그녀는 매우 머리가 좋은 여자가 틀림없었다. 실제로 그녀는 남자를 싫어한다는 것을 간판으로 내걸고 있었고 그녀 주위의 사람들도 그렇게 생각하고 있었다. 언젠가 나는 그녀와 새벽까지 술을 마신 적이 있다. 그리고 서로 술김을 가장한 채 보통의 남녀 사이가 되고 말았다. 하지만 당시의 나는 그래도 그녀가 좋았다. 다음 날이 되자 천연덕스럽게, 마치 어젯밤의 일은 꿈속의 일이었다는 듯한 얼굴을 하고 내게도, 또 다른 사람에게도 어제나 그제와 똑같이 행동하는 오후미를 나는 얄미우리만치 좋아하고 있었다.

그러는 사이에 도쿄 쪽의 친구와 선배들도 매일같이 성가시게 편지를 보내서는, 일이 잘 안 된 모양이지만 그것은 어쩔 수 없으니 큰맘 먹고 어서 돌아오는 게 어떻겠느냐는 둥, ——결국에는 노골적으로, 너무 다른 사람들에게 폐를 끼치지 말고 하루라도 빨리 돌아오는 게 어떻겠느냐는 둥, 그러다가 돌아올 때를 놓치면 걸인이 될 수밖에 없다는 둥 여러 가지 충고를 해 왔다. 한편으로는 또 오사카에 있는 가와지 가주도 걱정해 주고, 그와 함께 내가 하루라도 더 오래 있으면 그만큼 그들한테 폐를 끼치게 될 것을 걱정하여, 결국 몇 명의 친구들이 모여서 내 밀린 숙박비와 도쿄로 돌아갈 기찻삯을 마련해 주게 되었다. ——나는 대강 그런 부끄러운 처지에 빠져 있었던 것이다.

"그럼 이만 헤어지자"고 나는 몇 번이나 오후미에게 말했는지 모른다. 오후미도 말했다. "그럼 이번에는 일단 돌아가세요. 그러다가 게이샤들 중 누군가가 도쿄에 가게 되는 사람이 있을 거예요. 그때는 이 지역 규칙상 하녀가 한 명 따라가게 되어 있으니, 제가 따라갈게요. 그리고 찾아뵐게요. 네? 네?"

그리고 다음 날 밤, 드디어 도쿄로 떠나기로 결정한 날 저녁의 일이었다. 나는 오후미와 헤어지고 스무 살 청년 같은 슬픔을 안고 도톤보리를 걷고 있었다. 나는 스무 살 무렵, 그렇게 바로 이 거리를 걸었던 것을 떠올렸다. 그러나 그때는 같은 슬픔 속이지만 무엇을 생각해도 막연한 희망이 있었다. 하지만 지금은 모든 것에 절망만이 있을 뿐이었다. 때마침 지나친 카페 안으로 들어갔다. 거기는 십여 년 전부터 단골인 집이었다. 단골이라고는 해도 그것은 아마 건물뿐일 테고, 주인도 계산대 직원도 여급들도 모두 모르는 얼굴뿐이었다. 그 카페는 이번 오사카에 와서 처음 들어가는 것은 아니었지만, 그때는 왠지 옛날 일이 생각나서 테이블에 앉아 주변을 찬찬히 둘러보고 싶은 기분이었다. 그리고 나는 커피 한 잔을 주문하고 오랫동안 멍하니 테이블에 한쪽 팔꿈치를 괴고 있었다. 같은 도톤보리 안에서도 이 집만은 옛날과 별로 달라지지 않았다고 생각했다. 마침 그런 시간이었기도 하겠지만 손님의 수는 비교적 적었다. 하지만 손님의 종류는 옛날과 달리 꽤 통속적이 된 것 같았다. 무리도 아닌 것이, 십여 년 전에 이 카페가 처음 생겼을 때는 일반 사람들은 무엇을 파는 곳인지 짐작이 가지 않았다는 듯, 손님은 고작해야 학생이나 화가, 우리 같은 사람들밖에 없었다. 아마 그 무렵의 단골이었던 사람들은 지금은 각각 어엿한 부르주아가 되어 이 집 앞을 그냥 지나칠 것이다. ──하지만 나는 실은 그런 감상에는 그리 젖어 있지 않았다. 나는 헤어진 오후미만을 생각하고 있었던 것이다. 드디어 내일 이 거리를 떠나지만, 이미 지나치게 여러 번 이별을 구실삼아 만나러 갔기 때문에 이번에는 어떻게 해도 오후미의 얼굴을 보러 갈 수는 없을 것이다. 내가 정류장을 출발할 시간에는, 오후미는 일 때문에 배웅하러 갈 수는 없을 거라고 말했던 것이 떠올랐다. 그래서 나는 청년처럼 가슴이 미어져서 울고 싶어지기까지 했다.

그때 문득 옆을 보니 전화실이 있어서, 정신없이 그 안으로 들어가 그녀에게 전화를 걸었다. 그녀가 전화를 받기 전에, 과연 그녀에게 무슨 말을 할까 생각해 보니 나는 아무것도 할 말이 없었다. 심한 낭패를 느끼고 이대로 전화를 끊어 버릴까 생각하고 있자니, "여보세요" 하고 귀에 익은, 바로 한 시간 전에도 들었던 목소리가 들렸다. "……어머나, 또 당신이에요? 무슨 일이에요?" 하고 그녀는 외쳤다. "있잖아요, 우선 돌아가세요. 물론 당신 마음도 잘 알아요. 알지만 제 마음도 헤아려 주세요. 네? 다른 분들도 굉장히 걱정하고 계시니까요……. 하지만 나중 일은 걱정하지 마세요. 제가 어떻게든 할 테니까요. 어쨌든, 일단 도쿄로 돌아가세요. 네?" "응." "내일 제가 어떻게든 틈을 봐서 정류장까지 갈게요. ──그렇지만 역시 가지 않는 편이 좋을까요? ──아니, 갈게요, 갈게요, 그러니까, 네? 네?" "……." "아니, 저도 울고 싶어지네요. 그러니까 안녕, 안녕." ──그리고 나는 수화기를 귀에서 뗀 채 오랫동안 어두침침한 전화실 안에 멍하니 서 있었다. 그렇다, 꽤 오랫동안 우두커니 서 있었다.

하지만 이윽고 눈 딱 감고 전화실을 나와 원래 있던 테이블로 돌아가자, 그 옆 테이블에서 미키타 미키오가 혼자서 맛없는 듯 커피를 마시고 있었다. "여어!" 하고 말하면서 나는 갑자기 시간이 십여 년 전으로 돌아간 게 아닐까 의심했다. 미키타가 "여어" 하고 활기찬 목소리로 대답했다. 하지만 내가 활기찼던 것은 처음뿐이고 점점 지루해하는 기색이 보였는지 "왜 그러십니까? 도무지 기운이 없지 않습니까" 하고 미키타가 물었다. "아니오" 하고 나는 아무렇지도 않은 척 대답했다. 하지만 잠시 후, 이번에는 내 쪽에서 "그런데 당신도 왠지 기운이 없어 보이는군요" 하고 묻자, "예, 저는 어제 도쿄에서 돌아왔습니다" 하고 그는 대답했다. "그렇지, 도쿄에 가 있었다고 들었습니다. 당신하고는 계속 엇갈려서 꽤 오래 만나지 못했지요. 도쿄는 어떻습니까? 재미있는 일이 있었습니까?"라고 묻자, 그는 잠시 말없이 있던 끝에 문득 한숨을 쉬고, "저는 도쿄에서 사랑을 했습니다"라고 말했다. "호오, 사랑을?" 하고 나는 소리쳤다. 마음속으로 여기에서도 사랑을 하고 있군, 이라는 든든함을 느꼈기 때문이다. "어떤 사람입니까, 그 상대는?" 하고 물었더니, "그게, 그, 마루 빌딩에서 일하는 여자인데요……" 하고 그는 타고난 답답한 말투로 이야기를 시작했다. "제가 아는 사람 중에 그곳에 건축 사무소를 가지고 있는 사람이 있습니다. 그곳의, 그러니까 말하자면 사무원인데요, 멋진 미인입니다. ……." 그래서 그는 도쿄에 있는 동안 매일 친구를 방문했다는 것이다. 하지만 같은 방에 그 친구의 의자도 있고, 친구에게 고용된 직원 두세 명의 의자도 있고, 그 여자의 의자도 있었던 셈이라 아무래도 단둘이 이야기를 할 기회가 없었다. 하지만 상대는 분명히 그에게 호감을 가지고 있는 것 같다는 것이다. "그래서……?" 하고 내가 묻자, "아니, 그, 그러는 사이에 이쪽에 잠깐 볼일이 생겨서 돌아왔습니다만……." "그럼 그게 끝입니까?" "……예, 그……그렇습니다" 하고 미키타는 진지한 얼굴도 대답했다.

"저도 지금 사랑을 하고 있습니다" 하고 나는 거기에서 갑자기 기운이 나서 "저는 바로 저기에 있는 사람입니다. 찻집의 하녀인데요, 하지만 게이샤 중에도 그 정도의 여자는 좀처럼 없다고 할 정도의 평판을 받는 여자입니다"라고 나는 이야기를 시작했다. 내 연애는 미키타의 연애처럼 시시한 것이 아니라는 기분과 그녀를 한 번 이 멍청한 상대에게 보여 주자, 그래, 이 친구를 핑계로 한 번 더 그녀를 만날 수 있겠다는 생각에 나는 갑자기 기운이 난 것이었다. 그래서 나는 신이 나서 오후미와 어떻게 만나게 되었는가 하는 것에서부터 그녀가 어떤 여자인지에 대한 것, 나와 그녀의 지금까지의 교제를 모조리 그에게 이야기했다. 그러자 그는 아나나 다를까 흥미를 보이며 "그럼 그 사람은 여기에 있고 언제나 만날 수 있는 거로군요. 제게 소개해 주십시오. 저도 만날 수 있게 해 주십시오" 하고 미키타는 외쳤다.

물론 나는 즉시 승낙했다. 내게는 그녀에게 미키타를 소개하는 것보다는 무슨 구실이라도 만들어 그녀를 만날 수 있다는 것이 무엇보다도 좋았다. 나는 미키타와 함께 그녀의 집에서 두세 채 건너에 있는, 지금까지 두세 번 정도 간 적이 있는 카페로 갔다. 나도 미키타도 대단히 기분이 좋았다. 전화로 오후미를 불러내자, "어머나, 정말 어쩔 수 없는 분이군요. ……예, 그럼 갈게요"라고 말하고, 얼마 안 있어 그녀는 모습을 나타냈다. 그녀를 보자 미키타는 내가 예상했던 것보다 더 기뻐했다. 물론 그녀도 미키타를 피하지 않고 대했다. 게다가 그는 틀림없이 그녀가 좋아하는 괴짜가 틀림없었기 때문에 그녀의 흥미를 끈 것 같았다. 여자인데 그와 같은 남자에게 흥미를 나타내는 것이 그녀가 괴짜라는 증거이기도 하고, 또 내가 끌리는 이유이기도 하다. 미키타로서는 지금껏 여자에게 그렇게 인정을 받은 경험도 처음인 것이 틀림없어서, 그의 기분은 점점 좋아져 최고조에 달했다. "소문으로 늘 듣고 있었지만, 정말로, ……이렇게 말하면 죄송하지만, 어딘지 꾀죄죄한 것 같은데 자세히 보면 하이칼라시네요" 하고 그녀는 미키타에게 말했다. "그래요, 좋네요. 당신의 도락은 걷는 것, 산책하는 것, …… 아, 그렇지, 산책이 아니라 만보(漫步)……. 그래서 요전에는 유럽을 만보하셨다는 건가요?" 하고 그녀는 말했다. 그녀 같은 직업을 가진 사람치고는 드물게, 어떤 출신의 여자인지 모르지만, 그녀는 상당한 교육을 받은 모양이었다. 미키타는 점점 신이 나서 "일본에는 그런 사람은 드물지만, 외국에는 있답니다. 실제로 런던에서는 묘한 사람을 만난 적이 있지요" 하고 그는 이야기를 시작했다. "런던에 리젠트 공원이라는 유명한 공원이 있는데 말입니다, 특히 거기에 있는 동물원이 멋있지요. 저는 그 동물원이 마음에 들어서 사흘 정도 연달아 매일 찾아간 적이 있습니다. 하기야 그 리젠트 공원 근처에는 공원밖에 없어서 세인트 제임스 공원이나, 그리고 런던 제일의 공원이라는 하이드 파크나, 켄싱턴 가든이 전부 그 근처에 있답니다. 내셔널 갤러리라는 미술관도 그 근처인데, 다빈 치나 라파엘 같은 클래식은 대개 여기에 있으니까요. 거기에도 일주일 정도 다녔습니다. 그런데 어느 날, 그 리젠트 공원의 동물 원에서 나오는데 이상한, 새빨간 모자를 쓰고 이상한 모양의 양복을 입은, 키 크고 깡마른 남자가 조금도 곁눈질 없이, 그렇다고 해서 딱히 급한 기색도 없이 걸어가는 겁니다. 보니까 그 사람은 내가 앞에서 말했던 내셔널 갤러리에 다닐 때도 그 앞에서 두세 번 만난 사람이었는데, 그때도 역시 비슷한 그런 이상한 옷차림을 하고 있어서 금방 생각이 나더군요. 참 이상한 사람도 다 있다고 생각했지만 그날은 그대로 지나쳤는데, 그 다음 날에도 역시 같은 시각에 제가 동물원 근처를 걷고 있자니 어제와 같은 옷차림을 한 똑같은 사람이 지나가지 않겠습니까……."

"그 사람 뭔가요? 역시 당신처럼 만보를 즐기는 사람인가요?" 하고 오후미는 아까부터 마시던 위스키의 취기가 돌기 시작한 듯, 특히 미키타의 말투가 묘하게 느리고 빙빙 돌려 말하다 보니 다소 초조한 듯이 끼어들었다.

'콜록콜록' 하고 거기에서 미키타는 타고난 특유의 소리로 웃고는 "그렇습니다. 나중에 알았는데 그 사람은 놀랍게도 그렇게 십오 년인가 이십 년 동안을 하루도 거르지 않고 같은 시간에, 트라팔가르 스퀘어라고 해서 넬슨의 동상이 서 있는 곳이 있는데, 거기에 나타나서 거기서부터 내셔널 갤러리 앞으로 나왔다가 다시 한 번 되돌아가서 세인트 제임스 공원을 지나, 하이드 파크 쪽에서는 공원 옆길을 지나서 켄싱턴 가든과 리젠트 공원 안을 통과하고 피커딜리 서커스라는, 그러니까 오사카의 도톤보리 같은 곳인데, 그곳 입구 쪽으로 돌아간다는 겁니다. 그게 매일 정해져 있는 거지요. 어떤 신분의 사람인가 하면, 퇴역한 육군 대령인가 뭔가라는 것 같았어요. 키가 크고 말라서, 동네 사람들은 언젠가부터 그 사람에게 Wandering Candle '방황하는 양초'라는 별명을 지어 주었다고 합니다. 외국인은 참 하이칼라지요. 그러니까 그 '방황한다'는 건 만보의 일종입니다. 특히 양초라는 게 좋지 않습니까? 양초가……."

그것을 듣고 있는 동안에 나는 '어라?' 하고 생각했다. 그러나 좀처럼 떠올리지 못하다가 결국 생각해낸 것은 십여 년 전에 내가 나카노시마의 도서관에서 읽었던 바로 그 〈London Life〉 속의 문장이었다. '아니, 그건 그렇고 미키타도 외국에 갔을 정도이니 그 정도의 영어 문장 정도는 읽을 수 있게 된 걸까?'라고 생각했다. 그러면 그것을 읽고 이런 이야기를 하는 것일까, 아니면 정말로 그 '방황하는 양초'를 런던에서 본 것일까……. 어쩌면 런던에 갔다는 것도 거짓말은 아닐까, 하는 기분도 들기 시작했다. 그렇게 되면 서양에 갔다는 것도(역시 가와지 가주의 말이 옳아서) 거짓말이 아닐까 하는 생각마저 들었다.

하지만 "어머나, 재미있네요"라는 오후미의 목소리에 나는 문득 얼굴을 들었다. 어느덧 바깥은 해가 저물어 있었다. 그녀도 그것을 알아차린 듯, "아아, 해가 졌어요. 이거 큰일 났네. 집에서 부르러 오면 귀찮아질 테니, 미키타 씨를 모셔다 드릴게요"라고 나에게 말하고 자동차를 불렀다.

내 숙소로 가는 길에 한 블록만 돌아가면 미키타를 데려다줄 수 있었다. 그래서 우리는 셋 다 꽤 취한 기분으로 자동차에 올라탔다. 자동차가 달리기 시작했다. "아주 유쾌했소, 오늘 밤은 아주 유쾌했소"라고 미키타는 끊임없이 말했다. "당신은 오후미 씨와 내내 입맞춤한다는 이야기를 했는데, 어떻게 입을 맞춥니까? 입맞춤은 좋지요, 나도 입을 맞추고 싶소" 하고 미키타는 자동차에 흔들리느라 점차 취기가 도는지, 점점 말이 많아졌다. "오후미 씨, 당신은 입맞춤을 너무 많이 받아서 그 흔적이 전부 동전만한 크기의 멍이 되어 이틀이고 사흘이고 사라지지 않았다고 하더군요. 들었습니다, 들었습니다. ……좋겠네요, 좋겠어요. 나는 오늘 밤 내내 이 자동차를 타고 밤을 새우고 싶군요."

그러는 사이에 자동차는 그가 내려야 할 곳에 도착하고 말았다. "자, 미키타 씨, 만보를 즐기는 분, 그럼 안녕히 가세요, 또 봐요"라고 오후미가 말했다. 그러자 미키타는 "아니, 나는 좀 더 타고 있겠습니다. 내가 모셔다 드리지요" 하고 말하자, "그런 고집 부리지 마세요, 미키타 씨. 당신하고는 또 언제든 만날 수 있어요. 하지만 우리는" 하며 그녀는 내 몸을 미키타 앞에서 반쯤 끌어안다시피 하면서, "우리는 오늘이 지나면 당분간 헤어져 있어야 한답니다. 그러니 자리를 피해 주세요" 하고 오후미가 말했다. "아니, …… 이거 곤란하군, 나는 헤어지고 싶지 않은데" 하고 미키타는 계속해서 말했다. "기사님, 세워 주세요, 세워 주세요" 하고 그때 오후미는 외쳤다. 미키타는 점점 풀죽은 얼굴이 되고, 하는 말도 명료하지 않게 되었지만, 입속으로는 역시 그럴 수 없다고 중얼거리고 있는 것 같았다. 나는 처음부터 왠지 모르게 그가 가엾어져서 몇 번이나 그를 만류할까 생각했는지 모른다. 하지만 그렇게 하면 오후미와 단둘이 이야기할 수 없다는 것을 깨닫고, 꾹 참고 아무 말도 하지 않았다. 하지만 결국 나는 생각 끝에,

"그럼 미키타 군, 실례하겠소"라고 말하면서 갑자기 나는 오후미의 머리를 정면에서 양손으로 안고, 얼굴에 하면 곤란하다고 생각되어 그녀의 목덜미 쪽을 미키타 앞에 내밀면서, "자, 미키타 군, 입을 맞춰 주시오!" 하고 외쳤다.

"아아" 하고 소리치더니, 미키타는 갑자기 오후미의 목덜미에 매달릴 듯 입을 맞추었다. 그리고 얼굴을 들고 비틀거리며 자동차에서 내렸다. 그때 내 팔에서 해방된 오후미는 그가 내린 문을 꼭 닫았다. "출발해 주세요" 하고 그녀는 기사를 향해 소리쳤다.

"안녕" 하고 나는 차 안에서 미키타를 향해 모자를 흔들었다.

"안녕, 만보를 즐기는 분" 하고 그녀도 차창에 손을 걸치고 말했다.

자동차가 움직이기 시작했기에 그가 대답했는지 대답하지 않았는지는 들리지 않았다. 오후미와 함께 자동차 뒤쪽 창으로 돌아보니, 미키타 미키오는 비틀거리는 발걸음으로 등을 돌린 채 거리의 어둑어둑한 가로등 아래를 비척비척 걸어가고 있었다.

"저 사람이, 저 사람이야말로 방황하는 양초네요" 하고 그때 오후미가 말했다.

그런데 독자 여러분, 미키타 미키오는 실은 이 이야기를 하고 있는 내 이름이라고 말한다면 어떨까?

사람간질
人癎閒

기요**초는 내가 오랫동안 마음에 들어 하던 동네였다. 나뿐만 아니라 나의 학생 시절 친구들도 모두 그렇게 말하곤 했다. 그런 주제에 우리 학교 —— 학교가 아니라, 학교에는 결국 들어가지 못해 그곳에서 삼 년 정도 빈둥빈둥 지냈던 다메이케 연구소를 말한다 —— 그 다메이케 연구소는 시타야[下谷]에 있고 기요**초는 아카사카[赤坂]에 있으니 꽤 떨어져 있다. 게다가 기요**초 자체는 딱히 화려한 건물이 있다거나 유명한 사람이 살고 있는 것도 아니고, 교통 쪽에서 보더라도 전찻길에서 꽤 떨어진 불편한 곳에 있다. 그런데도 언제 어느 때인가 산책을 하다가, 그것도 한두 번 정도 우연히 지나갔을 뿐인데 왜 특히 그 동네만 사람의 기억에 남아 있는 것일까. 어쩌다가 두세 명이 모여 있을 때 무슨 이야기를 하던 차에 누군가의 입에서 그 동네의 이름이 나오면 '오오, 기요**초 말이지, 그 주변은 정말 좋은 곳이지'라고 대답하는 사람이 꼭 있다. '응, 나도 그 동네는 좋아하네, 나도 도쿄에서 산다면 그런 곳에서 살고 싶어' 하고 다른 사람이 찬성한다. '그곳은 정말 조용하고 좋은 동네야'라고 맞장구치는 사람도 있다. '우리 같은 사람들은 아무리 재미있다 한들 복작거리는 번화가 같은 곳에서는 살 수 없을 테니, 나도 역시 기요**초 같은 곳에 살고 싶군' 하고 그렇게 말하는 사람들은 모두, 딱히 친척이나 친구가 거기에 살고 있는 것도 아니고, 그렇다고 해서 항상 그곳을 지나는 것도 아니며, 많아 봐야 지나는 길에 한두 번 보았을 정도의 인상밖에 갖고 있지 않은 사람들이다. 그리고 나 자신도 그중 하나다. 언제 어느 때였는지도 기억나지 않고, 단 한 번, 아니면 두 번 정도일지도 모르겠다. 분명히 혼자는 아니었지만, 그렇다고 누구와 함께 갔는지도 모르겠다. 어쩌면 공원에서 하던 전람회라도 보러 갔을 때였나 싶기도 하지만 거기에서 기요**초 쪽으로 나가려면 전찻길로 가는 방향과는 반대쪽이니, 아니, 당시에 나는 그곳이 어느 방향인지도 몰랐다. 어쨌든 나뭇잎이 푸를 때였고 새하얗고 넓은 길이 세 갈래로 나뉘어 있었던 것 같으며, 한쪽은 공원의 일부였는지 새파란 잔디밭에 낙엽수가 듬성듬성하게 심어져 있었다. 나무와 나무 사이에 파란 페인트칠을 한 공중화장실이 잊힌 듯 서 있는 것도 오히려 유화 같은 정취를 더하고 있었다. 그리고 그 반대쪽이 마을인데, 그곳이 기요**초라는 것을 나는 어째서 알고 있었던 것일까. 아마 그 근방 길모퉁이 담장에라도, 아니면 그 진탄(仁丹) 약국의 거리 명판[79]에라도 나와 있었던 것일까. 아무튼, 한눈에 그 동네의 집들이 내 마음에 들었다. 나뿐만 아니라 다른 많은 사람들도 비슷한 생각을 했던 모양이다. 그것은 사람을 놀라게 할 만큼 그다지 크지도, 화려하지도 않고, 그렇다고 해서 학생들이 많이 사는 동네처럼 성냥갑 같은 집들도 아니며, 물론 연립주택 같은 건축도 아니다. 뭐라고 말하면 좋을까. 그곳의 집들은 형태와 크기가 각각 다르면서도, 글쎄, 뭐라고 하면 좋을까. 사람에 빗대어 말하자면 그 집들은 교양 있는 중년 신사 같은 차분함과 스타일을 갖추고 있다는 점에서 공통점이 있는 것처럼 보인다. 어느 집 담장에서 삐져나온 정원수는 동시에 마을을 장식하고 있다. 또 어느 길가에 있는 가로수는 그쪽에 있는 집들을 장식하고 있다. 그곳은 소위 저택이 모여 있는 마을이기는 했지만, 저택 마을이 가지고 있는 냉담함이나 딱딱한 느낌과도 거리가 있었다. 큰길에서 벗어나 옆길로 들어가면, 그곳에 또 다른 정취가 있는 집들이 늘어서 있다. 어느 곳에서는 한쪽이 어딘가 커다란 집의 담장이 되고 있는 것도 좋고, 또 다른 곳에서는 조금 작은 집들이 각각 다른 형태를 하고 있으면서도 서로 조화를 깨뜨리지 않고 독립적으로 아담하게 늘어서 있는 모습도 좋다. 또 생각지도 못한 곳에 저택 마을의 형식을 깨고 안경을 쓴 백발의 노인이 열심히 대나무를 짜고 있는 바구니 가게가 있거나, 또는 모퉁이 쪽에 오도카니 단팥죽 가게가 하나 있는

---

79) 진탄은 모리시타 진탄 주식회사라는 의약품 제조회사. 모리시타 진탄은 도쿄에 '진탄 탑'이라고 불리는 광고탑을 세우고 밤에도 보이도록 진탄이라는 간판에 전구를 다는 등, 당시에는 보기 드물었던 광고를 전개했었는데, 시내의 거리에 붙였던 광고는 거리 명판을 겸하고 있었으며 현재도 이것이 곳곳에 남아 있다.

것도⋯⋯이 동네에서는 우체통도, 전봇대도 모두 하나의 장식처럼 보였다. ──이렇게 말하면 여러분은 의심하면서, 시인의 꿈 같은 그런 기가 막힌 마을 같은 게 있을 리가 없다, 아마 작가가 붓 가는 대로 우쭐거리며 쓰고 있다고 생각할지도 모르겠다. 하지만 실제로 이것은 지금으로부터 십여 년 전에 내가 본 진짜 기억일 뿐 아니라, 앞에서 말한 친구들과의 모임이 있는 경우 이 동네 이야기가 나오면 나뿐만 아니라 모두가 그 인상을 이렇게, 혹은 이 이상으로 이야기했던 것이다. 게다가 그 이야기는 누구 하나 함께 보러 갔던 것도 아니고 각자 그곳을 지나갔을 때의 인상이다. 그리고 '그 근처에는 개구쟁이 아이 하나 없는 걸까? 동네가 그렇게 잘 정돈된 걸 보면'이라고 말하는 사람까지 있었다. 아직 피아노 소리가 흔하게 들릴 때는 아니었지만, 그 동네에서는 그 소리가 이집 저집에서 흘러나왔던 것 같기도 하다. 동네를 걷고 있는 개조차 모조리 혈통 있는 무슨무슨 종이라는 좋은 개처럼 보였다.

그러나 생각해 보면 역시 그것은 누구나 한번은 품는 소년의 꿈을 통해서 본 인상이었는지도 모른다. 왜냐하면, 나는 때마침 기회가 있어서 생각나는 대로 이런 말을 했지만, 나 자신은 그 후 십 년 이상 그런 동네를 한 번도 떠올린 적조차 없었기 때문이다. 어쩌면 한두 번은 기회가 있었을지도 모르지만, 그것조차 귀에 담아두지 않고 흘려들었을 정도일 것이다. 실제로 어느 해인가 아내를 얻고 새집을 구할 때도 그 동네를 떠올리지 않았을 정도였다. 그리고 우연히 그 동네에서 10정(町)도 떨어진 곳에 셋집을 빌렸는데, 얼마 안 되어 이사하기로 하고 근처에서 다른 집을 구할 때도 여전히 나는 그 동네에 대해서 잊고 있었을 정도였다. 그리고 이번에 세 번째로 이사할 마음을 먹었을 때, 그래, 기요**초 근처는 좋은 곳이었지, 그 주변에 적당한 집이 없을까 하는 생각에 우연히 찾아본 것이다. 그러나 나는 결국 이 기요**초로 이사 온 뒤로도, 그 스무 살 무렵에 그렇게 칭찬했던 곳에 내가 살게 되었다는 사실조차 잠시 동안은 깨닫지 못하고 있었다. 그리고 어느 날, 문득 그것을 떠올리고는 '맞아, 옛날에 다들 그렇게 감탄했던 적이 있었었지' 하고 마음속으로 말해 보았지만, 역시 생각만 했을 뿐이었다. 그러나 또 말은 그렇게 하지만, 내가 스무 살 무렵에 이 동네에서 보았던 풍경이 전혀 흔적도 없었던 것은 아니다. 지나다 보니 옛날 그대로 낙엽수가 듬성듬성 심어져 있는 잔디밭도 있고, 파란색 페인트칠을 한 공중화장실(이것은 바로 이삼 년 전에 철거되었지만)도 있고, 생각지도 못한 곳에 대바구니 가게도 있다. 결국, 동네의 모습은 그 무렵과 거의 달라지지 않았던 것이다. 만약 달라진 것으로 보인다면, 그것은 보는 사람의 눈과 마음 때문일 것이다.

그건 그렇고, 나는 여기서 무엇을 말하려고 했던 걸까. 기요**초, 그렇다, 기요**초에 대한 것임은 틀림이 없지만, 이런 것은 아니었다. 앞서 말했듯이 어느 해 봄, 나는 결혼 생활을 시작하고 나서 몇 번인가 이사를 하다가 우연히 이 기요**초에서 살게 되었다. 식구가 적은 내 가족이 이사 온 곳이므로 같은 동네라도 앞서 말했듯이 큰길 쪽이 아니라 기요**초 안에서도 소위 골목에 있는,

좁은 옆길의 어느 집이었다. 그러나 우리가 스무 살의 눈으로 보았던 기억은 그리 틀리지 않았던 것 같다. 좁은 골목의——네 평인가 다섯 평의 작은 셋집이기는 했지만, 곁에서 보면 우리 집도, 비슷한 크기의 옆집도, 그리고 또 그 옆집도 각각 다른 문과 다른 형태의 구조로 되어 있다. 어느 집은 담장 대신에 낮은 철책이 있었는데 거기에 조릿대를 심어놓기도 했고, 그 옆집은 작은 돌담을 쌓아놓기도 했다. 그런가 하면 비슷하게 작고 아담한 집이라도 오른쪽 집은 돌기둥 문을 갖고 있는 반면, 왼쪽 집은 문이 없는 격자 형태의 세련된 집이거나 하는 식으로 매우 공을 들인 것이었다. 게다가 그 집들은 한 채씩 따로 지어져 있는 것처럼 보이지만, 자세히 보면 그 대부분은 각각 붙어 있었다. 즉, 앞쪽에서는 석 자 정도 떨어져 있지만 뒤쪽은 붙어 있거나, 또 드물게는 앞쪽에는 붙어 있는데 뒤쪽에서는 집의 형태가 전혀 달라져 여기저기가 울퉁불퉁하게 떨어져 있거나 붙어 있거나 한다. 아마 같은 집주인이 한꺼번에 지은 것일 테지만, 설계할 때 얼마나 고민했을까 하는 생각이 든다. 그러나 이것을 먼저 이야기해 버린 것은 이 이야기를 하는 나의 실수였는지도 모르겠다. 물론, 동네의 모습이 지금 말한 것과 같아서 나는 그 집에 들어갈 때 우리 집과는 앞쪽 구조가 전혀 다른 옆집과의 관계는 조금도 생각하지 않았다. 아담한, 우리 같은 소가족에게는 안성맞춤이면서, 결코 겉모습도 나쁘지 않은 단독주택이라는 생각이 들어서 기뻤던 것이다. 그리고 단독주택의 고립된 느낌도 없고 품위도 있으며, 이웃이 가까이 있다는 점도 우리처럼 식구가 적은 집에서는 불안하지 않아서 좋다고 생각했다. 우리 집에는 문이 없었다. 아마 내림의 폭은 두 간 정도일 것이다. 오른쪽의 한 간에도 창이 돌출되어 있고 격자가 붙어 있으며, 그 아래의 작은 땅에는 두세 그루의 삼나무가 심어져 있다. 그리고 왼쪽 한 간이 출입구이고 거기에 불투명한 유리가 끼워진 촘촘한 격자문이 붙어 있는, 굳이 말하자면 세련된 구조이다. 현관이 한 평인데, 그 오른쪽 구석이 굴의 입구 같은 느낌으로 되어 있고 거기서 계단으로 이층과 연결되어 있었다. 그 계단을 올라가면 집을 앞과 뒤로 나누는 한 간 폭의 복도가 있고, 그 계단을 올라간 오른쪽에 복도의 채광을 위한 사방 두 척 정도의 창이 나 있다. (독자 여러분은 이 창을 기억해 두시기 바란다) 그 복도가 앞쪽의 세 평짜리 방과 뒤쪽의 한 평 반짜리 방으로 나누고 있다. 이사 온 날 저녁에 나는 그 이층에 있는 한 평 반짜리 방의 왼쪽 벽장을 정리했다. 그리고 그 안을 대충 청소하고 물건을 넣기 위해 마룻바닥에 신문지를 깔려고 엎드려서 그 안에 머리를 들이밀었을 때, 나는 그 벽장의 어둠 속 반대편 쪽에서 옹이구멍인지 쥐구멍인지를 통해 희미한 불빛이 하나 비쳐드는 것을 보고 기이한 생각이 들었다. '어라' 하고 나는 마음속으로 외쳤다. 그러나 곧 '뭐야, 이 맞은편은 옆집이로군' 하고 생각했다. 그 빛을 통과시키는 구멍이 있는 벽장의 막다른 곳이 벽으로 되어 있어서, 바깥에서 보는 것과 달리 이곳에서는 벽 한 장을 사이에 두고 이웃해 있다는 것을 나는 알 수 있었다. 이것은 조금 과장해서 말하면 굴을 파다가

의외의 것을 발견한 듯한 놀라움을 주었다. 나는 왠지 뜨끔해서 신문지를 깔려던 계획을 멈추고 엎드린 채 귀를 기울였다. 나는 오 분 가까이나 그러고 있었다. 왜 그렇게 오랫동안 귀를 기울이고 있었느냐 하면 그 집이 너무 조용했기 때문이다. 비록 이층에 사람이 없더라도 아래층에, 혹은 부엌에서라도 뭔가 인기척은 날 법하다고 생각했는데, 아무리 기다려도, 이쪽이 오기가 생길 정도로 기다려도 사람의 목소리는 고사하고 작은 소리 하나 나지 않았다. 그러는 사이에 천장 안쪽 어딘가에서 쥐가 소란스럽게 구는 소리가 들려 결국 그만두게 되었다. 그때 우리 집에는 나 혼자뿐이었다. 아내는 한 시간쯤 전에 하녀를 데리고 시내에 뭘 사러 간다며 나갔던 것이다. 나는 갑자기 내가 하고 있는 행동이 바보 같아져 혼자 웃다가, 다시 벽장 안을 정리하거나 책 상자와 책상 등을 정리하기 시작했다. 그러고 나서 얼마나 지났을까, 그럭저럭 한 시간 가까이 되었을지도 모른다. 아니면 삼십 분도 지나지 않았을까. ……문득 펄쩍 뛸 듯이 놀라 귀를 기울여야 할 일이 일어났다. 아니, 그것은 귀를 기울일 정도의 행동을 요구하지도 않았다.

'야옹아, 어머나, 또 그렇게 난폭하게 굴다니……' 하며 새끼고양이를 쓰다듬고 있는 듯한 여자의 목소리가 들렸던 것이다. 그 목소리는 옛날식 표현이지만 방울 소리처럼 아름답고, 얼마나 상냥한 사람일까 싶은 생각이 들 정도로 달콤함과 요염함을 머금고 있었다. 그 소리가, 틀림없이 조금 전까지 그렇게 조용했던 옆집에서 들려오는 것이다. 그 순간, 왠지 옆집은 빈집처럼 텅 비어 있고 아무것도 없으며, 단지 그 목소리의 주인인 아름다운 여인과 새끼 고양이만이 살고 있을 것 같은 기분이 들었다.

'어머, 하품을 그렇게 크게 하다니, 예의가 없구나'라는 목소리가 분명히 계속되고 있다. 나는 어느덧 하던 일을 멈추고 그쪽에 귀를 기울이고 있었다. 그리고 나는 어느새 복도에 서 있었다. 앞에서도 말했다시피 묘한 구조의 집이었기 때문에 이쪽의 세 평짜리 방은 역시 벽이었지만 옆집과는 가운데에 틈새가 있어서 한 장의 벽으로 이어져 있지는 않았다. 그런데 옆집 여자의 목소리는 한쪽의 경계가 벽 한 장으로만 이루어져 있는 한 평 반짜리 방 쪽에서만 들렸기 때문에, 나는 가만히 그 목소리가 나는 쪽으로 가능한 한 가까이, 발소리를 죽이면서 나아갔다. 아직 정리하던 중이라 벽장문이 열려 있었는데, 그것이 오히려 안성맞춤이었다. 그러나 거기서 또 깨달은 것은, 지금 말했듯이 편리한 조건이 있었을 뿐만 아니라, 그 고양이에게 말하고 있는 여자의 목소리가 새끼 고양이에게 말한다기보다 벽 건너편에 내가 있는 것을 알고 일부러 그 목소리를 나에게 들려주고 있는 것은 아닌가 싶을 정도로 들려온다는 것이었다. 과장해서 말하면 여자는 새끼고양이를 안은 채, 새끼고양이를 향해서가 아니라 축음기에 녹음이라도 하듯 공통의 벽을 향해 우리에게 목소리를 내고 있는 것은 아닐까 생각되는 것이었다.

"이런! 또, 그런 장난을 치다니……" 하고 여자의 목소리는 이어졌다. "야옹이는 안 되겠네. 야옹아, 너 옆집에 가거나 하는 그런 장난은 치면 안 돼, 알겠지?"

'아하, 이 사람은 세컨드로군' 하고 문득 깨닫고 나니, 나는 '뭐야' 싶은, 왠지 김새는 듯한 기분이 들었다. 언제 누구한테서, 기요**초라는 곳은 일종의 세컨드 동네라네, 세컨드라든가 연예인이라든가, 또는 주식 거래인의 별장이라든가, 그런 종류의 사람들이 주로 살고 있는 곳이지, 라는 말을 얼핏 들은 것이 생각났다. 그러나 갑작스러운 일이기는 했지만, 상대방의 얼굴을 본 것도 아니고, 딱히 그 여자에게 대단히 흥미가 있었다고 할 정도도 아니고, 또 흥미가 있었다고 해도 세컨드건 아가씨건 상관없을 텐데, 왠지 '세컨드로군'이라는 생각이 들자 나는 벌떡 일어서서 하던 정리를 마저 했다. 어쩌면 나는 그때 우리 집 아래층 입구의 격자문이 열리는 소리라도 나서, 볼일을 보러 나간 아내가 돌아온 것 같아 일어선 것인지도 모르겠다. 지금은 잘 기억이 나지 않는다.

어쨌든 얼핏 들은 말이 있었기에, 말하자면 '옆집은 무엇을 하는 사람일까'라는 흥미는 순식간에 사라지고, 결국 세컨드의 집인가, 뭐야, 라는 식이 되고 말았다.

그리고 이삼일 후의 일이었다. 우리는 학생 같은 젊은 부부라서 이사 국수[80] 같은 것도 메밀국수 가게에 배달만 주문해 놓았을 뿐, 따로 이웃들에게 인사하러 다니지도 않았다. 그런데 오후에 목욕탕에서 돌아온 아내가 집으로 뛰어들듯이 들어오더니 내 얼굴을 보자마자, "당신이랑 나랑 이제 큰일 났어요. 당신은 본 적 있어

---

80) 일본에서는 이사하면 주변에 메밀국수를 돌리며 인사를 하는 풍습이 있다.

요? 우리 옆집에 왜, 부인 있잖아요. 예쁜 분 말이에요. 예의도 바른 사람이더라고요. 내가 방금 저기에서 오고 있는데 '옆집 사모님, 옆집 사모님' 하면서 누가 부르는 거예요. 처음에는 나를 부르는 게 아니라고 생각해서 그냥 지나치려고 했는데 옆집에, 그 집은 문이 있고 작은 격자문이 달려 있는데, 그게 열리기에 아무 생각 없이 돌아봤더니, 안에서 옆집 부인이 나와서 나한테 인사를 하지 뭐예요. 잘 부탁한다고요. 저쪽에서 먼저 말이에요, 나 얼굴이 새빨개졌어요."

"그게 어때서"라고 내가 일부러 아무렇지도 않은 척 물었더니,

"어떻다는 건 아니지만, 이쪽에서 먼저 인사하러 가야 하는 건데 저쪽에서 먼저 말을 거신 거잖아요. 정말 거북했어요. 하지만 길을 걸어가고 있는 사람을 일부러 부르다니, 그것도 처음 보는 사람을, 이상하지요."

그때의 이야기는 그것으로 끝이었다. 그러나 그 옆집 부인의 이야기는, 단편적이기는 했지만 우리 사이에서 그 후로 가끔 나오게 되었다. 그러나 나는 아직 그 본인을 한 번도 본 적이 없었다. 아내도 미인이라고 했고, 언젠가 새끼고양이를 상대로 들으란 듯이 이야기하던 목소리로 미루어 판단해도 상당한 미인일 것 같다고 추측되었기 때문에, 나는 어떻게든 한 번은 보고 싶다고 생각했다. 그러나 그런 생각에 은근히 언젠가처럼 옆집의 기척에 귀를 기울여 본 적도 있었지만, 늘 헛수고로 끝났다. 옆집은 빈집이라고는 생각되지 않지만, 여느 때처럼 무언가 매우 고요하고 엄숙한

기분으로 가득 차 있는 것 같았다. 딱 한 번 채소가게의 배달꾼인지 그 누군가에게 부드러운, 그리고 들으란 듯한 목소리로 이야기하는 것을 얼핏 들은 적이 있을 뿐이었다. '그렇게 목소리를 들려주고 싶으면 차라리 노래라도 부르면 될 텐데' 하고 나는 마음속으로 생각했다. '몹시 엄한 남편이라도 있는 걸까.'

그리고 또 사오일이 지난 어느 날, 나는 내 앞으로 배달된 한 통의 기묘한 우편물을 받았다. 보낸 사람은 '기요**초 사람'이라고만 되어 있고 이름을 밝히지 않았다. 글씨는 굉장히 악필인 데다 모든 문장이 한자라곤 없이 거의 가나(假名)[81]로만 이루어져 있다. 이것으로 보아 그 편지를 쓴 사람은, 일부러 왼손으로 쓰거나 해서 그런 악필을 연출하고, 일부러 가나만 사용함으로써 자신을 감추려고 한 것이 아닐까 하는 생각이 들었다. 어쨌든 그 편지는 '어제 어슬렁어슬렁 당신 집 앞 근처를 지나다가 당신 집 문패를 보았습니다. 당신의 이름은 전부터 익히 듣고 있었습니다'는 말로 시작되었다. '당신의 이름은 전부터 익히 듣고 있었습니다'는 말은 나중에 생각해 보면 내 약점을 찌른 것이 틀림없다. 왜냐하면, 나는 앞에서도 말했다시피 연구소에서 명청하게 시간을 보내는 바람에 결국 학교에 들어가지 못했을 정도이지만, 나도 내가 공부를 못한 것은 제쳐 두고 무릇 예술에 야심을 가진 사람이었기에 기회가 있을 때마다 유명해지려고 노력해 왔다. 그러나 그런 마음이

---

81) 일본 고유의 문자를 가리키는 말로, 히라가나와 가타카나, 두 종류로 이루어져 있다. 1946년 '현대 가나'가 고시되었는데, 본문에서는 그 이전에 사용되던 역사적 가나를 가리키고 있다. 현재는 사용되지 않는 문자가 다소 포함되어 있음.

앞선 나머지, 정작 중요한 실력은 스스로 생각해도 조금도 나아진 것 같지 않았다. 하지만 이래저래 되도록 많은 사람들과 교제하거나 여러 모임에 얼굴을 내밀거나 유명한 사람에게 가까이 가려고 함으로써, 조금씩 유명해진 듯한 기분이 들던 시절이었다. 그러나 실은 스스로가 생각하는 십 분의 일도 유명해지지는 않았던 것이다. 그런데도 이 '당신의 이름은 전부터 익히 듣고 있었습니다'는 문구에 우선 유혹을 느낀 것은 사실이다. 어쨌거나 이 편지를 쓴 사람은 보통내기는 아닌 것 같다. '그런데 매우 갑작스러운 질문 같지만' 하고 그 편지는 이어졌다. 미리 말해 두지만, 이 편지는 서양풍의 편지지로 스무 장 정도를 들여 쓴 것이었다. 게다가 연필로 쓴 악필에 앞에서 말한 것처럼 가나로만 쓰여 있어서, 내가 화로를 사이에 두고 아내와 함께 머리를 맞대고 그 편지를 읽는 데에는, 그 사이에 아내가 가스 불에 올려놓은 물이 끓기 시작했으니 잠깐 기다리라거나, 부엌에 배달꾼이 온 것 같으니 잠깐 기다리라거나, '당신 혼자 읽으면 안 돼요. 내가 올 때까지 기다려요'라는 말로 시간을 잡아먹었기 때문이기도 하지만, 거의 두 시간 가까이 걸렸으니 독자 여러분도 각오하시기 바란다. 그런데 '매우 갑작스러운 질문 같지만, 당신네 왼쪽 집에 사는 부인을 아시는지요' 하고 편지는 갑자기 이상한 이야기를 하기 시작했다. '이미 알고 지내십니까, 아직입니까, 아직이라면 꼭 교제해 보세요, 꼭이요, 꼭. 여기서 만약을 위해 그녀의 이력을 소개하자면, 그녀는 어느 유명한 배 만드는 목수의 딸인데 하마초[浜町]에 사는 자산가의 양녀로 자랐고, 거기에서 소학교와 여학교를 다녔습니다. 여학교는 다들 아는 하이칼라 학교——후쓰에이와[仏英和] 여학교[82]여서 그녀는 외국어, 특히 프랑스어를 잘합니다. 물론 금(琴), 샤미센, 다도, 꽃 꽂이, 시조, 하이카이[俳諧] 등, 소위 아가씨들이 배우는 교양은 전부 배워 갖추고 있습니다. 실제로 이런 일화가 있습니다. 무엇인고 하니, 그녀가 소녀였던 시절, 어느 날 머리를 높이 틀어 올리고 그 무렵 유행했던 가노코 띠[83]를 가슴 높이 매고는 어딘가 볼일을 보러 나갔다가 돌아오는 전차 안에서 있었던 일입니다. 그 전차 안에 일본어를 전혀 모르는 외국인(프랑스 사람이었다고 합니다) 이 한 명 타고 있었는데, 자꾸 옆자리의 손님이나 차장, 맞은편에 앉은 학생에게 뭐라고 말을 걸었지만, 누구에게도 말이 통하지 않았습니다. 차 안에는 멋들어진 수염을 기른 신사며 사각모를 쓴 학생 등 많은 사람들이 타고 있었던 것 같은데, 아무도 곤란에 처한 그 외국인의 말을 들어주려는 사람이 없었던 모양입니다. 그때, 머리를 높이 틀어 올린 그녀가 보다 못해 갑자기 매우 유창한 말로 통역을 하자, 차 안에 있던 사람들이 순간 어안이 벙벙해지고, 나중에는 감탄했다는 것입니다. 특히 그 차 안에 니토베 박사님[84] 이 타고 있었는데, 그 광경을 신선하게 보고 어지간한 박사님도

---

82) 1878년 프랑스 사르트르 성 바오로 수녀회의 수녀 세 명이 하코다테에 연 학교. 1881년 간다에 여자프랑스학교[女子仏學校]라는 이름으로 설립되었으며, 후쓰에이와 여학 교로 이름이 바뀐 것은 1910년이다. 전쟁으로 건물이 전소되기도 하였으나, 현재는 '시 라유리 학원 중학교·고등학교'라는 이름으로 지요다 구에 남아 있으며, 가톨릭계 명문 사립학교로 대학 진학률도 높다.

83) 사슴의 등에 있는 반점 모양과 비슷한 무늬의 직물로 만든 기모노 허리띠.

84) 니토베 이나조[新渡戸稲造 1862~1933]. 메이지 시대의 사상가이자 농학자.

혀를 내두르며 놀랐다고, 나중에 사람들에게 말씀하셨다고 합니다. 더구나 그때 함께 타고 있던 사람 중에(지금은 꽤 이름이 알려진 화가입니다만) 미술학교 학생이 있었는데, 그녀의 아름답고 훌륭한 태도에 완전히 매료되어 그 후 집으로 돌아가는 그녀의 뒤를 따라가 그녀에게 청혼하는 사건까지 있었다고 합니다. 하기야 그것은 거절당했다고 하지만, 우선 대충 그러하다 보니 그 미술학교 학생뿐 아니라 그 무렵의 그녀에게 들어온 구혼은 그야말로 엄청났습니다. 그중에는 물론 훌륭한 구혼자도 많았겠지만, 그녀는 무슨 생각이었는지 모조리 거절했다고 합니다. ──'

'이렇게 이상이 높은 그녀'라고 앞서도 말했다시피, 이런 문구가 전부 가나로 쓰여 있는 것을 독자들이여, 기억해 두기 바란다. 소리 내어 읽고 있는 내 머리를 자기 머리로 누르다시피 밀어대면서 "재미있네요, 재미있어" 하고 아내는 신이 났다. '이렇게 이상이 높은 그녀가 어째서 지금의 남편과 결혼하게 되었느냐 하면, 거기에도 흥미로운 로맨스가 있답니다. 그녀의 남편 ── 다카기 후미시로[高木文四郎] 군은 다카기 잔무[高木残夢]라는 이름으로 그 분야 학자들에게서는 유명한 사람인데, 그는 대학을 나온 지 얼마 되지 않은 어느 날 우연한 기회에 그녀를 본 후로 칠 년 동안, 마치 오노노도후[小野道風]의 개구리 우화[85]처럼 아무리 실패하더라도 굴하지 않고 계속해서 구혼했습니다. 그 열정과 끈기에 그녀는

---

85) 일본의 귀족, 서예가인 오노노도후가 붓글씨에 지쳐 방랑하던 중 수양버들에 기어오르려고 하는 개구리의 모습을 보고, 개구리조차 저렇게 노력을 하는데 하물며 인간인 내가 포기를 할 수 있겠느냐며 돌아와 붓글씨에 매진했다는 이야기.

끌리게 된 것이겠지요. 오직 그 열정과 끈기에 말입니다. 그녀는 행복한 조건을 약속하는 수많은 구혼자들을 버리고 다카기와 결혼했습니다. 이것을 보더라도 그녀가 어떤 여자인가 하는 것을 대략 상상하는 것은 어렵지 않겠지요. 물론 다카기 같은 그저 일개 학자와의 결혼 생활이 행복할 리가 없습니다. 영리한 그녀이니 처음부터 그것을 각오하고 결혼했을 것입니다. 그리고 그녀는 결코 불평하지 않았습니다. 게다가 그녀는 그 미모에도 불구하고 정숙하기 그지없는 부인입니다. 게다가 가장 감탄할 만한 점은, 그녀는 결코 그 재능을 드러내려고 혹은 그 미모를 자랑하려고 하지 않는다는 것입니다. 실로 '능력이 있는 매는 발톱을 숨긴다'는 것일까요. 하지만, 하지만 꽤나 방심할 수 없는 인물입니다.'

우리는 이 말에 웃음을 터뜨리면서 "뭐야, 갑자기 방심할 수 없는 인물이라니." "이상하네요" 하고 눈을 마주 보며 말했다.

마지막에, '내가 이 편지를 쓴 이유는, 요컨대 나는 한가한 사람이라, 시간을 주체하지 못하고 늘 이런 식으로 동네 안에서 일어나는 일이나 동네 사람들의 이력 같은 것을 조사하고 있습니다. 그리고 그것을 때에 따라서는 잡지에 발표하거나 책으로 펴내거나 하는데, 이 편지는 철두철미하게 이 동네의 새내기인 당신에 대한 친절한 마음에서 보내는 것입니다. 나는 그런 처지에 있는 사람이라 이미 당신에 대해서도 대강은 조사했다는 것을 보고해 둡니다 ──는 것은 거짓말입니다. 기요**초 사람.' 여기에서 긴 편지는 이렇게 끝이 났다.

이 편지의 내용은 우리의 호기심을 끌지 않은 것은 아니었지만, 무엇보다도 그것이 누구의 손에 의해, 무슨 목적으로 쓰였는가 하는 것이 우리로 하여금 한없이 탐구하고 싶은 의혹의 마음을 품게 했다. 그리고 이 편지를 근거로 우리를 협박해서 무언가를 뜯어내려는 불량소년들의 짓이라고도 생각되지 않는다. 그럼 누군가 정말로 한가한 장난꾸러기가 있어서, 나에게 옆집 여자에게 흥미를 갖게 하려는 음모를 가지고 한 짓일까? 그렇다고 해도 그런 한가한 사람이······라고 생각하다가, 그렇지, 이 편지를 쓴 사람은 바로 그 옆집 여자가 아닐까, 하는 의문이 생겨났다. 그러자 아내는 다른 설을 내놓았는데, 그것은 옆집 부인이 아니라 그 남편의 장난이 아니겠느냐는 것이었다. 어쩌면 그렇게 편지에 대한 호기심을 부추겨 놓고 미인계라도 쓰려는 계획일지도 모른다면서, 아내는 "당신, 진짜 조심해야 해요" 하고 심각한 얼굴로 충고하기도 했다. 결국, 아내는 나의 타고난 호기심이 꿈틀거리는 것을 간파하고는 질투하기 시작했다. 하지만 생각해 보면 원래가 어린애 속임수 같은 편지이므로 우리는 어느덧 화제를 바꾸었고, 그러는 사이에 그런 편지 같은 것은 잊어버렸다. 그리고 가끔 내가 생각이 나서 그 이층에 있는 한 평 반짜리 방에서 옆집 쪽에 귀를 기울여 보는 일이 없었던 것은 아니었지만, 이 이상한 옆집은 언제나 기분 나쁠 정도로 조용했다.

그리고 그 편지가 온 날로부터 사흘쯤 지난 어느 날 아침, 우리 집 문이 열리고 '실례합니다'라는 말을(그것은 언젠가 새끼고양이

를 어르고 있던 옆집 여자의 목소리가 틀림없었다) 쓸데없이 요염
하게 길게 끌면서 현관으로 들어온 여자가 있었다. 그때 나는 오랜
만에 스케치라도 하러 갈까 싶어 앞쪽 이층에 있는 내 방에서 준비
하고 있었기 때문에, 이 목소리를 듣고는 깜짝 놀라서 숨을 멈추고
아래층을 향해 귀를 기울였다. 지금까지 옆집에서만 듣던 목소리
를 우리 집 현관에서 들었으므로, 나는 보통 때보다도 한층 더
긴장됐다. 현관 바로 옆의 부엌에 있었는지, 아내가 곧장 손님을
맞으러 나간 모양이었다.

　"어머나, 부인, 실례합니다"라는 것은 손님의 목소리였다. "채
소가게 배달꾼이 이 댁에서 주문한 것을 우리 집에 놓고 가서요,
호호호호. 실례지만 갖다 드리러 왔어요. 미안해요, 포장도 안 하
고……."

　"고맙습니다" 하고 말수 적은 아내가 대답하며 그 채소가게의
물건을 받아들고 있는 모양이다.

　나중에 생각해 보니 이 일도 묘하다. 왜냐하면, 채소가게가 새로
운 손님의 주문을, 그것도 옆집까지 왔으면서 일부러 그 집에 맡기
고 옆집에 배달하지 않는 법은 없기 때문이다. 우리 집은 그렇게
일찍 일어나지는 않지만 하녀가 그렇게 늦잠을 자지도 않으니,
문이 잠겨 있었을 리도 없다. 이것은 아마 그녀가 채소가게의 사환
이 가져온 채소 중에 우리 집에서 주문한 것을 발견하고, 일부러
그것을 맡아서 우리 집에 올 핑계를 만든 것이리라. 그 증거로
그녀는 현관에서 그것을 아내에게 건네주고도 당장은 돌아가지

않고 잠시 우물쭈물하더니, 무뚝뚝하게 현관 앞에서 무릎을 꿇고 똑같이 우물쭈물하고 있는 아내에게, "있잖아요. 부인, 이상한 질문이지만……" 하고 결국 그녀의 진짜 용건 같은 것을 말하기 시작했다. "저기, 혹시 요즘 댁에, 어디에선가 이상한 편지가 오지 않았나요?" 하고 물었다. 아내가 곤란해 하며, 그렇다고 대답해야 좋을지 아니라고 숨겨 두는 편이 좋을지 망설여진 듯, "네, 그, 편지요?" 하고 주뼛거리는 말투로 우물거리고 있자, "놀라셨죠, 부인. 놀라셨겠지요" 하고 옆집 여자는 다짐하듯이 말하고 그 후에는 반쯤 혼잣말처럼, "정말 곤란해 죽겠어요. 누가 이사를 오면 꼭 그런 편지가 오거든요. 이번이 네 번째랍니다. 누가 새로 이사를 오면 꼭 그 편지가 온다니까요. 정말로 저는 곤란해 죽겠어요. 그래서 부인, 정말 죄송하지만, 그 편지를 저한테 주시면 안 될까요? 어떠세요? 정말 곤란해 죽겠거든요" 하고 그녀는 물 흐르듯이 말을 이었다. 그것은 아내가 설사 상당한 웅변가였다고 하더라도 말하는 중간에 끼어들 수 없을 정도의 달변이었다. 그녀는 계속해서, "저기 말이에요, 부인. 저를 굉장히 원망하는 사람이 하나 있는데, 아마 그 사람일 거라는 생각이 들어요. 그 사람이 항상 그런 편지를 새로 이사 오시는 옆집 분에게 보내는 것 같아요. 정말, 저는 그것 때문에 항상 피해를 보고 있답니다. 부인, 그래서 말인데 제발 그 편지를 저에게 주시면 안 될까요?"

그런 이야기 소리를 들으면서 나는 이층 방에 한동안 서 있었지만, 결국 마음을 다잡고 계단을 내려갔다. 계단을 다 내려가면 현관의 한 평짜리 방이 나오고 그 사이에는 맹장지문이 없었으니 현관에 서 있는 여자 손님에게는 계단을 내려오는 내 발이 먼저 눈에 띄었을 것이 틀림없다. 그렇게 생각하자 나는 발이 간지러워지는 것을 느끼고, 뛰다시피 내려갔다. 그러자 나와 눈이 마주칠까 말까 한 순간에,

"어머, 계셨네!" 하고 소리치며 옆집 여자는 얼굴 전체가 허물어질 듯한 애교 섞인 미소를 띠었다. 지나치게 허물없는 태도에 얼마나 당황했는지, 아무런 준비를 할 새도 없이 갑자기, "머리" 하고 목검으로 얻어맞은 듯한 느낌이 들었다. 그러나 나는 곧 정신을 차렸다.

"아, 부인, 꼭 맛있는 것을 대접해 주셔야 할 겁니다." 어느 정도 당황하긴 했지만 나는 순간적으로 이렇게 아무렇게나 생각나는 대로 말했다. "부인을 굉장히 칭찬하는 분이 있거든요."

"어머, 어쩌죠? ……."

"부인은 피아노를 아주 잘 치신다고 하던데, 꼭 한번 듣고 싶군요."

"어머나, 누가 그런 말을 하셨을까요" 하며 상대도 지지는 않는다. "누구일까요, 그런 말씀을 하신 분은, 나가야마 씨, 미무라 씨. 분명 미무라 씨일 거예요. ……."

아무래도 이런 이름도 그녀가 아무렇게나 지어낸 것 같았다. 그리고 엉터리 이야기를 늘어놓는 것에 있어서도 나는 도저히 그녀의 적수가 못 될 것 같다는 기분이 들었다. 벌써 그 정도 말을

주고받는 사이에 나는 완전히 넘어간 형국이었다. 그러나 상대는 반대로 더욱 의기양양해진 듯, 계속해서 끝말잇기 놀이라도 하듯 말을 이었다. 그런데 이야기가 그렇게 샛길로 빠져 버렸기 때문인 지도 모르겠지만, 그녀는 내가 나타남과 동시에 어느새 편지에 대한 것은 잊어버린 듯 그것과 전혀 상관이 없는 잡담만을, 오직 그게 끊길까 봐 두려운 듯 계속해서 늘어놓았다. 그녀가 그때 우리 집을 찾아온 이유는 나를 보러 온 것이 아닌가 하는 기분이 들었을 정도였다. 그러나 그녀가 돌아간 후에 우리 부부 사이에서는 역시 그 이상한 편지만이 문제가 되었다. 그리고 처음에는 그렇게 돌려 달라고, 돌려달라고 조르고선 돌아갈 때는 편지에 대해서는 한마 디도 하지 않고 사라져 버린 옆집 여자의 마음을 도저히 헤아릴 수 없다고 결론을 내렸다.

"어쨌든 그 편지는 분명히 저 사람이 직접 쓴 게 틀림없어요"라 고 아내는 마지막에 밉살스럽다는 듯이 말했다. 나도 그 말에 동감 이었다. ──

그나저나 여기까지는 왼쪽 옆집에 대한 이야기이고, 오른쪽 옆 집은 조용한 왼쪽 옆집과는 반대로 실로 소란스러운 집이었다. 그리고 왼쪽 옆집과 우리 집은 집주인이 같았으므로 앞서 말했듯 이 어떤 부분은 벽 한 장으로 맞닿아 있을 정도로 가까웠지만, 오른쪽 옆집과는 집주인이 달랐기 때문에 집과 집의 측면은 어느 부분에는 고작해야 고양이가, 어느 부분에는 사람 하나가 겨우 지나갈 수 있을 정도의 간격이 있었다. 물론 지나는 길에 그냥 보아서는 알 수 없다. 그러나 그 간격을 무시하고 이 집에서는 밤낮없이 사람의 고함 소리가 들려왔다. 그것은 귀를 기울일 것까지도 없이 남편이 아내를 꾸짖는 말이다는 것을 금세 알 수 있었다. 우리 집 계단을 올라가면 오른쪽에 사방 두 자 정도의 창문이 있다는 것을 앞에서 독자 여러분에게 환기해 두었는데, 이 창문이 그 옆집에 면해 있는 것이다. 그 창문과 옆집 사이에는 세 자 정도 간격이 있고 약간 비스듬하게 마주 보고 있기는 하지만, 그 집 쪽에는 우리 집 쪽보다 훨씬 큰 창문이 달려 있었다. 말할 것까지도 없이 이렇게 세 자밖에 떨어져 있지 않은 집과 집의 옆쪽에 나 있는 창문이므로, 그것들은 조망이 목적인 것이 아니라 조금이라도 많은 빛을 집안에 들이기 위한 것이었다. 나는 별생각 없이, 옆집 목소리가 너무 커서 이 창을 통해 내다보았는데, 우리 창문은 유리고 저쪽 집은 맹장지문이었지만 그것이 활짝 열려 있어서 한눈에 그쪽 방을 절반이나 들여다볼 수 있었다. 그리고 나는 그 방 안의 이상한 광경에 눈을 부릅떠야 했다.

그곳을 본 대로 설명하면, 오른쪽 옆집의 주인은 나와 같은 화가인 것 같았다. 그러나 온 방 안의 벽에 세워져 있는 생견(生絹)[86]을 바른 틀이며, 온 방 안에 바닥이 보이지 않을 정도로 흩어져 있는 그리다 만 구겨놓은 그림들, 그 밖에도 어지럽게 흩어져 있는 붓으로 미루어 추측하건대 그는 일본 화가인 듯하다. 그때 그 남자는 그 난잡하게 어지럽혀져 있는 방 안에서 셔츠 한 장 차림으로 책상

---

86) 삶지 아니한 명주실로 조금 거칠게 짠 비단.

다리를 하고 그리다 만 그림 앞에 앉아 있었다. 그러나 그는 그 그림 쪽은 보지 않은 채, 대각선 뒤쪽을 향해서 고함치고 있었다. 그 목소리는 양쪽 집의 창문도, 창문과 창문 사이의 공간도 뚫고 그대로 들려올 것처럼 컸다.

"여자라면 말이지. 좀 더 여러 가지로 조심해야 하는 게 아닌가?"라는 듯한 말투로, "당신처럼 칠칠치 못한 여자한테 소중한 아이를 맡길 수 있겠어?"

그 아내는 남편의 그런 깨진 종 같은 고함 소리에는 익숙한 듯, 방구석에 오도카니 앉아 뜨개질인지 뭔지를 하고 있는 모양이었다. 그리고 울고 있는 것인지 뜨개질 때문인지, 아니면 항상 꾸짖음을 듣다 보니 그런 버릇이 생긴 것인지, 남편의 말에는 대답하지 않고 얼굴을 가슴 부근까지 숙인 채 울고 있는 게 아닌가 여겨지도록 끊임없이 희미하게 고개를 들썩이고 있었다. 그녀 바로 옆에 등나무로 만든 유모차가 놓여 있고, 그 안에서 아이를 재우고 있는지 그녀는 고개를 숙인 채 그것을 마치 요람이라도 흔드는 듯 가끔 뜨개바늘을 든 오른손으로 앞뒤로 흔들고 있었다. 유모차와 그녀가 앉아 있는 곳 부근의 다다미 위도 역시 화고(畵稿) 같은 종이 쓰레기로 메워져 있었다. 그렇게 방 안이 종이 쓰레기로 가득해진 것은 주인공이 화를 못 이기고 그것들을 던져 버려서가 아닐까 하는 생각이 들었다.

그런데 고함치고 있는 남편의 얼굴을 보고 있자니, 그의 얼굴을 처음 보았을 때부터 '어라' 하고 생각하고 있던 나는 곧 묘한 일을 떠올릴 수 있었다. 그것은 그로부터 반년쯤 전의 어느 날 저녁이었다. 친구와 둘이서 아사쿠사에 가기 위해 우에노히로코지[上野広小路]에서 시내 전차로 갈아타려고 하는데, 저녁 시간이라 오는 전차마다 혼잡해서 그냥 얌전히 기다리고 있다가는 도저히 탈 수 없을 것 같았다. 우리는 네다섯 대나 지나쳐 보낸 후라, 큰맘 먹고 우악스럽게 사람들을 밀친 끝에 운전석 쪽에서 올라탈 수 있었다. 그리고 우리가 마지막으로 탔기 때문에 우리 바로 뒤를 따라온 시루시한텐[87] 차림의 남자에게는 "이제 못 타요, 못 타. 다음에 타세요!"라며 차장이 타지 못하게 했다. 그 남자는 꽤 취한 듯 "뭐라고 지껄이는 거야" 하고 억세게 말하면서, 말리는 차장의 손을 밀치고 억지로 밀고 올라오려고 했다.

"이봐요, 이렇게 만원이라 도저히 안 된다니까요!" 하더니 차장은 정중한 말투로 "앞으로 한두 대만 더 기다리면 빈 차가 올 겁니다"라고 말했다. 실제로도 거의 발 디딜 틈이 없을 정도로 혼잡했기 때문에 차장이 그 주정뱅이가 올라타는 것을 제지하려고 했을 뿐이었는데, 주정뱅이는 발판에 발을 헛디뎌서 전차 밖으로 구르고 말았다. 그때 "뭘 이렇게 꾸물거리는 거야, 적당히 하고 빨리 출발하라고"라고 차 안에서 고함치는 소리가 들렸다. 그와 동시에 막 출발하려는 전차를 향해, 넘어져 있는 주정뱅이 주변의 군중 사이에서 중산모자를 쓴 사내가 튀어나오며 "잠깐" 하고 소리쳤다. 그 복장이며 수염 난 얼굴의 용모 등으로 보아 건달이 아닌가

---

87) 가게 인장이 새겨진 작업복 상의.

싶은 그 사내는 "난폭한 짓 하지 마!" 하고 소리침과 동시에 운전대 위로 뛰어 올라와서, 갑자기 차장을 후려갈겼다. 보다 못해 운전수가 그들 사이에 끼어들자 그 건달 같은 남자는 "당신들은 불쌍한 노동자를 왜 학대하는 거야!"라면서 운전수의 뺨까지도 그 건장한 손으로 때렸다. 그래서 옆에 있던 내 친구가 "아니, 절대로 차장이 잘못한 건 아니……"라며 변명하려고 하자 "당신까지 그런 부당한 쪽의 편을 드는 거야?"라는 말과 함께 건달은 내 친구의 뺨까지 쳤다. 그래서 나도 발끈해서 "거 너무하시네"라고 말하려 했더니 "뭐야?" 하는 목소리와 함께 나도 퍽 얻어맞았다. 그때 겨우 차 밖에 순사가 나타났고, 이어서 감독이 와서 일단 그 남자를 달래서 내리게 했는데, 그동안에도 차 안에 꽉 차 있던 승객들이 "빨리 출발하시오, 빨리 출발하시오"라고 소리치는 통에 차장은 그 폭력배를 순사들에게 맡기고 출발했다. 그때 "그 남자는 나를 때렸소" 하고, 안경이 박살나서 분해하던 내 일행이 달리기 시작한 전차 안에서 순사 쪽을 향해 호소하듯이 소리치기에, "나도 맞았소" 하고 나도 외쳤다. 전차가 움직이기 시작하자, 아까부터 사건을 지켜보고 있던 전차 안의 많은 사람들 중에서 "깡패 자식"이라든가 "폭력배!"라고 소리치는 사람도 있었다. 그러자 그 사내는 "뭐야?" 하며 우리가 탄 전차를 한 간 정도 쫓아왔지만, 순사가 뒤에서 그것을 말렸다. 그는 흥분했을 뿐 아니라 술이라도 마신 게 아닌가 싶을 정도로 얼굴이 빨갰는데, 수염이 텁수룩한데도 불구하고 엉뚱하게도 아이 같은 눈빛을 가지고 있었다. 한마디로 말해 천진난

만한 어린아이의 얼굴을 가진 사람이었다. 난폭한 자임은 틀림없지만, 어린아이 같은 기질을 가진 남자일 것이다. 그러나 우리는 모처럼 아사쿠사로 가던 길에 생각지도 못한 재난을 당한 것에 화가 나서, 그때는 결코 그 남자를 그렇게 좋게는 생각하지 않았다.──

나는 어쩌다가 우리 집 오른쪽 옆집 남자의 얼굴을 정면에서 보게 되었고, 놀랍게도 그때 폭행을 행사하던 그자와 똑같은 얼굴이었다. '어라, 이 남자였구나'──물론 지금 그가 그 아내를 향해 소리치고 있는 말투도 그때와 똑같았다.

"이봐, 당신 다유[太夫][88]의 땀이라는 말을 알아?" 하고 그는 고함치고 있었다.

"……." 그때 처음으로, 뜨개질하고 있던 그의 아내가 뭐라고 대답을 한 것 같았다. 아마도 작은 소리로 '몰라요'라고 말한 모양이다.

"모른다. 그럼 가르쳐주지. 다유──는 배우를 말하는 거야. 배우라는 건 말이지, 무대에 나와서 연기를 하고 있을 때 옆에서 보기에는 쉽게 하는 것처럼 보인단 말이지. 하지만 말이야, 거기에서 땀이라는 건……그러니까 대기실에 돌아오면 속바지부터 훈도시[89]까지, 온몸이 더운물에 들어간 것처럼 땀에 흠뻑 젖어 있다는 걸 말하는 거야. 응? 이봐, 알겠어? 그러니까 나도 그 다유랑 똑같

─────────────
88) 노나 가부키 같은 일본 전통 연극 등에서 여자 역을 하는 남자 배우.
89) 남자의 음부를 덮어서 감추는 천.

은 거지, 내 딸을 보라고."

옆집 창문에서 바라보던 방관자인 나는, 그 말을 듣고 나도 모르게 웃음을 터뜨릴 뻔했다. 하기야 그의 집 창문이 더 밝고 우리집 창문은 훨씬 어두워서 이런 곳에서 내가 엿보고 있다는 것은 좀처럼 알아차릴 리 없었지만, 그래도 나는 입에 손을 대면서 고개를 움츠렸다. 그때 나는 이곳으로 이사 오기 전에 있었던 큰길에서의 전차 사건을 떠올리고, 이 사람은 결코 나쁜 사람은 아니라는 것을 깨달았다. 그러고 나서 이삼일 후, 이사를 도와주러 온 내 조카가(그도 내 아내와 함께 종종 들려오는 옆집 목소리에 놀라 이 창문으로 엿본 적이 있기 때문에 옆집 남편의 얼굴을 알고 있었다) 목욕탕에서 돌아와서 해 준 이야기로는, 옆집 사람은 자식을 끔찍이 생각하는 사람인 것 같다고 했다. 그 이유는 지금도 목욕탕에 그가 여섯 살 정도 되는 여자아이를 데리고 와서는 탕 안에 탕을 덮는 뚜껑 판자를 띄워놓고 그 위에 아이를 태워 놓고 있는데, 그 아이가 타고 있는 판자를 빙글빙글 돌리며 "이것 봐라, 물 폭탄이다"라든가, "이런, 비가 내리기 시작했다" 하고 소리치고는 그 자신도 어린아이처럼 까불면서 탕 안을 뛰어다닌다고 했기 때문이다. 다행히 낮이어서 다른 손님은 없었지만 한 명 있는 예순 살 정도 된 노인에게는 큰 민폐를 끼치고 있었다. 왜냐하면, 아이를 태워 띄워 놓은 판자는 탕의 뚜껑 중 한 장이라 그것을 욕조 안에서 돌리면 세로일 때는 그렇다 쳐도 가로일 때는 앞뒤로 꽉 차서 돌아가지 않았고, 세로일 때는 또 그것만으로도 탕 안이 가득 찼기 때문이다. 그래서 같은 탕에 들어가 있던 노인이 조심하며 구석 쪽에서 작게 웅크리고 있었는데, 그래도 가끔 탕의 물방울이 벗겨진 머리에 비처럼 떨어져서 결국 참을 수 없게 되었는지 "거기, 좀 조심해 주시오" 하고 주의를 주었다. 그러나 아이는 그런 것에 눈치가 없어서 "아빠, 더 뿌려 줘. 더, 더" 하며 좋아하고 있었는데, 아버지인 나의 이웃은 이 노인이 충고하는 말을 듣고는 갑자기 엄숙한 얼굴이 되어 그 방향으로 몸을 틀더니, "아, 당신은 몇 살이신지 모르겠지만, 아이를 가져 본 적이 없습니까?"라고 고함쳤다. 노인은 그 사나운 태도에 놀랐는지 일부러 미소를 지으며, "아니오, 손자가 넷이나 있지요"라고 대답했다. 그러자 "그렇다면 왜 그런 말씀을 하십니까? 아이는 이렇게 자유롭게, 주변을 신경 쓰지 않고 활발하게 키워야 합니다"라고 목소리에 힘을 주며 매우 진지하게 소리쳤다. 노인은 어쩔 수 없이 쓴웃음을 짓고 "아니, 지당한 말씀입니다, 지당한 말씀입니다"라고 수건으로 얼굴을 닦으면서 말했다. "그렇지요? 이제 아셨습니까? 아셨으면 됐습니다"라고 말하고는 다시 아이 쪽으로 돌아가 "신나네, 신나. 그럼 시작할까?" 하며 변함없이 판자의 배를 첨벙첨벙 흔드는 놀이를 계속했다——는 것이다.

이런 이야기를 듣고도 나는 이 이웃에 대해서 그리 나쁜 느낌은 들지 않았지만, 그렇다고 친구가 되고 싶다는 생각도 들지 않았다. 물론, 여자와 달리 남자들끼리이니 옆집에 산다고 해서 서로 말을 나누게 되리라는 법은 없지만, 직업이 관련되어 있는 데다 매우 솔직한 그의 태도 등으로 보아 언젠가 교제하게 되는 것은 아닐지 걱정되었다. 그래서 나는 가능한 한 그와 얼굴을 마주치지 않으려고 했다. 나는 아내에게서, "옆집 분은 매일 커다란 틀 같은 것을 등에 짊어지고, 아니, 도저히 손으로는 들 수 없을 것 같은 커다란 물감 상자 같은 걸 한 손에 들고 외출하는 모양이에요. 뭔가 그림을 그리러 간다기보다는 힘든 노동이라도 하러 가는 듯한 모습이더군요"라는 보고를 듣자 그를 만나는 것이 두렵다는 생각이 들었다. 그런데 앞서 말했던 조카가 또 이런 이야기를 했다. "그 사람이 매일 그 큰 그림을 그리러 가는 곳은 야나카[谷中]에 있는 묘지예요. 제가 어제 친구랑 둘이서 그 묘지를 지나오는데 많은 사람들이 모여 있기에——그게 꽤 많은 사람들이었고, 게다가 뭔가 큰 목소리가 나서 약장수인가, 아니면 싸움이 났나 생각했을 정도로 큰 목소리였어요. 그래서 옆에 가서 보니 그 사람이더군요. 재미있었어요. 그 사람의 그림은 뭐가 뭔지 전혀 알 수가 없었어요. 무덤을 그리고 있는 거겠지만, 그게 서 있는 건지 쓰러져 있는 건지, 그 안에 또 사람의 몸이 반쯤 그려져 있기도 하고 나뭇가지 같은 곳에 사람의 손이 걸려 있기도 하고, 아주 기묘한 그림이었어요. 그런데 그 사람은 그 그림을 붓으로 가리키면서 몸을 구경꾼 쪽으로 돌리고, '자, 어떻소? 이 그림을 보고 어떤 기분이 드는지 말해 보시오. 여러분은 전문가는 아니지만, 전문가가 아닌 만큼 또 각각 특별한 의견이나 느낌 같은 게 있지 않겠소? 자, 누구든 말해 보시오. 어떻소, 당신, 당신은 어떻게 생각하시오? 사양하지 않아도 된다오,

어떤 느낌이 드시오?' 하고, 구경꾼들의 얼굴을 보면서 닥치는 대로 묻는 겁니다. 구경꾼이라고 해 봐야, 물론 학생 같은 사람도 있었지만, 대게는 지나가던 심부름꾼 같은 애들이었지요. 다들 대답하는 대신에 잠깐 동안은 참고 있었지만, 그중에 어느 구석에서 풋 하고 웃음을 터뜨린 사람이 있었어요. 그랬더니 그때까지 참고 있던 구경꾼들이 한꺼번에 와 하고 웃어 버리더군요. 그랬더니 그 사람도 재미있어졌는지 같이 웃더라고요. 재미있는 사람이지요——."

그런 일이 있고, 이래저래 내가 이사 온 지 이 주나 지나서의 일이었다. 어느 날, 내가 이층의 한 평 반짜리 방에서(그 방이 더 좁았지만 남향이라 밝았기 때문에) 독서인지 뭔지를 하고 있는데——어쩌면 독서는 뒷전이고 그 왼쪽 집 쪽에 귀를 기울이고 있었는지도 모른다. 갑자기 오른쪽 집에서 삐걱삐걱 난폭하게 옥상 기와를 밟으며 다가오는 발소리가 들렸다. 대낮이니 설마 도둑일 거라고는 생각지 않았지만, 너무나 갑작스러운 일이어서 나는 적잖이 놀랐다. '지붕 이는 업자인가' 하고 다시 생각하고 있는데, "오와다 씨 계십니까, 오와다 씨" 하고 내 이름을 부르는 익숙한 목소리와 함께 옆집의 남자가 내 눈앞에 나타났다. 아마 여름이 가까워서 그런지 그는 쪼글쪼글한 천으로 만든 잠방이만 입은 맨몸이고, 왼손에는 뭔가 스케치 같은 것을 산더미처럼 안고 있었다. 그는 "미안합니다, 실례 좀 하겠소"라고 말하면서 순식간에 내 방 앞으로 오더니, 훌쩍 난간을 넘어서 툇마루에 섰다. "아, 들어오십시오" 하고 나도 어쩔 수 없이 대답했다. "이런 차림으로 실례가 많습니다. 나는, ── 아시겠지만 옆집에 사는 다카하라 만가쿠라는 사람입니다. 나도 화가랍니다. 그런데 오와다 씨, 여기 내가 그린 그림을 가지고 왔는데, 봐 주시겠소?" 하고 그는 말하자, 나는 "예, 보여 주시지요" 하고 말했다. 원래 좁은 방 안이기도 하지만, 특히 이곳은 아내의 방이어서 그림을 걸기에 적당한 벽면에는 아내의 기모노가 옷걸이에 걸쳐 놓은 상태로 가득 걸려 있었다. 그런데 다카하라는 그것을 사정없이 문지방 쪽에서부터 벗겨내어 방구석에 던져놓고 나서는 자기가 가져온 비단과 종이에 그린 화고를, 그 쪼글쪼글한 잠방이의 주머니에서 준비해 온 듯한 핀을 꺼내 척척 붙였다. 그때 나는 처음으로 그의 그림을 보았다.

그의 그림은 지금 식으로 말하면 미래파라거나 표현파라거나 하는 유파에 가까운 것이었다. 그러나 그 그림은 분명히 졸렬하고 엉망진창이었다. "이건 어떻습니까? 이것은 어떻소?"라고 말하며 수도 없이 보여 주는 그림 중에는, 언젠가 내 조카가 보았다는 묘지의 그림 같은 것도 있었다. 그는 "오와다 씨, 나는 그렇게 생각합니다. 이 인생에 있어서 가장 존엄한 것은 '죽음'이라고 생각해요. 네? 그렇지 않습니까? 그래서 나는 사람의 죽음을 상징하고 있는 묘지라는 것이 우리가 가장 주목해야 하는 소재라고 생각하는데요, 어떻습니까?"라고 말하자, "글쎄요" 하고 나는 애매하게 대답했다. 그러나 그렇게만 말하면 너무 무뚝뚝한 것 같아서 "그런데 그 묘지 안에 사람의 머리가 거꾸로 그려져 있거나, 그 몸의 절반만 그려져 있거나 한 건 왜 그런 겁니까?" 하고 물어보니, "오와다 씨, 모르시겠습니까? 나는 사람의 영혼이라는 것을 도대체 어떻게 표현해야 할지 고심했습니다. 나는 현재의 화단(畵壇), 특히 내가 속해 있는 일본화의 화가 놈들이 그저 아름다운 그림이나, 기교만 부리는 세공물 같은 그림을 그리고 있는 게 성에 차지 않습니다. 그렇게 생각하면 역시 서양화를 그리고 있는 여러분이 더 앞서 계시는 것 같아서, 오늘 이렇게 당신에게 교제를 청하러 온 것이지요. 오와다 씨, 서로 공부합시다, 도와주십시오. 오늘 우리 두 사람이 교제를 시작한 증표로 악수합시다"라고 대답하는 것이다. 그런 식으로 그는 계속해서 들판 같은 배경 속에 전봇대가 대여섯 개 서 있는 그림이라든가, 공장 굴뚝 같은 것이 늘어서 있는 가운데 마찬가지로 수많은 인간의 손이 뻗어 있는 모습을 그린 그림을 보여 주었다. 전부 나에게는 납득되지 않는 그림들이었지만 그것들에 대해서 조금이라도 비평하거나 설명을 구하거나 했다간 이내 그의 웅변에 괴롭힘을 당할 것 같아, 나는 가능한 한 무난하게 인사를 해 두었다.

이윽고 그림을 보는 일이 일단 끝나자, 처음으로 그와 마주했을 때 나는 이렇게 말해 보았다.

"다카하라 씨, 저는 분명히 전에 다카하라 씨를 한 번 뵈었던 것 같습니다. 그게, 묘하게 들리겠지만, 전차 안이었어요……"라고 말하자, "아니, 나는 전차라는 것은 좀처럼 탄 적이 없습니다" 하고 상대는 가로막았다. "아니, 그때 당신은 전차에 타고 있지는 않았지만, 차장과 주정뱅이 손님이 싸우고 있을 때 갑자기, 당신이 ……, 분명히 당신이었던 것 같은데, 당신이 나타나서 차장을 후려 갈겼어요. 그 옆에 저와 제 친구가 타고 있었는데, 차장을 위해서 한두 마디 거들었더니, 당신은 건방지다며 저와 제 친구까지도 후려갈겼지요……"라고 말하면서 이건 좀 지나쳤나 하고 생각하는 내 배려에도 아랑곳하지 않고, 그는 갑자기 특유의 호걸 같은 목소리로 웃으면서 "아니, 그건 분명히 나일지도 모르겠군요. 나는 차장이라는 놈들을 싫어하거든. 그때의 일은 기억나지 않지만, 그런 일이 항상 있지요. 그때 당신도 때렸습니까, 하하하하하"라고 말했다. "아니, 그런데 요즘에는 근신하면서 가능한 한 그런 난폭한 짓은 하지 않으려고 하고 있습니다. 그것참, 실례했습니다. 그럼 한 번 더 악수합시다. 그래요, 이제부터는 일본화와 서양화가 이렇게 악수하지 않으면 안 될 테니, 잘해 봅시다."

그리고 그에게는 또 하나 이상한 버릇이 있었다. 그것은 그와 이야기를 나누던 중에 내가 무심코 내 동료들 사이에서 자주 사용하는 외국어를 사용하면 그는, "자, 잠깐만요, 지금 뭐라고 하셨습니까? 매너리즘이라고요? 흠, 매너리즘……" 하면서 처음에는 자신이 옷을 걸치고 있지 않다는 것을 잊고, 셔츠 주머니나 뭐 그런 것이 있다고 생각하고 두세 번 가슴 부근을 더듬고는, "이런, 수첩을 안 가져왔네" 하더니 "죄송하지만, 연필이든 만년필이든 좀 빌려주시겠습니까"라고 말하고 자신이 가지고 온 화고의 끝 부분을 찢어서 "흐음, 그 매너리즘이라는 건 무슨 뜻입니까?" 하고 다시

한 번 내게 묻고는 그것을 종잇조각에 적었다. 그리고 그런 일을 네다섯 번이나 반복하면서 "아니, 서로 공부를 해야 합니다. 나는 열심히 해 볼 생각이라오"라고 말했다. 마침 데모크라시라는 말이 유행할 때여서, 그는 그때의 대화 중에도 말도 안 되는 곳에 두세 번 그 단어를 썼다. 보기에는 그렇게 활달한 성격에 피부색도 활기가 넘쳤고, "이봐요, 오와다 씨, 우리는 모두 가난합니다. 하지만 가난뱅이는 모두 잘 참고 있소. 아니, 가난뱅이는 누구나 그러지요, 그건 신기한 일은 아니지만, 그것보다 더 중요한 건 몸을 단련하는 겁니다. 보시오, 내 이 몸을" 하고 그 씨름 선수 같은 단단한 팔뚝을 내밀어 보이면서 "나는 이런 몸을 하고 있으니 산속이든 들판이든 어디든 벌렁 누워서 금방 잠들 수도 있습니다. 그건 정말이오, 오와다 씨. 실제로 당신이 여기에서 지금, 당신 눈앞에서 자 보라고 명령한다면 바로 잠들어 보일 수도 있소"라고 할 정도로 건강했고, 머리카락도 검고 청년처럼 숱이 많았으며, 눈은 동그랗고 순진한 빛을 띠고 있어 나이보다 젊어 보인 것은 틀림없지만, 사실은 마흔을 훨씬 넘은 것 같았다.

그와 이야기를 나누는 사이에 나는 가끔 왼쪽의 그 이상한 부인이 있는 집을 떠올리고 무슨 단서를 얻을 수 있을지도 모르겠다는 생각이 들어 몇 번이나 주저한 끝에 "댁은, 이······" 하고 왼쪽을 가리키며 목소리를 죽이고 "옆집 사람을 아십니까?" 하고 물었다. "다카기 잔무인가 하는 학자지요" 하고 그는 특유의 커다란 목소리로 대답했다. 나는 당황해서 그를 제지하면서 "큰 소리로 말하면

들리지 않습니까"라고 주의를 주었다. "묘한 남자인 것 같소. 나는 여기 온 지 삼 년이 넘었는데 아직 한 번도 본 적이 없다오. 하기야 밖에 나가는 걸 싫어해서 밖에 나간 적이 없다고 하니까. 이층의 ……"라고 말하고 앞쪽을 가리키면서 "서재인가에 일 년 내내 책상 앞에만 앉아 있다고 하더군. 그래서 방석 아래 다다미가 썩어 있다나 그렇다던데요" 하고 말했다. 그러나 나는 그런 남편의 이야기보다 그 부인 쪽 이야기가 더 듣고 싶었기 때문에, "부인과 둘이서 사나 봅니다" 하고 한층 더 목소리를 낮추며 묻자, "그럴 거요" 하고 상대는 전혀 흥미 없다는 듯 대답했다. 그리고 "이거, 실례했습니다. 자주 오겠습니다"라고 말하자마자 훌쩍 툇마루의 난간을 뛰어넘어 지붕을 울리면서 돌아갔다──.

옆집 여자는 어떤가 하면, 그녀는 그 채소가게에서 두고 갔다는 채소를 가져다주고 간 이후, "별것 아니지만 조림을 좀 만들어봤어요"라거나, "저도 누구한테 받은 건데, 드셔 보세요"라면서 대개 꽤 괜찮은 먹거리를 가지고 와서는 삼 분이나 오 분 정도 현관에서서 이야기를 하다가 돌아갔다. 그런가 하면 어느 날 그녀는 내게 무슨 신문을 보고 있느냐고 묻더니, "그럼, 우리 집은 **신문이니까 매일 바꿔서 보시지요"라고 요염한 말투로 말하고 그것을 현관으로 가져오는 대신에 뒤쪽 툇마루의, 우리 집의 두껍닫이 위로 내밀었다. 왜냐하면, 그 두껍닫이 건너편은 그녀의 집에서도 뒤쪽에 있는 방의 툇마루였기 때문이다. 그녀는 신문을 줄 때 항상 내가 아래층 방에 있을 때를 골라서 주었다. 내가 딱히 큰 목소리로 이야기하지 않았는데도 그녀는 내가 이층에서 내려오는 것을 마치 어딘가에서 엿보고 있는 것처럼 잘 알고 있었다. "오와다 씨이" 하고 그럴 때면 그녀는 열예닐곱 살의 처녀 같은 말투로 불렀다. "신문……" 나는 그 목소리를 들으면 서둘러 우리 집 신문을 챙겨서 툇마루로 달려갔다. 보니 두껍닫이 위로 옆집 쪽에서 내민 신문 끝이 보였으므로 재빨리 그것을 잡으려 하자, 그것이 고양이와 놀아주듯이 나왔다 들어갔다 하는 것이었다. 그래서 겨우 그것을 붙잡아 받은 후, 나도 두껍닫이 위에서 이쪽의 신문을 건넬 때 고양이에게 하듯이 두세 번 내밀었다 끌어당겼다 했다. 물론 그동안 양쪽 다 아무 말도 하지 않았다. 그리고 겨우 그 교환이 끝나자 "정말 고마워요" 하고 그녀의 짐짓 시치미 떼는 듯한 목소리가 울렸다, "부인께 안부 전해 주세요."

그러나 이런 장면을 딱히 아내가 발견한 것도 아니지만, 그녀는 여자 특유의 본능으로 이 옆집 부인을 점차 배척하게 되었다. 어느 때는 내가 산책하러 나가려고 집을 나서자 기다리고 있었다는 듯이 옆집 격자문이 조금 열렸다. "오와다 씨, 어디 나가세요?" 하고 그 문틈으로 짐짓 반쯤 기울인 얼굴을 내민 그녀가, "혹시 **동네 쪽으로 안 가세요?"라고 묻기에, "아니오, 고이시카와 쪽으로 가는데요" 하고 내가, 이 대화를 듣고 있을지도 모르는 아내가 이상한 생각을 할까 봐 신경 쓰며 정직하게 털어놓자, "그래요, 그럼 됐어요" 하고 그녀는 의미심장한 말투로 대답했다. "혹시 **동네를 지나시는 건 아닐까 생각했거든요. 혹시 그러면 정말 죄송하지만 좀 부탁드리고 싶은 게 있어서……, 우리 집은 사람이 없어서 정말 곤란하답니다. 오호호호, 실례했어요"라고 말하는가 싶더니 곧 문이 닫히고 그녀의 얼굴은 숨어 버렸다. 나는 여우에라도 홀린 듯한 기분으로 걷다가, 그 길에 문득 지금부터 찾아가려던 친구가 그날은 집을 비웠다는 것을 떠올리고 중간에 집으로 되돌아왔다. 집에 돌아오니 아내가, 장을 보러 가는데 같이 가 주지 않겠느냐고 물었다. "어디로?" 하고 물었더니, "**동네에" 하고 그녀는 웃음을 머금고 대답했다. 그러고 나서 "당신 아까 나갈 때 옆집 부인하고 **동네가 어떻고 하는 이야기를 하지 않았어요?" 라고 아내가 물었다. 그러나 그녀는 우리의 대화를 다 듣지는 못했는지, "그 **동네가 어떻다는 거예요?"라고 물었다. **동네로 가는 거면 부탁할 게 있다고 옆집 부인이 말했다는 이야기를 하자, 아내는 약간 히스테리 기미를 보이며 "그럼 내가 옆집에 가서 물어볼게요"라고 했다. 어차피 장을 보거나 우체국 등의 용건일 거라고 생각했기 때문에, "그래, 물어보고 와" 하고 나는 일부러 아무렇지도 않은 듯이 대답했다. 그러자 아내는 밖으로 나갔지만 곧 뾰로통한 모습으로 돌아와서는, "세상에, 사람을 놀리는 것도 아니고. 이제 괜찮대요. 아마 내가 물어보러 가서 그랬는지도 몰라요. 당신이 물어보러 가 봐요"라고 말했다. 나는 "큰 소리 내지 마, 꼴사납게" 하고 그녀를 타이르면서 넥타이를 매기 위해 장롱 위에 놓여 있는 거울을 바라보았다. 그때 바로 앞에 있는 마당에 갑자기 노란 것이 팔랑팔랑 떨어져서 뭘까 하고 그쪽으로 눈을 돌렸더니, 그것은 황매화나무의 꽃인 것 같았다. '어라' 하고 생각하며 서둘러 툇마루로 나가서 꽃이 떨어지는 위쪽을 바라보니, 옆집의 빨래대 너머로 얼핏 사라지는 여자의 뒷모습이 보였다. 그리고 바로 내 뒤를 따라 툇마루에 나온 아내의 눈에는 옆집 여자의 모습은 보이지 않았을 것이다. 그러나 아내는 곧 그것을 알아채고 "정말, 마음에 안 들어" 하고 소리쳤다. 나도 쓴웃음을 지으며 잠시 마당에 떨어져 있는 황매화나무 꽃을 보았는데, 그 사이에 작은 종이쪽지가 섞여 있었다. 아내도 거의 나와 동시에 그것을 발견한 듯, 그녀는 단숨에 버선발로 마당으로 뛰어 내려가 그 종이쪽지를 집어 들었다. 그 쪽지 안에는 "아무것도 부탁할 것은 없지만, 유메코가 매일 우울하게 지내고 있으니 부디 관음보살이나 변재천(辯才天)께 기도해 주세요"라고 쓰여 있었다. 아내는 그것을 다 읽자마자 갈기갈기 찢어 버렸다. "유메코라니, 무슨 소리람. 웃기고 있네" 하고 소리쳤다. "그러니까 당신을 꿈꾸고 있다는 뜻이겠지요.[90] 분명히 당신의 이름을 쓸 수 없어서 관음보살이나 변재천이라고 얼버무리는 거예요. 마음에 안 들어. 여보, 당신, 이제 절대로 저 사람이랑 가까이 지내면 안 돼요" 하고 소리쳤다. 그러고 나서 둘이 장을 보러 가는 길에도 나는 아내에게 이래저래 잔소리를 들었다. 전찻길에서 전차를 기다리고 있을 때, 갑자기 그녀는 생각난 듯이 "여보, 알았어요. 그 황매화나무는 꽃만 필 뿐 열매가 없으니 안타깝다는 수수께끼일 거예요" 하고 소리쳤다. "바보 같은 소리야, 그런

90) '유메'는 일본어로 '꿈'이라는 뜻이고 '코'는 여자 이름에 흔히 사용되는 글자이다.

바보 같은" 하고 나는, 정류소의 북적거리는 사람들과 그 시선 속에서 얼굴이 빨개져 일부러 웃음 섞인 목소리로 소리쳤다. 하지만 그 웃음소리는 이윽고 일종의 만족스러운 미소로 바뀌었다. 그러나 결국 그 일이 있고 난 후, 나는 아내 앞에서 옆집의 그녀와 스스럼없이 이야기를 나눌 수가 없게 되었다——.

내가 이 동네에 이사 온 것은 5월 중순경이었다. 그리고 그해 7월부터 8월에 걸쳐서, 나는 아내와 함께 신슈의 다이**초에 있는 아내의 숙부의 집 방 한 칸을 빌려 여름 한 철 동안 피서 생활을 하며 보냈다. 그리고 그사이에 고향에 있는 어머니에게 집을 봐 달라고 부탁했다. 어머니는 손자들(내 형의 아이들)을 데리고 우리 집을 보러 와 주셨다. 그리고 9월의 어느 날, 나는 오랜만에 기요** 초의 집으로 돌아왔는데, 변함없이 왼쪽 집은 기분 나쁠 정도로 조용한 반면 오른쪽의 다카하라 가에서는 우리가 집에 도착했을 때는 이미 해가 진 후였는데도 뭔가 끊임없이 쿵쾅거리는 소리로 우리를 놀라게 했다. 그 소리에는 이전에 자주 들리던 남편의 성난 고함 소리뿐 아니라 망치로 무언가를 때리는 울림이나, 심지어 큰 물건을 집 안에서 굴리는 듯한 소리도 섞여 있었다. '못 본 지 오래됐군, 다카하라 만가쿠'라고 생각하고, 나는 여장을 풀자마자 이층 복도 창문으로 그의 집을 엿보았는데, 어찌 된 일인지 그런 밤중에 이사 소동을 벌이고 있는 것이었다.

그다음 날, 그는 우리 집에 인사하러 왔다가 내가 돌아온 것을 알고는 "이거, 당신을 만날 수 있어서 다행이오, 나는 이제 못 만나고 떠나야 하나 생각했다오" 하고 소리쳤다.

"떠나다니, 어디로 간단 말입니까?" 하고 내가 묻자, "갈 곳도 정해지지 않은 구름 따라 물 따라가는 여행입니다" 하고 그는 미소를 지으며 말했다. "어째서 그런 생각을 하셨습니까?" 하고 묻자, "어제, 나는 어제 갑자기 생각했소. 오와다 씨, 당신은 어떻게 생각하시오? 인간이란, 특히 우리들 예술가는 집을 갖고 있다는 건 큰 잘못이 아닌가 하는 생각이 듭니다. 집이라는 게 뭡니까. 달팽이가 등에 짊어지고 있는 것 아니겠습니까. 그런 것을 짊어지고 있으면서 무슨 멋진 예술이 될 거라 생각합니까? 안 그렇습니까, 오와다 씨. 그래서 나는 오늘부로 집을 버리기로 결심했습니다. 우리 예술가가 집이라는 것에 묶여 있는 건 어리석다고 생각하지 않으십니까?"라고 그는 말했다. "그럼, 부인과 아이들은 어떻게 하실 겁니까?" 하고 내가 묻자, "아내와 아이는 물론 집이 없어지는 셈이니 함께 데리고 갈 생각입니다"라고 대답했다. "구름 따라 물 따라가는 여행이라니, 당장 어디로 가실 겁니까?" 하고 내가 어이없어하며 묻자, "특별히 어디 목적지를 정한 건 아니지만 우선 지금부터 도카이도[東海道][91]를 따라 내려갈 생각입니다." "도카이도를 걸으실 겁니까?" "그렇소, 노숙하면서 걸을 생각입니다." "부인과 아이들은?" 하고 나는 다시 한 번 물었다. "물론, 함께요, 아니……"라고 말하고 있는데, 그의 얌전해 보이는 아내가 얼굴을

---

91) 일본 5대 가도 중 하나로, 도쿄에서 교토까지 태평양 연안의 해안선을 따라 이어진 길.

내밀고 "여보" 하고 절반밖에 들리지 않는 목소리로 그를 불렀다. 그러자 그쪽을 돌아보며 "준비 다 되었나? 알겠소, 지금 가리다" 하고 대답했다. "그럼 실례지만" 하고 나는 물었다. "돈이라든가, 경제적인 문제는 어떻게 하실 겁니까? 그 여행 중의……." "그건, 지금 이십 엔 정도 가지고 있습니다. 물론 돈 같은 건 한 푼도 없어도 상관없지만요, 이 이십 엔은 부업으로 자수 도안이나, 뜨개질 도안 같은 걸 해서 번 겁니다"라며 그는 내가 묻지도 않은 이야기를 했다. "내가 그린 도안으로 아내가 자수나 뜨개질을 하는 겁니다. ──아니, 이 이야기는 아직 당신한테 안 했던가요?" 그때 또 입구에서, "아버지" 하며 그의 큰 딸아이가 부르러 왔다. "어, 그래, 그래" 하고 그는 아이의 얼굴을 보자 아내를 볼 때와는 완전히 다른, 넘칠 것 같은 기쁜 얼굴을 하고 "그럼 오와다 씨, 실례하겠습니다. 건강하십시오"라고 말하고는 돌아갔다.

그리고 내가 이층에 있는데 십 분 정도 지나, 아래층에서 아내가 허둥지둥 뛰어 올라와서 "여보, 지금 다카하라 씨가 나가고 있어요. 보세요, 보세요" 하며 큰길이 보이는 이층 유리문 쪽으로 나를 데려갔다. 다카하라 만가쿠는 마치 걸인 같은 차림을 하고 아래쪽을 지나갔다. 우산과 보자기, 물감통과 작은 고리짝 같은 것들을 나눠서 앞뒤로 짊어지고 큰아이의 손을 끌면서, 지나갈 때 우리 집 이층을 올려다보더니 내 모습을 확인하자 "안녕히 계시오" 하고 활기찬 목소리로 모자를 흔들었다. 그 뒤에는 작은아이를 업고, 또한 꽤 커다란 보따리를 왼손에 든 그의 아내가 다카하라의 한

간 정도 뒤에서 고개를 숙인 채 우리 집 앞을 지나갔다. ──

다카하라와 헤어지고 얼마 지나지 않아 나도 기요**초를 조금씩 떠나 지내게 되었다. 그것은 내 아내의 병이 원인으로, 그녀는 처음에는 늑막염으로 입원했다가 해안으로 요양을 가거나 고향 친정집에 정양(靜養)하러 돌아가곤 했는데, 나는 따로 도쿄에 직장을 갖고 있지 않아서 대개 그녀와 행동을 함께했기 때문이었다. 그리고 어느덧 기요**초의 집은 그해 여름에 집을 봐 주신 어머니와 조카들의 집이 되고 말았다. 왜냐하면, 여학교에 들어가는 여자 조카와 전문학교 시험을 치르려는 남자 조카가 도쿄에서 살 곳이 필요한 시기였기 때문이었다. 그리고 그들의 할머니인 내 어머니는 그들의 뒷바라지하는 것을 기꺼워하고 있었다. 그래서 그 후로 나는 도쿄에 올 때는 그 집에 머물렀지만, 이미 그 집은 내 집이 아니라 그들의 집이 되어있었다. 그래서 그 집에 짧게 머무를 때는 손님이고, 오래 머무를 때는 객식구 같은 것이었다.

그러나 내가 그곳에 나타나면, 따로 알리지는 않았지만 반드시 옆집 부인이 이것저것 그럴듯한 구실을 만들어 내 앞에 나타났다. 그러나 그녀 쪽에서도 내가 아내와 함께 있을 때는 결코 얼굴을 보이지 않았다. 하기야 아내는 도쿄에 오면 금세 건강이 나빠지기 때문에 함께 오는 경우는 거의 없어서, 나는 그렇게 반년에 한 번이나 한 달에 한 번 정도 기요**초의 어머니 집에 왔고, 그럴 때마다 점점 옆집 부인과 가까워지게 되었다. 당연한 일이기는 하지만, 가까워지고 보니 그녀는 그렇게 이상한 여자 같지는 않았다. 그저 처음에 나를 그렇게 놀라게 했던 행동의 주된 원인은 그녀가 지나치게 지루한 생활을 하고 있기 때문이었다. "부인, 댁에는 고양이가 있지 않습니까?" 하고 언젠가 내가 물었더니, "아뇨, 없어요. 저는 살아 있는 동물을 챙기는 걸 싫어하거든요"라고 그녀는 말했다. "하지만 제가 여기에 이사 왔을 때쯤에, 자주 야옹아, 야옹아 하면서 고양이랑 노는 목소리가 들렸던 것 같은데……"라고 하자 그녀는 딱히 거북해 하지도 않고, "그건 남의 집 고양이예요. 저희 집에 놀러 와 있었던 거지요"라고 말했다. 그러나 그녀가 보통 사람들이 말하는 의미로 나를 사랑하고 있었는지 어땠는지는, 분명히 나에게 접근하려고 하는 그녀의 태도나, 그 황매화나무 꽃 사건이나, 그 밖의 여러 가지 나에 대한 의미심장한 태도를 가지고 섣불리 판단할 수는 없다. 앞에서도 여러 번 말했듯이, 우리를 대할 때는 그렇게 활기차게 수다를 떨고 다정하게 행동하던 그녀의 집은, 아침부터 밤까지 빈집처럼──이라고는 할 수 없지만, 분명히 사람이 있는데도 놀랄 만큼 소리를 내지 않고 살고 있는 것 같다──조용하다는 점이 아무래도 이상한 것은 틀림없었다. 또, 아내가 있을 때 "옆집 사람은 정말 시간이 정확한 사람이에요"라고 말하며 놀랐던 적이 있었다. 내가 그 이유를 묻자, 매일 열두 시가 되면 부인이 아래층에서 이층에 있는 남편을 향해 '식사'가 준비되었음을 알리는 목소리가 들린다고 하는데, 그것이 언제나 반드시 정확하게 열두 시 정각이라는 것이다. 그녀가 "식사하세요"라고 부르는 목소리와 함께 정오를 알리는 사이렌 소리가 들린다. 적어도 그 목소리를 듣는 것과 동시에 반주하듯이 여기저기에서 정오를 알리는 기적이 울렸기 때문에, 자주 느려지는 우리 집 벽시계가 웬일로 그녀가 "식사하세요" 하고 부르는 목소리와 함께 울기 시작하더라는 일화까지 있다. 그리고 그 이후로 그녀의 그 목소리에 시계를 맞추고 있다고 아내가 말했다. 그리고 그 목소리를 나도 두세 번 들은 적이 있어서, 아내의 말은 거짓이 아니었다. 아침 식사는 몇 시, 저녁 식사는 몇 시인데, 그 무렵의 "식사하세요" 하고 부르는 소리는 우리 집에서 아무도 듣지 않았을 때도 아마 매일 규칙적으로 같은 시간에 울렸을 것이 틀림없다. 그리고 생각할 필요도 없이 그것은 그녀의 취향인 것 같지는 않았다. 그것은 그 이층 서재의 책상 앞에, 다카하라의 표현에 의하면 방석 아래가 썩어 있다고 할 정도로 집요하게 앉아 있다는 주인공의 의견이 틀림없다. 나는 문득 그런 엄격한 남편을 상상하자, 딱히 그 부인에게 꺼림칙한 일을 하려는 것도 아닌데 뭐라 말할 수 없는 으스스하고 켕기는 기분이 들었다. 주변의 평판으로도 그는 매우 까다로운 사람으로, 그 아내에게도 목욕탕에 가는 길에 장을 보거나 우편물을 보내러 갈 때 외에는 그다지 외출을 허락하지 않는다고 한다. 그리고 그 자신이 목욕탕에 가는 것을 나는 한 번도 본 적이 없다. 욕실은 있지만 단출한 가족이라 목욕물을 끓일 것 같지는 않은데 언제 어떻게 목욕을 하는 것일까. 게다가 그의 모습을 보는 것은 일 년에 겨우 대여섯 번 정도 외출할 때뿐이다. 그리고 부인은 젊지만, 그는 벌써 쉰에 가깝거나 아니면 쉰이 넘었을지도 모른다는 것이다. 그래서 나는 아직 본 적은 없지만, 왠지 꺼림칙했다. 그리고 비슷하게 꺼림칙한 기분이라도, 또 다른 옆집의 다카하라에 대한 것과는 전혀 다른 느낌이다. 어쨌든 나와 직업이 같아서였는지도 모르지만, 다카하라의 생활은 내가 이해할 수 있는 범위에 있었다. 하지만 다카기 쪽은 나로서는 상상조차 할 수 없었다. 그래서 어느 날, 그의 부인에게 "도대체 남편분은 아침부터 밤까지 뭘 하면서 지내고 계십니까?" 하고 물어보았다. 그러자 그녀는, "뭘 하고 있을까요. 벽창호라 저 같은 것에겐 조금도 신경 쓰지 않아요"라고 말했는데, 남편은 어떨지 몰라도 그녀는 그 가정 생활을 그다지 즐기고 있는 것처럼 보이지는 않았다. 아마 그녀가 옆집의 나에게 그렇게 구는 것은 그녀가 가진 향락의 일종임이 틀림없을 것이다. 한마디로 말하면 그녀는 그 음침한 집 바깥의 생활을 동경하고 있는 것이리라. 그리고 나를 통해서 그것을 엿보거나 접하려는 것이 아닐까.

그녀는 내가 기요**초에 없는 동안 우리 어머니와 매우 친해져 있었다. 그리고 또 그녀는 내가 기요**초에 나타날 때마다, 일요일 밤 같은 때에 자신의 집에 나를 불러서 그녀의 남편과 나를 가까이 지내게 하려고 노력하는 것처럼 보였다. 그러나 그것은 내 쪽에서 피하고 있었는데, 결국 어느 해 정월에 일이 벌어졌다. 새해 첫날은 아내의 친정 쪽에서 지내고 다음 날 도쿄행 기차를 탔으므로, 내가 기요**초의 집에 도착한 것은 2일 저녁때였다. 기차 안에서 저녁을 먹지 않은 내가 여장을 풀면서 어머니에게 식사 준비를 부탁했을 때, 앞쪽 입구가 열리고 귀에 익은 그녀의 목소리가 평소보다 더, 새해다운 명랑함을 담고 현관에 울렸다. 그래서 내가 현관으로 나가자, "어때요, 기가 막히게 알지요? 당신이 돌아오시기를 기다리고 있었어요. 어머님과도 이미 약속을 해 두었지요. 자, 얼른 오세요. 아아, 나도 참, 새해 인사를 잊고 있었네, 실례했어요 ……" 하고 그녀는 연달아 이렇게 말했다. 그리고 내 손을 잡아끌 듯이 그녀의 집으로 데려갔다. 옆집이기는 해도, 지금까지 현관까지 간 정도는 서너 번 있었지만, 한 번 잠깐 들어간 적도 있었지만, 그렇게 진득하게 화로 앞에 앉은 적은 처음이었다. "남편분은?" 하고 묻자, "오늘은 낮부터 계속 새해 인사를 하러 다니고 계세요"라고 그녀는 대답하고 나서, "남편은 아무래도 상관없잖아요. 그렇게 딱딱하게 굴지 마시고, 자, 새해니까 이거 한 번 드셔 보세요" 하며 처음부터 준비해 둔 것처럼, 어느새 나를 위한 상을 내 왔다. 나는 적잖이 당황했지만 설사 도망칠 수도 없어서, 자리를 잡고 앉아 잘 못 마시기는 하지만 내밀어진 술잔을 받았다. 그러다 보니 내 성격상 어느새 마음이 편해지고 말아서, 친구 집에서라도 마시는 듯한 기분이 되었다. 물론 거기에는 상대의 나무랄 데 없는 대접과 술에 취한 것이 큰 원인임이 틀림없다. "시간이 참 빠르네요, 오와다 씨" 하고 그녀는, 나보다는 잘 마시는 것 같았지만 그래도 여자답게 눈가를 새빨갛게 물들이면서, "알고 지낸 지 벌써 이래저래 이 년이 되었군요. —— 햇수로 삼 년이에요" 하고 특유의 요염한 눈빛으로 비스듬히 나를 보면서 말했다. "그렇게 되었습니까?"라고 나도 어쩔 수 없이 맞장구치듯 말하고는, "그렇지만 저는 여기저기 돌아다녔으니까요, ……생각해 보면 이상한 교제로군요"라고 말하자, "정말 이상하네요. 이렇게 둘이서 진지하게 이야기하는 건 처음이잖아요. 어머, 비겁하시네요, 드세요. 제가 드린 술을 못 드시겠다는 건가요? 부인이 무서우세요?" 하고 술을 권했다. 나는 또 어쩔 수 없이 그녀의 잔을 받았다. 너무 기분이 좋아서 왠지 버팀목이 없는 받침대 위에라도 올라가 있는 듯한 기분이 들었다. 게다가 그녀는 그렇게, 만일 제삼자가 우리의 대화를 들었다면 수상하게 여길 정도로, 한마디로 말하면 요염하고 허물없게 이야기하거나 그런 태도를 보이는데도, 묘하게 거기에 실감이 따르지는 않는 것이다. 왜냐하면, 무심코 그녀에게 넘어가 내가 진지하게 응하면, "어머나, 이건 연극이에요"라고 말할 것 같은 구석이 있었기 때문이었다. 그럼에도 불구하고 나는 역시 무슨 나쁜 짓을 하고 있는 듯한 어색한 기분에 가슴이 두근거려서 "저기, 아직 남편분이 돌아오실 시간이 안 되었습니까?"라고 두세 번 물었다. "그런 거야 아무렴 어때요. 돌아와도 상관없어요. 새해잖아요"라고 그때마다 그녀는 대답했다. "저는요, 정말 충실한 아내랍니다. 그건 오와다 씨도 아마 아시겠지요. 이렇게 매일 아침부터 밤까지 집에 있는 것만으로도 굉장히 힘든 일이에요. 안 그래요? 마치 감옥에 들어와 있는 것 같다니까요. 까다로운 사람이라서 식사든 뭐든 시간에 엄격한 사람이다 보니 정말 힘듭니다." 하고 그녀는 말을 이었다. 과연, 나는 그녀의 집에서는 매일 열두

시 정각이 되면 반드시 그녀가 아래층에서 '식사하세요'라고 남편에게 알린다는 이야기를 떠올리고, 충실한 부인이 틀림없다고 생각했다. 그러나 그렇게나 보기 드문 충실한 부인의 일면에 또 참으로 이상한 일면을 가지고 있는 부인인 것 같다고 생각하자, 나는 술이 깰 정도로 기분이 나빠졌다. 그때 갑자기 문 앞에서 자동차가 서는 소리가 나고 남편이 돌아온 것 같은 기척이 들렸을 때는, 나도 그녀도 갑자기 당황했다. 특히 그녀가 당황하는 모습에 나는 두 배로 당황했다. 그러나 남편이 방에 들어오자 그녀는 순식간에 평소의 모습으로 돌아가, "어머나, 당신은 이렇게 늦게까지 어디를 돌아다니신 거예요. 보세요, 옆집의 오와다 씨가 친절하게도 새해 인사를 하러 와 주셨잖아요"라고 말했다. 취한 듯한 남편은 이 말에 넘어간 듯, "이거, 이거, 새해 복 많이 받으십시오"라고 말하며 내 앞에 털썩 앉았다. 나는 당황해서 아무 말도 하지 않은 채 목례를 했다. 이때 나는 남편인 다카기 잔무를 처음으로 본 셈이었다. 그러나 처음에 나는 이 사람이 평소에 상상하고 있던, 좀처럼 외출도 하지 않고, 앉아 있는 다다미 밑이 썩어 있다는 등의 소문이 나 있는 학자 다카기 잔무일까 하는 이상한 생각이 들었다. 내 앞에 앉아 있는 남편은, 땅딸막한 키에 기모노를 입은 모습이 어느 모로 보나 시골 사람처럼 보이는, 머리가 반쯤 벗겨진 너무나도 평범한 용모를 한 남자였기 때문이다.

이윽고 그는 부인과 자리를 바꾸어 화로 건너편의 나와 마주 보는 위치에 앉았다. 이미 꽤 마시고 온 것 같았는데 술기운이 돌기 시작해서인지, 순식간에 그의 말 많은 부인을 입 다물게 할 정도로 쉬지 않고 나를 향해 이야기하기 시작했다. "여어, 오와다 씨, 처음 뵙겠습니다——처음 뵌 기념으로 자, 자, 한 잔"하고 그는 말문을 열었다. "한 잔 더, 자, 그렇게 사양하지 마시고, 숨겨 봐야 소용없어요. 당신에 대해서는 이전부터, 교제하는 것 이상으로 잘 알고 있으니까요. 부인의 병은 좀 어떻습니까? 당신이 바람을 너무 피우니까 그런 거 아니오. 우리 둘 다 부인은 소중히 여겨야 해요. 당신은 아직 고생을 덜 해서 그런 거요. 실례지만, 당신은 여자한테 반해서 목숨까지도 바칠 수 있다고 생각한 적이 있습니까? 목숨까지도, 말입니다. 없겠지요. ……." 그때 마주앉은 그와 나 사이에 있던 화로의 왼쪽에, 그의 부인은 약간 내 쪽으로 기대어서 앉아 있었는데, 그가 '목숨까지도'라고 이상한 가락을 붙여서 외쳤을 때, 나는 내 무릎을 끊임없이 찌르는 사람이 있는 것을 느끼고 그쪽을 보려고 했다. 그러자 그 전에 얼핏 눈에 들어온 부인의 얼굴이 "저랍니다. 재미있지요" 하고 신호하듯 말했다. 그러나 주인공은 그런 것은 눈치채지 못한 듯 말을 이었다. "아니, 오와다 씨, 나도 이 사람 때문에 정말이지 목숨을 건 고생을 했답니다. 그때의 이야기를 해 드릴까요. 자, 한 잔 더 드시오" 하고 거기에서 또 그는 잔을 권했다. "여보, 그만두세요. 그런 쓸데없는 이야기를" 하고 부인은 조심스럽게 옆에서 타일렀다. "그럼 한 번, 오와다 씨, 당신 이야기를 들려주시겠소? 어떻습니까, 당신에게는 여러 가지 재미있는 이야기가 있겠지요. 그나저나 당신 조카 중 누나

쪽은 꽤 미인이더군요. 아니, 아주 미인이오. 그런데 이렇게 말하면 좀 그렇긴 하지만 조금 불량해 보이더군요. 조심해야겠던데요. 이제 열여섯이라지요. 열여섯이라니, 꽃 같다고 하는 나이지요. 자, 한 잔 더."

이렇게 그의 여러 이야기를 듣는 사이에 내가 정말 놀란 것은 그가 일 년 내내 그렇게 집 안에 틀어박혀 있으면서도 우리 집 조카뿐 아니라 두 집 건넛집, 세 집 건넛집의 일까지, 사람들의 얼굴 생김새에서부터 누가 무엇을 하고 있는지, 어떤 비밀을 가졌는지까지 실로 상세하게 알고 있다는 것이었다. 게다가 그는 그런 것에 대해서 하나하나 세심한 비평까지 내렸다. "오와다 씨, 야마사키 군은 당신 친구요? 얼마 전에 저쪽에 이사 온……. 나이는 꽤 어리지만 잘생긴 남자더군요. 하지만 말랐지. 게다가 안타깝게도 키가 작아요. 부인이 훨씬 크지 않소? 그 부인은 시골 교사였다고 하더군요. 여교사치고는 꽤 칠칠치 못하지. 하기야 여교사라는 게 대개 칠칠치 못한 건지도 모르지만 말이오" 하고 그는 말했다. 그 야마사키는 직업이 소설가이기도 하므로 다카기와 비슷하게 좀처럼 밖에 나온 적이 없는 사내다. 실제로 내 친구지만, 나는 아직 그가 이사 오고 나서 한 번도 만난 적이 없을 정도이고, 하물며 그의 아내가 교사였다는 이야기는 처음 들었다. 그래서 다카기라는 사내는 역사 연구가라고 하더니, 아침부터 밤까지 실은 그런 것만 염탐하고 있는 것은 아닐까 싶은 생각이 들었다. 그는 일부에서는 알려진 학자로, 저서는 적지만 그 몇 안 되는 저서는 대부분

절판되어 귀하게 여겨지고 있다는 등의 소문을 내가 두세 명의 친구에게서 듣지 못했다면, 나는 그를 그렇게 믿지는 않았을 것이다.

"저는 여러 소리 듣는 것을 좋아해서 말입니다" 하고 그는 또 이야기를 시작했다. "그래서 오와다 씨, 아카스티콘이라는, 귀머거리도 들리게 되는 미국제 기계가 있지 않습니까? —— 가져와 봐" 하고 그는 그때 부인 쪽을 향해서 턱짓을 했다. "나는 귀머거리는 아니지만, 그 기계를 끼면 보통 이상의 소리가 들린다오. 그래서 귀머거리가 아닌 사람이 이렇게 마주앉아서 이야기하고 있을 때 그것을 사용하면, 너무 잘 들려서 고막이 찢어질 위험이 있지요. 그래서 나는 대개 사람들이 잠들고 나서 가끔 그걸 귀에 대고 주변의 소리라든가 이야기 소리 같은 걸 듣소. 어때요, 재미있는 도락이지요? 자, 한 잔 더, 그렇게 사양하지 마시오." 그리고 부인 쪽을 향해서, "아카스티콘은 어쨌어?" 하고 재촉했다. "아카스티콘 같은 건 아무래도 상관없잖아요" 하며 부인은 왠지 몹시 싫은 얼굴로 남편의 말을 물리쳤다. '아하, 이거 이 부인도 그 아카스티콘을 쓰고 있군' 하고 나는 생각했다. "아차차차……" 하며 그때 다카기는 귀찮다는 듯이 일어서서 변소에 갔다. 그는 툇마루로 나갈 때 넉 장으로 되어 있는 맹장지문의 한가운데를 열고 나가서 그 문을 닫았다. 그런데 무슨 생각을 했는지, 밖에서 제일 오른쪽 끝의 맹장지문은 닫아 두고 그 바로 앞에 있는 변소 문을 활짝 열어 놓은 채로 우리들이 앉아 있는 화로 쪽을 보면서 용변을 보는 것이다.

"여보, 그렇게 활짝 열어 놓으면 춥고, 무엇보다 보기 흉하잖아요" 하고 부인은 그쪽을 노려보며 타일렀다. 그리고 그렇게 말하면서, 그쪽에서 보면 내 몸이 그녀의 반 정도를 가리고 있었던 것을 이용해 그녀가 왼손을 살그머니 뒤로 돌려 내 손을 잡는 바람에, 나는 기가 막혀서 저항도 하지 못한 채 그대로 있었다. 그러자 "이 문을 닫으면 큰일이지" 하고 그가 변소 쪽에서 장난스러운 어투로 소리쳐서, 나는 허둥지둥 그녀에게 잡힌 손을 뺐다. 왠지 이 부부는 서로 짜고 나를 놀리는 것 같다는 생각이 들어 기분이 나빠졌다. 하지만 그는 이윽고 기분 좋게 원래의 자리로 돌아와서 변함없이, "자, 한 잔 더"를 되풀이했다. 그리고 계속해서 근처의 집과 사람들의 소문을 이야기하기 시작했다. 어느어느 집의 남편은 정직한 사람이지만 소심하고 주변머리가 없다. 그 대신 그 부인은 수완이 좋다. 하치오지의 게이샤였다고 하는데, 실제로 작년 말에는 빚쟁이를 쫓아내기 위해 삼십 엔의 빚이건, 오 엔의 빚이건, 석 달 밀린 집세건, 공평하게 일 엔씩 갚았다나. 어느어느 집의 노인은 귀가 어두워서 며느리가 하루에 몇 번씩 "어머님, 그건 이렇답니다"라고 하거나, "어머님, 그건 그게 아니에요" 하고, 그 노인이 또 시어머니 근성으로 귀가 안 들리는데도 일일이 묻는 바람에 큰 소리로 대답해야 했다. 그래서 남편이 거기에 마음을 쓰다가 결국 이사를 갔다나. 어느어느 집의 부인은 언뜻 보기에는 미인이지만 머리카락이 붉다기보다 옅은 갈색이어서 한 달에 두 번씩 마루 빌딩의 미용실에 염색하러 가는데, 그 김에 머리도 해서 그때마다 이십 엔씩 든다고 한다. 그러면 그 부인의 미용 비용으로만 한 달에 사십 엔, 남편은 OO 회사의 사원으로 월급이 백팔십 엔이니 꽤 고생하고 있을 것이 틀림없다. 그 때문인지 그 남편은 이곳에 이사를 왔을 때부터 늘 양복이 낡으면 뒤집어 입는 데다, 집에 있을 때 여름에는 유카타[92], 겨울에는 메이센[銘仙][93]으로 만든 도테라[縕 袍][94]밖에 입지 않는다. 그 외에 기모노라곤 가지고 있지 않다는 둥 하는 이야기를 수없이 해 주었다. 나도 그 사람들에게는 미안하지만 다카기의 이야기가 너무 재미있어 어느덧 빠져 있는 사이에, 문득 방랑 여행을 떠난 우리 집 오른쪽 옆집에 살던 다카하라 만가쿠에 관해서 물어보려고 했다. 그러자 다카기는 다카하라의 이름을 채 절반도 듣지 않고, "맞아, 맞아, 다카하라라는 사내가 있었던가" 하며 말을 받았다. 옆에서 부인이 "여보, 그만두세요"라며 왠지 그것을 말리려고 했지만, 그는 아랑곳하지 않고, "뭐 어때. 그놈은, 오와다 씨, 정말 곤란했다니까요. 그 남자는 당신들이 오기 전에 지금 당신이 사는 그 집에 이사 왔었는데 말이오, 그놈 정말 괘씸한 놈이오. 이 사람한테(라며 부인 쪽을 턱짓으로 가리키며) 반해서 말이지. 원래 그렇게 남의 눈이고 뭐고 신경 쓰지 않는 사내인데, 남의 마누라한테 반한 주제에 노골적이라 몹시 곤란했다오. 그때는 이 사람을 목욕탕에도 섣불리 보낼 수 없었소. 그 자식은 맹렬하게 직접 연애편지를 써서는 직접 바깥 우편함에 던

---

92) 여름철에 입는 무명으로 만든 홑옷.
93) 꼬지 않은 실로 거칠게 짠 비단으로 옷감이나 이불감 등으로 쓰임.
94) 솜을 넣어 만든 겨울 방한용 실내복.

져 넣고 가더라니까. 심할 때는 하루에 세 번도 보냈소. 안 그래, 당신?""어머, 그렇지는 않았어요"라고 부인은 말했다. "그래서 말인데, 오와다 씨, 재미있지요. 나는 그에 대항할 방법을 생각했소. ……댁의 변소를 푸려면 우리 집 마당을 지나야 하지 않습니까. 우리는 그것을 이용했다오. 우리는 댁의 집, 그러니까 그때의 다카하라네 집으로 통하는 마당 나무문을 잠가 버리고 절대로 청소부가 다니지 못하게 했지요. 여기에는 어지간한 만가쿠도 곤란했던 모양인지, 결국 놈은 집주인에게 울며불며 매달렸나 보오. 집주인 쪽에서 부탁하러 왔더군. 하지만 그 정도로 이쪽이 봐 주면, 그런 놈이니 우리를 우습게 볼 것 같아서 쉽게는 용서해 주지 않았소. 그랬더니 집주인이 이 집 집세를 오 엔 깎아 줄 테니 꼭 좀 부탁한다고 하기에 용서해 주었지요. 그래서 지금도 이 집은 댁네 집하고 같은 크기지만 오 엔 싸다오. 아하하하하. 자, 한 잔 더."

그러나 나는 다카기의 이야기를 듣고 있는 동안 이상하게 점점 우울해졌다. 게다가 이 정도로 세상 사람들에게서 떨어져 있으면서 이 정도로 세상 사람들을 주의 깊게 보고, 신경 쓰고 있는 사내의 존재가 불쾌함과 동시에 불쌍하기도 했다. 그렇다고 해도 그의 이웃 사람들에 대한 정보는 밤이 된 후에 아카스티콘으로 귀 기울여 듣는 정도로는 도저히 얻을 수 없을 것 같았다. 게다가 그 소문들의 대상이 되는 사람들의 얼굴 생김새나 걸음걸이까지 알고 있는 것을 보면, 매일 아침부터 밤까지 이층 유리창에서 길에 다니는 사람을 감시하고 있는 게 아닌가 생각될 정도였다. 그러나 그는 그럴 여유가 없는, 주변의 평판대로 '책벌레'라 불릴 정도로 열심히 공부하는 사람인 것도 사실인 것 같았다. 실제로 그와 같이 한쪽으로 치우친 학자에게서 흔히 볼 수 있는 고서라든가 진귀한 책에 특별한 애착을 가지고 있고 그런 종류의 책들을 꽤 모으고 있는 것 같았으니, 그의 그런 정보의 대부분은 그의 이상한 부인에 의한 것임이 틀림없을 것 같았다. 결국, 나는 역시 뭐라고도 말할 수 없는 우울한 기분이 되어, 억지로 마신 술 때문에 반쯤 몽롱한 상태로 그의 집을 나왔다. 이제 이런 집에는 절대 발을 들여놓지 않겠다고, 술 때문에 어지러운 머릿속으로 결심하면서. ──

그때 나는 기요**초의 집에 일주일 정도 있다가 곧 친정에서 요양하고 있는 아내에게로 돌아갔다. 아내의 병도 차차 나아지자, 나는 조금 차분하게 공부할 생각으로 그곳에서 작은 집을 빌려 이삼 년 동안 지낼 생각을 했다. 그러나 아내는 몸이 좋아지자 도쿄로 돌아가고 싶어 했다. 그러나 전에 있던 기요**초의 집은 앞서 말했듯이 이미 우리 것이 아니라 조카들의 집이 되어 있었기 때문에, 도쿄에 돌아가게 되면 새로 집을 구해야 했다. 게다가 나는 이제 다카기 후미시로 같은 사람이 이웃으로 있는 기요**초의 집으로는 돌아가고 싶지 않았다. 특히 언젠가의 황매화 사건이 있고 나서는, 그의 아내와 내 아내는 개와 원숭이처럼 사이가 매우 나빠져 더욱 싫었다. 그러나 7월 중순경에 기요**초의 어머니로부터 편지가 왔다. 어머니에게는 한두 번 편지로 적당한 셋집이 있으면 알려달라고 부탁해 놓았었는데, 그것에 대해서 셋집이 품귀일 때라 직접 찾아야지 남한테 부탁해서는 어려울 거라고 쓰여 있었다. 그리고 이제 슬슬 여름방학이라 사다코 외에는 대개 고향으로 돌아갈 테니 그동안에 우리 부부가 그 집에 와서 지내며 9월이 될 때까지 직접 찾아보면 어떻겠느냐고 쓰여 있었다. 사다코는 고향에서 와 있는 조카들 중 제일 큰 조카로, 언젠가 다카기가 꽤 미인이지만 불량한 데가 있다고 말했던 조카다. 즉, 어머니의 편지는 언젠가 우리가 기요**초에 살면서 피서를 가 있는 동안에 어머니와 조카들이 집을 봐 주러 왔던 것처럼, 이번에는 반대로 해 보지 않겠느냐는 뜻이었다. 나는 별로 내키지 않았지만, 아내는 오랫동안 도쿄를 떠나 있었으므로 그 편지를 보자, 내가 "그 동네에는 다카기의 그 불쾌한 부인이 있어"라고 말해도 그녀는 "그런 사람들은 교제만 안 하면 괜찮아요"라고 말하며 내 말을 듣지 않았다. 그래서 우리는 7월 말쯤 오랜만에 기요**초의 집에 반쯤 객식구의 자격으로 살게 되었다. 그리고 그해 9월 1일에 대지진이 일어났다.

그러나 그전에 이런 일이 있었다. 그것은 앞서 말했던 조카 사다코에 관한 일인데, 그녀는 다음 해 봄에 여학교를 졸업할 예정이었다. 그래서 그해 여름에는 고향으로 돌아가는 대신에 재봉이나 꽃꽂이 같은 것을 배우고자 도쿄에 남아 있었다. 그녀는 이미 다카기의 귀에도 들어간 것처럼 그렇게 불량하다고 할 정도는 아니었지만, 약간 사람들의 눈을 끄는 미인이었기 때문에 항상 남학생들로부터 편지가 와서, 우리 어머니도 걱정하고 있었다. 하지만 그것은 모르는 학생들이 어찌어찌 그녀가 사는 곳을 알고 편지를 보내오는 것일 테니 그녀만 상대하지 않으면 되는 일일 것이다. 그녀는 그렇게 왈가닥인 성격도 아니고, 그렇다고 해서 그런 편지 때문에 겁을 먹고 학교에 가지 않을 정도도 아니라고 생각해서, 주변 사람들도 그냥 간과하고 있었다. 그러나 나와 아내가 기요**초의 집에 갔을 무렵에는 그녀 앞으로 온 분홍색이나 옥색 봉투의 편지가 눈에 띄게 많아서 언젠가 무슨 이야기를 하다가 그것을 어머니에게 이야기했는데, 어머니는 시골 노인이라 그런 것에는 거의 신경을 쓰지 않고 있었다. "아무래도 같은 사람한테서 오는 편지 같아요"라고 내가 말하자, "그래?" 하고 어머니가 별로 걱정하는 기색도 없이 대답해서, "어머니 손녀잖아요, 좀 더 조심해야지……" 하고 나는 나무라듯 말했다. 그런데 어머니 대신 아내가 그에 대해서 갑자기 안절부절못하기 시작했다. "여보, 큰일 났어요. 사다코가 저 편지를 보내는 남자랑 만나고 있는 것 같아요. 여보, 우리가 몰랐다면 어쩔 수 없지만 이렇게 한집에 살고 있는데 만일 잘못되면 고향에 계신 아주버님께 죄송하지 않겠어요?" 하고 그녀는 나를 책망하듯이 말했다. "그 남자랑 만나고 있는 걸 어떻게 알아?" 하고 내가 묻자 아내는 전혀 부끄러운 기색도 없이 "편지를 봤거든요"라고 대답했다. 나와 아내가 그 일로 다투고 있자니 어머니가, "그러고 보니 너희들이 오기 전에, 한 번 집에 들어오지 않은 적이 있어서 걱정했다" 하고 여전히 아무것도 아닌 것처럼 말했다. "그것 봐요, 여보, 큰일이에요" 하고 아내는 히스테리 같은 말투로,

뭔가 내 잘못이라도 되는 것처럼 말했다. 그때 앞쪽 입구가 열리고, "오와다 씨 계십니까?"라고 묻는 듯한 목소리가 들렸다. 그것은 다카하라 만가쿠였다. 그는 이곳저곳 돌아다니던 여행을 일단 마치고 당시 오모리[大森]에 집을 구해서 살고 있었는데, 오랜만에 이 근처를 지나다가 들러 보았다고 했다. 그러면서 아내의 안색을 보고 무슨 일이 일어났다는 것을 알아차린 듯, "부인, 왜 그러십니까. 무슨 걱정거리라도 있습니까?" 하고 물었다. 그래서 아내가 앞뒤 생각도 없이 조카 사다코에게 일어난 사건에 대해서 이야기하자, "그거 말도 안 되는 일이오" 하고 그는 곧장 흥분한 목소리로 외쳤다. "그런 일을 내버려 두면 큰일이지. 불량소년의 짓이 틀림없소. 오와다 씨, 그 남자의 집이 어딘지 아시지요. 그럼 한 번 그 남자 집에 가서, 근본적으로 조사해 보시지 않겠습니까. 나는 이런 이야기를 듣고는 가만히 있을 수 없는 성격이오. 자, 오와다 씨, 그 남자한테 담판을 지으러 가십시다." 그러자 아내가 옆에서 내게 마침 잘되었으니 다카하라 씨와 같이 가서 늦기 전에 어떻게든 결판을 지어 버리라고 가세하자, 나도 어쩔 수 없이 다카하라와 함께 편지로 알아낸 상대 남자의 하숙집으로 갔다. 가는 길에도 다카하라는 내내 흥분해서, 잠깐 파출소에서 길을 물을 때도 "지금부터 어떤 불량소년을 조사하러 가는데 결국 경찰한테 넘기는 편이 좋을까요, 아니면 우리가 훈계하고 앞으로 행동을 삼가라고 하는 편이 좋을까요. 당신 의견은 어떻습니까?" 하고 순사에게 말을 거는 바람에, 나는 두 손 두 발 다 들고 말았다. 이윽고 상대방의 하숙집을 찾아가 보니 당사자가 집을 비웠기에, 아까부터 다카하라의 태도에 꽤 질려 있던 나는 오히려 안심이 되었다. 그러나 그는 하숙집 주인을 붙들고 '학교에는 열심히 다니고 있느냐'라든가, '여자가 놀러 오느냐'라든가, '부모가 매달 얼마를 보내오느냐'는 등 형사 같은 말투로 물었다. 하숙집 주인을 상대로 그런 질문을 해 봐야 소용이 없으므로, 나는 그를 재촉해서 우선 기요**초로 돌아가기로 했다. 그러자 돌아오는 길에도 그의 흥분은 좀처럼 가라앉지 않아, "오와다 씨, 사다코 양의 학교 교장은 기시베였지요. 나는 기시베와는 친구 사이이니, 그를 만나서 단속을 제대로 못 한 것을 따지기로 하지요. 어떻습니까, 지금부터 기시베를 찾아가지 않겠습니까?"라는 말을 꺼냈다. 그리고 언젠가 그와 처음으로 만났을 때 그가 했던 말은 사실이었다. 그는 내가 아무리 전차를 타자고 권해도 들어주지 않았던 것이다. 매우 더운 날이었고 나는 완전히 지쳐 있었기 때문에 기시베 교장을 방문하는 것은 찬성할 수 없다고 주장하고, 그와 함께 공원길을 지나 돌아오고 있었는데, 문득 우리가 걷고 있는 길 앞으로 사다코가 걸어가는 것을 보았다. 나는 그때 이미 일어난 일은 어쩔 수 없으니 앞으로 조심시키면 되지 않겠느냐는 생각이 들어서, 다카하라에게 그렇게 이야기했다. 그러자 그는 찬성하고, 그러려면 사다코보다 앞서서 집으로 돌아가 있다가, 나는 안 되고 타인인 다카하라가 앞으로 처신을 삼가라고 타이르고, 조금은 을러 두는 편이 좋겠다고 했다. 나는 그의 말에 동의했다. 그래서 우리는 집으로 돌아와 다카하라를 혼자 이층에 올려 보내고, 나는 아내와 둘이서 아래층 방에서 아무렇지도 않은 얼굴로 기다리고 있다가, "너한테 볼일이 있다는 사람이 와 있으니, 이층에 가 보렴" 하고 말했다. 사다코는 의아해하면서 이층으로 올라갔다. 아내는 그녀의 뒷모습을 기분 좋은 듯이 바라보며 나와 눈을 마주 보고 빙긋 웃었다. 그러자 얼마 안 되어 다카하라의 그 깨진 종 같은 목소리가 들려왔다. "자, 거기 앉으시오" 하고 그는 말했다. "사다코 양, 당신은 지금 하고 있는 일이 여러 가지 있는데, 자신이 하는 일이 옳은 일이라고 생각합니까? 자, 그것부터 어서 대답해 보시오. 잠자코 있으면 알 수가 없지요. 당신이 요전에 어디에선가 묵고 온 것도 알고 있소. 어디어디의 누구누구라는 학생과 편지를 주고받고 있는 것도 알아요. 나는 당신이 하는 일은 전부 알고 있지만, 만약을 위해 당신 입으로 들어 두고 싶군요. 당신이 그것을 말하지 않으면 나는 친구인 기시베 교장에게 알아봐 달라고 부탁할 텐데, 어떻소? 자, 잠자코 있으면 알 수가 없어요."──그리고 사다코의 흐느껴 우는 소리가 들려왔다.

그때 다시 후회가 물밀듯이 밀려왔다. 아내는 나보다 더 후회하기 시작한 것 같았다. 그녀는 그것을 나에게 향했다. "여보, 저래서는 아무리 그래도 사다코가 불쌍해요"라며 방금 사다코가 이층으로 올라갈 때 기분 좋은 듯이 웃었던 것은 완전히 잊어버리고, "여보, 혼내려면 작은아버지인 당신이 혼내지 않고, 무엇 때문에 남인 다카하라 씨한테 야단치게 하는 거지요? 저러면 사다코가 불쌍하잖아요. 너무해요, 너무해"라고 말하며 울기 시작했다. 나는 당혹스러우면서도, 과연 무엇 때문에 다카하라에게 사다코를 꾸짖어 달라고 했는지 스스로도 영문을 알 수 없게 되었다. 그러자 더욱더 히스테릭해진 내 아내가 갑자기 이층으로 뛰어 올라갔다. 나도 불안해져서 따라갔더니, "다카하라 씨, 그만하세요. 더 이상 아무 말도 하지 마세요. 사다코는 제 조카니까 제가 책임질게요" 하고 그녀는 다카하라에게 따지듯이 소리쳤다. 거기에서 다카하라도 약해졌는지, 아니면 그도 조금 전부터 지나치게 분위기에 취해 말하다 보니 스스로도 자신의 말을 제어하지 못하기라도 했는지, "아니, 그럼 작은어머님께 맡기겠습니다"라고 말하자마자 내게 인사하는 것도 잊어버리고 허둥지둥 계단을 내려가더니, 우리가 변소에라도 갔나 하고 생각하는 사이에 돌아가 버렸다. 사다코는 그 후 열이 나서 이틀이나 누워 있었다. ──

그러고 나서 얼마 지나지 않아 그 대지진이 일어났다. 설마 화재로 불타 버릴 거라고는 생각하지 않았지만 여진이 걱정되었고, 어머니와 사다코 등 여자밖에 없는 가족이어서, 나는 우선 여자들을 가까운 O 절의 경내로 피난시켰다. 그곳은 크고 유명한 절이라 우리뿐만 아니라 근처 이웃들도 모두 그곳으로 피난 와 있었다. 하기야 나는 이웃들의 얼굴은 거의 몰랐다. 다만 그런 경우 사람들이 서로 주고받는 말을 듣고, 어머니와 아내에게 인사하고는 내게도 고개를 숙이는 사람들이 아마 이웃 사람들일 거라고 생각하고, 나는 그런 사람들에게 간단하게 인사나 한 정도였다. 그러는 사이에 나는 여자들을 기다리게 하고 돗자리나 방석, 갈아입을 옷이나 먹을 것 등의 필요한 물건을 아직도 가끔 흔들리는 집에서 가지고 나왔다. 그리고 그것은 아직 지진이 일어난 지 한 시간도 지나지 않았을 때의 일이었다. O 절의 뒷문은 기요**초의 우리 집이 있는 골목의 막다른 곳에 있었다. 내가 아직 뭔가 필요한 것이 있어서 절의 뒷문에서 그 골목길로 통하는 길을, 평소에는 낮에도 사람의 모습이 겨우 한두 명 정도밖에 보이지 않는 그 골목길이 전찻길만큼 혼잡해진 가운데 사람과 짐 사이를 누비며 빠른 걸음으로 걸어가고 있는데, 맞은편 쪽에서 사람이 고함치는 목소리가 들렸다. 그런 상황에서의 고함 소리이다 보니, 바쁘게 오가는 사람들도 모두 그쪽에 귀를 기울였다. "정숙하시오, 정숙. 허둥대지 마시오, 허둥대지 마시오. 하늘이 노했소, 하늘이 노한 거요"라고 외치는 목소리에 무슨 생각을 할 새도 없이, 유카타 한 장에 모자도 쓰지 않은 채(그는 모자를 쓰지 않는 사람이었다) 체격에 어울리지 않는 가느다란 지팡이를 휘두르며 걸어오는 다카하라 만카구의 모습을 발견했다. 그도 나를 발견하고 "야아, 오와다 씨. 결국 하늘이 노했군요. 어떻습니까? 여러분은 모두 무사하십니까?" 하고 내 옆으로 와서 물었다. "고맙습니다. 그런데 당신은 왜 지금 이런 곳에 있는 겁니까? 오모리에 사는 게 아니었소?" 하고 내가 묻자, "오모리 맞습니다" 하더니 그는 평소와 똑같은 말투로, "오늘 아침 일찍 아내를 꾸짖고, 너무 기분이 언짢아서 아사쿠사에 갔었다오……. 어떻습니까, 그 후로 사다코 양은……, 아니, 요전에는 실례가 많았습니다. 어떻습니까, 그 후 훈계의 효과가 조금은 있습니까?"라고 말했다. 나는 그런 질문에 대답하고 있을 시간이 없었기에, "저는 지금부터 잠깐 집에 이불을 가지러 갑니다. 여자들을 O 절에 피난시켜 놓아서요, 실례합니다"라고 말하자, "그거 큰일이군요, 도와드리지요" 하고 그는 내가 거절하는 말도 듣지 않고, "아니, 이럴 때는 서로 도와야지요"라고 말하면서 우리 집까지 와서 이불을 꺼내는 것을 도와주었다. 돌아오는 길에 나는 그에게, "당신이 집에 없으면 가족들이 걱정할 테니 어서 돌아가야 하지 않습니까?" 하고 물었는데, "아니, 괜찮소. 이럴 때 어떻게 해야 하는지는 평소부터 말해 두었거든요." "하지만 아이들은." "아이들은 다행히 열흘쯤 전에 아내의 친정에 맡겨두었습니다"라고 말했다. 그런 대화를 하면서 나는 다카하라와 함께 이불을 짊어지고 가족들이 기다리고 있는 O 절로 갔다. 다카하라는 나와 달리 그 부근에 피난와 있는 사람들 중에 아는 얼굴이 꽤 많았는지, "여어, 여어" 하며 이 사람 저 사람에게 말을 걸고 있었다. 그리고 변함없이 "하늘이 노한 거지요"라는 말을 계속하고 있었다.

그때 문득 절 뒷문 쪽에서 우왕좌왕하는 군중들 속에, 다카기 후미시로가 부인의 손에 이끌려 절 안으로 들어오는 모습이 보였다. 내가 그를 보는 것은 새해 이후로 처음이었다. 술을 마시지 않은 그는 어느 모로 보나 노인 같고, '책벌레' 같았으며, 어느 모로 보나 기력이 없어 보였다. 부인은 반대로 당차 보였는데, 한 손으로 남편의 손을 잡아끌면서 다른 손에 담요와 방석을 껴안고 군중 속을 뚫고 왔다. 그녀는 나와 어머니의 모습을 발견하자 서둘러 우리 쪽으로 다가왔다. 그녀는 그런 상황에도 결코 흐트러지지 않았을 뿐 아니라, 오히려 흐트러진 듯한 모습도 공을 들인 것처럼 보였다. 그녀는 그녀의 결점인 숱이 적은 머리를 평소에도 올림머리로 교묘하게 감추고 있었는데, 그 위에 새 수건을 마치 동반자살이라도 하러 가는 여자처럼 걸치고, 치마 아랫단을 허리띠에 비스듬히 끼운 채 오른손으로 남편의 손을 잡아끌고 있었다. 그리고 그녀에게 손을 잡혀 오는 남편 다카기는 맹인처럼 보였다. 그녀는 우리 쪽으로 오더니 우리 모두에게 빠짐없이 목례하고 나서 내 어머니 옆으로 갔다. "이쯤에 앉아서 피난해도 될까요?"라고 말하면서 거기에 담요를 펴고 몹시 기력이 쇠한 남편을 앉히려고 했다. 그러자 그 순간, "으음" 하는 듯한 희미한 신음 소리가 들리는가 싶더니, 다카기 후미시로는 부인이 깐 담요 위로 벌렁 나자빠졌다. 아까부터 이 부부의 행동을 보고 있던 우리는 "앗!" 하며 엉겁결에 일어섰다. 막대기처럼 뻣뻣하게 담요 위로 나자빠진 다카기는 고통스러운 듯한 눈빛을 하고 입에서는 게거품을 뿜고 있었다. 그러나 부인은 당황하면서도 비교적 차분하게 허리띠 사이에 끼워 놓았던 손수건을 꺼내고는 "저기, 누구 찬물을 가지고 계신 분 안 계세요?" 하고 소녀처럼 고개를 갸웃거리며 말했다.

"찬물이라니, 물 말입니까? 차가워야 합니까?" 하고 누군가가 물었다.

"맞아요" 하고 그녀는 역시 비교적 차분한 목소리로 대답했다.

그때 사람들이 모여 있는 것을 발견한 듯 "뭐요, 뭐요?" 하고 다카하라의 목소리가 가까워져 오자, 나는 이럴 때는 그가 도움이 될 거라는 생각에 든든한 기분이 들어, "다카하라 씨, 큰일 났소" 하고 말을 걸었다. 다카하라는 가까이 다가와 그곳의 모습을 한 번 보더니 "이런, 사람간질이군" 하고 소리쳤다. 그 말에 주변 사람들 중 여기저기에서 웃는 사람이 있었다. 그러자 다카하라는 얼굴을 들고, "여러분, 웃을 일이 아닙니다. 이 사람은 사람을 싫어합니다. 그래서 이렇게 사람들이 있는 곳에 나오면 간질을 일으키는 겁니다. 웃을 일이 아니라고요" 하고 소리쳤다. 그 말에 또 많은 사람들이 웃었다. 그때 다카기 부인이 찬물에 적신 수건을 가져와 몸부림치고 있는 남편의 이마 위에 올려놓았다. "부인, 집으로 데려갈까요?" 하고 다카하라가 말했다. 그리고 "문짝이 한 장 필요하겠군" 하고 그는 혼잣말처럼 말하면서 문짝을 찾으러 군중을 헤치고 나갔다. 곧 문짝을 가지고 돌아온 다카하라를 내가 거들고, 다카기 부인이 옆에 붙어서 쓰러진 다카기 후미시로를 그의 집으로 옮겼다.

…….

그러나 사랑하는 기요**초는 그 다음 날 다카**초 쪽에서 발생한 화재의 불길이 옮겨붙어 불타 버리고 말았다. 다행히 그 동네 사람들은 다치지 않았고 다카기 부부도 무사히 어디론가 피난했겠지만, 다카기 부부의 그 후의 소식을 나는 모른다. 다카하라 만가쿠도 그때 이후로 만나지 못했다. 하기야 그러면 오늘이라도 내가 지금 사는 곳을 찾아내어 "오와다 씨, 나 왔소" 하며 나타날지도 모르지만…….

봄을 알리는 새
春を告げる鳥

옛날 어느 곳에 아이누[アイヌ]⁹⁵⁾인 촌장이 있었습니다. 그 무렵에는 아직 일본 내에 아이누 종족이 많았고 각각의 마을도 있었는데, 산으로 짐승을 사냥하러 가거나 때로는 옆 마을과 전쟁을 해야 하므로 강한 사람이 대장이 되어야 했습니다. 촌장이라는 것은 그 한 마을의 대장을 말합니다.

이 촌장은 근방에서도 이름 높은 강한 사람으로, 아무리 추운 날에도, 더운 날이 와도, 또 며칠 동안 먹지 않아도 힘들다고 말한 적이 한 번도 없는 그런 남자였습니다. 지금까지 곰을 산 채로 잡거나 멧돼지를 때려죽인 적이 몇 번인지 모릅니다. 그래서 이웃 마을의 촌장도 그를 두려워했고, 자기 스스로도 이 세상에 무서운 것은 아무것도 없다고 말하곤 했을 정도입니다.

---

95) 일본 홋카이도[北海道]나 사할린·쿠릴 열도에 거주하는 동아시아의 옛 종족. 유럽 인종의 한 분파에 황색 인종의 피가 섞인 종족이었으나, 일본인과의 혼혈로 본래의 인종적 특성과 고유의 문화를 점차 잃어 가고 있다.

이 촌장에게 아들이 하나 있었습니다. 그렇게 강한 촌장도 이 외아들이라면 사족을 못 썼습니다. 아버지인 촌장은 이 아들이 성장하면 자신보다 더 강하고 훌륭한 촌장으로 만들고 싶다고, 항상 생각하곤 했습니다.

그런데 그 아이가 점점 자라는 모습을 보니 언제까지나 몸집이 작고, 얼굴색이 희고, 착하기만 할 뿐 조금도 강해질 것 같지가 않았습니다. 그리고 다른 아이들처럼 산을 오르거나 토끼 사냥하는 일을 싫어했고, 그 대신 작은 칼로 나뭇가지나 풀잎을 잘라서는 그것으로 피리를 만들고 노래 부르는 것을 좋아했습니다.

그 당시의 아이누 종족 사이에서는 남자아이가 열 살이 되면 치르는 시험 같은 것이 있었습니다. 어떤 시험을 치르느냐 하면, 닷새에서 일주일 동안 산속 오두막에 틀어박혀 아무것도 먹지 않고 마시지 않는다거나, 아니면 또 그동안에 한숨도 자지 않는 수행이었습니다. 더 심한 수행은 친구에게 일부러 작은 칼로 팔을 베게 하고, 그것을 아프다고 말하지 않고 계속 참는 것도 있었습니다. 마침 그 촌장의 아들도 열 살이 되었으므로 어느 날 드디어 시험장에 보내지게 되었습니다. 시험장이라는 것은 산속의 초라한 오두막입니다. 아버지인 촌장은 제발 그 아이가 시험에 무사히 통과할 수 있기를 마음속으로 빌었습니다.

그로부터 사흘이 지났습니다. 아버지인 촌장은 아들이 어떻게 지내고 있는지 너무나 걱정되어 견딜 수 없게 되자, 닷새 동안을 기다리지 못하고 산속 오두막에 가 보았습니다. 아무것도 먹지 못하고 마시지 못하는 수행을 하고 있던 아들은 새파랗게 질린 채 땅에 엎드려 있었습니다. 아들은 아버지가 온 것을 보고,

"아버지" 하고 꺼질 듯한 목소리로 말하기를, "저는 도저히 견딜 수가 없어요. 제발 용서해 주세요."

"무슨 소리를 하는 것이냐" 하고 아버지인 촌장은 일부러 거칠게 말했습니다. "그 정도도 견디지 못한다면 모두에게 비웃음거리가 되지 않겠느냐. 아이누의 남자라면 누구나 하는 일이다. 이제 앞으로 이틀만 견디면 된다. 그 이틀만 끝나면 정말 맛있는 것을 먹게 해 줄 테니 정신 차려라. 이제 너도 전쟁에 나가서 적의 목을 수도 없이 허리에 매달고, 공을 세워야 해."

그러나 약한 아들은 그렇게 말하고 돌아가는 아버지 촌장을 바라보면서 언제까지나 고개를 젓고 있었습니다.

아버지 촌장도 그 아이가 걱정되어 견딜 수가 없었습니다. 그로부터 이틀째 되는 날 아침, 날이 밝기를 기다렸다가 가능한 한 달콤한 음식을 준비해 서너 명의 하인을 데리고 산속 오두막으로 아들을 데리러 갔습니다.

"잘 견뎠구나. 자, 데리러 왔단다" 하고 아버지 촌장은 오두막 밖에서 불렀습니다. 그런데 대답이 없습니다.

촌장은 두근거리는 마음으로 오두막 안에 들어가 보았습니다. 귀여운 아들은 지난번과 똑같은 모습으로 땅에 엎드린 채 차갑게 식어 있었습니다.

할 수 있는 여러 가지 모든 방법을 써 보았지만 아무런 보람도

없었습니다. 이내 촌장은 포기하고 하인들에게 명령해서 그 오두막 옆에 무덤을 파게 했습니다. 그리고 아들이 평소에 아끼던 작은 칼이나 피리 같은 것을 집에서 가져오게 해, 아들의 몸과 함께 묻어 주었습니다. 가엾게 여긴 마을 사람들이 많이 모여들었습니다.

아들의 몸이 흙에 묻혀 보이지 않게 되었을 때쯤, 문득 사람들의 귀에 뭐라 형용할 수 없을 정도로 좋은 피리 소리 같은 것이 들려왔습니다. 사람들은 저도 모르게 그 소리가 나는 쪽을 보았습니다. 그 소리는 바로 옆, 지금 무덤에 묻힌 아들이 있던 시험장, 그 오두막의 지붕에 작은 새 한 마리가 앉아서 울고 있는 소리였습니다. 초록색을 띤 그 작은 새는 사람들이 자신의 소리를 알아차렸다는 것을 알았는지 한 번 울음을 그쳤지만, 다시 울기 시작했습니다. 그 소리는 죽은 촌장의 아들이 즐겨 불던 피리 소리와 비슷했습니다. 그 소리를 인간의 말로 하면 이렇게 말하는 것처럼 들렸습니다.

"저는 촌장의 아들이에요. 그러나 지금은 이렇게 작은 새로 다시 태어났답니다. 하지만 저는 나중에 허리에 적의 목을 몇 개나 매달고 용맹스럽게 싸움터를 뛰어다니는 강한 촌장이 되는 것보다, 이편이 훨씬 행복하다고 생각해요. 저에게는 이렇게 노래를 부르는 시간만큼 기쁜 것은 없거든요. 저는 이 노래로 제가 좋아하는 인간 아이들에게 봄이 왔음을 알리는 역할을 할 생각이에요. 아이들은 제 노래를 듣고 풀을 베러 가거나 작은 새와 놀 수 있는 봄이 온 소식을 알겠지요. 저는 봄을 알리는 휘파람새랍니다. 저는 얼마나 행복한 몸인지요!"

  그 말을 듣자 아버지 촌장의 슬픔이 완전히 누그러졌습니다. 어제까지 그렇게 슬픈 얼굴을 하고 있던 아들이 이렇게 생생하고 귀여운 '봄의 전령'이 되어 자신의 행복을 노래하고 있는 것이니까요. '그 아이는 이렇게 되는 편이 나았을 거야'하고 촌장은 마음속으로 말했습니다. '그 아이에겐 전쟁이라면서 사람을 다치게 하거나 사냥이라면서 짐승을 죽이는 일은 불가능했을 거야.'

  옆에 있던 많은 사람도 틀림없이 모두 마음속으로 촌장과 같은 생각을 했을 것입니다. 그래서 사람들은 촌장과 함께 오랫동안 말없이 귀여운 작은 새의 노래에 귀를 기울이고 있었습니다.

우노 고지

    1891년 7월 26일 후쿠오카에서 태어난 우노 고지는 1961년 9월 21일 도쿄에
서 사망할 때까지 다수의 작품을 발표한 다이쇼 문학의 중심작가이다. 세 살
때 뇌출혈로 아버지가 급사한 후로 그는 친척 집을 전전했는데, 유소년 시기를
보낸 오사카 도톤보리 부근의 소에몬초는 화류의 거리로 유명한 곳이었고 이때
의 경험은 후일 우노의 문학 스타일에 큰 영향을 끼쳤다. 덴노지 중학교를 거쳐
1911년 와세다 대학 영문학과 예과에 입학한다. 1913년, 21세의 나이에 간행된
처녀작 〈세이지로, 꿈꾸는 아이〉는 소에몬초를 무대로 한 산문시풍의 소품집이
다. 그 후에 하숙을 전전하며 극빈의 생활로 고생하지만, 이 시기 동안 '돈과
여자'로 이루어진 '세상'이라는 구조를 깨달으며 지독한 리얼리스트로 변신하게
된다. 와세다 대학 시절의 선배이자 평생의 친우가 되는 히로쓰 가즈오[広津和郎]
의 중개로 〈곳간 속[蔵の中 1919]〉에 이어 〈고통의 세계[苦の世界 1919]〉를 발표하
며 신진작가로서의 입지를 다진 우노는, 이후 〈산 그리움[山恋ひ 1922]〉 등의
낭만주의풍 작품들을 발표하는 한편, 〈아이 대여점[子を貸し屋 1923]〉과 같은 인
생의 묵직한 현실을 파헤치는 작품을 쓰게 된다. 이 시기의 일련의 작품들은
비참하고 우스꽝스러운 인간 군상의 모습을 '요설체(饒舌体)'라 불리는 꾸밈없고
유머러스한 문체로 사소설풍의 몽환적인 분위기 속에 재치 있게 담아낸 것이었
다. 1926년에는 〈깊디깊은 생각[思ひ川]〉으로 요미우리 문학상을 수상하는 등
작가로서 활발히 활동한 그는 그러나 1927년, 가깝게 교류하던 문인 아쿠타가와
류노스케의 자살을 전후로 정신이상 증세와 뇌빈혈 등으로 입·퇴원을 반복한
우노는 한동안 요양 생활을 보내는 시련을 맞게 된다. 6년 후, 종래의 요설체에서
일변한 〈고목이 있는 풍경[枯木のある風景 1933]〉으로 재기한 우노는, 이후 발표되

宇野浩二 ┃

는 〈아이의 유래[子の来歴 1933]〉, 〈변천[うつりかはり 1949]〉 등을 통해 냉엄한 인생의 실상을 건조하고 긴 호흡으로 중후하게 그려내는 작품을 완성해 나가게 된다.

날카로운 인간 관찰로 다이쇼 문학의 중심에 선 우노이지만, 그의 작품세계에서 빼놓을 수 없는 또 다른 한 축은 바로 아동문학이다. 1915년 첫 번째 동화 〈요람의 노래의 추억〉을 잡지 '소녀의 친구'에 발표한 것을 시작으로 1916년에는 첫 번째 동화집 〈연민의 시절[哀れ知る頃]〉을 출판한 우노는, 이후에도 아동잡지 '붉은 새' 등에 꾸준히 다수의 동화를 게재하며 활발한 작품 활동을 펼쳤다. 아키타 우자쿠, 아쿠타가와 류노스케, 사토 하루오, 기타하라 하쿠슈 등의 작가들이 활동했던 다이쇼 시대의 아동문학은 아이들의 모습을 현실적이고 생활감 있게 묘사하기보다는 로맨틱하고 환상적으로 그려내는, 소위 동심문학이라는 흐름이 지배적이었다. 우노의 동화 또한 이런 경향이 짙게 나타나고 있어 스토리성이 풍부한 환상적인 작풍이 주를 이루고 있다. 이 책에 소개된 〈봄을 알리는 새(출전 불명)〉는 소수민족인 아이누를 소재로 한 동화로, 우노는 이 밖에도 〈머위 아래의 하느님〉, 〈어느 아이누 할아버지의 이야기〉 등 아이누를 소재로 한 몇 편의 전승동화적인 환상 세계를 그려내고 있다. 그러나 이런 소수민족이라는 소재를 다루면서 표현된 차별성이 현대적 관점에서 비판을 받고 있는 부분도 있다.

'가난·병·여자 세 가지를 맛보지 못하면 제대로 된 작가가 아니다'라고 말했다는 우노 고지는 1961년, 70세의 나이에 폐결핵으로 숨을 거두었다. '문학의 귀신'이라고 불렸던 그의 무덤은 아사쿠사의 고다이지[広大寺]라는 절에 있다.

❙ 우노 고지 연보

1891년 후쿠오카에서 출생

1894년(3세) 아버지가 뇌출혈로 사망

1897년(6세) 오사카에서 심상고등소학교에 입학

1904년(13세) 덴노지 중학교 입학

1909년(18세) 덴노지 중학교 졸업

1910년(19세) 와세다 대학 영문학과 예과 입학.
　　　　　　 평생의 친구 히로쓰 가즈오를 만남

1912년(21세) 오사카에서 소설가 미카미 오토키치, 마스다 아쓰오, 시인 이마이
　　　　　　 하쿠요 등과 함께 동인잡지 '시레에네' 창간

1913년(22세) 소설집 〈세이지로, 꿈꾸는 아이〉 출간. 에구치 간을 만남

1914년(23세) 졸업 시험에 낙제해 와세다 대학 중퇴

1915년(24세) 처녀작 동화 〈요람의 노래의 추억〉 발표

1916년(25세) 이사와 기미코와 동거. 생활고에 시달리며 원고료를 받기 위해
　　　　　　 에구치 간의 이름으로 동화 집필

1917년(26세) 궁핍한 생활 때문에 출판사에 가명으로 취업, 문예잡지 '처녀문단'
　　　　　　 을 편집하면서 사토 하루오, 가사이 젠조 등에게 원고를 의뢰

1918년(27세) 다수의 동화를 집필하며 〈두 사람의 이야기〉를 잡지 '대학 및
　　　　　　 대학생', 〈다락방의 법학사〉를 '중학 세계'에 발표

1919년(28세) 〈곳간 속〉을 '문장세계'에, 〈고통의 세계〉를 '해방'에 발표. 에구
　　　　　　 치 간의 출판기념회에서 아쿠타가와 류노스케를 만남. 원고 집필을
　　　　　　 위해 여행을 갔다가 게이샤 아유코를 만남. 기미코 사망

1920년(29세) 무라타 기누와 결혼

1922년(31세) 다마코가 장남 모리미치를 출산. 〈꿈꾸는 방〉 집필

1923년(32세) 게이샤 무라카미 야에를 만남. 〈아이 대여점〉을 잡지 '태양'에
　　　　　　 발표. 간토 대지진 발생

1924년(33세) 〈방황하는 양초〉 집필

1925년(34세) 〈사람간질〉 집필

1927년(36세) 〈일요일 또는 소설의 귀신〉을 잡지 '신조'에 발표. 정신에 이상을
　　　　　　일으켜 어머니와 야에 등과 함께 하코네에서 정양 후 병원에 입원
　　　　　　(입원 중 아쿠타가와 류노스케가 자살)

1928년(37세) 야에와 결별

1929년(38세) 뇌출혈로 약 열 달 동안 병원에 입원

1930년(39세) 메이지 · 다이쇼의 일본 문학을 탐독하며 수많은 동화를 집필.
　　　　　　야에와 관계 회복

1932년(41세) 종래의 요설체에서 일변하여 건조한 문체가 된 〈고목이 있는 풍
　　　　　　경〉을 집필

1933년(42세) 히로쓰 가즈오와 함께 '문학계' 동인이 됨. 가무라 이소타, 나카야
　　　　　　마 기슈, 다바타 슈이치로, 가와사키 조타로 등과 함께 '최근의 일
　　　　　　을 축하하는 모임'(후의 일요회)을 시작

1935년(44세) 어머니 사망

1938년(47세) 아쿠타가와상 심사위원으로 뽑힘

1940년(49세) 기쿠치 간[菊池寬]상 수상

1944년(53세) 아내 기누가 심장판막증에 걸림

1946년(55세) 아내 사망

1948년(56세) 〈깊디깊은 생각〉 집필

1949년(58세) 히로쓰 가즈오와 함께 예술원 회원이 됨. 〈변천〉 집필

1951년(60세) 다마코와 정식으로 결혼. 〈오사카 인간〉 집필

1953년(62세) 폐병을 앓기 시작

1961년(70세) 폐병으로 사망. 히로쓰 가즈오가 장례식 및 고별식을 주최

┃ 일본환상문학선집을 펴내며

일본 근대 환상소설을 독자 여러분께 소개할 기회를 갖게 되어, 진심으로 기쁘게 생각합니다.

벌써 10년도 더 지난 일이지만, 교고쿠 나쓰히코의 〈우부메의 여름〉 시리즈를 처음 기획, 번역하여 국내에 소개했을 때만 해도 국내에는 아직 일본의 현대 장르소설들이 널리 알려지지는 않았던 시기였습니다. 다행히 많은 독자 여러분께서 좋아해 주셔서, 이제는 국내에도 다양한 일본 장르소설들이 많이 소개되고 독자 여러분의 사랑을 받고 있어, 개인적으로도 기쁘게 생각합니다.

동시에 이러한 일본 현대 장르소설의 원점이 된 것은 근대 일본 작가들의 주옥같은 환상소설이었다고 생각하기 때문에, 언제고 기회가 된다면 아직 국내에는 널리 알려지지 않은 이들 환상소설을 꼭 소개하고 싶은 마음을 갖고 있었습니다.

한국보다 먼저 근대 서양 문물을 받아들이고 문화적으로도 그 영향을 받은 일본의 작가들이 서양의 문학과 일본 고유의 문학을 융합시켜 독자적인 일본 근대 소설을 발전시키고, 또 이러한 근대 소설들의 여러 가지 시도가 현재의 다양한 일본 문학 전반에 큰 영향을 주었음은 분명한 사실일 것입니다.

그러나 제가 개인적으로 많이 접해 왔고 흥미를 갖고 있는 분야는 역시 장르소설이기 때문에, 이 시리즈를 기획하면서는 여러 문학 분야 중 특히 장르소설에 영향을 끼친 작가진 또는 작품군을 염두에 두고 작가 및 작품을 선정하고자 했습니다.

불행하게도 제가 아는 바가 미천하여, 일본 근대 소설의 전문가분들이 보시기에는 많은 부족함을 느끼실 줄 압니다.

그럼에도 불구하고 일본 장르문학을 즐겨 읽으시는 독자 여러분, 그리고 일본 근대 소설에 흥미를 갖고 계시는 독자 여러분과 함께 이 시리즈를 즐길 수 있다면 기쁘겠습니다.

또한 국내에서는 아직 다소 생소하게 느껴질 수도 있는 이 작품들을 소개할 자리를 마련해 주신 손안의책 박광운 대표님께, 이 자리를 빌려 감사의 말씀을 전합니다. 처음 기획은 제가 했지만, 격려해 주시고 도움 주신 대표님이 계시지 않았다면 이 기획은 그냥 제 머릿속에서만 끝났을 수도 있을 거라고 생각합니다.

모쪼록 이 기획이 당초에 목표했던 모든 작품을 무사히 출간할 수 있기를 바라마지 않으며, 읽어 주신 독자 여러분께도 무한한 감사의 마음을 전합니다.

늘 행복하시고 건강하시기를 빕니다.

2017년 9월
김소연 드림

우노 고지

1판 1쇄 발행 2017년 9월 25일

지은이 우노 고지
옮긴이 이현정

발행인 박광운
기획인 김소연 장세연
편집인 박재은

발행처 손안의책
출판등록 2002년 10월 7일 (제307-2015-69호)
주소 서울 성북구 화랑로 214, 102동 601호
전화 02-325-2375 팩스 02-6499-2375
카페 http://cafe.naver.com/bookinhand
이메일 bookinhand@hanmail.net

ISBN 979-11-86572-22-1 04830

* 이 도서의 국립중앙도서관 출판예정도서목록(CIP)은 서지정보유통지원시스템 홈페이지
(http://seoji.nl.go.kr)와 국가자료공동목록시스템(http://www.nl.go.kr/kolisnet)에서 이용하실 수 있
습니다.(CIP제어번호: CIP2017020478)

"한국출판문화산업진흥원의 출판콘텐츠 창작자금을 지원받아 제작되었습니다."